英文
一字多義
速查字典

黃百隆◎著

晨星出版

CONTENTS

作者序

筆者有感於一般英文學習者，在學習英文生字時，往往只知該單字的第一或前兩個意思，這是因為字典會將單字最常使用及最主要意思排在最前，而學習者容易忽略很多單字其實是一字多義（polysemy），若非透過大量閱讀，其實很難發現這些獨特意思。茲舉筆者在 2018 年時所閱讀到的新聞為例：

【新聞一】

某時報在報導「**俄國生產 AK-47 突擊步槍的軍火公司，展示其所打造的『概念』電動車，被譏為復古車**」的新聞中，外電譯者把該公司名稱 Kalashnikov Concern 翻譯為「卡拉什尼科夫．康采恩」公司，很明顯將 Concern 音譯，且當成專有名詞來翻譯，但事實上，一字多義的 concern 除常見的意思「擔憂」外，當名詞時就有「公司」的意思。

【新聞二】

某線上刊登世界趨勢新聞的網站，在一篇報導「**馬斯克（Elon Musk）旗下公司 Boring Company 所建造的路面下迴路列車即將完工，並開放民眾免費試乘**」的新聞中，將 Boring Company 翻譯為「無聊公司」，該譯者很明顯忽略了一字多義的 bore 除了常見意思「使……無聊」之外，另有「挖（洞）；鑿（洞）」的意思。

本書將 1-6 級單字（即所謂的高中 7000 英文單字）中內含有趣且實用一字多義的單字彙整，搭配淺顯且精簡的例句，先呈現一般學習者可能的翻譯方式，再列出該單字的一字多義與正確翻譯，以加深讀者印象，並輔以該單字的相似詞或衍生之搭配片語，以達增廣學習之效。最後，期盼讀者在學習 7000 英單以外的英文單字時，也能多方留意一字多義，方能在單字學習上完整圓滿。

本書撰寫過程力求嚴謹，但疏漏之處在所難免，尚祈各方先進指正是幸。

黃百隆

使用說明

1 重點單字最常使用或最主要的意思

2 ?：一般學習者容易誤用的主題例句翻譯

3 ✓：主題例句的正確翻譯方式

4 重點單字在例句中的一字多義正確用法

5 搭配學習更有效率的相似詞和衍生詞

6 其他重要的一字多義補充用法

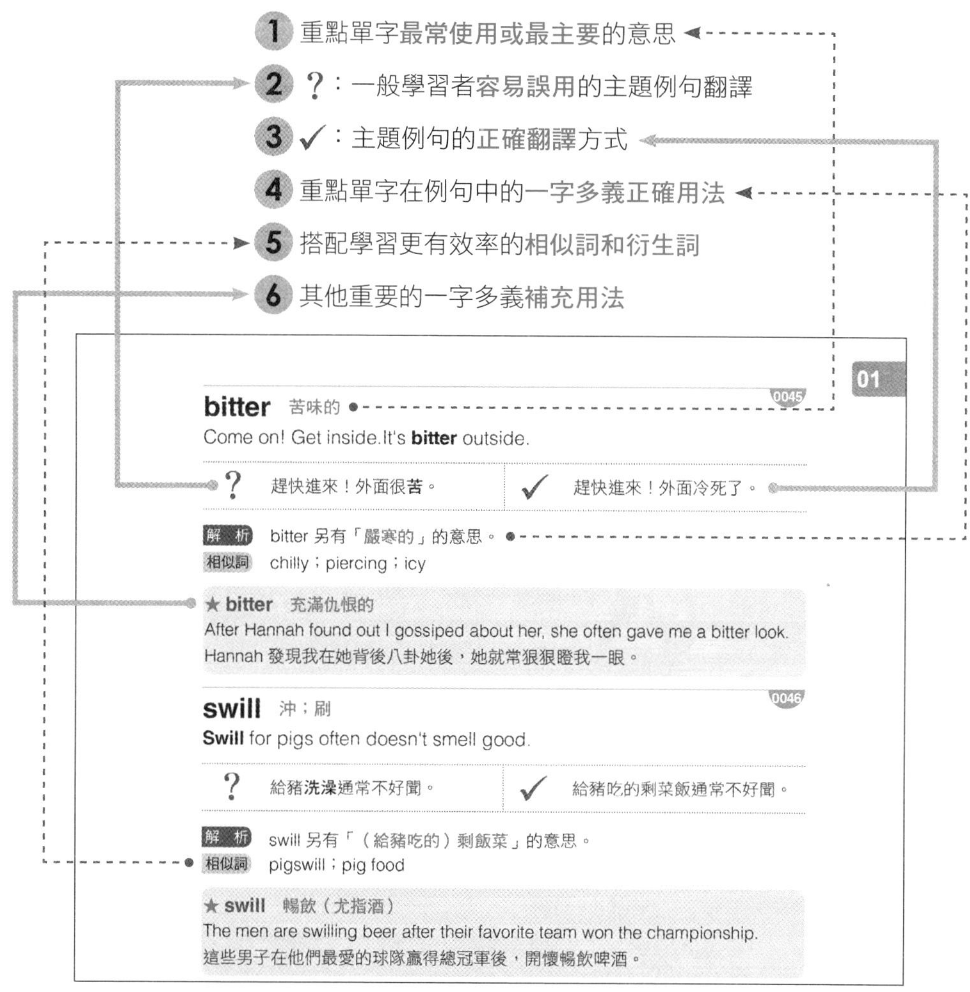

01
bitter 苦味的
0045
Come on! Get inside.It's **bitter** outside.
? 趕快進來！外面很**苦**。
✓ 趕快進來！外面冷死了。
解析 bitter 另有「嚴寒的」的意思。
相似詞 chilly；piercing；icy
★ bitter 充滿仇恨的
After Hannah found out I gossiped about her, she often gave me a bitter look.
Hannah 發現我在她背後八卦她後，她就常狠狠瞪我一眼。
swill 沖；刷
0046
Swill for pigs often doesn't smell good.
? 給豬**洗澡**通常不好聞。
✓ 給豬吃的剩菜飯通常不好聞。
解析 swill 另有「（給豬吃的）剩飯菜」的意思。
相似詞 pigswill；pig food
★ swill 暢飲（尤指酒）
The men are swilling beer after their favorite team won the championship.
這些男子在他們最愛的球隊贏得總冠軍後，開懷暢飲啤酒。

讀者限定無料：電子版「單字速查索引」

1 **尋找密碼**：請翻到本書第 245 頁，找出編號第 0859 的重點單字

2 **進入網站**：https://reurl.cc/exYaGx（輸入時請注意大小寫）

3 **填寫表單**：依照指示填寫基本資料與下載密碼。e-mail 請務必正確填寫，萬一連結失效才能寄發資料給您！

4 **查詢下載**：送出表單後點選連結網址，即可線上查詢或下載「單字速查索引」（建議使用電腦操作）

01 食

bake 烘；烤 0001

You will **bake** if you wear this sweater to school.

?	你如果穿這件毛衣去學校，你將可以**烘焙**。		你如果穿這件毛衣去學校，你將覺得很熱。

解析 bake 另有「（人）感覺到很熱」的意思。

相似詞 feel hot；swelter

gum 口香糖 0002

Ouch! My **gum** hurts so badly for no reason.

?	哎喲！我的**口香糖**沒緣故痛得很厲害。		哎喲！我的牙齦沒緣故痛得很厲害。

解析 gum 另有「牙齦」的意思。

相似詞 chewing gum

peanut 花生 0003

I often work overtime but I am paid only **peanuts**.

?	我常常加班，但只有拿到**花生**當報酬。		我常常加班，但只有拿到微不足道的錢。

解析 複數型的 peanuts，另有「非常小的一筆錢」的意思。

相似詞 chicken feed；a small sum；nickel-and-dime

grill 燒烤 0004

John was **grilled** by the police about how he stole the car.

?	John 被警方**燒烤**有關他如何偷到這輛車。		John 被警方盤問他如何是偷到這輛車。

解析 grill 另有「盤問」之意，特別指長時間裡問了很多問題。

相似詞 question；probe；give sb the third degree

vanilla 香草 0005

Tim bought a **vanilla** coffee maker at the store.

? Tim 在那家店裡買了一台**香草**口味的咖啡機。

Tim 在那家店裡買了一台普通的咖啡機。

解 析 vanilla 另有「（服務／商品）平凡的；普通的；沒特殊功能的」的意思。

相似詞 ordinary；plain；featureless

yummy 好吃的 0006

People enjoyed watching the **yummy** dancer dancing.

? 人們喜歡看這**好吃的**舞者跳舞。

人們喜歡看這性感的舞者跳舞。

解 析 yummy 另有「性感的」的意思。

相似詞 hot；sexy；foxy

delicious 美味的 0007

We're sharing **delicious** office gossip with each other.

? 我們正在彼此相換**美味的**辦公室八卦。

我們正在彼此相換有趣的辦公室八卦。

解 析 delicious 另有「有趣的；有意思的」的意思。

相似詞 interesting；delightful；pleasant

dressing 佐料

The doctor asked Ben to change the **dressing** every eight hours.

? 醫生叫 Ben 每八小時換掉**佐料**。

醫生叫 Ben 每八小時換掉敷料。

解 析 dressing 另有「（傷口上的）敷料；紗布」的意思。

相似詞 covering；bandage；gauze

takeaway 外賣餐館 0009

The professor quickly reviewed some **takeaways** before the break.

?	教授在下課前快速地複習了一些**外賣餐館**。		教授在下課前快速地複習了一些上課的重點。

解析 takeaway 另有「（會議／課堂）的重點／精華」的意思。

相似詞 gist；meat；thrust

kernel 果核、果仁 0010

None of us understood the **kernel** of Danny's argument.

?	我們都無法了解 Danny 論點的**果核**。		我們都無法了解 Danny 論點的核心。

解析 kernel 另有「要點；核心」的意思。

相似詞 core；germ；essence

specialty （某地）特產 0011

The doctor's **specialty** is plastic surgery.

?	這醫生的**特產**是整形手術。		這醫生的專長是整形手術。

解析 specially 另有「專長」的意思。

相似詞 expertise；profession；prowess

appetite 食欲 0012

Linda has an amazing **appetite** for novels.

?	Linda 對於小說很有**食欲**。		Linda 很愛讀小說。

解析 appetite 另有「欲望；愛好」的意思。

相似詞 desire；thirst；craving

buffet （歐式）自助餐

0013

Taiwan was **buffeted** by the typhoon last night.

? 台灣昨晚讓颱風請吃**自助餐**。

 台灣昨晚遭颱風猛擊。

解析 buffet 另有「（風／雨等）連續猛擊」的意思。

相似詞 batter；strike；hit

napkin 餐巾

0014

Kevin is too shy to buy **napkins** for his girlfriend, who is on her period.

? Kevin 太害羞而不敢幫月經來的女朋友買**餐巾**。

 Kevin 太害羞而無法幫月經來的女朋友買衛生棉。

解析 napkin 另有「衛生棉」的意思。

相似詞 sanitary pad；sanitary napkin；sanitary towel

meat 肉

We all think there is not much **meat** to this article.

? 我們都認為這篇文章沒什麼**肉**。

 我們都認為這篇文章沒什麼實質內容。

解析 meat 另有「重點；實質內容」的意思。

相似詞 gist；point；sense

supper 晚餐

0016

My brother often has **supper** at around 11 pm and then goes to bed.

? 我弟弟常常晚上 11 點吃**晚餐**便就去睡覺。

 我弟弟常常晚上 11 點吃宵夜便就去睡覺。

解析 supper 另有「宵夜」的意思（英式用法）。

相似詞 midnight snack

menu 菜單 0017

From the Edit **menu**, users can choose "Copy" and "Paste" .

?	從編輯的**菜單**，使用者可以選擇複製和貼上。		從編輯的功能表，使用者可以選擇複製和貼上。

解　析　menu 另有「（電腦上的）功能表／選單」的意思。

相似詞　menu bar

meal （一）餐 0018

After the corn **meal** is added, stir it for three minutes.

?	在加入玉米**餐**後，攪拌三分鐘。		在加入粗玉米粉，攪拌三分鐘。

解　析　meal 另有「粗磨粉」的意思。

相似詞　powder

oil （石）油 0019

After I **oiled** my bicycle chain, it ran quietly and smoothly.

?	在我為腳踏車鍊**石油**後，它轉起來無聲又順。		在我為腳踏車鍊上油後，它轉起來無聲又順。

解　析　oil 另有「給……上潤滑油」的意思。

相似詞　lubricate；add oil；apply oil

salt 鹽巴 0020

The workers are **salting** the road to stop it from becoming icy.

?	工人們正在**鹽巴**馬路來防止結冰。		工人們正在撒鹽巴於馬路上來防止結冰。

解　析　salt 另有「撒鹽於（道路上）或加鹽巴於……」的意思。

衍生詞　take sth with a grain of salt　對……半信半疑；worth sb's salt　稱職的

01

tart 水果餡餅 0021

Everyone is angry about Ken's **tart** reply.

?	每個人對 Ken **水果餡餅**式的回答感到一把火。		每個人對 Ken 刻薄的回答感到一把火。

解析 tart 另有「（說話方式）刻薄的」的意思。

相似詞 sarcastic；cruel；mean

diet 飲食 

The viewers complained about being offered a **diet** of Korean dramas.

?	觀眾們抱怨被餵食韓劇的**飲食**。		觀眾們抱怨一直在看無聊又沒內容的韓劇。

解析 diet 另有「劣質無聊又老套的事物」的意思。

相似詞 boring；poor-quality

coke 可樂 

She was arrested for possessing **coke**.

?	她因持有**可樂**被捕。		她因持有古柯鹼被捕。

解析 coke 另有「古柯鹼」的意思。

相似詞 cocaine；narcotic；crack

cookie 甜餅乾 0024

You can't lie to Mom. She is a smart **cookie**.

?	你是無法騙到媽媽的。她是一塊聰明的**餅乾**。		你是無法騙到媽媽的。她是個聰明的人。

解析 cookie 另有「……樣的人」的意思。

衍生詞 biscuit 甜餅乾；cracker 鹹餅乾

0025

cream 鮮奶油

Our team got **creamed** in the last game.

?		
? 我們這隊在上場比賽中被**鮮奶油**。		我們這隊在上場比賽中被狂電。

解 析 cream 另有「**徹底並輕鬆打敗**」的意思。（美式用語）

相似詞 best；defeat；hammer

0026

ham 火腿

The audience couldn't stand the **ham's** style of acting.

?		
? 觀眾無法忍受這**火腿**的演戲方式。		觀眾無法忍受這做作且老套演員的演戲方式。

解 析 ham 另有「**（做作、老套且表演過火的）演員**」的意思。

衍生詞 ham it up 表演過火；ham-fisted 笨手笨腳的

0027

bean 豆子

I got **beaned** by a baseball when I was jogging.

?		
? 我在慢跑時，被一顆棒球**豆子**到。		我在慢跑時，被一顆棒球打到頭。

解 析 bean 另有「**打到……的頭部**」的意思。

衍生詞 spill the beans 洩漏祕密；not have a bean 一文不值

0028

acid 酸

It is illegal to take **acid**.

?		
? 吃**酸**是犯法的。		吃迷幻藥是犯法的。

解 析 acid 另有「**迷幻藥**」的意思。（俚語用法）

相似詞 LSD；hallucinogen

0029

bananas 香蕉

You must be **bananas** if you argue with a three-year-old kid.

? 如果你和一個三歲小孩爭論，那你就是**香蕉**了。

如果你和一個三歲小孩爭論，那你就傻了。

解 析 bananas 另有「傻的；瘋的」的意思。

相似詞 crazy；nuts；silly

0030

cabbage 甘藍

Gimmy became a **cabbage** after the serious accident.

? Gimmy 在這嚴重車禍後變成了**甘藍**。

Gimmy 在這嚴重車禍後成了植物人。

解 析 cabbage 另有「植物人」的意思。（但會冒犯別人的說法）

相似詞 vegetable；a paralyzed person

0031

carrot 胡蘿蔔

We are offered a **carrot** in the form of a three-day vacation if we work hard.

? 如果我們努力工作的話，會有三天假期當作**胡蘿蔔**。

如果我們更努力的話，會有三天假期當作獎賞。

解 析 carrot 另有「獎賞；好處」的意思。

相似詞 benefit；reward；bonus

0032

corn 玉米

I need to see a doctor for the **corn** on my toe.

? 我因腳趾頭上的**玉米**需要去看醫生。

我因腳趾頭上的雞眼需要去看醫生。

解 析 corn 另有「雞眼」的意思。

衍生詞 corn on the cob （煮過的）玉米棒；corny 老掉牙的

fruit 水果 0033

Due to the warm climate, our cherry trees **fruited** much earlier.

?	因為氣候溫暖，我們的櫻桃樹提早很多**水果**。		因為氣候溫暖，我們的櫻桃樹提早很多結果。

解 析 fruit 另有「結果」的意思。（為不及物動詞）

相似詞 bear fruit；produce fruit

sandwich 三明治  0034

I felt uncomfortable when I was **sandwiched** by my brothers in the car.

?	在車上當我被哥哥們**三明治**時，感到不舒服。		在車上當我被哥哥們夾在中間時，感到不舒服。

解 析 sandwich 另有「將……夾／擠在中間」的意思。

相似詞 squeeze；cram；jam

fudge 奶油軟糖  0035

You're always **fudging** my question.

?	你一直在**奶油軟糖**我的問題。		你一直在搪塞我的問題。

解 析 fudge 另有「回避；搪塞；敷衍；含糊其辭」的意思。

相似詞 beat around the bush；hedge；equivocate

soup 湯 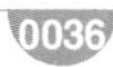 0036

It cost me 10,000 dollars to **soup** up the engine of my car.

?	為我的愛車加**湯**花了我一萬塊。		為我的愛車增加馬力花了我一萬塊。

解 析 soup 另有「增加（引擎等）的馬力」的意思，常與 up 連用。

相似詞 tune up；boost；enhance

cake 蛋糕 0037

The mud **caked** on my car hood.

?	✓
我車子引擎蓋的泥巴變**蛋糕**。	 我車子引擎蓋的泥巴結塊。

解析　cake 另有「結塊」的意思。

相似詞　harden；clot

bowl 碗 0038

Bowls is my grandpa's favorite sport.

?	✓
碗是我爺爺最愛的運動。	 木球是我爺爺最愛的運動。

解析　bowls 另有「木球」的意思。（恆為單數）

衍生詞　Super Bowl　美式橄欖球聯盟超級盃

pepper 胡椒 0039

The little girl's face is **peppered** with freckles.

?	✓
這小女孩臉上都是**胡椒**雀斑。	 這小女孩臉上布滿雀斑。

解析　pepper 另有「充滿」的意思。（常用被動）

相似詞　be full of；be filled with；abound with

peach 桃子

The beautiful actress is really a **peach**.

?	✓
這漂亮的女演員真是顆**桃子**。	 這漂亮的女演員真是討人喜歡。

解析　peach 另有「特別討人喜歡的人（或物）」的意思。

相似詞　favorite；knockout；standout

full 吃飽的 0041

Peggy has a **full** figure.

?	Peggy 有個**吃飽的**身形。		Peggy 有個豐腴的身形。

解　析 full 另有「胖」的意思。（為 fat 的委婉語）

相似詞 plump；fleshy；rotund

simmer 燉；煨 0042

Tina has been **simmering** with rage since you said she was fat.

?	自從你說 Tina 胖，她就生氣地**燉**東西。		自從你說 Tina 胖，她就心生憤怒。

解　析 simmer 另有「（情緒）醞釀；累積」的意思。

相似詞 seethe；smolder

ingredient （食品的）成分；原料

Lebron James has all the **ingredients** of an excellent basketball player.

?	小皇帝詹姆士擁有成為一名優秀籃球球員的所有**原料**。		小皇帝詹姆士擁有成為一名優秀籃球球員的所有要素。

解　析 ingredient 另有「（成功的）要素」的意思。

相似詞 building block；component；element

noodle 麵

Ms. Lin is **noodling** around on the piano.

?	林小姐正在鋼琴上吃**麵**。		林小姐正在隨意撥弄鋼琴。

解　析 noodle 另有「（隨意地）彈／撥弄樂器」的意思。

衍生詞 instant noodles　泡麵；rice noodles　米粉

> ★ **noodle**　隨便想東想西
> When I have trouble falling asleep, I often noodle around.
> 當我睡不著時，常會想東想西。

0045

bitter 苦味的

Come on! Get inside.It's **bitter** outside.

?	✓
趕快進來！外面很**苦**。	趕快進來！外面冷死了。

解析 bitter 另有「嚴寒的」的意思。

相似詞 chilly；piercing；icy

> ★ **bitter** 充滿仇恨的
> After Hannah found out I gossiped about her, she often gave me a bitter look.
> Hannah 發現我在她背後八卦她後，她就常狠狠瞪我一眼。

0046

swill 沖；刷

Swill for pigs often doesn't smell good.

?	✓
給豬**洗澡**通常不好聞。	給豬吃的剩菜飯通常不好聞。

解析 swill 另有「（給豬吃的）剩飯菜」的意思。

相似詞 pigswill；pig food

> ★ **swill** 暢飲（尤指酒）
> The men are swilling beer after their favorite team won the championship.
> 這些男子在他們最愛的球隊贏得總冠軍後，開懷暢飲啤酒。

taste 品嚐

Helen had a **taste** of convenience store work during the summer vacation.

?	✓
Helen 暑假期間**品嚐**了超商工作。	Helen 暑假期間短暫體驗了超商工作。

解析 taste 另有「短暫的體驗」的意思。

相似詞 experience；sample

whisk 攪打（雞蛋、鮮奶油等） 0048

I asked the cab driver to **whisk** us to the airport.

?	我要計程車司機**攪打**我們去機場。		我要計程車司機盡快載我們去機場。

解 析　whisk 另有「快速帶走；突然拿走」的意思。

相似詞　hurtle；speed up；accelerate

serving （一）份／客 0049

Several **serving** military officers are involved in the bribery.

?	數**份**軍官涉入賄賂案。		數個現役軍官涉入賄賂案。

解 析　serving 另有「現役的」的意思。

衍生詞　serve as = function as　當／起……的作用

> ★ **serving**　公盤／湯匙（等等）
> It's more hygienic if we use serving chopsticks and spoons at the banquet.
> 宴會上如果我們使用公筷公匙會比較衛生。

brew 泡（茶）；煮（咖啡）；釀（啤酒） 0050

The weatherman said a tropical storm is **brewing**.

?	氣象員說有個熱帶風暴正在**煮咖啡**。		氣象員說有個熱帶風暴正在醞釀形成。

解 析　brew 另有「（壞事或暴風雨）即將來臨／醞釀」的意思。

相似詞　loom；impend；develop

> ★ **brew**　混合物
> Harry Potter drank up a strange brew, trying to changing himself into Professor Sneep.
> 哈利波特喝下一種奇怪的混合飲料，希望可以變成石內卜教授。

stew 燉；煨 0051

Mom is still **stewing** about the rude words you said to her.

?	媽媽還在為你昨天說的無禮的話而感到該**燉**東西吃。		媽媽還在為你昨天說的無禮的話而感到生氣。

解 析 stew 另有「生氣」的意思。

相似詞 rage；outrage；fury

★ **stew** 無所事事

Stop stewing! Go find a job, young man.

不要再無所事事了！年輕人，去找個工作吧。

feast 盛宴 0052

The director's new movie will be a visual **feast** for her fans.

?	這導演的新電影將是影迷視覺上的**盛宴**。		這導演的新電影將是影迷視覺上的一大享受。

解 析 feast 另有「（感官上的）享受」的意思。

相似詞 treat；joy；delight

★ **feast** （宗教）節日

The feast of Passover is usually in March or April.

猶太人的逾越節通常在三月或四月。

puff 泡芙 0053

Old Sam **puffs** on a cigarette after dinner.

?	老山姆晚餐後都會在香菸加上**泡芙**。		老山姆晚餐後都會抽個香菸。

解 析 puff 另有「抽菸」的意思。

相似詞 smoke

★ **puff** 吹捧的文字

This news is nothing but a political puff.

這新聞只不過是政治吹捧的新聞罷了。

flavor （食物某種）風味；味道 0054

I like the European **flavor** of the building.

?	我喜歡這建築的歐式**風味**。	✓	我喜歡這建築的歐式特色。

解析 flavor 另有「特點；特色」的意思。

相似詞 feature；characteristic；trait

★ **flavor** 體驗；想法
This TV program gives the audience the flavor of life in the Sung Dynasty.
這電視節目給觀眾宋朝的生活體驗。

fry 油炸 0055

The prisoner was **fried** last night.

?	這囚犯昨晚遭**油炸**了。	✓	這囚犯昨晚遭電椅處死了。

解析 fry 另有「以電椅處死」的意思。

相似詞 electrocute；execute

★ **fry** 小魚（恆為複數）
There are many fry in the fish tank.
魚缸裡有許多小魚。

boil 水滾；沸騰 0056

Seeing his car towed away, Jacky **boiled** with anger.

?	看到愛車被拖吊，Jacky 憤怒**水滾**。	✓	看到愛車被拖吊，Jacky 暴怒。

解析 boil 另有「暴怒」的意思。

相似詞 flare up；see red；hit the roof

★ **boil** 膿瘡
The beggar has boils all over his back.
這乞丐背上都是膿瘡。

cocktail 雞尾酒
0057

The movie contains a **cocktail** of drugs, crimes, and guns.

?	
這電影包含了毒品、犯罪和槍枝的**雞尾酒**。	這電影混合了毒品、犯罪和槍枝。

解析 cocktail 另有「（危險的或令人興奮的）混合物」的意思。

相似詞 mix；combination；blend

★ cocktail 雜錦冷盤

The first dish of the wedding banquet is a seafood cocktail.

婚宴的第一道菜是海鮮冷盤。

cracker 餅乾
0058

Mrs. Li has three daughters, each of whom is a **cracker**.

?	
李太太有三個女兒，每個女兒都是**餅乾**。	李太太有三個女兒，每個女兒都很出色。

解析 cracker 另有「出色的人（或物）」的意思。

相似詞 hotshot；ace

★ cracker 彩色拉炮

Let's pull this Christmas cracker.

我們一起來拉聖誕拉炮吧。

fresh 新鮮的

0059

Josh got **fresh** with his date and was slapped in the face.

?	
Josh 跟約會對象**新鮮**，並被打了一個耳光。	Josh 跟約會對象毛手毛腳，並被打了一個耳光。

解析 fresh 另有「（對異性）輕佻放肆」的意思。

相似詞 handsy；paw sb

★ fresh 精神飽滿的

After taking a nap, I felt fresh.

午睡過後，我感到精神飽滿。

sour 酸的 0060

The relations between the two friends **soured**.

?	這兩位朋友間的關係**酸了**。		這兩位朋友間的關係惡化了。

解析 sour 另有「（關係／情況）變糟；惡化；令人不快」的意思。

相似詞 exacerbate；go sour

★ sour 沙瓦

We serve a sour before the main dish.

我們在主餐前提供沙瓦。

bun 小圓麵包 0061

As I remember, Eve always wore her hair in a **bun**.

?	我還記得，Eve 以前總是把頭髮綁成**小圓麵包**。		我還記得，Eve 以前總是把頭髮綁成圓髮髻。

解析 bun 另有「圓髮髻」的意思。

衍生詞 curls 捲髮；middle part 中分；bob 鮑伯頭

★ bun （一邊）屁股

When I fell from my chair, my bun hurt like hell.

當我從椅子上跌下，我一邊屁股痛死了。

milk 牛奶 0062

The bank clerk **milked** the bank of millions of dollars.

?	這銀行行員**牛奶**了這銀行好幾百萬元。		這銀行行員勒索這銀行好幾百萬元。

解析 milk 另有「榨取；勒索」的意思。

相似詞 extort；blackmail；fleece

★ milk 擠（牛）奶

The kids are learning how to milk a cow.

這些小孩正學著如何擠牛奶。

0063

hot dog 熱狗

You passed the test. **Hot dog**!

?	妳考試過了。**熱狗啊**！		妳考試過了。太棒了！

解 析 hot dog 另有「太棒了」的意思。

相似詞 awesome；fantastic；excellent

★ **hot dog** （在滑雪運動、衝浪等）中賣弄技巧，以吸引目光的人

The man is a hot dog, but he is really good at skiing.

那男的真的很愛現，但他滑雪技巧真不錯。

0064

toast 土司

I'd like to propose a **toast** to our new CEO.

?	我提議為我們新任的總裁吃**吐司**。		我提議為我們新任的總裁乾杯。

解 析 toast 另有「乾杯」的意思。

相似詞 drink someone's health；drink the health of sb

★ **toast** 使暖和

All the children toasted themselves by the fire.

所有的小孩在火堆旁取暖。

0065

lemon 檸檬

Cindy's car is really a **lemon**.

?	Cindy 的車真是**檸檬**。		Cindy 的車真是毛病一大堆。

解 析 lemon 另有「有毛病的東西」的意思。

衍生詞 lemon juice 檸檬汁

★ **lemon** 傻瓜

Frank is such a lemon that he watered the roses when it rained.

Frank 真是個傻瓜，下雨天還幫玫瑰花澆水。

juice （水果、蔬菜等）汁 0066

The retired judge has a lot of **juice** in this area.

?	這退休的法官在這地方有很多**果汁**。		這退休的法官在這地方有很大的影響力。

解　析　juice 另有「影響力」的意思。

相似詞　influence；power；clout

★ **juice**　電；油

Our car is running out of juice.

我們的車快沒油了。

chip 薯條 0067

The beer glass got a **chip** in it.

?	這啤酒杯有一個**薯條**。		這啤酒杯有一個缺口。

解　析　chip 另有「缺口」的意思。

相似詞　crack；nick

★ **chip**　籌碼

The threat of hunger strike is used as a bargaining chip.

絕食抗議的威脅被用來當作談判籌碼。

mint 薄荷 0068

The internet is where new phrases are most easily **minted**.

?	網路是新詞最容易被**薄荷**的地方。		網路是最容易創造新詞的地方。

解　析　mint 另有「創造（新詞語）」的意思。

相似詞　produce；coin

★ **mint**　一大筆錢

The businessman made a mint by selling multifunctional chairs.

這商人藉著賣多功能的椅子而賺大錢。

★ mint　（好像）新的一般

Tom's two-year-old house is still in mint condition.

Tom 的兩年屋還是感覺像新屋一般。

bottle　瓶子

0069

It takes plenty of **bottle** to play bungee jumping.

?		
? 玩高空彈跳需要莫大的**瓶子**。		玩高空彈跳需要莫大的勇氣。

解　析　bottle 另有「勇氣」的意思。（英式俚語用法）

相似詞　courage；guts；bravery

★ bottle　酗酒

Mark hits the bottle after the divorce.

Mark 離婚後都在酗酒。

★ bottle　退縮

Curry seldom bottles it when he is at the foul line.

Curry 很少會在罰球線罰球時放槍的。

poach　水煮

A bunch of people were caught red-handed **poaching** rhinos.

?		
? 一幫人**水煮**犀牛當場被抓個正著。		一幫人盜獵犀牛當場被抓個正著。

解　析　poach 另有「盜獵」的意思。

相似詞　catch illegally；hunt illegally

★ poach　挖角（人才）

The smartphone company poached many talented people from its rival.

這手機公司從對手那邊挖角了許多有才的員工。

★ poach　竊用（點子、想法）

I accused Lin of poaching my idea of the new product.

我指控 Lin 偷了我新產品的點子。

nut 堅果 0071

Adam is a badminton **nut**. He plays badminton every day.

? Adam 是個羽毛球的**堅果**。他每天打球。

 Adam 是對羽毛球很入迷的人。他每天打球。

解析　nut 另有「對……很入迷的人」的意思。

相似詞　buff；aficionado；junkie

★ **nut**　開銷

Besides his job, Hank has to find a part-time job to meet the nut of his family.

除了原本的工作外，Hank 必須再找個兼職工作來平衡家庭開銷。

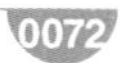

jam 果醬

There is something wrong with this copier. There are often paper **jams**.

? 這台影印機有問題。常常會有紙張**果醬**。

 這台影印機有問題。常常會卡紙。

解析　jam 另有「卡住」的意思。

衍生詞　traffic jam　塞車

★ **jam**　困境

Thank you for helping me get out of this jam.　謝謝幫我擺脱這困境。

★ **jam**　干擾（無線電訊號）

Why is the radio broadcast often jammed?　為何電台廣播常被干擾？

★ **jam**　把……塞入

My sister jammed her clothes and souvenirs into the luggage.

我姊姊把衣服和紀念品塞入行李箱。

crop 作物

Recruits always have their hair **cropped** in the military.

? 新兵在軍中會把頭髮**作物**。

 新兵在軍中會把頭髮剪很短。

解析　crop 另有「剪短」的意思。

衍生詞　crop up　（問題／麻煩）突然出現

衣

yarn 紗

0074

The old soldier used to spin us a **yarn** about his life in the battle.

?	
這老兵以前常跟我們說戰場上的**紗**。	這老兵以前常跟我們說戰場上的奇聞漫談。

解析 yarn 另有「奇聞漫談」的意思。

相似詞 fish story；anecdote；tall story

fleece 羊毛

0075

It is reported that the street vendor **fleeces** innocent tourists.

?	
據報導這攤販會**羊毛**無知的觀光客。	據報導這攤販會敲無知的觀光客的竹槓。

解析 fleece 另有「敲……的竹槓」的意思。

相似詞 con；defraud；swindle

outfit 全套服裝

0076

Peter's company boasts an **outfit** of 500 top engineers.

?	
Peter 的公司以擁有 500 位頂尖工程師的**全套服裝**而自豪。	Peter 的公司以擁有 500 位頂尖工程師的工作團隊而自豪。

解析 outfit 另有「團隊；組織」的意思。

相似詞 team；organization

fiber 纖維；絲

0077

Mr. Chang thinks many dropouts lack good moral **fiber**.

?	
張先生認為大部分的輟學生缺乏好的道德**纖維**。	張先生認為大部分的輟學生缺乏好的道德素質。

解析 fiber 另有「（人格）素質」的意思。

相似詞 strength of character；toughness of character

lace 蕾絲 0078

Don't drink the red wine which is **laced** with drugs.

?		✓	
?	別喝這有毒品**蕾絲**的紅酒。		別喝這摻有毒品的紅酒。

解 析 lace 另有「（偷偷地）在（食物或飲料）中摻（酒、藥等）」的意思。

相似詞 spike；add

hat 帽子 0079

The capable woman wears many **hats**.

?		✓	
?	這能力很好的女人戴了許多**帽子**。		這能力很好的女人身兼多職。

解 析 hat 另有「職位」的意思。

相似詞 job；responsibility

apron 圍裙 0080

Several passenger airplanes lined up on the **apron**.

?		✓	
?	數架客機停在**圍裙**上。		數架客機停在停機坪上。

解 析 apron 另有「停機坪」的意思。

衍生詞 be tied to your mother's/wife's apron strings　受母親／老婆的管束

cotton 棉花 0081

All my classmates **cottoned** to me after they knew me better.

?		✓	
?	所有的同學在比較了解我後，**棉花**我。		所有的同學在比較了解我後，開始喜歡我了。

解 析 cotton 另有「開始喜歡……」的意思。

相似詞 take to；grow on

0082

mask 面具

Shane **masked** his bad body odor by using cologne.

?	✓
Shane 藉著使用古龍水來**面具**他的體臭。	 Shane 藉著使用古龍水來掩蓋他的體臭。

解析　mask 另有「掩飾；掩蓋」的意思。

相似詞　disguise；cloak；cover

0083

fabric 織物

This book deals with the **fabric** of a collapsing society.

?	✓
這本書在探討崩壞中社會的**織物**。	 這本書在探討崩壞中社會的結構。

解析　fabric 另有「（尤指社會或建築物的）結構」的意思。

相似詞　structure；frame

pocketbook 女用手提包

Everyone's **pocketbook** is affected by the rate of inflation.

?	✓
每個人的**女用手提包**都被這通貨膨脹率所影響。	 每個人的財力都被這通貨膨脹率所影響。

解析　pocketbook 另有「財力」的意思。

相似詞　money；purse

stitch （縫紉的）針腳；一針

Yuki got a **stitch** after running the 100-meter dash.

?	✓
Yuki 在跑完 100 公尺後，得到了**針腳**。	 Yuki 在跑完 100 公尺後岔了氣。

解析　stitch 另有「（因跑步、大笑時引起的）岔氣」的意思。

相似詞　spasm；twinge；pain

pants 長褲 0086

Jeremy's NBA debut was **pants**.

?	Jeremy 的 NBA 首次登場真是**長褲**。		Jeremy 的 NBA 首次登場真是糟透了。

解 析 pants 另有「低劣的；很糟糕的」的意思。（英式口語用法）

相似詞 awful；terrible；lousy

scarf 圍巾 0087

Ben **scarfed** down his breakfast and rushed to work.

?	Ben **圍巾**下他的早餐，並衝去上班了。		Ben 狼吞虎嚥他的早餐，並衝去上班了。

解 析 scarf 另有「狼吞虎嚥地吃」的意思。

相似詞 scoff；devour；gobble

sheet 床單 0088

It is **sheeting** down now, so be careful when you drive.

?	現在正下**床單**，所以開車小心。		現在正下大雨，所以開車小心。

解 析 sheet 另有「下大雨」的意思。

相似詞 pour with rain；downpour；torrents of rain

uniform 制服 

The apples at the stall are **uniform** in size.

?	攤位上的蘋果尺寸都是**制服**。		攤位上的蘋果尺寸都是相同的。

解 析 uniform 另有「相同的；整齊劃一的」的意思。

相似詞 the same；identical；consistent

0090

jacket 夾克

I bought **jackets** for each of my textbooks.

?	我為每本課本都買了**夾克**。		我為每本課本都買了書套。

解析 jacket 另有「書套」的意思。

相似詞 dust jacket

0091

vest 背心

People over 60 in my country are **vested** in the pension plan.

?	在我的國家只要超過 60 歲即可**背心**退休金。		在我的國家只要超過 60 歲即賦予退休金。

解析 vest 另有「賦予（權力、財產等）」的意思。

相似詞 authorize；entrust；endow

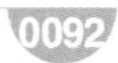

shoe 鞋子

It took me some time to **shoe** the horse.

?	幫馬兒穿**鞋子**花了我一段時間。		幫馬兒釘蹄鐵花了我一段時間。

解析 shoe 另有「給（馬）釘蹄鐵」的意思。

衍生詞 be in sb's shoes 設身處地

If the shoe fits, wear it. 如果這話說得對，那就接受吧。

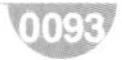

sock 短襪

He was so angry that he **socked** me in my face.

?	他是如此生氣以至於用**短襪**打我的臉。		他是如此生氣以至於握拳打我的臉。

解析 sock 另有「（用拳頭）打」的意思。

相似詞 smash；pound；slug

accessory 配件；配飾 0094

Ivan was put in jail because he was one of the **accessories** to the kidnap.

?	Ivan 因為也是綁票案的**配件**，所以入獄服刑。		Ivan 因為也是綁票案的共犯，所以入獄服刑。

解析 accessory 另有「共犯；幫兇」的意思。

相似詞 accomplice；conspirator；abettor

collar 衣領 0095

The illegal immigrant was **collared** by police in plain clothes.

?	這非法移民被便衣警察**衣領**。		這非法移民被便衣警察逮住。

解析 collar 另有「逮住；逮捕」的意思。

相似詞 arrest；bust；apprehend

★collar 攔住……（以便與某人談話）

The principal was collared by a math teacher.

這位校長被一位數學老師攔住談話。

blanket 毛毯 0096

Every winter, this village is **blanketed** in snow.

?	每年冬天，這村子都會**毛毯**白雪。		每年冬天，這村子都會覆蓋著厚厚白雪。

解析 blanket 另有「以……厚厚覆蓋」的意思。

相似詞 be covered with；be carpeted with；be strewn with

★blanket 總括的

A blanket ban was introduced on smoking in public places.

一概括的禁令適用於在任何公共場合抽菸。

casual （衣服）休閒的 0097

Honestly, most of us don't like your **casual** attitude in class.

?			
?	老實說，大部分人都不喜歡妳在上課時那**休閒的**態度。	✓	老實說，大部分人都不喜歡妳在上課時那漫不經心的態度。

解 析 casual 另有「漫不經心的」的意思。

相似詞 careless；reckless；heedless

★ casual　臨時的

My parents are casual workers and can't make much money.

我爸媽只是臨時工，賺不到什麼錢。

bow 蝴蝶結 0098

Bows are the front part of a ship.

?			
?	**蝴蝶結**是一艘船的前面部分。	✓	船頭即是一艘船的前面部分。

解 析 bow 另有「船頭」的意思。

衍生詞 stern　船尾

★ bow　弓

Bows and arrows are weapons of old times.

弓與箭是古代的武器。

fit （衣服）合……身 

Johnny was **fitted** with a hearing aid when he was three.

?			
?	Johnny 三歲時就助聽器**合身**。	✓	Johnny 三歲時就裝有助聽器。

解 析 fit 另有「安裝」的意思。

相似詞 be equipped；be outfitted with

★ fit　（疾病的）突然發作；痙攣；昏厥

When Tina was young, she used to have a fit.

當 Tina 年輕時，常會昏厥過去。

buckle （皮帶等的）扣環 0100

The rails seemed to **buckle** in hot days.

? 在大熱天鐵軌似乎都快**扣環**了。

✓ 在大熱天鐵軌似乎都快變形了。

解 析 buckle 另有「彎曲；變形」的意思。

相似詞 bend；twist；deform

★ **buckle** 屈服於（困境、壓力等）

Buckling under pressure, the lawmaker apologized for drunk driving.

屈服於壓力之下，這立委出面為酒駕道歉。

veil 面紗 0101

Smog often **veils** some big cities in China.

? 霧霾常**面紗**大陸的一些大都市。

霧霾常籠罩大陸的一些大都市。

解 析 veil 另有「籠罩；隱藏」的意思。

相似詞 shroud；blanket；cover

★ **veil** 掩飾；掩蓋

The TV show aims to lift the veil of secrecy of the supernatural.

這電視節目的目標是為解開一些超自然事物之謎。

coat 外套 0102

In the haunted house, dust **coats** all the furniture and floor.

? 在這鬧鬼的房子裡，灰塵**外套**所有家具和地板。

在這鬧鬼的房子裡，灰塵覆蓋所有家具和地板。

解 析 coat 另有「覆蓋上一層」的意思。

相似詞 cover；layer；overlay

★ **coat** （動物的）皮毛

My Labrador retriever has a thick coat.

我的拉布拉多犬有厚厚的毛。

skirt 裙子 0103

We asked the taxi driver to take the road which **skirts** the busy town.

?	我們要求計程車司機走這繁忙小鎮的**裙子**。		我們要求計程車司機沿這繁忙小鎮的邊緣走。

解析 skirt 另有「沿……的邊緣走」的意思。

相似詞 bypass；detour；circumnavigate

★ skirt 避開（某尷尬／困難話題或問題）

It seemed that the singer tried hard to skirt the questions from the reporters.
這歌手似乎努力試著避開記者的問題。

suit 套裝 0104

We will file **suit** against the owner of the store.

?	我們將對這商店老闆提出**套裝**。		我們將對這商店老闆提出訴訟。

解析 suit 另有「訴訟」的意思。

相似詞 lawsuit；litigation；legal action

★ suit 對某人是方便的／不造成困擾的

It suits me OK if we go to the restaurant at 11：30.
如果 11 點半去餐廳，我是 OK 的。

hood （衣服上的）風帽 0105

I don't think criminals can wear **hoods** to keep him from being recognized.

?	我不認為罪犯可以戴**風帽**來避免人家認出長相。		我不認為罪犯可以戴頭套來避免人家認出長相。

解析 hood 另有「頭套；頭罩」的意思。

相似詞 balaclava

★ hood 貧民區

The movie star often visits children in the hood and offer help.
這電影明星常常造訪貧民區的小孩並提供幫忙。

★ hood　汽車引擎蓋
Cats like to sleep on the hood of my car and leave their footprints.
貓咪喜歡在我車子的引擎蓋睡覺並會留下腳印。

purse （女用）錢包 0106

Kelly **pursed** her lips and said she didn't like to eat vegetables.

?	Kelly **錢包**嘴唇並説她不喜歡吃蔬菜。		Kelly 噘嘴並説她不喜歡吃蔬菜。

解　析　purse 另有「**噘（嘴）**」的意思。
相似詞　pout；pucker

★ purse　**（體育競賽中的）獎金**
Every athlete competes for the purse of one million dollars.
每個運動員為這一百萬的體育獎金而競賽。

★ purse　**（機構或政府的）資金；財力**
Today's activity is financed by the public purse.
今天的活動由政府贊助。

tie 領帶 0107

Harden's three pointer **tied** the game.

?	Harden 的三分球讓比賽**領帶**。		Harden 的三分球讓比賽打平。

解　析　tie 另有「**（比賽中）打成平局**」的意思。
相似詞　draw

★ tie　**束縛；限制**
Mrs. Wang is tied to her work and can't take care of her baby at the same time.
王太太被工作束縛住，無法同時照顧寶寶。

★ tie　**與……相關**
Carrie's recent insomnia is tied to the extra workload.
Carrie 最近失眠與額外的工作量有關。

wear 穿著；戴著 0108

Gal **wore** a hole in her jeans.

?	Gal 在牛仔褲上**穿**一個洞。	✓	Gal 在牛仔褲上磨破一個洞。

解　析 wear 另有「磨破；耗損」的意思。

相似詞 rub；abrade

★ wear （有某種特定用途或某一類型的）衣服

Our store mainly rents out bridal wear.

我們店裡主要是出租新娘禮服。

★ wear 把（頭髮）梳成（某種髮型）

Greg wears his hair in a long braid.

Greg 將頭髮綁成辮子。

belt 皮帶 0109

The sports car **belted** down the road, making loud noise.

?	這輛跑車**皮帶**馬路，製造巨大噪音。		這輛跑車在馬路疾駛，製造巨大噪音。

解　析 belt 另有「（交通工具）疾駛」的意思。

相似詞 race；barrel；speed

★ belt 狠打

I was belted by the bully.

我被這惡霸狠打一頓。

★ belt 地帶；（特定的）區域

A mountain belt lies in the east of this country.

一山脈位於這國家的東部。

pad 護墊；襯墊 0110

On the roof of the tall building is a helicopter **pad**.

? 在這高樓的頂樓有直升機的**襯墊**。	 在這高樓的頂樓有直升機的起降地。

解析 pad 另有「（直升機的）起降地；（火箭的）發射台」的意思。

衍生詞 launch pad 發射台

★ **pad** （貓或狗的）肉趾

With the pad, a cat can walk quietly.

因為肉趾，貓咪可以走路無聲。

★ **pad** 無聲地走路

Helen padded upstairs.

Helen 走路靜悄悄地上樓。

dress 洋裝 0111

The school nurse **dressed** my finger cut after cleaning it.

? 學校護士清理完我手指傷口後，便將其穿**洋裝**。	 學校護士清理完我手指傷口後，便包紮傷口。

解析 dress 另有「包紮（傷口）」的意思。

相似詞 bandage；bind

★ **dress** 食材經處理過

The dressed shrimps are extremely delicious.

這些處理過的蝦子特別好吃。

★ **dress** 裝飾布置（尤指窗戶）

Today, our clerks' job is to dress all the windows for the coming Christmas.

今天，店員的工作便是為了即將到來的聖誕節裝飾櫥窗。

cap 鴨舌帽

0112

There is a **cap** on income tax rates.

?	所得稅率有**鴨舌帽**。		所得稅率有上限。

解析 cap 另有「（對收費或花費制定的）限額」的意思。

相似詞 limit；ceiling；restriction

★ cap 覆蓋……的頂部

All year round, the mountaintop is capped with snow.

整年，山頂上總是覆蓋白雪。

★ cap 入選國家隊參賽

Sam has been capped for France three times.

Sam 已經入選法國代表隊三次。

thread 線

0113

I spent one hour finding the **thread** I needed to fix my smartphone by myself.

?	我花了一個小時找需要的**線**來自己修理手機。		我花了一個小時找需要的網路貼文來自己修理手機。

解析 thread 另有「（網際網路上的）貼文」的意思。

衍生詞 pick up the thread （中斷後）繼續……

★ thread 挽臉（用長細線給面部除毛）

It hurts a little to have my face threaded.

挽臉時會有一點痛。

★ thread 思路

The teacher lost his thread when I asked him for permission to go to the toilet.

當我問老師可不可去上廁所，他便忘記剛剛說什麼了。

zip 拉鏈 0114

All my children **zipped** to the ice cream parlor in no time.

?	我的小孩馬上全**拉鍊**到冰淇淋店。		我的小孩馬上全衝到冰淇淋店。

解 析 zip 另有「**迅速去（某處）**」的意思。

相似詞 rush；dash；hurtle

★ zip 零；無

Hulk's team defeated us 20 to zip.

Hulk 的球隊以 20 比零打敗我們。

★ zip 速度；精力

A modified car usually has more zip than a normal one.

改裝過的車通常比一般車速度更快。

★ zip 壓縮（電腦文件）

If you don't zip your file, you are unable to send it.

如果你不壓縮文件，你是無法寄出的。

pocket 口袋 0115

Thomas **pocketed** the toy car and quickly left the store.

?	Thomas **口袋**這台玩具車並匆匆離開商店。		Thomas 竊取這台玩具車並匆匆離開商店。

解 析 pocket 另有「**竊取；把……據為己有**」的意思。

相似詞 steal；lift

住

03

balcony 陽台

0116

The ticket says my seat is in row E of the **balcony**.

?	✓
票上說我的位置在**陽台**的E排。	票上說我的位置在廂房的E排。

解析 balcony另有「（劇場的）樓座；廂房」的意思。

相似詞 stall

airy 寬敞明亮的

0117

Cathy turned down my invitation with an **airy** wave of hand.

?	✓
Cathy **寬敞明亮的**揮了揮手拒絕我的邀請。	Cathy滿不在乎地揮了揮手拒絕我的邀請。

解析 airy另有「無所謂的；輕率的」的意思。

相似詞 light-hearted；indifferent；nonchalant

dimension 空間

0118

Smartphones add a new **dimension** to the way people live.

?	✓
智慧型手機為人們生活方式增添新的**空間**。	智慧型手機為人們生活方式增添新的層面。

解析 dimension另有「層面；特點」的意思。

相似詞 aspect；feature；facet

warehouse 倉庫

0119

There is a big sale in the furniture **warehouse**. It's crowded on weekends.

?	✓
這家家具**倉庫**正在大特價。假日都擠滿人。	這家大型家具零售商店正在大特價。假日都擠滿人。

解析 warehouse另有「大型零售商店」的意思。

相似詞 mall

threshold 門檻 0120

Mary has a low **threshold** of pain.

?	Mary 有很低的疼痛**門檻**。		Mary 很容易感到疼痛。

解析 threshold 另有「界限」的意思。
相似詞 level；point；brink

shed （木質的）小屋 0121

Mom exercises every day, hoping to **shed** some kilograms.

?	媽媽每天運動，希望可以**小屋**幾公斤。		媽媽每天運動，希望可以甩掉幾公斤。

解析 shed 另有「去除；擺脫」的意思。
相似詞 lose；get rid of；rid

furnish 家具 0122

We **furnish** customers with the best hotel facilities.

?	我們**家具**顧客最棒的飯店設施。		我們提供顧客最棒的飯店設施。

解析 furnish 另有「提供」的意思。
相似詞 offer；provide；supply

dresser 矮衣櫃；餐具櫥 0123

Entertainers are mostly stylish **dresser**.

?	藝人們大多是很流行的**矮衣櫃**。		藝人們大多穿著很流行。

解析 dresser 另有「衣著……的人」的意思。
衍生詞 kitchen dresser　櫥櫃

pillar 柱子 0124

Mr. Van is the **pillar** of our community.

?			
?	Van 先生是我們這地區的**柱子**。	✓	Van 先生是我們這地區的中堅分子。

解　析　pillar 另有「中堅分子；重要成員」的意思。

相似詞　mainstay；backbone

cradle 搖床 0125

My son won't sleep unless I **cradle** him for a while.

?			
?	除非我**搖床**我兒子一會兒，否則他是不會睡的。	✓	除非我輕抱我兒子一會兒，否則他是不會睡的。

解　析　cradle 另有「（尤指用手臂）輕抱」的意思。

相似詞　hold；nestle；cuddle

door 門 

This morning, I nearly got **doored** by a reckless man.

?			
?	今天早上，我差點被一個莽撞的人給**門**了。	✓	今天早上，我差點被一個莽撞的人開車門給撞個正著。

解　析　door 另有「（騎腳踏車等）被開啟的車門給打中」的意思。

衍生詞　from door to door　挨家挨戶

chimney 煙囪 

Armstrong usually climbs up the **chimney** as exercise.

?			
?	Armstrong 通常會爬上**煙囪**當作運動。	✓	Armstrong 通常會爬上岩石狹縫當作運動。

解　析　chimney 另有「（可容一人攀登的）岩石狹縫」的意思。

衍生詞　smoke like a chimney　菸抽很大

0128

brick 磚頭

You're really a **brick**. Without your help, the party was a disaster!

?	你真是塊**磚頭**。沒有你幫忙，這舞會根本是災難。		你真是個好人。沒有你幫忙，這舞會根本是災難。

解　析　brick 另有「好心人」的意思。（屬幽默用字）

衍生詞　You can't make bricks without straw.　巧婦難為無米之炊。

0129

fence 柵欄

Thompson is a **fence** who makes dirty money.

?	Thompson 是個**柵欄**，淨賺一些骯髒錢。		Thompson 是個買賣贓物的人，淨賺一些骯髒錢。

解　析　fence 另有「**買賣贓物的人**」的意思。

相似詞　trafficker

brush 刷子

Jason **brushed** against me when he was about to make fun of Kim.

?	當 Jason 要作弄 Kim 時，**刷子**我一下。		當 Jason 要作弄 Kim 時，輕輕地碰我一下。

解　析　brush 另有「**輕輕地碰一下**」的意思。

相似詞　touch；stroke；flick

build 建築

Hart dreams of having muscular **build**.

?	Hart 夢想擁有充滿肌肉的**建築**。		Hart 夢想擁有充滿肌肉的身材。

解　析　build 另有「**身材；體形**」的意思。

相似詞　physique；figure；constitution

0132

tribe 部落

I invited Oliver to dinner, but at last the whole **tribe** showed up.

?		
我原本只邀請 Oliver 一起晚餐，但最後整個**部落**都出現。		我原本只邀請 Oliver 一起晚餐，但最後整個家族都出現。

解析 tribe 另有「家族」的意思。（屬幽默用字）

相似詞 clan；kinfolks；family

0133

ceiling 天花板

A **ceiling** was imposed on the import of beef.

?		
有關進口牛肉量的**天花板**被訂定。		有關進口牛肉量的上限被訂定。

解析 ceiling 另有「上限」的意思。

相似詞 cap；maximum；limitation

home 家

The Warriors have a **home** advantage over the Lakers.

?		
勇士隊對湖人隊有**家**的優勢。		勇士隊對湖人隊有主場優勢。

解析 home 另有「主場比賽的」的意思。

衍生詞 set up home　組成家庭

gate 大門

Gates at the football matches decreased a lot compared with last season.

?		
比起上球季，足球**大門**減少很多。		比起上球季，足球觀眾人數減少很多。

解析 gate 另有「（運動賽事）觀眾人數」的意思。

相似詞 audience；turnout

roof 屋頂 0136

Money for **roofing** over the swimming pool was finally raised.

?	✓
游泳池上的**屋頂**錢終於募到了。	 為游泳池加裝屋頂的錢終於募到了。

解析 roof 另有「給（建築物）裝屋頂」的意思。

衍生詞 under the same roof 在同一屋簷下；go through the roof 火冒三丈

window 窗戶 0137

I've got a **window** between 3 pm and 4 pm when we can talk about your plan.

?	✓
我在三點到四點間有**窗戶**，可以談談你的計劃。	 我在三點到四點間有空檔，可以談談你的計劃。

解析 window 另有「（做某事的）時機」的意思。

衍生詞 window seat 靠窗子的座位；window shopping 瀏覽商店櫥窗

sink 洗手台 0138

Fenny **sank** down into the sofa and closed her eyes.

?	✓
Fenny **洗手台**進入沙發，並闔上雙眼。	 Fenny 癱坐於沙發，並闔上雙眼。

解析 sink 另有「（因為疲累或虛弱）癱坐於……」的意思。

衍生詞 sink or swim 孤注一擲

> ★ **sink** 使失敗；使陷入麻煩
> The boycott of the opposition party will sink the annual budget review.
> 在野黨的杯葛勢必讓審議預算案難產。

crib 幼兒床 0139

Brown was caught red-handed **cribbing** Tim's answers.

?		
? Brown 被當場抓到**幼兒床** Tim 的答案。		Brown 被當場抓到抄襲 Tim 的答案。

解 析 crib 另有「抄襲」的意思。

相似詞 copy

★ crib 家

My brother is now at his friend's crib, not at home.

我哥哥現在在朋友的家，不在家中。

accommodate 為……提供住宿 0140

The newcomer has difficulty **accommodating** to the new work.

?		
? 這新來的人員難以新工作**提供住宿**。		這新來的人員難以適應新工作。

解 析 accommodate 另有「使適應」的意思。

相似詞 get used to；get accustomed to；adapt to

★ accommodate 予以照顧……的需求

It's our top priority to accommodate our clients as much as we can.

盡量達到顧客需求是我們第一優先。

slum 貧民窟 0141

Mr. Kenny was broke, so he has to **slum** it from now on.

?		
? Kenny 先生破產了，所以他必須從現在起**貧民窟**過日子。		Kenny 先生破產了，所以他必須從現在起過窮日子。

解 析 slum 另有「過窮日子」的意思。

相似詞 tighten the belt

★ slum 髒亂的地方

Do you really live here? Your place is a slum.

你是真的住在這嗎？你家真髒。

ditch 溝渠 0142

Polly felt so sad because her boyfriend **ditched** her.

?	Polly 傷心透了因為男友**溝渠**她。		Polly 傷心透了因為男友甩了她。

解 析 ditch 另有「拋棄；甩掉某人」的意思。

相似詞 dump；get rid of

★ ditch 翹課

Anderson ditched class today again.

Anderson 今天又翹課了。

cozy 溫馨的；溫暖舒適的 0143

The mayor had a **cozy** deal with many construction companies.

?	市長和許多家建築公司有**溫馨的**交易。		市長和許多家建築公司有勾結的交易。

解 析 cozy 另有「（非法）勾結的」的意思。

相似詞 illegal；unlawful

★ cozy 罩

We need a tea cozy when making tea in winter.

冬天泡茶時，我們需要茶罩。

cushion 墊子 0144

There is no way to **cushion** the impact of the price rises.

?	沒任何辦法可以**墊子**物價上漲的衝擊。		沒任何辦法可以緩衝物價上漲的衝擊。

解 析 cushion 另有「起緩衝作用的事物」的意思。

相似詞 soften；buffer；mitigate

facility 場所；設施 0145

JJ is praised for his **facility** for music.

? JJ 因為對音樂的**設施**被讚譽有加。

 JJ 因為對音樂的天資被讚譽有加。

解　析 facility 另有「天資」的意思。

相似詞 talent；gift；flair

★ facility （產品的）功能

My smartphone has a face-recognition facility.

我的手機有人臉辨識功能。

decoration 裝潢 0146

A **decoration** was conferred on the soldier for his bravery in wartime.

? 這士兵在戰時英勇表現被授予**裝潢**。

 這士兵在戰時英勇表現被授予勳章。

解　析 decoration 另有「獎章；勳章」的意思。

相似詞 medal；sash；ribbon

★ decoration （牆面）粉刷

The wall of my suite needs decoration before I rent it out.

我這間套房的牆面在出租之前，需要一點粉刷功夫。

wall 牆壁 0147

The police formed a **wall** to keep the protesters from the president.

? 警方組成**牆壁**，防堵抗議者接近總統。

 警方組成人牆，防堵抗議者接近總統。

解　析 wall 另有「人牆」的意思。

衍生詞 Walls have ears. 隔牆有耳

★ wall （臉書等）留言牆

I left a message “Happy Birthday” on Danny's Facebook wall.

我在 Danny 的臉書留言牆留下生日快樂的訊息。

doorstep 門前台階 0148

The newly-elected lawmaker has been **doorstepped** by reporters.

?	這剛當選的立委最近都遭記者**門前台階**。		這剛當選的立委最近強行被記者上門採訪。

解析　doorstep 另有「強行被記者上門採訪」的意思。

衍生詞　on sb's doorstep　在某人家

★ doorstep　挨家挨戶拉選票

There were five council candidates doorstepping people in the neighborhood.

五組議員候選人在這街訪拜票。

arch 拱門 0149

"You're finished when Mom finds it out," my sister said in an **arch** tone.

?	我妹妹以一種**拱門**的口吻說：「媽媽如果發現，你就完蛋了。」		我妹妹以一種狡猾的口吻說：「媽媽如果發現，你就完蛋了。」

解析　arch 另有「狡猾的；調皮的」的意思。

相似詞　sly；cunning；naughty

★ arch　（使）拱起

The dog arched its back and then spread its legs.

這隻狗先是拱起身子，接著伸展四肢。

hedge 樹籬 0150

Would you stop **hedging**? Just give us your answer.

?	可以不要再**樹籬**了嗎？給我們你的答案。		可以不要再拐彎抹角了嗎？給我們你的答案。

解析　hedge 另有「拐彎抹角」的意思。

相似詞　beat around the bush；fudge；equivocate

★ hedge　保護手段

It is a hedge against inflation to buy gold.

買黃金是對抗通膨的一種避險方式。

room 房間 0151

There is **room** for improvement.

?	有改進的**房間**。		有改進的機會。

解 析 room 另有「機會；餘地」的意思。

相似詞 opportunity；chance；possibility

★ **room** （與某人）合租

When in college, I roomed with my classmates to save some money.

大學時，我和同學合租來省點錢。

block 街區  0152

Joyce had writer's **block** after she finished the first chapter of the novel.

?	Joyce 在完成小說第一章後，有了作者**街區**。		Joyce 在完成小說第一章後，卻寫不出任何東西。

解 析 block 另有「暫時性地無法思考寫作或學習」的意思。

相似詞 mental block；obstacle

★ **block** 擋住視線

Excuse me. You're just blocking my view.

不好意思。你擋到我的視線了。

carpet 地毯 0153

Beckham was **carpeted** for leaving his kid in the car alone.

?	Beckham 因為留小孩獨自在車上而備受**地毯**。		Beckham 因為留小孩獨自在車上而備受責罵。

解 析 carpet 另有「責罵」的意思。

相似詞 scold；rebuke；reproach

★ **carpet** 覆蓋著一層……

My garden is carpeted with fallen maple leaves.

我的花園覆蓋著一層楓葉。

floor 地板；（樓房的）樓 0154

The question about when I would get married **floored** me.

?	我要何時結婚這問題還真的**地板**我了。		我要何時結婚這問題還真令我不知該回答什麼了。

解析 floor 另有「**使驚訝得不知所措所言**」的意思。

相似詞 shock；be speechless

★ floor　擊倒

The challenger was floored in less than 2 minutes.

這挑戰者不到兩分鐘就被擊倒。

★ floor　油門踩到底

I asked Watt to floor it, or I may miss my flight.

我叫 Watt 油門踩到底，否則我可能趕不上班機。

base 基地 0155

Nick is a man with **base** desires, so no one likes him.

?	Nick 是個有**基地**欲望的人，所以沒人喜歡他。		Nick 是個有卑鄙欲望的人，所以沒人喜歡他。

解析 base 另有「**卑鄙的**」的意思。

相似詞 ignoble；sordid；immoral

★ base　基礎；支柱

Our café has a stable customer base.

我們的咖啡廳有穩定的客源。

★ base　將某地設為總部

Pan's firm is based in Changhua.

Pan 公司設在彰化。

flat 公寓；平的 0156

Emy doesn't like a drink which is **flat**.

?	Emy 不喜歡**平平的**飲料。	✓	Emy 不喜歡沒有氣的飲料。

解析 flat 另有「（飲料）沒有氣的」的意思。

相似詞 not frizzy

★ flat 不感興趣的；無聊的

The clown's performance is kind of flat.

這小丑的表演有點無聊。

★ flat 沒有電的

Teddy's robot bear can't move because its battery is flat.

Teddy 機器熊不會動因為電池沒電。

house 房子 0157

The National Palace Museum **houses** a big collection of art works.

?	故宮**房子**許多藝術品。		故宮收藏許多藝術品。

解析 house 另有「為……提供空間／提供住處」的意思。

相似詞 store；keep

★ house （辯論）正方

This house believes corporal punishment is necessary.

正方認為體罰是必須的。

★ house 公司

Zoe signed the contract with a big publishing house.

Zoe 和那家大間的出版社簽約。

行

cruise 乘船遊覽；巡航 0158

The rich man **cruises** the bars every weekend night.

?	
這有錢人每週末夜晚都在酒吧裡**乘船遊覽**。	這有錢人每週末夜晚都在酒吧裡獵豔。

解析 cruise 另有「獵豔」的意思。

衍生詞 cruiser 遊艇＝警察巡邏車

steamer 汽船；輪船 0159

Those **steamers** are fighting with security guards.

?	
那些**輪船**正在和保全人員打鬥。	那些結夥搶劫的青少年正在和保全人員打鬥。

解析 steamer 另有「（在公共場所）結夥搶劫的青少年」的意思。

相似詞 robber；looter

honk 汽車喇叭響；鵝鳴叫 0160

Jim was so drunk that he **honked** all over the restaurant.

?	
Jim 太醉了以至於在餐廳**鵝叫**。	Jim 太醉了以至於在餐廳吐得到處都是。

解析 honk 另有「嘔吐」的意思。（英式俚語）

相似詞 vomit；throw up；barf

sneak 偷偷地走 0161

Lee is the teacher's pet and often **sneaks** on all the other students.

?	
Lee 是老師的愛徒，並常常**偷偷地走**其他學生。	Lee 是老師的愛徒，並常常偷偷打其他學生的小報告。

解析 sneak 另有「（向老師）打小報告」的意思。

相似詞 rat on；tell on；grass on

mileage 里程數 0162

What **mileage** do you expect to get from this business?

?	你想從這生意中得到什麼**里程數**？		你想從這生意中得到什麼好處？

解 析 mileage 另有「利益；好處」的意思。

相似詞 advantage；benefit；reward

ferry （尤指定期的）渡輪 0163

My mother **ferries** my child from home to kindergarten.

?	我媽媽負責**渡輪**我的小孩來回於我家和幼稚園之間。		我媽媽負責接送我的小孩來回於我家和幼稚園之間。

解 析 ferry 另有「運送；接送」的意思。

相似詞 shuttle；carry；ship

stumble 絆腳；絆倒 0164

I **stumbled** over some difficult characters of the guests' names.

?	我**絆倒**賓客難念的名字。		我念錯幾個賓客難念的名字。

解 析 stumble 另有「念錯」的意思。

相似詞 stammer；falter；blunder

stride 大步；闊步 0165

The army has made major **strides** in defending our country.

?	陸軍在保衛國家上**大步**走。		陸軍在保衛國家上有長足進步。

解 析 stride 另有「進步」的意思。

相似詞 improvement；advance；progress

raft 木筏 0166

Next year, Gin's company will roll out a **raft** of cosmetic products.

?	明年，Gin 的公司將推出一**木筏**的美容商品。		明年，Gin 的公司將推出許多的美容商品。

解 析　raft 另有「**許多**」的意思。

相似詞　a large number of；numerous；plenty of

transport 運輸 0167

This movie **transported** everyone back to the Taiwan of 1960s.

?	這部電影**運輸**每個人回去 1960 年代的台灣。		這部電影使每個人彷彿置身 1960 年代的台灣。

解 析　transport 另有「**使產生身臨其境的感覺**」的意思。

衍生詞　air transport　空運；rail transport　鐵路運輸

expedition 遠征探險 0168

We will discuss your proposal with great **expedition**.

?	我們將**遠征探險**討論你的提案。		我們將迅速討論你的提案。

解 析　expedition 另有「**迅速**」的意思。

相似詞　promptness；swiftness；haste

passport 護照 0169

Hard work is a **passport** to success.

?	努力是成功的**護照**。		努力是獲成功之道。

解 析　passport 另有「**獲取……的手段**」的意思。

相似詞　means；way；avenue

baggage 行李 0170

In my view, Joey carried too much emotional **baggage**.

?	✓
在我看來，Joey 攜帶太多情感**行李**。	 在我看來，Joey 有太多情感包袱。

解析 baggage 另有「（思想、情感）包袱」的意思。

相似詞 feelings；beliefs

arrive 抵達 0171

Jill's baby daughter **arrived** at 2 am last night.

?	✓
Jill 的女寶寶昨晚兩點**抵達**。	 Jill 的女寶寶昨晚兩點出生。

解析 arrive 另有「出生」的意思。

相似詞 be born；be delivered

entrance 入口 0172

Everyone was **entranced** by the beauty of Elsa.

?	✓
每個人都被 Elsa 的美**入口**。	 每個人都為 Elsa 的美所著迷。

解析 entrance 另有「使著迷」的意思。

相似詞 enchant；captivate；bewitch

mobile 活動的；手機  0173

The **mobile** is a perfect decoration for your door.

?	✓
這**活動的**正是你門上最佳裝飾品。	 這風鈴正是你門上最佳裝飾品。

解析 mobile 另有「風鈴」的意思。

衍生詞 mobile device 行動裝置

sail 航行 0174

Jackson, who just got promoted, **sailed** into the office.

?	剛獲升遷的 Jackson **航行**進入辦公室。		剛獲升遷的 Jackson 很有自信地走進入辦公室。

解析 sail 另有「自信地行走」的意思。

衍生詞 sail against the wind 不顧眾人反對

tunnel 隧道；開鑿隧道 0175

This worm **tunneled** into the trunk.

?	這隻蟲**隧道**進入樹幹。		這隻蟲在樹幹裡挖洞。

解析 tunnel 另有「（昆蟲）挖洞」的意思。

相似詞 dig；bore；burrow

cart 手推車 

We **carted** all the fallen branches and leaves to the garbage dump.

?	我們**手推車**掉落的樹枝和樹葉到垃圾場。		我們搬運掉落的樹枝和樹葉到垃圾場。

解析 cart 另有「（尤指費力地）運送／搬運」的意思。

相似詞 haul；tote；carry

car 車 

Let's go to the buffet **car** to grab something to eat.

?	我們去自助餐**車**拿點東西吃吧。		我們去餐車車廂拿點東西吃吧。

解析 car 另有「（火車上做特別用途的）車廂」的意思。

相似詞 carriage；coach

04

railroad 鐵路 0178

Victor was **railroaded** into buying a scooter for his wife.

?	Victor 被**鐵路**買一台摩托車給他太太。		Victor 被迫買一台摩托車給他太太。

解 析 railroad 另有「（倉促或不公正的方式）強迫」的意思。

相似詞 force；make；urge

scooter 摩托車 0179

The kids are having fun riding their **scooters**.

?	這些小孩騎**摩托車**玩得很開心。		這些小孩騎滑板車玩得很開心。

解 析 scooter 另有「滑板車」的意思。

衍生詞 motorcycle （打檔）機車

pursuit 追蹤；追擊 0180

What are your leisure **pursuits**?

?	你的休閒**追蹤**是什麼？		你的嗜好活動是什麼？

解 析 pursuit 另有「嗜好活動；消遣活動」的意思。

相似詞 activity；hobby；pastime

rail 鐵路交通 0181

Most of us **railed** against the new tax law.

?	大部分的人都**鐵路交通**新的稅法。		大部分的人都生氣抱怨新的稅法。

解 析 rail 另有「生氣抱怨（覺得不公平之事）」的意思。

相似詞 complain about；repine about；whine about

van 廂形貨車 0182

Dr. Huang is in the **van** of liver cancer research.

?		
黃博士在肝癌研究上是**廂形貨車**。		黃博士在肝癌研究方面是處於領先地位的。

解　析　van 另有「**在……方面領先**」的意思。

相似詞　vanguard；lead

jet 噴射機 0183

Cena **jets** around the world after winning the lottery.

?		
中樂透後，Cena **噴射機**到世界各地旅行。		中樂透後，Cena 搭飛機到世界各地旅行。

解　析　jet 另有「**搭飛機旅行**」的意思。

衍生詞　jet lag　時差不適

motor 引擎；馬達 0184

Fay was diagnosed with poor **motor** functions.

?		
Fay 被診斷出有不佳的**引擎**功能。		Fay 被診斷出有不佳的運動神經功能。

解　析　motor 另有「**運動神經的**」的意思。

相似詞　engine

fuel 燃料

Gordon hasn't been seen for months, **fueling** the rumor that he is really sick.

?		
Gordon 好幾個月沒看到人，**燃料**謠傳他真的生病了。		Gordon 好幾個月沒看到人，引起他真的生病的謠傳。

解　析　fuel 另有「**激起**」的意思。

相似詞　provoke；arouse；elicit

station （各種交通或機構）局；站；所 0186

One hundred policemen were **stationed** around the exits of the baseball stadium.

?	一百位警察**所**在棒球場的出口。		一百位警察駐守在棒球場的出口。

解析 station 另有「駐守；（尤指士兵）駐紮」的意思。

相似詞 post；position

entry 進入；參加 0187

All the winning **entries** will be displayed until Feb. 28.

?	所有得獎**進入**將展出至二月二十八號。		所有得獎作品將展出至二月二十八號。

解析 entry 另有「參賽作品」的意思。

衍生詞 entry-level （設備）入門級的

bridge 橋 

It is important to **bridge** the gap between the rich and the poor in society.

?	**橋梁**社會上富人和窮人間的鴻溝是很重要的。		消除社會上富人和窮人間的鴻溝是很重要的。

解析 bridge 另有「減少……的差異」的意思。

相似詞 shorten；fill；plug

departure 啟程 0189

Shelly's **departure** is really a great loss to our department.

?	Shelly 的**啟程**對我們部門是一大損失。		Shelly 的離職對我們部門是一大損失。

解析 departure 另有「辭職；離職」的意思。

相似詞 resign；quit

commute 通勤 0190

Vans begged the judge to **commute** his sentence.

?	Vans 懇求法官將其刑期**通勤**。		Vans 懇求法官將其刑期減輕。

解　析　commute 另有「減輕（刑罰）」的意思。

相似詞　lessen；reduce；decrease

bus 公車 0191

I help **bus** tables in my parents' restaurant.

?	我在爸媽的餐廳幫忙**公車**桌子。		我在爸媽的餐廳收拾髒盤子。

解　析　bus 另有「從餐廳桌上收拾髒盤子」的意思。

衍生詞　double-decker　雙層公車；bendy bus　雙節公車

escort 護送  0192

Xavier paid an **escort** some money to go out with him.

?	Xavier 付一些錢給**護送**來跟他出遊。		Xavier 付一些錢給伴遊小姐來跟他出遊。

解　析　escort 另有「伴遊小姐」的意思。

相似詞　prostitute

diversion 繞道  0193

Watching a movie on the weekend is my favorite **diversion**.

?	假日看部電影是我最愛的**繞道**。		假日看部電影是我最愛的消遣。

解　析　diversion 另有「消遣娛樂」的意思。

相似詞　entertainment；recreation；pastime

traffic 交通 0194

Stan was notorious for **trafficking** children.

?		
Stan 因**交通**小孩而惡名昭彰。		Stan 因販賣小孩而惡名昭彰。

解 析 traffic 另有「販賣（人口）」的意思。

相似詞 smuggle

convenience 便利 0195

Sometimes, there are some teenagers taking drugs at the **convenience**.

?		
有時候，這**便利**裡面會有一些青少年吸毒。		有時候，會有一些青少年在這公共廁所裡面吸毒。

解 析 convenience 另有「公共廁所」的意思。

相似詞 public toilet；public convenience

craft 船；飛行器 0196

All these hand puppets were **crafted** by Master Liu.

?		
所有這些布袋戲戲偶都是劉大師所**飛行器**。		所有這些布袋戲戲偶都是劉大師所製作。

解 析 craft 另有「（運用技巧）製作某物」的意思。

相似詞 create；produce

taxi 計程車 0197

The plane finally **taxied**; it had been a long flight.

?		
飛機終於**計程車**了；真的飛很久。		飛機終於在地面滑行了；真的飛很久。

解 析 taxi 另有「（飛機）在地面滑行」的意思。

衍生詞 hail a taxi　招計程車；taxi fare　計程車費

board 上（船、車、飛機等） 0198

Do you commute to school or **board**?

?	你是通勤上課還是**上船**？		你是通勤上課還是住校？

解 析 board 另有「（在學校）住校」的意思。

衍生詞 bring sb on board 讓某人參與

truck 卡車 0199

The game is about to begin. Let's **truck** to the stadium.

?	比賽快開始了。我們**卡車**到運動場吧。		比賽快開始了。我們快到運動場吧。

解 析 truck 另有「快速去……移動」的意思。

衍生詞 have no truck with sth/sb 不與……打交道

pace （移動的）步調；（發生的）速度；節奏 0200

Berry **paced** the room, waiting for the interview result.

?	Berry **步調**房間，等待面試結果。		Berry 房間內來回踱步，等待面試結果。

解 析 pace 另有「（因焦慮或擔憂而）來回踱步」的意思。

相似詞 walk up and down

★ pace 用步伐量某地點的長度距離

Father paced out the length of our living room.

爸爸用步伐量測客廳大概的長度。

accessible 可進入的；可得到的 0201

Chinese poems are not so **accessible** to the foreigner.

?	中文詩對於這外國人來說不好**進入**。		中文詩對於這外國人來說不易懂。

04

解 析 accessible 另有「**易懂的**」的意思。

相似詞 understandable；comprehensible；digestible

★ accessible 有親和力的；易親近的

Not every president is accessible.

不是每個總統都很有親和力的。

ship 船 0202

I intended to **ship** Ron and Mia.

?	我想要**船** Ron 和 Mia。		我想要湊合 Ron 和 Mia。

解 析 ship 另有「**（感情上）湊合；配對**」的意思。

相似詞 set sb up

★ ship （藉由船、卡車、飛機等）運輸／送

Five thousand containers of produce will be shipped to Japan.

五千個農產品貨櫃將被運送到日本。

walk 散步 0203

Lily will **walk** the final exams because she is well-prepared.

?	Lily 因為準備充分，所以會**散步**期末考。		Lily 因為準備充分，所以會輕鬆通過期末考。

解 析 walk 另有「**輕鬆通過（考試）**」的意思。

衍生詞 walk the walk 付諸行動

★ walk （某物）不見

My flash drive walked! It was here two minutes ago.

我的隨身碟不見了！兩分鐘前還在這的。

navigate 導航 0204

My math teacher is trying to help us **navigate** complicated calculus problems.

?	✓
我的數學老師試著幫助我們**導航**複雜的微積分問題。	 我的數學老師試著幫助我們解開複雜的微積分問題。

解 析　navigate 另有「**了解／處理複雜的事**」的意思。

相似詞　deal with；understand；grapple with

★ navigate　瀏覽／訪問（網站）

Many complain that the hotel-booking website is not easy to navigate.

很多人抱怨這飯店訂房網站不易瀏覽。

gear 排檔；傳動裝置 0205

Wow! You've got all necessary fishing **gear**. You look like a pro.

?	✓
哇！你有所有的釣魚**排檔**。看起來真像個高手。	 哇！你有所有的釣魚裝備。看起來真像個高手。

解 析　gear 另有「**裝備**」的意思。

相似詞　equipment；apparatus；kit

★ gear　衣服

Remember to take rain gear with you when you go to work.

上班記得帶雨衣。

dock 船塢；碼頭 0206

Andy is late for work for three days this month, so he'll be **docked** 2,000 dollars.

?	✓
Andy 這個月總共上班遲到三天，所以他會被**碼頭**兩千塊。	 Andy 這個月總共上班遲到三天，所以他會被扣兩千塊。

解 析　dock 另有「**扣發（尤指金錢）**」的意思。

相似詞　deduct；cut；remove

★ dock　被告席

The suspect in the dock seems quite nervous.

被告席上嫌犯顯得頗緊張。

0207

lag 落後

Father **lagged** the pipe to keep the water from freezing.

?	爸爸**落後**管路以防水結冰。		爸爸給管路加保溫層以防水結冰。

解　析　lag 另有「（為防止結冰或保溫而）給……加保溫層」的意思。

衍生詞　lag behind　落後

04

0208

slow 慢的

This novel is so **slow** that I only finished five pages.

?	這小說如此**慢**以至於我只讀了五頁。		這小說如此無趣以至於我只讀了五頁。

解　析　slow 另有「（電影、書籍、戲劇等）情節拖泥帶水／無趣的」的意思。

相似詞　boring；dull；flat

0209

vessel 船艦

Mr. Lin needed an operation to remove blockages in the blood **vessels**.

?	林先生需要手術來移除**船艦**內的阻塞。		林先生需要手術來移除血管內的阻塞。

解　析　vessel 另有「血管」的意思。

相似詞　vein；artery

0210

carriage 四輪馬車；（火車）車廂

Every guest was impressed by the hostess' graceful **carriage**.

?	每位賓客都為女主人的優雅**車廂**印象深刻。		每位賓客都為女主人的優雅姿態印象深刻。

解　析　carriage 另有「儀態；姿態」的意思。

相似詞　posture；comport

cross 越過 0211

One of my coworker always **crosses** me.

?	我有個同事總是會**越過**我。		我有個同事總是會惹惱我。

解 析 cross 另有「**惹惱某人**」的意思。

相似詞 piss sb off；infuriate；annoy

deck 甲板 0212

Julie's dining table is **decked** with roses.

?	Julie 的餐桌以玫瑰花**甲板**。	✓	Julie 的餐桌以玫瑰花裝飾。

解 析 deck 另有「**裝飾；打扮**」的意思。

相似詞 decorate；embellish；bedeck

★ deck 把……打趴下

The muscular man decked a drunkard who harassed him.

這肌肉男把騷擾他的醉漢打趴在地上。

track 行蹤；軌道 0213

Who on earth **tracked** dirt in the living room floor?

?	到底是誰**軌道**泥巴在客廳地板？		到底是誰在客廳地板留下泥巴的？

解 析 track 另有「**在……上留下足跡**」的意思。

相似詞 trail

★ track （同齡學生依智力／能力編排）班、組

All of the students will be tracked based on their ability.

所有學生將依能力分組學習。

delivery 運送 0214

The speaker's **delivery** is quite attractive.

? 這演講者的**運送**很吸引人。

 這演講者的演講風格很吸引人。

解析 delivery 另有「**演講／表演風格（或方式）**」的意思。

相似詞 style；manner；performance

★ delivery 生產

Proper and regular exercise before delivery is helpful for an easy delivery.
生產前適當且規律的運動有助於生產順利。

flight （飛機的）班機 0215

During the **flight** from the police, the burglar dropped the gold they robbed.

? 在從警方**班機**中，這強盜掉了搶來的黃金。

 在逃避警方追捕中，這強盜掉了搶來的黃金。

解析 flight 另有「**逃跑；躲避**」的意思。

相似詞 escape；getaway

★ flight 一段樓梯

Liam fell down a flight of stairs at home, and was badly injured.
Liam 從自家的樓梯摔下，並受傷嚴重。

trail 鄉間小道 0216

My favorite baseball team is still **trailing** with two minutes to go.

? 比賽剩下兩分鐘我最愛的球隊還是**鄉間小道**。

 比賽剩下兩分鐘我最愛的球隊還是落後中。

解析 trail 另有「**（比賽中）落後**」的意思。

相似詞 behind

★ trail 疲憊地走

Ms. Fang trailed behind her friends when going mountain-climbing.
爬山時，方小姐疲憊地走在朋友的後面。

take 搭乘 0217

What's your **take** on the result of the presidential election?

?	✓
你對於總統大選結果的**搭乘**為何？	你對於總統大選結果的感想為何？

解析 take 另有「**反應；感想**」的意思。

相似詞 opinion；view；feeling

★ take （治療、藥物等）起作用

The treatment for Zion's lung cancer didn't take.

Zion 肺癌的治療並沒起多大作用。

wander 漫步；閒逛 0218

Minutes through the class my mind started to **wander**.

?	✓
上課幾分鐘後我的心思開始**閒逛**。	上課幾分鐘後我便開始分心。

解析 wander 另有「**分心；心不在焉**」的意思。

相似詞 distract；divert

★ wander （男人的手）開始亂摸身邊的女性

Sandy never saw Ken again because his hands wandered whenever they went out.

Sandy 再也不跟 Ken 約會因為他都會毛手毛腳。

travel 旅行 0219

Usually, our strawberries **travel** badly.

?	✓
我們的草莓通常不能好好**旅行**。	我們的草莓通常無法經得起長途運輸。

解析 travel 另有「**（食品等）經得起長途運輸**」的意思。

衍生詞 travel light 輕裝旅行

★ travel （眼睛）掃視

The manager's eyes travelled over the newcomer.

經理掃視這新進人員。

stray 偏離原路 0220

A pregnant woman was accidentally hit by a **stray** bullet.

?	
有個懷孕的婦女意外地被**偏離原路**的子彈擊中。	有個懷孕的婦女意外地被流彈擊中。

解　析　stray 另有「**零星的**」的意思。

衍生詞　stray dog/cat　流浪狗／貓

★ stray　（目光）不由自主地移動

How come my eyes keep straying from the blackboard?

為何我的目光一直會從黑板移開呢？

fast 快的 0221

The two Muslims have **fasted** for two days.

?	
這兩個回教徒已經**快**兩天了。	這兩個回教徒已經齋戒兩天了。

解　析　fast 另有「**齋戒**」的意思。

相似詞　abstain from food

★ fast　（衣服）不褪色的

The color of my new shirt is fast.

我新襯衫的顏色不易褪色。

stagger 蹣跚 

We **stagger** our holidays so that we can take care of our old parents.

?	
我們**蹣跚**假期，所以我們才能照顧年邁雙親。	我們錯開假期，所以我們才能照顧年邁雙親。

解　析　stagger 另有「**使（尤指工作、假期時間）錯開**」的意思。

衍生詞　staggering　驚人的

★ stagger　使……十分驚訝

It staggered Linda to know she got a pay raise.

得知加薪的消息讓 Linda 很驚訝。

garage 車庫 0223

We're running out of gas. Find a **garage** now.

?	我們快沒油了。快找家**車庫**。		我們快沒油了。快找家加油站。

解 析 garage 另有「**加油站**」的意思。

相似詞 gas station；petrol station

★ garage 修車廠
Could I borrow your car? Mine is still at the garage.
我可以跟你借車嗎？我的還在修車廠。

vehicle 車輛

This charity concert is viewed as a **vehicle** for humanitarian concerns.

?	這場慈善音樂會被視為是人道關懷的**車輛**。		這場慈善音樂會被視為是人道關懷的媒介。

解 析 vehicle 另有「**媒介；手段**」的意思。

相似詞 medium；means；channel

★ vehicle 特意製作的電影、節目、展覽等
It is known that this TV show is nothing but a vehicle for the rising star.
眾所皆知的是這電視節目只不過是為這嶄露頭角的明星量身打造的節目。

toll （道路、橋梁等的）通行費

We heard a bell **tolling** in the distance in the middle of the night.

?	我們在半夜聽到遠方的鐘**通行費**。		我們在半夜聽到遠方的鐘緩慢而反覆地鳴響。

解 析 toll 另有「**（鐘）緩慢而反覆地鳴響**」的意思。

相似詞 ring；knell

★ toll 傷亡；破壞
The death toll from the hurricane rose to 38.
因為颶風所造成的死亡人數攀升至 38 人。

platform （鐵路等）月台 0226

The opposition party adopted a new **platform** and won the election.

?	
在野黨採用新的**月台**並贏得選舉。	在野黨採用新的政綱並贏得選舉。

解　析　platform 另有「**政綱**」的意思。

衍生詞　platform shoes　恨天高（鞋）

★ platform　平台（指使用的手機／電腦系統）

Our calendar app is available both on Apple's iOS and Google's Android mobile platforms.

我們的日曆程式在蘋果 iOS 和 Google 的安卓行動平台都可使用。

steer 駕駛（交通工具） 0227

The waitress **steered** us to our table.

?	
這女服務生**駕駛**我們到餐桌。	這女服務生引導我們到餐桌。

解　析　steer 另有「**引導**」的意思。

相似詞　lead；guide；direct

★ steer　閹割後的公牛

Steers are raised for meat.

閹割後的公牛是飼養來食用的。

rotate 旋轉  0228

The farmer **rotates** rice and other vegetables.

?	
這農夫**旋轉**稻米和其他蔬菜。	這農夫輪作稻米和其他蔬菜。

解　析　rotate　另有「**（農作物）輪作**」的意思。

衍生詞　in rotation　輪替；輪流

★ rotate　輪值；（工作）輪換

In my company, we have to rotate our jobs.

在我公司，我們必須輪換工作。

ride 騎車 0229

We **rode** up to the top floor to have dinner with our professor.

?		
? 我們**騎車**到頂樓來與教授吃晚餐。		我們搭乘電梯到頂樓來與教授吃晚餐。

解析 ride 另有「**搭乘電梯**」的意思。

衍生詞 give sb a ride　讓某人搭便車

★ ride　（藉批評或要求某人做事來）激怒某人

Why does Elva ride you so often?

為何 Elva 常常激怒你呢？

plane 飛機

Pitt **planed** the surface of the table to make it smooth.

?		
? Pitt 將桌子的表面**飛機**，使之平滑。		Pitt 將桌子的表面刨平，使之平滑。

解析 plane 另有「**刨平**」的意思。

相似詞 level；flatten

★ plane　水準；層面

Mr. Yang's vocabulary book is on a totally different plane from other writers'.

楊先生的字彙書作品水準遠高於其他作家。

speed 速度 0231

The injured person was **sped** to the hospital by an ambulance.

?		
? 傷者被救護車**速度**到醫院。		傷者被救護車迅速載往醫院。

解析 speed 另有「**迅速帶往**」的意思。

衍生詞 speed up　加速

★ speed　安非他命

Gina is addicted to speed.

Gina 對安非他命成癮。

wheel　輪子；方向盤 0232

A hawk is **wheeling** above, looking for its prey.

?	✓
一隻老鷹正在空中**方向盤**，尋找獵物。	 一隻老鷹正在空中盤旋，尋找獵物。

解　析　wheel 另有「**盤旋**」的意思。

相似詞　hover；soar；glide

★ wheel　很快地轉過來

Mom wheeled around and told me to be quiet.

媽媽突然轉過身告訴我別出聲。

mount　騎上（馬、腳踏車等）  0233

Tension has been **mounting** as the two countries hold military drills.

?	✓
隨著兩國舉行軍事操演，緊張情勢不斷**騎上**。	 隨著兩國舉行軍事操演，緊張情勢不斷上升。

解　析　mount 另有「**增加；上升**」的意思。

相似詞　increase；soar；escalate

★ mount　設置（崗哨）

Two security guards were mounted in the commercial building.

在這商業大樓內設置兩名警衛。

fare 車費 0234

Eddy was disappointed because he didn't **fare** well in the audition.

?	Eddy 很失望，因為他試鏡並不**車費**。		Eddy 很失望，因為他試鏡並不成功。

解 析　fare 另有「**遭遇；經歷；成功**」的意思。

相似詞　proceed；get by

★ fare　計程車乘客

There are four fares in the taxi.

計程車有四名乘客。

★ fare　（餐館或某一節日會吃的）飯菜

Turkey is the main dish of Thanksgiving fare.

火雞是感恩節大餐的主菜。

approach 靠近；接近 0235

How will you **approach** the thorny problem?

?	你將如何**靠近**這棘手問題？		你將如何處理這棘手問題？

解 析　approach 另有「**處理**」的意思。

相似詞　cope with；deal with；tackle

★ approach　接洽；交涉

The Bulls made an approach to the Thunders to trade one starter.

公牛隊與雷霆隊接洽想交易一名先發球員。

★ approach　詢問

We sometimes approach Mike for advice about buying a good car.

我們有時會詢問 Mike 買一部好車的建議。

0236

harbor 港口

Meek **harbors** fears for a barking dog.

? Meek 對於吠叫中的狗**港口**懼怕。

Meek 對於吠叫中的狗心懷懼怕。

04

解析 harbor 另有「**心懷（想法、害怕或感情等）**」的意思。

相似詞 nurse；embrace；bear

★ harbor　窩藏（罪犯或贓物）

You will break the law if you harbor a criminal.

如果你窩藏罪犯，你也一樣犯法。

★ harbor　攜帶（細菌等）

Smartphone screens harbor far more bacteria than you think.

手機螢幕攜帶的細菌遠遠超乎你想像。

0237

drive 駕駛（汽車）

What **drove** Bibby to invest so much in the stock market?

? 是什麼**駕駛** Bibby 在股市投資這麼多？

是什麼驅使 Bibby 在股市投資這麼多？

解析 drive 另有「**驅使**」的意思。

相似詞 urge；push；force

★ drive　私人車道

Father parks his car in the drive.

爸爸將車子都停在車道。

★ drive　（使用重機具）挖洞

It took ten years to drive a tunnel through this mountain.

挖貫穿山脈的這條隧道歷時十年。

train 火車 0238

All the reporters **trained** their cameras at the newly-elected mayor.

?		
? 所有記者將照相機**火車**剛當選的市長。		所有記者將照相機對準剛當選的市長。

解　析　train 另有「**把（槍、相機等）對準……**」的意思。

相似詞　aim；point；direct

★ train　（透過修剪）使（植物）朝特定方向生長

Mr. Chen hired an expert to train his expensive trees.

陳先生請一個專家來修剪昂貴的樹木。

★ train　拖裙

Most wedding dresses have long trains.

大部分的婚紗都有長拖裙。

return 返回

Calvin thinks the **returns** on farming are comparatively low.

?		
? Calvin 認為務農的**返回**相對低。		Calvin 認為務農的收益相對低。

解　析　return 另有「**收益；收入**」的意思。

相似詞　profit；gains；earnings

★ return　再次發生

If the pain doesn't return, stop taking the medicine.

如果疼痛不再，就不用再吃藥了。

★ return　退貨（複數）

What are you going to do with these returns?

你要怎麼處理這些退貨商品？

trip 旅行 0240

The guy may be **tripping**; he is acting strangely.

?	這傢伙可能**旅行**；他行為怪異。		這傢伙可能服毒後產生幻覺；他行為怪異。

解析 trip 另有「**（服用毒品後）產生幻覺**」的意思。

相似詞 hallucinate

★ trip　有娛樂性的事件或人

I like Dan, who is such a trip.

我喜歡 Dan，他實在有趣。

★ trip　輕快地走

As the princess is tripping down the stairs, every guest is looking at her.

當公主輕快地走下樓梯時，所有賓客無不盯著她看。

gas 汽油 0241

Toast sometimes gives me **gas**.

?	吐司有時會給我**汽油**。		吐司有時會讓我脹氣。

解析 gas 另有「**脹氣**」的意思。

相似詞 wing

★ gas　閒聊

Oh my god. We just spent two hours gassing.

我的天那。我們竟閒聊兩個小時。

★ gas　用毒氣殺死

Many Jews were gassed during WWII.

二戰時許多猶太人被毒氣毒死。

advance 向前移 0242

I asked my boss to **advance** me some money.

?	我要求老闆**向前移**一些錢。	✓	我要求老闆預付一些錢給我。

解析 advance 另有「**預付**」的意思。

衍生詞 in advance 預先

★ advance 提出（想法或理論）

Dr. Don advanced a new theory about black holes.

Don 博士提出黑洞的新理論。

★ advance （股票等）增值

The shares I bought two years ago finally advanced today.

兩年買的股票今天終於增值了。

sleeper 臥鋪列車 0243

The workers are changing some old rotten **sleepers**.

?	這些工人正在替換舊且爛掉的**臥鋪列車**。		這些工人正在替換舊且爛掉的枕木。

解析 sleeper 另有「**（鐵軌）枕木**」的意思。

衍生詞 heavy/light sleeper 睡覺很沉的人／淺眠的人

★ sleeper 爆冷的人（或物）

The South Korea team is a sleeper in the tournament.

南韓隊是這次錦標賽的爆冷球隊。

★ sleeper 潛伏特務

The Russian sleeper's identity was exposed.

這俄羅斯的潛伏特務身分曝光了。

05 育

graduate 畢業生；畢業 0244

Five years later, Greg **graduated** from a manager to a general manager.

?	五年後，Greg 從經理**畢業**成總經理。		五年後，Greg 從經理晉升成總經理。

解 析 graduate 另有「**晉升**」的意思。

相似詞 progress；advance

philosophical 哲學的 0245

Grandmother told me to be **philosophical** about something bad happening in life.

?	奶奶告訴我對人生發生不好的事要**哲學**點。		奶奶告訴我對人生發生不好的事要豁達點。

解 析 philosophical 另有「**豁達的**」的意思。

相似詞 composed；imperturbable

graphic 繪畫的 0246

Mia gave us a **graphic** account of her thrilling encounter with a shark.

?	Mia 跟我們**繪畫地**講與一隻鯊魚驚險的接觸。		Mia 跟我們生動地講與一隻鯊魚驚險的接觸。

解 析 graphic 另有「**生動的**」的意思。

相似詞 vivid；colorful；true-to-life

faculty 大學中的全體教師 0247

Ellen has a **faculty** for telling people's fortune.

?	Ellen 有一種預知人們命運的**大學中全體教師**。		Ellen 有一種預知人們命運的才能。

解 析 faculty 另有「**才能**」的意思。

相似詞 gift；talent；capability

extracurricular （活動、主題等）課外的 0248

The minister's **extracurricular** activities were reported on the news.

?	✓
這部長**課外的**活動在新聞中曝了光。	 這部長婚外的韻事在新聞中曝了光。

解析 extracurricular 另有「**婚外的**」的意思。（屬幽默用法）

相似詞 extramarital

politics 政治（學） 0249

Ms. Wu quit her job as entangled in the office **politics**.

?	✓
吳小姐因為牽扯進入辦公室**政治（學）**的關係而辭職。	 吳小姐因為牽扯進入辦公室勾心鬥角的關係而辭職。

解析 politics 另有「**（團體內的）勾心鬥角**」的意思。

相似詞 machinations

page （一）頁 0250

Peterson was **paged** to come to the reception desk.

?	✓
Peterson 被**一頁**前往服務台處。	 Peterson 被廣播前往服務台處。

解析 page 另有「**（用擴音器在公共場合）呼叫（某人）**」的意思。

相似詞 broadcast for；call for

quiz 隨堂小考 0251

A couple of witnesses are being **quizzed** by the policewoman.

?	✓
幾個目擊者正被女警**隨堂小考**。	 幾個目擊者正被女警查問。

解析 quiz 另有「**查問**」的意思。

相似詞 question；grill；interrogate

dismiss 解散 0252

The judge **dismissed** the court case.

?	這法官**解散**這訴訟案。		這法官駁回這訴訟案。

解 析 dismiss 另有「（常指法官因證據不足而）駁回」的意思。

衍生詞 class dismissed　下課

05

revise 修訂；校稿 

Everyone is **revising** for the English test.

?	每個人都正在為英文考試**修訂**。		每個人都正在為英文考試複習功課。

解 析 revise 另有「複習」的意思。

相似詞 review；brush up（on）；study

textbook 教科書 

This is a **textbook** example of how to shoot a jump shot.

?	這是如何跳投很**教科書**例子。		這是如何跳投很典範的例子。

解 析 textbook 另有「典範的」的意思。

相似詞 typical；classic；exemplary

underline 在……的下面畫線 

The speaker kept **underlining** the importance of a balanced diet.

?	這講者不斷在均衡飲食重要性上**畫底線**。		這講者不斷強調均衡飲食的重要性。

解 析 underline 另有「強調」的意思。

相似詞 stress；emphasize；accentuate

tuition 學費 

I will recieve two weeks of **tuition** in spoken English.

?		
?	我將有兩個禮拜在口語英文的**學費**。	 我將接受兩個禮拜在口語英文的小班式教學。

解析 tuition 另有「**（尤指一對一或小班進行的）教學**」的意思。

衍生詞 tuition fee　學費

institute 研究所；學院 

Our factory **instituted** some energy-saving measures.

?		
?	我們工廠**學院**了一些節能的措施。	 我們工廠制定了一些節能的措施。

解析 institute 另有「**制定**」的意思。

相似詞 introduce；establish；initiate

clause 子句 

They deleted a **clause** which restricted female employees' promotion.

?		
?	他們刪除了限制女性員工晉升的**子句**。	 他們刪除了限制女性員工晉升的條款。

解析 clause 另有「**條款**」的意思。

相似詞 article；condition

nursery 幼兒園 

A **nursery** means a place where plants and trees are grown and sold.

?		
?	**幼兒園**是指植物和樹木種植和出售的地方。	 苗圃是指植物和樹木種植和出售的地方。

解析 nursery 另有「**苗圃**」的意思。

衍生詞 nursery education　幼兒教育

auxiliary 助動詞

0260

The **auxiliaries** were hired by Iraq to fight against its enemy.

?	
這些**助動詞**受雇伊拉克來與敵國打仗。	這些傭兵受雇伊拉克來與敵國打仗。

解析 auxiliary 另有「**傭兵**」的意思。

相似詞 mercenary

05

idiom 慣用語

0261

This fiction has many features of the writer's **idiom**.

?	
這小說有許多這作者的**慣用語**特徵。	這小說有許多這作者的典型表達風格。

解析 idiom 另有「**（某一時期／個人在文字、言語、音樂等）典型表達風格**」的意思。

相似詞 style；form

learned 習得的；學來的

We admire the **learned** professor.

?	
我們很欽佩這**學來的**教授。	我們很欽佩這學識豐富的教授。

解析 learned 另有「**學識豐富的**」的意思。（請注意發音不同）

相似詞 erudite；lettered；scholarly

lecture 講授

My sister gave me a **lecture** on the danger of using smartphones while walking.

?	
姊姊跟我**講授**走路時使用手機的危險。	姊姊訓斥我走路時使用手機的危險。

解析 lecture 另有「**訓斥；教訓**」的意思。

相似詞 berate；reprimand；scold

chemistry 化學 0265

Forget it. There is no **chemistry** betwen you and Aaron.

?	算了吧。妳和 Aaron 之間沒有**化學**。		算了吧。妳和 Aaron 之間沒有相互吸引。

解 析 chemistry 另有「**（男女間的）相互吸引**」的意思。

相似詞 attraction

formula 公式 

Does your daughter drink her mother's milk or **formula**?

?	你家女兒是喝母奶還是**公式**？		你家女兒是喝母奶還是配方奶？

解 析 formula 另有「**配方奶**」的意思。

衍生詞 winning formula　勝利方程式

essay 小論文 

Jean **essayed** a career of an interior designer, but gave up in the end.

?	Jean **小論文**室內設計師的職業，但最後還是放棄。		Jean 嘗試室內設計師的職業，但最後還是放棄。

解 析 essay 另有「**嘗試**」的意思。（為正式用字）

相似詞 try；attempt

pupil 小學生 0268

The **pupils** of our eyes dilate in the dark.

?	我們眼睛的**小學生**在黑暗中會擴大。		我們眼睛的瞳孔在黑暗中會擴大。

解 析 pupil 另有「**瞳孔**」的意思。

衍生詞 star pupil　優秀學生

letter 信 0269

Obeying the **letter** of the law is different from knowing its spirit.

?	✓
遵守法律**信**不同於知悉法律精神。	 遵守法律字面意義不同於知悉法律精神。

解 析 letter 另有「**（法律等的）字面意義**」的意思。

衍生詞 to the letter　一絲不苟地

culture 文化 0270

This kind of bacteria is **cultured** for medical use.

?	✓
這種細菌被**文化**以做醫療用途。	 這種細菌被培養以做醫療用途。

解 析 culture 另有「**培養出的細胞**」的意思。

衍生詞 culture vulture　熱衷於文化的人

article 文章 0271

As far as I know, the agreement is in breach of **article** 10 of the law.

?	✓
就我所知，這協議違反第十篇法律**文章**。	 就我所知，這協議違反第十條法律條款。

解 析 article 另有「**條文；條款**」的意思。

相似詞 clause；provision

absent 缺席的 0272

Absent strong bench players, the Bucks didn't make it into playoffs.

?	✓
缺席強力的板凳球員，公鹿隊無法晉級季後賽。	 缺乏強力的板凳球員，公鹿隊無法晉級季後賽。

解 析 absent 另有「**缺乏**」的意思。（為介係詞）

相似詞 without

chapter （書的）章 0273

The period before the Sui Dynasty is a tumultuous **chapter** in Chinese history.

?	✓
在中國歷史上隋朝前的時期是混亂的一**章**。	 在中國歷史上隋朝前的時期是混亂的一段時期。

解析 chapter 另有「**一段時期**」的意思。

相似詞 period；phrase；stage

school 學校  0274

A **school** of dolphins are swimming along with our boat.

?	✓
一**學校**的海豚正隨著我們的船游。	 一群海豚正隨著我們的船游。

解析 school 另有「**魚群**」的意思。

衍生詞 law school　法學院；day school　（不供住宿的）學校

pencil 鉛筆  0275

I opened the window and let a **pencil** of light in.

?	✓
我開了窗，讓一枝**鉛筆**的光線進來。	 我開了窗，讓一縷光線進來。

解析 pencil 另有「**一束光**」的意思。

相似詞 beam；ray；shaft

term 學期  0276

Under the **terms** of the contract, customers can return the faulty product in seven days.

?	✓
根據合約**學期**，顧客可以在七天內退回有瑕疵商品。	 根據合約條款，顧客可以在七天內退回有瑕疵商品。

解析 term 另有「**條款**」的意思。

相似詞 condition；provision

document 文件 0277

In the lab, the two researchers are **documenting** the strange behavior of the mouse.

?		✓
實驗室中，這兩位研究員正**文件**老鼠奇怪的行為。		實驗室中，這兩位研究員正記錄老鼠奇怪的行為。

解　析 document 另有「**記錄**」的意思。

相似詞 record；log

extract 摘錄 0278

It's hard to **extract** any secret recipes from George.

?		✓
要從 George 身上**摘錄**任何祕方食譜是很難的。		要從 George 身上獲取任何祕方食譜是很難的。

解　析 extract 另有「**設法獲取（他人不願給的東西）**」的意思。

相似詞 obtain by threats/force；wrest

★ extract　（尤指食物或藥物的）精華；萃取

This hair shampoo is claimed to have natural plant extracts.

這洗髮精宣稱具有天然植物的萃取。

literature 文學 0279

I received an email which contained **literature** about house mortgages.

?		✓
我收到一封有關房屋貸款**文學**的電子郵件。		我收到一封有關房屋貸款宣傳資料的電子郵件。

解　析 literature 另有「**宣傳資料；產品簡介**」的意思。

相似詞 flyer；leaflet；circular

★ literature　文獻

Normally, the second chapter of a thesis is literature review.

通常，論文的第二章為文獻探討。

translate 翻譯 0280

Mr. Brian always **translates** his ideas into action.

?	Brian 先生總是將想法**翻譯**為行動。		Brian 先生總是將想法化為行動。

解 析 translate 另有「**轉化（指將計劃變為現實）**」的意思。

相似詞 render；convert；transform

★ translate 造成某種情況或結果

Recent strong economy translates into more manufacturing exports.

最近的強勁經濟力造成更多的製造業出口。

course 科目 0281

We can see the tears **coursing** down Kelly's cheeks.

?	我們可以看到眼淚從 Kelly 的臉頰**科目**而下。		我們可以看到眼淚從 Kelly 的臉頰滾落而下。

解 析 course 另有「**大量流動**」的意思。

相似詞 flow；gush；stream

★ course 療程

Kobe was put on a course of chemotherapy.

Kobe 接受一個化療療程。

story 故事 0282

My brother made up a **story** about his missing school bag.

?	我弟弟為他不見的書包編了個**故事**。		我弟弟為他不見的書包説個謊。

解 析 story 另有「**謊話**」的意思。

相似詞 lie；fib

★ story 樓層

This is a 150-story skyscraper.

這是一棟 150 層樓的摩天大樓。

study 學習 0282

My sister is in the **study**, preparing for her final exams.

? 我姐姐正在**學習**內，準備期末考中。

 我姐姐正在書房內，準備期末考中。

解　析　study 另有「**書房**」的意思。

衍生詞　case study　個案研究

★ study　仔細研究

Wade is studying the dent in his car.

Wade 正在仔細查看車身上的凹陷。

academic 學術的 0283

From my observation, Rita is an **academic** student.

? 就我的觀察而言 Rita 是個**學術的**學生。

 就我的觀察而言 Rita 是個聰明好學的學生。

解　析　academic 另有「**聰明好學**」的意思。

相似詞　diligent；industrious；hard-working

★ academic　不切實際的

Your question is merely academic because we can't be immortal.

你的問題根本不切實際，因為我們根本無法長生不死。

file 文件夾 

Amy is **filing** her daughter's nails.

? Amy 媽媽正在**文件夾**女兒的指甲。

 Amy 媽媽正在銼平女兒的指甲。

解　析　file 另有「**銼平**」的意思。

衍生詞　file cabinet　檔案櫃

★ file　提出（訴訟）

We're planning to file a lawsuit against our boss.

我們打算對老闆提出告訴。

note 筆記 0285

How amazing it is that the singer can hit the high **note**!

?	✓
那歌手可以唱這麼高的**筆記**實在驚人！	 那歌手可以唱這麼高的音實在驚人！

解 析　note 另有「**音符**」的意思。

衍生詞　take note of...　留意……

★ note　紙幣

I found a one-thousand note on the sidewalk.

我在人行道上發現一張 1000 元的紙鈔。

chart 圖表

Perry's new single didn't **chart**.

?	✓
Perry 的新單曲並未**圖表**。	 Perry 的新單曲並未進排行榜。

解 析　chart 另有「**（唱片）進排行榜**」的意思。

衍生詞　pie chart　圓餅圖；bar chart　長條圖

★ chart　仔細觀察／記錄

It is necessary to chart the changes of sea temperatures.

仔細觀察海水溫度是必須的。

grade 成績

The hill we're going to climb has a steep **grade**.

?	✓
我們即將要爬的小山有陡峭的**成績**。	 我們即將要爬的小山有陡峭的坡度。

解 析　grade 另有「**坡度**」的意思。

相似詞　gradient；slope

★ grade 打分數

It took me one hour to grade the paper.

改這份考卷花了我一小時。

review 複習 0288

Ang Lee's new movie got great film **reviews** worldwide.

?	李安的新電影在全球有不錯的電影**複習**。		李安的新電影在全球有不錯的影評。

解析 review 另有「**評論**」的意思。

相似詞 criticism；critique；commentary

★ review 檢閱（部隊）

Next week, our president will review the soldiers and new military ships.

下禮拜，總統會閱兵及新軍艦。

pen 筆  0289

A wolf sneaked into the sheep **pen**.

?	一隻野狼偷偷跑進綿羊的**筆**。		一隻野狼偷偷跑進綿羊圈。

解析 pen 另有「**（飼養動物的）圈／欄**」的意思。

相似詞 enclosure；fold

★ pen 監獄（俚語用法）

After caught in a robbery, Chris was put in the pen.

在搶案中被抓後，Chris 被關了。

★ pen 寫

I decided to pen an apology letter to my professor.

我決定寫一封道歉信給教授。

title 標題；書名 0290

When was the last time that the Lakers won the NBA **title**?

?	上次湖人隊贏得 NBA **書名**是何時？		上次湖人隊贏得 NBA 冠軍是何時？

解 析 title 另有「**冠軍**」的意思。

相似詞 championship；first place；first prize

★ title 書

Each year, hundreds of titles are published.

每年，數以百計的書出版上市。

★ title （對土地或建築物的）所有權

Only Ashley has the title to this house.

只有 Ashley 才有這棟房子的所有權。

spell 用字母拼 

Heavy rain for days can **spell** disaster for crops.

?	連日豪雨會為農作物**拼**災難。		連日豪雨會為農作物招來災難。

解 析 spell 另有「**會招致麻煩／災難**」的意思。

相似詞 invite；lead to；bring about

★ spell （尤指為讓某人休息而）代替做某事

Blake is willing to spell me so that I can take a rest.

Blake 願意代替我做事，好讓我休息一下。

★ spell 一段短暫持續的時間

In college, I played tennis for a spell.

大學時，我曾打過網球一段時間。

樂

fiction 小說 0292

Sammy is too young to tell fact from **fiction**.

?	Sammy 太年幼無法辨別事實和**小說**。		Sammy 太年幼無法辨別事實和謊言。

解 析 fiction 另有「**謊言**」的意思。

相似詞 lie；fib；tall story

outing 遠足 

There is an **outing** of the famous designer in the magazine.

?	在這雜誌有一則有關這有名設計家的**遠足**。		在這雜誌有一則爆料有關這有名設計家是同性戀的報導。

解 析 outing 另有「**爆料某名人是同性戀者**」的意思。

衍生詞 go on an outing 去遠足

episode （電視或廣播）一集 

Getting divorced is a sad **episode** of one's life.

?	離婚是一個人生命中難過的**一集**。		離婚是一個人生命中難過的一段經歷。

解 析 episode 另有「**一段經歷**」的意思。

相似詞 event；experience；period

dart 飛鏢 

The spy **darted** into a convenience store, trying to hide from the FBI agents.

?	這間諜**飛鏢**進入便利商店，試著躲避 FBI 探員。		這間諜迅速進入便利商店，試著躲避 FBI 探員。

解 析 dart 另有「**飛快突然的動作**」的意思。

相似詞 dash；hurry；rush

ace 紙牌 A 0296

Amanda didn't prepare for the exam, but she **aced** it.

?	
Amanda 並無準備考試，但卻**紙牌 A**。	Amanda 並無準備考試，但卻考得很好。

解 析 ace 另有「**考得很好**」的意思。

相似詞 pass with flying colors；sail through

firework 焰火；煙花

If I max out my credit card again, there'll be **fireworks**.

?	
如果我再刷爆信用卡，將會有**煙火**。	如果我再刷爆信用卡，有人將會生氣。

解 析 firework 另有「**有人會生氣**」的意思。

衍生詞 fireworks display 煙火秀

bet 打賭

My **bet** is that Matt must have tasted my cupcake.

?	
我**打賭** Matt 一定有偷吃我的杯子蛋糕。	我猜想 Matt 一定有偷吃我的杯子蛋糕。

解 析 bet 另有「**猜想**」的意思。

相似詞 guess；guesswork；conjecture

kite 風箏

It is said that the government is to **kite** the price of cigarettes.

?	
據說政府將**風箏**香菸價格。	據說政府將調漲香菸價格。

解 析 kite 另有「**漲價**」的意思。

相似詞 hike

doll 洋娃娃 0300

My sister is **dolling** herself up for the party.

?		
? 我妹妹正在**洋娃娃**自己準備去舞會。		我妹妹正在打扮自己準備去舞會。

解 析 doll 另有「**打扮……漂亮**」的意思。（常跟 up 連用）

相似詞 dress up；dress to the nines

06

novel 小說 0301

Claire came up with a **novel** solution to my problem.

?		
? Claire 為我的問題想出一個**小說**解決方法。		Claire 為我的問題想出一個新奇的解決方法。

解 析 novel 另有「**新奇的**」的意思。

相似詞 innovative；unusual；fresh

tour 旅行 

Elsa's new play will **tour** our city next month.

?		
? Elsa 的新劇下個月會**旅行**到我們的城市。		Elsa 的新劇下個月會巡演到我們的城市。

解 析 tour 另有「**在……作巡迴演出**」的意思。

衍生詞 package tour 包辦旅遊

seesaw 蹺蹺板 

The lead **seesawed** between these two teams.

?		
? 領先**蹺蹺板**這兩隊。		這兩隊互有領先。

解 析 seesaw 另有「**（情緒、局勢等）搖擺不定**」的意思。

相似詞 oscillate；fluctuate

comic 喜劇 0304

Pat works as a **comic**.

?	Pat 的工作是**喜劇**。		Pat 的工作是喜劇演員。

解析 comic 另有「**喜劇演員**」的意思。

相似詞 comedian

film 電影 0305

We can see a **film** of oil on the surface of the lake.

?	我們可以看到湖面上有**電影**油。		我們可以看到湖面上有一層油。

解析 film 另有「**一層……；薄膜**」的意思。

相似詞 layer；coating；skin

drama 戲 0306

Albert had a little **drama** this morning because his son tore his flight ticket.

?	Albert 今早出現一齣**戲**，因為兒子把機票給撕了。		Albert 今早出現小插曲，因為兒子把機票給撕了。

解析 drama 另有「**（尤指突然的）戲劇性場面；插曲**」的意思。

相似詞 spectacle；incident

audience 聽／觀眾 0307

The knight will have an **audience** with the queen.

?	這爵士將與女王有**觀眾**。		這爵士將與女王有一場正式會面。

解析 audience 另有「**與非常重要的人的正式會面**」的意思。

相似詞 formal meeting

theater 電影院 0308

Mandy was badly hurt in an accident, and is in **theater** now.

?	Mandy 在意外中嚴重受傷，現在正在**電影院**。		Mandy 在意外中嚴重受傷，現在正在手術室。

解析 theater 另有「**手術室**」的意思。

相似詞 operating room

plot 情節 0309

Huge has a **plot** of land to sell.

?	Huge 有土地**情節**要出售。		Huge 有一小塊土地要出售。

解析 plot 另有「**小塊土地**」的意思。

相似詞 a piece of

circus 馬戲團 0310

Today is our grand opening, and it is such a **circus**.

?	今天是我們盛大開幕，真是**馬戲團**。		今天是我們盛大開幕，真是熱鬧。

解析 circus 另有「**熱鬧的場面**」的意思。

衍生詞 circus ring 圓形馬戲場

interest 興趣 0311

I made 5,000 dollars in **interest** last year.

?	我去年在**興趣**上賺了 5000 塊。		我去年在銀行利息上賺了 5000 塊。

解析 interest 另有「**利息**」的意思。

衍生詞 compound interest 複利

program 節目 

We're learning how to **program** in class.

?	我們正在學習如何**節目**。		我們正在學習如何編寫程式。

解析 program 另有「**編寫……的程式**」的意思。

衍生詞 anti-virus program 防毒程式

balloon 氣球 0313

Why do some men **balloon** after they get married?

?	為何有些男人結婚後都會**氣球**？		為何有些男人結婚後都會發福？

解析 balloon 另有「**發福；變胖**」的意思。

相似詞 fatten up

> **★ balloon （在大小、重量或重要性上）激增**
> The population in this country has ballooned in the past decade.
> 在過去這 10 年這國家的人口激增。

stunt 特技動作 0314

Lack of water and sunlight **stunt** the growth of plants.

?	缺乏水份和日曬會**特技動作**植物的生長。		缺乏水份和日曬會妨礙植物的生長。

解析 stunt 另有「**妨礙……的正常生長**」的意思。

相似詞 hold back；hinder；inhibit

> **★ stunt 花招；噱頭**
> This is nothing but an advertising stunt.
> 這只不過是廣告噱頭罷了。

party 舞會 0315

A **party** of tourists are having fun on the beach.

?	一**舞會**遊客正在沙灘上玩得很開心。		一群遊客正在沙灘上玩得很開心。

解 析　party 另有「**一群人；一批人**」的意思。

相似詞　group；bunch；crowd

★ party　當事人

It is still hard to determine who the guilty party is in the car accident.

確認這場車禍有錯的一方仍很困難。

magazine 雜誌 0316

Tiffany is watching a video about how to load a **magazine**.

?	Tiffany 正在看一部如何裝填**雜誌**的影片。		Tiffany 正在看一部如何裝填彈匣的影片。

解 析　magazine 另有「**彈匣**」的意思。

衍生詞　fashion magazine　時尚雜誌

★ magazine　軍械庫

Soldiers will be seriously punished if they smoke near the magazine.

士兵如果在軍械庫附近會被嚴罰。

script 劇本 0317

You'll be deducted 10 points if you forget to write your name on the **script**.

?	如果你忘記在**劇本**寫上大名，會被扣 10 分。		如果你忘記在答案卷寫上大名，會被扣 10 分。

解 析　script 另有「**（考生的）答案卷**」的意思。

相似詞　answer sheet

★ script　字跡

This thank-you letter is written in neat script.

這感謝信是用工整的筆跡寫成。

entertain 娛樂 0318

We **entertained** some of our distant relatives at home.

?	我們在家**娛樂**了幾個遠親。		我們在家招待了幾個遠親。

解 析　entertain 另有「**款待；招待**」的意思。

相似詞　receive；show hospitality to

★ entertain　懷抱著……

Jenny entertains the thought that she will become rich someday.

Jenny 懷抱著有天會發財的想法。

camp 露營 0319

Jacky's new variety show is **camp** and has a large audience.

?	Jacky 新的綜藝節目很**露營**，並有廣大觀眾。		Jacky 新的綜藝節目誇張華麗好笑，並有廣大觀眾。

解 析　camp 另有「**誇張滑稽華麗的**」的意思。

相似詞　hilarious；ludicrous；hysterical

★ camp　同性戀似的

The man is camp.

那男子同性戀似的。

ticket 入場券 0320

Most party members are not quite satisfied with the Democratic **ticket**.

?	大多數黨員都不滿意民主黨**入場券**。		大多數黨員都不滿意民主黨候選人名單。

解 析　ticket 另有「**候選人名單**」的意思。

衍生詞　ticket office　售票處

★ ticket　開罰單

Stacy was ticketed for changing lanes without signaling.

Stacy 因變換車道沒打方向燈被開罰單。

0321

club 社團

They were so drunk that they **clubbed** each other.

?	他們太醉了以至於互相**社團**。		他們太醉了以至於棒打彼此。

解　析　club 另有「**棒打**」的意思。

衍生詞　club together　分攤費用

★ club　（撲克牌）梅花

I have only one club.

我只有一張梅花。

stage 舞台

The workers determined to **stage** a strike outside their factory.

?	這些工人決心要在工廠外**舞台**抗議。		這些工人決心要在工廠外發起抗議。

解　析　stage 另有「**舉辦；組織**」的意思。

相似詞　organize

★ stage　階段

Our friendship is going through a difficult stage.

我們的友誼正經歷一段困難時期。

scene （戲劇的）一場；景色

Zara makes a **scene** whenever things don't go her way.

?	只要事情不順 Zara 的意，她就會製造**一場戲**。		只要事情不順 Zara 的意，她就會發脾氣。

解　析　scene 另有「**發脾氣**」的意思。

相似詞　tantrum；huff

★ scene　圈子；界

The female lawmaker is very active in the political scene.

這女立委在政治圈非常活躍。

0324

picture 照片

Mr. Cooper's animation movie is the best **picture** this year.

?	Cooper 先生的動畫片是今年最佳**照片**。		Cooper 先生的動畫片是今年最佳電影。

解 析 picture 另有「**電影**」的意思。

相似詞 film；movie

★ picture　想像

Picture yourself sunbathing on the Miami beach.

想像一下自己在邁阿密海灘上日光浴。

0325

paper 報紙

The policewoman asked me to show her my **papers**.

?	這女警要求我給她看我的**報紙**。		這女警要求我給她看我的證件。

解 析 paper 另有「**證件**」的意思。（常用複數）

相似詞 official documents

★ paper　論文

Josh found it hard to read English papers.

Josh 覺得讀英文論文很難。

channel 頻道

Everyone thinks Dan is **channeling** the late great comedian.

?	每個人都認為 Dan 正在**頻道**那偉大已故的喜劇演員。		每個人都認為 Dan 正在模仿那偉大已故的喜劇演員。

解 析 channel 另有「**模仿（某人的舉止等）**」的意思。

相似詞 imitate；ape；mimic

★ channel　把……導入

A great deal of money and effort was channeled into the cancer research.

大量的金錢和努力投入癌症研究。

家庭

cousin 堂（或表）兄弟姊妹 0327

This drink is more nutritious than its **cousin**, soybean milk.

?	✓
這飲品比它的**堂弟**豆漿來得營養。	 這飲品比它的相似飲品：豆漿來得營養。

解析 cousin 另有「**相似的人／物**」的意思。

衍生詞 distant cousin　遠房的堂（或表）兄弟姊妹

father 爸爸 0328

Harry **fathered** two children.

?	✓
Harry **爸爸**兩個小孩。	 Harry 是兩個小孩的爸爸。

解析 father 另有「**成為……的爸爸**」的意思。

衍生詞 like father like son　有其父必有其子

husband 丈夫

Since we're trapped in the mountain, we should **husband** our supplies.

?	✓
因為我們困在山裡，所以應該**丈夫**必需品。	 因為我們困在山裡，所以應該節約地使用必需品。

解析 husband 另有「**節約地使用**」的意思。

相似詞 save；conserve

marriage 結婚 0330

West's music is a **marriage** of R&B and rap.

?	✓
West 的音樂是節奏藍調和饒舌的**結婚**。	 West 的音樂是節奏藍調和饒舌的結合。

解析 marriage 另有「**結合體**」的意思。動詞 marry 則有「融合」的意思。

相似詞 combination；mixture；blend

mother 媽媽 0331

Never **mother** a child, or he/she will be spoiled.

?		✓	
?	不要**媽媽**小孩，否則他／她會被寵壞。		不要溺愛小孩，否則他／她會被寵壞。

解 析 mother 另有「**溺愛**」的意思。

相似詞 pamper；indulge

mum 媽媽 0332

Keep **mum**; it's between you and me.

?		✓	
?	保持**媽媽**；這是我倆的祕密。		不要講出去喔；這是我倆的祕密。

解 析 mum 另有「**保持沉默的**」的意思。

相似詞 keep quiet

mummy 媽媽 0333

There is an Egyptian **mummy** exhibition in the museum.

?		✓	
?	博物館展出埃及**媽媽**。		博物館展出埃及木乃伊。

解 析 mummy 另有「**木乃伊**」的意思。

衍生詞 mummy's boy　凡事都聽媽媽的話的男孩

child 小孩 0334

Marshall is a **child** of the 70s.

?		✓	
?	Marshall 是 70 年代的**小孩**。		Marshall 深受 70 年代影響的人。

解 析 child 另有「**深受（某一時期或形勢）影響的人**」的意思。

衍生詞 child abuse　虐待兒童

sister 姐妹 0335

The **sister** is assigning tasks to each nurse in the hospital.

?	✓
這**妹妹**正在分派護士工作。	 這護士長正在分派護士工作。

解 析　sister 另有「**護士長**」的意思。

衍生詞　sister city　姊妹市

boy 男孩 0336

Boy, that's a good scooter!

07

?	✓
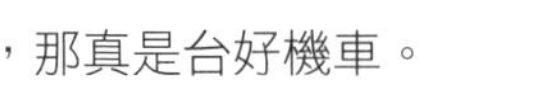 **男孩**，那真是台好機車。	 呵！好傢伙，那真是台好機車！

解 析　boy 另有「**（表示興奮或強調）呵！好傢伙**」的意思。

衍生詞　Boys will be boys.　男孩子就是這樣。

divorce 離婚  0337

It is never easy to **divorce** global warming and extreme weather.

?	✓
要將全球暖化和極端氣候**離婚**不簡單。	 要將全球暖化和極端氣候劃分開來不簡單。

解 析　divorce 另有「**分隔（兩概念／主題）**」的意思。

相似詞　separate；detach；sever

twin 雙胞胎之一  0338

Taipei **twinned** with Houston.

?	✓
台北**雙胞胎**休士頓。	 台北與休士頓結成姐妹城。

解 析　twin 另有「**與……結成姐妹城**」的意思。

衍生詞　twin beds　兩張單人床；twin towers　雙子塔

parent 父親／母親 0339

The airline's **parent** decided to slash 1000 jobs this quarter.

?		✓	
?	這航空公司的**爸爸**決定這季砍 1000 個工作。		這航空公司的總公司決定這季砍 1000 個工作。

解 析 parent 另有「**母公司／總公司**」的意思。

相似詞 parent company

★ parent 為人父母

Eva bought a book which taught people how to parent their children.

Eva 買了一本教人如何為人父為人母的書籍。

pop 爸爸 0340

Tom **popped** his lunch into the microwave.

?		✓	
?	Tom **爸爸**他的中餐進入微波爐。		Tom 迅速地放中餐進入微波爐。

解 析 pop 另有「**迅速地放／拿**」的意思。

衍生詞 pop-eyed 睜大眼睛的

★ pop 耳膜脹痛

My ears popped because the plane ascended too quickly.

因為飛機上升太快，所以耳膜脹痛。

bond 關係 

Our bank bought a lot of national **bonds**.

?		✓	
?	我們銀行買了許多國家**關係**。		我們銀行買了許多國債。

解 析 bond 另有「**公債**」的意思。

衍生詞 My word is my bond. 我一定言出必行。

★ bond 保釋金

The man was released on a NT$50,000 bond.

這男子以五萬元的保釋金遭釋放。

08 人物

angel 天使 0342

These **angels** are very important for our company.

?	✓
這些**天使**對我們公司非常重要。	 這些出資人對我們公司非常重要。

解析 angel 另有「**出資人**」的意思。

相似詞 patron；sponsor；subsidizer

guru 古魯（印度教或錫克教的宗教導師） 0343

You can ask Willie about how to eat healthy. He is a nutrition **guru**.

?	✓
你可以問問 Willie 如何吃出健康。他是個營養學**古魯**。	 你可以問問 Willie 如何吃出健康。他是個營養學權威。

解析 guru 另有「**（精通某一領域並給出專業建議的）權威／大師**」的意思。

相似詞 expert；master；professional

royalty 王室成員 

Barbara receives lots of **royalties** from her books every year.

?	✓
Barbara 每年都從出版的書中得到許多**王室成員**。	 Barbara 每年都從出版的書中得到許多版稅。

解析 royalty 另有「**版稅**」的意思。

衍生詞 treat sb like royalty　以最高規格招待某人

collector 收藏家 0345

Benedict works as a debt **collector**.

?	✓
Benedict 職業是債務**收藏家**。	 Benedict 職業是討債人。

解析 collector 另有「**討債人；收款人**」的意思。

相似詞 gatherer；hoarder

exhibitionist 好出風頭者 0346

Call the police now. There is an **exhibitionist** over there.

?	快報警。那邊有個**好出風頭者**。		快報警。那邊有個暴露狂。

解析 exhibitionist 另有「**暴露狂**」的意思。

相似詞 flasher

resident 居民 

My brother is the second-year **resident** at this hospital.

?	我哥是這家醫院的第二年**居民**。		我哥是這家醫院的第二年實習醫生。

解析 resident 另有「**實習醫生**」的意思。

相似詞 registrar

pedestrian 行人 0348

Liz's new book is **pedestrian**, so it doesn't sell well.

?	Liz 新書很**行人**，所以賣得並不好。		Liz 新書缺乏想像力，所以賣得並不好。

解析 pedestrian 另有「**乏味的；缺乏想像力的**」的意思。

相似詞 ordinary；unimaginative；uninteresting

tramp 流浪漢 

The troops **tramped** through the jungle and were ambushed.

?	這部隊**流浪漢**經過叢林，並被突襲。		這部隊跋涉經過叢林，並被突襲。

解析 tramp 另有「**（長距離地）跋涉**」的意思。

相似詞 trudge；plod；trek

freak 怪人 0350

Bruno **freaked** when his unmarried daughter told him that she was pregnant.

? 在未婚女兒告訴 Bruno 她已懷孕時，他變成**怪人**。

在未婚女兒告訴 Bruno 她已懷孕時，他極度激動。

解析 freak 另有「**極度激動**」的意思。

相似詞 agitate；faze；excite

dwarf 侏儒

The water shortage **dwarfs** other problems the government is facing.

? 缺水問題**侏儒**政府正在面對的其他問題。

缺水問題讓政府正在面對的其他問題相形見絀。

解析 dwarf 另有「**使……相形見絀；顯得渺小**」的意思。

相似詞 overshadow；eclipse

patron 贊助者

We offer our **patrons** special discounts on every item.

? 我們提供**贊助者**每件商品特惠折扣。

我們提供老主顧每件商品特惠折扣。

解析 patron 另有「**老主顧**」的意思。

相似詞 customer；client

idol 偶像

All the villagers worshipped the mysterious snake **idol**.

? 所有的村民拜這神祕的蛇**偶像**。

所有的村民拜這神祕的蛇神像。

解析 idol 另有「**神像**」的意思。

相似詞 effigy

08

alien 外星人 0354

Yesterday, several **aliens** entered our country in an illegal way.

?	昨天，數個**外星人**非法地進入我們國家。		昨天，數個外國人非法地進入我們國家。

解 析 alien 另有「**外國人**」的意思。

相似詞 foreigner；people from other countries

maiden 少女

The singer will make her **maiden** appearance on TV tonight.

?	這歌手今晚將**少女**出現在電視節目上。		這歌手今晚將首次出現在電視節目上。

解 析 maiden 另有「**首次的**」的意思。

相似詞 first；virgin；initial

ladies 女士 0356

Excuse me. I'm going to the **ladies**.

?	不好意思。我要去**女士們**那裡。		不好意思。我要去女廁所。

解 析 ladies 另有「**女廁所**」的意思。

相似詞 ladies' room

couple 夫妻；情侶 0357

Dry weather **coupled** with strong winds made it hard to distinguish the wild fire.

?	乾燥天氣**夫妻**強風讓野火難以撲滅。		乾燥天氣結合強風讓野火難以撲滅。

解 析 couple 另有「**連接；結合**」的意思。

相似詞 combine；connect

crowd 人群

0358

The worries of being flunked **crowded** my mind all day.

?	被當掉的擔憂整天**人群**我的思緒。		被當掉的擔憂整天佔據我的思緒。

解析 crowd 另有「**佔據思緒**」的意思。

衍生詞 follow the crowd 隨波逐流

friend 朋友

0359

A stranger **friended** me on Facebook.

?	有個陌生人臉書**朋友**我。		有個陌生人在臉書上加我為好友。

解析 friend 另有「**在社交媒體上加別人成為朋友**」的意思。

衍生詞 defriend 將某人從好友名單上去除

guest 客人

Taylor Swift **guested** on Conan's show.

?	Taylor Swift 在 Conan 的節目裡擔任**客人**。		Taylor Swift 在 Conan 的節目裡擔任來賓。

解析 guest 另有「**當（節目／演唱會）特別來賓**」的意思。

衍生詞 guest room 客房；guest of honor 貴賓

hero 英雄

Chris was chosen as the **hero** of my next movie.

?	Chris 被選為我下一部電影的**英雄**。		Chris 被選為我下一部電影的男主角。

解析 hero 另有「**男主角**」的意思。

相似詞 leading actor；protagonist；leading man

08

host 主人 0362

This living fish is the **host** of the parasite.

?	這隻活魚是這寄生蟲的**主人**。		這隻活魚是這寄生蟲的宿主。

解析 host 另有「**宿主**」的意思。

衍生詞 host country/city 主辦國／城市

hostess 女主人 0363

It is reported that the singer used to be a **hostess** of a nightclub.

?	據報導這歌手以前曾經是夜總會的**女主人**。		據報導這歌手以前曾經是夜總會的舞女。

解析 hostess 另有「**（夜總會）舞女**」的意思。

相似詞 dancer

freshman 一年級新生 

Anna is a **freshman** badminton player and has received lots of attention.

?	Anna 是**一年級新生**的羽毛球選手，並受到諸多矚目。		Anna 是羽毛球新手，並受到諸多矚目。

解析 freshman 另有「**新手**」的意思。

相似詞 rookie；greenhorn；newbie

amateur 業餘者 

Aren't you an **amateur**? The wall you painted is like graffiti.

?	你不是**業餘者**嗎？你漆的牆就像塗鴉一般。		你不是門外漢嗎？你漆的牆就像塗鴉一般。

解析 amateur 另有「**門外漢；外行人**」的意思。

相似詞 layman；dilettante

member 會員 0366

Pandora's lower **members** were paralyzed in an accident.

?		
?	Pandora 下**會員**在意外中癱瘓了。	 Pandora 下四肢在意外中癱瘓了。

解 析 member 另有「**四肢之一**」的意思。（屬舊式／正式用法）

相似詞 leg；arm

nobody 沒有人 0367

I'm **nobody**. No one would like to talk to me.

?		
?	我沒有人。**沒人**想跟我講話。	 我是無名小卒。沒人想跟我講話。

解 析 nobody 另有「**無名小卒**」的意思。

相似詞 nonentity；small potato

衍生詞 somebody　大人物

own 擁有

Riva's team **owned** us this year, but we swore we'd make a comeback.

?		
?	Riva 的隊伍今年**擁有**我們，但我們發誓一定會捲土重來。	 Riva 的隊伍今年完全擊敗我們，但我們發誓一定會捲土重來。

解 析 own 另有「**完全擊敗……**」的意思。

相似詞 defeat；beat；rout

passenger 乘客

In every group, there are possibly some **passengers**.

?		
?	在每個團體中，可能都有些**乘客**。	 在每個團體中，可能都有些不盡本分的成員。

解 析 passenger 另有「**不盡本分的成員**」的意思。

衍生詞 passenger train　客運火車

prince 王子 0370

Mr. Chang is the **prince** of oil painting.

	張先生是油畫的**王子**。	✓	張先生是油畫大師。

解 析 prince 另有「**大師；名家**」的意思。

相似詞 master；maestro；virtuoso

public 公眾的 0371

Giant is a **public** company.

	捷安特是間**公眾**公司。	✓	捷安特是間上市的公司。

解 析 public 另有「**（股票）上市的**」的意思。

衍生詞 public enemy number one　全民公敵

queen 女王  0372

J.K. Rowling is the **queen** of fantasy novels.

	J.K.Rowling 是奇幻小說的**女王**。	✓	J.K.Rowling 是首屈一指的奇幻小說作家。

解 析 queen 另有「**（某一領域）首屈一指的女性**」的意思。

衍生詞 drag queen（常指同性戀者）打扮成女人的男人

stranger 陌生人  0373

I'm a **stranger** here too, so I can't tell you where the café is.

	我也是**陌生人**，所以無法告訴你咖啡廳在哪。	✓	我也是外地人，所以無法告訴你咖啡廳在哪。

解 析 stranger 另有「**外地人**」的意思。

衍生詞 Hello, stranger!　你好，稀客啊！

slave 奴隸 0374

Anna has been **slaving** over her final report of geography.

?	Anna 一直**奴隸**地理的期末報告。		Anna 一直拼命做地理的期末報告。

解 析 slave 另有「**拼命工作／做某事**」的意思。

相似詞 exert oneself；toil；work hard

ancestor 祖先 0375

This instrument is an **ancestor** of the piano.

?	這樂器是鋼琴的**祖先**。		這樂器是鋼琴的原型。

解 析 ancestor 另有「**原型**」的意思。

相似詞 prototype；archetype

acquaintance 泛泛之交 

0376

My **acquaintance** with Japanese is limited, so I can only use body language in Japan.

?	我對日語的**泛泛之交**有限，所以在日本只能用比手畫腳。		我對日語所知有限，所以在日本只能用比手畫腳。

解 析 acquaintance 另有「**（對某一學科／知識的）所知或了解**」的意思。

相似詞 knowledge；understanding；experience

scholar 學者 

0377

The teenager doesn't consider himself to be a **scholar**.

?	這青少年不認為自己是**學者**。		這青少年不認為自己是善於學習的人。

解 析 scholar 另有「**善於學習者**」的意思。

相似詞 intellectual

08

leader 領袖 0378

My cousin is reading the **leader** column of the China Post.

? 我堂弟正在讀《中國郵報》的**領袖**專欄。

我堂弟正在讀《中國郵報》的社論專欄。

解　析　leader 另有「**社論**」的意思。（英式用字）

相似詞　editorial

mass 大眾的 0379

Any object with **mass** can create a gravitational field around itself.

? 任何有**大眾的**物體可以在自身周圍產生重力場。

任何有質量的物體可以在自身周圍產生重力場。

解　析　mass 另有「**質量**」的意思。

衍生詞　mass number　質量數

king 國王 0380

Several men were attacked by the **king** cobra.

? 數個男子遭**國王**眼鏡蛇攻擊。

數個男子遭眼鏡王蛇攻擊。

解　析　king 另有「**（指動植物種類中）巨型的**」的意思。

衍生詞　live like a king　生活優渥奢侈

outsider 局外人 0381

To our amazement, the **outsider** won the 200-meter race.

? 讓我們吃驚的是，這**局外人**贏得 200 公尺比賽。

讓我們吃驚的是，這不被看好的人贏得 200 公尺比賽。

解　析　outsider 另有「**不被看好取勝的人**」的意思。

相似詞　underdog；sleeper；dark horse

fellow 傢伙 0382

Owen is a **fellow** in one of the graduation schools of NTU.

?		✓	
?	Owen 是台大研究所中的**傢伙**。		Owen 是台大研究所中領獎學金的研究生。

解 析 fellow 另有「**（大學裡領獎學金）研究生**」的意思。

衍生詞 fellow man　同胞

man 男子 0383

Today, I'll **man** the cash register.

?		✓	
?	今天我將會**男子**收銀機。		今天我將會負責收銀機。

解 析 man 另有「**為……配備人手；負責……工作**」的意思。

相似詞 operate；use；work at

runner 參加賽跑的人 0384

Marco is a drug **runner**.

?		✓	
?	 Marco 是個毒品**賽跑的人**。		Marco 是個毒品走私的人。

解 析 runner 另有「**走私的人**」的意思。

相似詞 trafficker

crook 騙子 0385

Ian **crooked** his finger at me, wanting me to come over.

?		✓	
?	Ian 跟我**騙子**手指頭，要我過去。		Ian 彎曲手指頭，要我過去。

解 析 crook 另有「**使（手指或手臂）彎曲**」的意思。

相似詞 bend

08

0386

companion 同伴

This book is titled "Oxford **Companion** to Modern Art."

?	這本書書名為《牛津現代藝術**同伴**》。		這本書書名為《牛津現代藝術指南》。

解析 companion 另有「**（用於書名）指南；手冊**」的意思。

相似詞 handbook；manual；reference book

0387

candidate 候選人

Every **candidate** must stop writing as soon as the bell rings.

?	鐘聲一響起，每位**候選人**必須停止作答。		鐘聲一響起，每位考生必須停止作答。

解析 candidate 另有「**考生**」的意思。

相似詞 examinee；test taker；entrant

★ candidate 被認定會經歷……的人／物

Howard's construction company is the next candidate for legal investigation.

Howard 的建築公司是下一波司法調查的公司。

0388

scout 偵察兵

The young talented footballer was spotted by a **scout** in 2019.

?	這年輕的足球員在 2019 年被**偵察兵**相中。		這年輕的足球員在 2019 年被球探相中。

解析 scout 另有「**球探；星探**」的意思。

衍生詞 boy scout　男童軍；girl scout　女童軍

★ scout 搜索；尋找

Sammy is scouting around for a nice apartment to live in.

Sammy 正在到處尋找不錯的公寓居住。

local 當地人 0389

The operation is performed under **local** anesthetic.

? 這手術是在**當地人**麻醉下進行的。	 這手術是在局部的麻醉下進行的。

解析　local 另有「**（身體）局部的**」的意思。

衍生詞　local time　當地時間

★ local　（指火車或汽車的）慢車

I usually take the 7：00 local to work.

我通常搭乘早上七點的慢車上班。

08

people 人 0390

Russians are a tough **people**.

?  俄羅斯人是個強悍的**人**。	 俄羅斯人是個強悍的民族。

解析　people 另有「**民族**」的意思。

相似詞　race；nationality

★ people　居住

This islet is peopled by about a hundred people.

這小島居住著大約一百個人。

founder 創立者  0391

The negotiation **foundered** because the management couldn't meet the labors' demand.

? 協商因為資方無法達到勞方的要求而**創立者**。	 協商因為資方無法達到勞方的要求而破局。

解析　founder 另有「**失敗**」的意思。

相似詞　fail；flop；misfire

★ founder　（尤指船）沉沒

It is reported that the cargo ship foundered off the west coast of Taiwan.

據報導有艘貨輪在台灣西海岸沉沒了。

groom 新郎

Father has been **grooming** me to take over his job in the firm.

?	爸爸持續**新郎**我來接班。		爸爸持續栽培我來接班。

解 析　groom 另有「**（長時間的）栽培；培訓**」的意思。

相似詞　train；nurture；coach

★ groom　（透過網路）誘騙；誘姦（兒童）

The man was accused of grooming several children in three years.

這男子被控在 3 年內誘姦數名兒童。

witness 目擊者

These years have **witnessed** extreme climate and serious natural disasters.

?	這幾年**目擊者**了極端氣候和嚴重的自然災害。		這幾年發生了極端氣候和嚴重的自然災害。

解 析　witness 另有「**發生……的地點（或時間）**」的意思。

相似詞　see

★ witness　證明；顯示

Mayday's concert was a success, as witnessed by the tickets all sold out.

五月天的演唱會很成功，從演唱會票賣光光就可得知。

virgin 處男／女

Patrick is a surfing **virgin**.

?	Patrick 是個衝浪**處男**。		Patrick 是個衝浪新手。

解 析　virgin 另有「**新手**」的意思。

相似詞　rookie；greenhorn；tyro

★ virgin　（森林等）未開發的；原始的

This virgin forest is well protected by the government.

這原始森林受政府保護良好。

身體

dying 快死的 0395

Some say the textile industry is a **dying** industry.

?	有人說紡織業是個**快死掉的**產業。		有人說紡織業是個夕陽產業。

解 析 dying 另有「**（產業）夕陽的；衰敗的**」的意思。

相似詞 declining；disappearing

habit 習慣

The man wearing a **habit** doesn't look like a real monk.

?	這穿**習慣**的男子看起來不像是和尚。		這穿長袍的男子看起來不像是和尚。

解 析 habit 另有「**（僧侶或修女穿的）長袍**」的意思。

衍生詞 kick the habit　戒除惡習

health 健康

Many shareholders are worried about the company's financial **health**.

?	許多股東都很擔心這公司的財務**健康**。		許多股東都很擔心這公司的財務狀況。

解 析 health 另有「**（組織或公司的）運行狀況**」的意思。

相似詞 condition

life 生命；生活 0398

I find the **life** drawing class quite interesting.

?	我覺得**生命**畫畫課相當有趣。		我覺得寫生課相當有趣。

解 析 life 另有「**（繪畫的）實物**」的意思。

衍生詞 bring... to life　賦予……生命

soul 靈魂 0399

Erica is a sensitive **soul**.

?	Erica 是個敏感的**靈魂**。		Erica 是個敏感的人。

解析　soul 另有「**某種人**」的意思。

衍生詞　soul-searching　自我反省

thirsty 口渴的 0400

Mr. Wang is **thirsty** for power, ready to run for president.

?	王先生對權力很**口渴**，準備競選總統。		王先生渴望權力，準備競選總統。

解析　thirsty 另有「**渴望（權力、知識等）的**」的意思。

相似詞　dying for；eager for；longing for

ear 耳朵

There is a sparrow on an **ear** of corn.

?	玉米**耳朵**上有一隻麻雀。		玉米穗上有一隻麻雀。

解析　ear 另有「**穗**」的意思。

衍生詞　be all ears　洗耳恭聽

tall 高的

I'd like a **tall** drink after dinner.

?	晚餐後我想來杯**高的**飲料。		晚餐後我想來杯雞尾酒。

解析　tall 另有「**酒精混合非酒精飲料而成的雞尾酒**」的意思。

衍生詞　walk tall　充滿自信地做事

0403

stature 身高

Alvin is a professor of great **stature**.

?	Alvin 是個**身高**很高的教授。		Alvin 是個聲譽很高的教授。

解析 stature 另有「**聲譽**」的意思。

相似詞 prestige；eminence；reputation

0404

longevity 長壽

It is important to increase the **longevity** of our tires.

?	增加我們輪胎的**長壽**是重要的。		增加我們輪胎的壽命是重要的。

解析 longevity 另有「**東西存在或持續的時間**」的意思。

相似詞 durability

0405

complexion 膚色

The recruit of talented foreign engineers will change the **complexion** of the industry.

?	招募國外工程師人才將改變該產業的**膚色**。		招募國外工程師人才將改變該產業的性質。

解析 complexion 另有「（**組織、過程、活動等**）**特徵；性質**」的意思。

相似詞 character；appearance

0406

artery 動脈

All main **arteries** leading to Taipei are congested now.

?	所有通往台北市的主要**動脈**現在都塞住了。		所有通往台北市的主要幹道現在都塞住了。

解析 artery 另有「**幹道／線**」的意思。

相似詞 main road；main railway line

09

skeleton 骨架

There is something wrong with the **skeleton** of your composition.

?	你這篇作文的**骨架**有點問題。		你這篇作文的架構有點問題。

解 析　skeleton 另有「**框架；架構**」的意思。

相似詞　structure

nude 裸體的

Lynn wears a pair of **nude** pantyhose.

?	Lynn 穿著一件**裸體**緊身褲。		Lynn 穿著一件肉色的緊身褲。

解 析　nude 另有「**肉色的**」的意思。

衍生詞　in the nude　裸體地

pregnant 懷孕的

The couple stopped talking and there was a **pregnant** silence.

?	這夫妻沒講話了，緊接著**懷孕的**沉默。		這夫妻沒講話了，緊接著意味深長的沉默。

解 析　pregnant 另有「**意味深長的**」的意思。

衍生詞　pregnancy test　驗孕

wrinkle （年老時皮膚上的）皺紋

Nora just gave me a **wrinkle** to solve my problem.

?	Nora 剛給我個**皺紋**來解決我的問題。		Nora 剛給我個妙計來解決我的問題。

解 析　wrinkle 另有「**妙計**」的意思。

相似詞　clever idea；cue

rib 肋骨 0411

Everyone can't help **ribbing** my new hairstyle.

?		✓	
?	每個人都忍不住**肋骨**我的新髮型。		每個人都忍不住取笑我的新髮型。

解　析　rib 另有「**取笑**」的意思。

相似詞　tease；laugh at；mock

hardy 強壯的 0412

Plum trees are a **hardy** plant.

?		✓	
?	梅樹是**強壯的**植物。		梅樹是耐寒的植物。

解　析　hardy 另有「**（植物）耐寒的**」的意思。

相似詞　cold-resistant

allergic 過敏的

Most people are **allergic** to reading Line messages from their bosses after work.

?		✓	
?	大部分人下班後還要讀老闆 Line 訊息都很**過敏**。		大部分人下班後還要讀老闆 Line 訊息都很反感。

解　析　allergic 另有「**對……極其反感的**」的意思。

相似詞　averse；antipathetic

lame 瘸的

We're fed up with your **lame** excuse for being late.

?		✓	
?	我們對於妳遲到的**瘸的**藉口感到厭煩。		我們對於妳遲到的爛藉口感到厭煩。

解　析　lame 另有「**無說服力的**」的意思。

相似詞　lousy；awful；terrible

09

limb 肢體 

My car unfortunately was hit by a **limb** when parked on the roadside.

?	✓
我的車很不幸地停在路邊被**肢體**打到。	 我的車很不幸地停在路邊被粗樹枝打到。

解　析　limb 另有「**粗樹枝**」的意思。

相似詞　bough；branch

feeble 虛弱的 

Mill's **feeble** joke is not funny at all.

?	✓
Mill **虛弱的**笑話根本不好笑。	 Mill 蹩腳的笑話根本不好笑。

解　析　feeble 另有「**無效的**」的意思。

相似詞　lame；wack

perish （尤指因意外）死亡 

Rubber can easily **perish** under the sun for weeks.

?	✓
橡膠在太陽下幾個禮拜後很容易**死亡**。	 橡膠在太陽下幾個禮拜後很容易脆裂。

解　析　perish 另有「**（橡膠、皮革等）脆裂**」的意思。

衍生詞　perish the thought　死了這條心吧

facial 臉部的 

Jeanie is going to have a **facial** next Friday night.

?	✓
Jeanie 下禮拜五晚上將有**臉部的**。	 Jeanie 下禮拜五晚上將有臉部美容護理。

解　析　facial 另有「**臉部美容護理**」的意思。

衍生詞　facial expressions　面部表情

sweat 汗水

0419

Joe put on his **sweats** and went out for jogging.

?	Joe 穿上**汗水**，外出跑步去。		Joe 穿上運動服，外出跑步去。

解 析 sweats 另有「**運動服**」的意思。

相似詞 sweatsuit；sweatpants

sex 性別

0420

The farmer can easily **sex** all of her chickens and ducks.

?	這農夫可以很輕易地**性別**她養的所有的雞和鴨。		這農夫可以很輕易地辨別她養的所有的雞和鴨的性別。

09

解 析 sex 另有「**辨別……的性別**」的意思。

衍生詞 sex sth up　使更有趣／精彩

eye 眼睛

0421

Kent is **eyeing** my new bike.

?	Kent 正**眼睛**我的新鐵馬。		Kent 正很有興趣地盯著我的新鐵馬看。

解 析 eye 另有「**（有興趣地／懷疑地）看**」的意思。

衍生詞 eye sb up　向……送秋波

arm 手臂

0422

Armed with the methods Father told me, I started to fix my computer.

?	**手臂**所有爸爸告訴我的方法，我開始修理電腦。		得到所有爸爸告訴我的方法，我開始修理電腦。

解 析 arm 另有「**提供（知識）；配備（設備）**」的意思。

相似詞 offer；provide；supply

temperature 體溫；溫度 0423

The mayor's words raised the **temperature** of the confrontation.

?		
? 市長的話讓對峙的**溫度**升高。		市長的話讓對峙的緊張程度升高。

解 析 temperature 另有「**緊張程度**」的意思。

相似詞 tension；excitement

bald 禿頭的 0424

All of the tires of this truck are **bald**; it's a pretty dangerous thing.

?		
? 這台卡車的輪胎都**禿頭**了；這是很危險的事。		這台卡車的輪胎都磨平了；這是很危險的事。

解 析 bald 另有「**磨平的**」的意思。

相似詞 smooth；flat；even

chest 胸部 0425

Mrs. Scott stores all of her son's toys in the **chest**.

?		
? Scott 太太將兒子的玩具都存放在**胸部**。		Scott 太太將兒子的玩具都存放在木製的箱子。

解 析 chest 另有「**（常為木製的）箱子**」的意思。

相似詞 box；receptacle

beard （下巴上的）鬍鬚 0426

I mustered courage to **beard** my boss to discuss the salary.

?		
? 我鼓起勇氣**鬍鬚**老闆來討論我的薪水。		我鼓起勇氣勇敢面對老闆來討論我的薪水。

解 析 beard 另有「**勇敢面對（某人）**」的意思。

相似詞 confront；brave

blood 血 0427

The coach decided to **blood** Tim in the championship.

?	教練決定在冠軍賽**血** Tim。		教練決定在冠軍賽讓 Tim 初次上場。

解 析 blood 另有「**使……取得初次經驗**」的意思。

衍生詞 make sb's blood boil　使怒火中燒

bleed 流血 0428

Your skirt's colors may **bleed** if you wash it in hot water.

?	如果在熱水中洗你的裙子，顏色會**流血**。		如果在熱水中洗你的裙子，顏色會暈開。

解 析 bleed 另有「**（染色、墨水、油漆等）暈開**」的意思。

相似詞 run

09

bone 骨頭

The chef is busy **boning** the fish.

?	這位主廚正忙著**骨頭**這隻魚。		這位主廚正忙著去這隻魚的骨頭。

解 析 bone 另有「**去……的骨頭**」的意思。

相似詞 debone

brain 大腦

My brother threatened to **brain** me if I broke his smartphone.

?	我哥威脅要**大腦**我，如果我弄壞他的手機。		我哥威脅打我的頭部，如果我弄壞他的手機。

解 析 brain 另有「**打……的頭部**」的意思。

衍生詞 brain drain　人才外流

foot 腳 0431

How come Logan didn't want to **foot** the cost of this trip?

?	為何 Logan 不想**腳**這趟旅程的費用？		為何 Logan 不想付這趟旅程的費用？

解析 foot 另有「**支付（帳單；費用）**」的意思。

相似詞 pay；pony up；take care of

head 頭 0432

Mr. Huang was asked to **head** the rescue team.

?	黃先生被要求**頭**這搜救隊。		黃先生被要求率領這搜救隊。

解析 head 另有「**掌管；率領；領導**」的意思。

相似詞 lead；command；in charge of

heart 心 0433

Honestly, I really **heart** your handwriting.

?	老實說，我真的**心**你的字跡。		老實說，我真的非常喜歡你的字跡。

解析 heart 另有「**非常喜歡**」的意思。

相似詞 love；adore；care for

hip 屁股 

This boutique is crowded with many **hip** customers.

?	這間精品店擠滿**屁股**顧客。		這間精品店擠滿時髦的顧客。

解析 hip 另有「**時髦的**」的意思。

相似詞 fashionable；stylish；cool

tooth 牙齒

0435

In this country, the queen doesn't have real **teeth**.

?	在這國家，女皇沒有真正的**牙齒**。		在這國家，女皇沒有真正的實權。

解　析 tooth 另有「**實權**」的意思。

相似詞 power；force

voice 嗓音

Most of the members **voiced** their support for the candidate.

?	大部分的成員**嗓音**對這候選人的支持。		大部分的成員表達對這候選人的支持。

解　析 voice 另有「**表達；吐露**」的意思。

相似詞 express；articulate

09

sleep 睡覺

The child rubbed the **sleep** from his eyes.

?	這個小孩將**睡覺**揉出眼睛。		這個小孩將眼屎揉出眼睛。

解　析 sleep 另有「**眼屎**」的意思。

衍生詞 sleep disorder　睡眠障礙

strength 體力

In this city, the police force is under **strength** and the crime rate is high.

?	這城市，警力**體力**不足，犯罪率高。		這城市，警力人力不足，犯罪率高。

解　析 strength 另有「**人力**」的意思。（為不可數名詞）

相似詞 number

asleep 睡著的 0439

After I sat in the same position for two hours, my legs were **asleep**.

?	✓
坐同一個姿勢兩個小時後，我的腳**睡著**了。	 坐同一個姿勢兩個小時後，我的腳麻掉了。

解 析 asleep 另有「**麻掉的**」的意思。

相似詞 numb

sleepy 想睡的  0440

Alexander moved to a **sleepy** town in Hualien after he retired.

?	✓
Alexander 退休後搬家到花蓮一個**想睡覺的**小鎮。	 Alexander 退休後搬家到花蓮一個冷清的小鎮。

解 析 sleepy 另有「**冷清的**」的意思。

相似詞 quiet；slow

born 出生的 0441

Mitchell is a **born** basketball player.

?	✓
Mitchell 是個**出生的**籃球員。	 Mitchell 是個天生的籃球員。

解 析 born 另有「**天生的**」的意思。

相似詞 innate；inherent；inborn

comfortable 舒適的 0442

The reigning champion had another **comfortable** victory tonight.

?	✓
本屆冠軍今晚又有另一場**舒適的**勝利。	 本屆冠軍今晚又輕鬆獲勝。

解 析 comfortable 另有「**（在比賽中）輕而易舉的**」的意思。

相似詞 walkaway；walkover

young 年輕的 0443

The tigress killed a deer for its **young**.

?	這母老虎為了他的**年輕的**獵殺一隻鹿。		這母老虎為了他的幼虎們獵殺一隻鹿。

解 析　young 另有「**幼獸**」的意思。（為複數型）

相似詞　cub

lip 嘴唇 0444

I have had enough of your **lip**.

?	我受夠你的**嘴唇**了。		我受夠你失禮的話了。

解 析　lip 另有「**失禮的話**」的意思。

相似詞　cheek

mouth 嘴巴 

"Can I come in?" **mouthed** Oliver.

?	「我可以進來嗎？」**嘴巴** Oliver。		「我可以進來嗎？」Oliver 用口型默示。

解 析　mouth 另有「**用口型默示；對嘴唱歌**」的意思。

相似詞　lip-synch

vein 靜脈 

It took us ten years to find a rich **vein** of gold in this mountain.

?	發現這座山這豐富的**靜脈**黃金花了我們十年時間。		發現這座山這豐富的黃金礦脈花了我們十年時間。

解 析　vein 另有「**礦脈**」的意思。

相似詞　lode；stratum

leg 腿 0447

Armstrong took the lead in the final **leg** of the race.

?	Armstrong 在比賽的最後**一腿**取得領先。		Armstrong 在比賽的最後階段取得領先。

 leg 另有「**階段**」的意思。

相似詞 stage；part；section

neck 脖子 0448

The two lovers are **necking**.

?	這對情侶正在**脖子**。		這對情侶正在擁吻。

解 析 neck 另有「**擁吻**」的意思。

相似詞 kiss；smooch；canoodle

skin 皮膚 0449

Our team **skinned** one team after another.

?	我們這一隊**皮膚**一隊又一隊。		我們這一隊大勝一隊又一隊。

解 析 skin 另有「**大勝……**」的意思。

相似詞 annihilate；thrash；best

slender 苗條的 0450

These two countries at war have a **slender** hope of peace.

?	這兩個開戰中的國家有**苗條的**和平機會。		這兩個開戰中的國家的和平機會渺茫。

解 析 slender 另有「**少量的**」的意思。

相似詞 slim；sparse；scanty

0451

strong 強壯的

So far, the soldiers under my command are 500 **strong**.

?		
到目前為止，聽我號令的士兵 500 **強壯**。		到目前為止，聽我號令的士兵多達 500。

解 析 strong 另有「多達……的；共計」的意思。

衍生詞 strong point　強項；優點

tear 眼淚

Glenn **tore** to the hospital because his wife was about to give birth.

?		
Glenn **眼淚**至醫院，因為老婆快生了。		Glenn 疾馳至醫院，因為老婆快生了。

解 析 tear 另有「狂奔；疾馳」的意思。

相似詞 dash；rush；hurtle

attention 注意

This patient needs a lot of medical **attention** now.

?		
這病人現在需要許多的醫療**注意**。		這病人現在需要許多的醫療照料。

解 析 attention 另有「照料」的意思。

相似詞 care；treatment；tending

sight 視野

The soldier had trouble lining up the **sights** before firing the rifle.

?		
這士兵在擊發來福槍前，瞄好**視野**有困難。		這士兵在擊發來福槍前，瞄好準星有困難。

解 析 sight 另有「準星」的意思。

衍生詞 a sight for sore eyes　極有吸引力的人

09

elbow 肘 0455

The rude man **elbowed** other passengers on the bus aside.

?	這無禮的男人在公車上**肘部**其他乘客。		這無禮的男人在公車上用肘擠開其他乘客。

解析 elbow 另有「**用肘擠開**」的意思。

衍生詞 elbow sb out （工作）逼走某人

jaw 下巴 0456

Tank can **jaw** for hours if you let him talk about his military life.

?	你如果讓 Tank 講軍旅生活，他可以**下巴**好幾個小時。		你如果讓 Tank 講軍旅生活，他可以喋喋不休地講好幾個小時。

解析 jaw 另有「**喋喋不休地講**」的意思。

相似詞 prattle；shoot the breeze

safe 安全的 0457

Curry stored all his valuables in the **safe** in his room.

?	Curry 將貴重的東西放在房間**安全的**地方。		Curry 將貴重的東西放在房間的保險箱。

解析 safe 另有「**保險箱**」的意思。

相似詞 coffer；strongbox

fatigue 疲累 0458

Elvis collects all kinds of army **fatiques**.

?	Elvis 收集了各式各樣的軍中**疲累**。		Elvis 收集了各式各樣的軍中迷彩服。

解析 fatique 另有「**迷彩服**」的意思。（常用複數）

相似詞 camouflage clothing；military uniform

backbone 脊椎

0459

Clark doesn't have the **backbone** to tell Doris he likes her.

? Clark 沒有**脊椎**告訴 Doris 他歡她。

 Clark 沒有勇氣告訴 Doris 他歡她。

解析 backbone 另有「勇氣」的意思。

相似詞 courage；guts；bravery

flush 臉紅

The end table is **flush** with the sofa.

? 這茶几和沙發**臉紅**。

 這茶几和沙發齊平。

解析 flush 另有「（與另一平面）齊平的」的意思。

相似詞 level；horizontal；even

09

palm 手掌

It was highly possible that Pamela **palmed** my flash drive.

? 很有可能 Pamela **手掌**我的隨身碟。

 很有可能 Pamela 把我的隨身碟藏在手心。

解析 palm 另有「把……藏在手心」的意思。

衍生詞 palm oil　棕櫚油

handicap 殘廢

0462

The whale rescue effort was **handicapped** by high sea waves.

? 搶救鯨魚工作因巨浪來**殘廢**。

 搶救鯨魚工作受巨浪阻礙。

解析 handicap 另有「阻礙」的意思。

相似詞 hinder；hamper；impede

organ 器官 0463

Ruby is learning how to play the electronic **organ**.

?	Ruby 正在學習如何彈電**器官**。		Ruby 正在學習如何彈電風琴。

解析　organ 另有「**風琴**」的意思。

衍生詞　organ transplant surgery　器官移植手術

heel 腳跟 0464

Heel! Harry. Here is your dessert.

?	**腳跟**！ Harry。這是你的點心。		Harry 過來！這是你的點心。

解析　heel 另有「**（喚狗用語）過來**」的意思。

衍生詞　Achilles heel　致命弱點

physical 身體的 

All of a sudden, the basketball game got too much **physical**.

?	突然間，這籃球賽變得太**身體的**。		突然間，這籃球賽變得太粗暴。

解析　physical 另有「**激烈的；粗暴的**」的意思。

相似詞　violent；fierce；aggressive

tongue 舌 

What's your mother **tongue**?

?	你的媽媽**舌頭**是？		你的母語是？

解析　tongue 另有「**語言**」的意思。

相似詞　language

nerve 神經 0467

Heidi crashed my car last year. How come she has the **nerve** to ask to borrow my car again?

?		✓
Heidi 去年撞壞我的車。為何她有**神經**再跟我借車？		Heidi 去年撞壞我的車。為何她又厚臉皮再跟我借車？

解 析　nerve 另有「**厚臉皮**」的意思。

相似詞　cheek；audacity；effrontery

weight 體重 0468

We don't think Tyler's opinions carry too much **weight**.

?		✓
我們不認為 Tyler 的意見有太多的**體重**。		我們不認為 Tyler 的意見有太多的影響或重要性。

解 析　weight 另有「**重要性；影響**」的意思。

相似詞　importance；significance；import

blind 瞎的  0469

Mother opened the **blinds** to let some sunlight in.

?		✓
媽媽打開**瞎的**，好讓陽光進來。		媽媽打開百葉窗，好讓陽光進來。

解 析　blind 另有「**百葉窗**」的意思。

相似詞　shade

★ blind　蒙蔽；使無辨別力

Don't let anger blind you to the fact that he is still your son.

別讓憤怒蒙蔽了他還是你兒子的事實。

character 個性 0470

Belle is quite a **character**; she still uses the old-fashioned way to do the laundry.

?	Belle 真是**個性**；她仍然用舊式的洗衣方式。		Belle 真是有趣的人；她仍然用舊式的洗衣方式。

解析 character 另有「**有趣的人**」的意思。

衍生詞 character assassination （報章上的）人身攻擊

★ character 特色；特點

Debby often goes to the restaurant with character.

Debby 常常光顧這有特色的餐廳。

dead 死亡的 0471

I found some **dead** bottles on the table.

?	我在桌上發現一些**死掉的**瓶子。		我在桌上發現一些空瓶子。

解析 dead 另有「**（喝完）空了的**」的意思。

衍生詞 empty

★ dead （身體部位）麻了

How come my left leg was dead? 為何我左腳麻了？

die 死亡 

Let's roll a **die** to decide who plays first.

?	我們來滾**死亡**，以決定誰先玩。		我們來擲骰子，以決定誰先玩。

解析 die 另有「**骰子**」的意思。（dice 為複數）

衍生詞 the die is cast 大局已定

★ die 模具

It took me five months to design a die for our product.

為了產品設計模具花了我五個月時間。

force 力量 0473

The police **forced** the door open to save the woman.

?	警方**力量**這扇門來救這婦女。		警方撬開這扇門來救這婦女。

解 析 force 另有「把……撬開（門、窗等）」的意思。

相似詞 jimmy；bust open

★ **force** 催熟（植物）

Elsa bought one forced watermelon.

Elsa 買了一顆催熟的西瓜。

spirit 靈魂 0474

Princess Anna was **spirited** away by Apollo.

?	Anna 公主讓阿波羅神**靈魂**離開。		Anna 公主被阿波羅神偷偷帶走。

解 析 spirit 另有「偷偷帶走」的意思。（常與 away；off 連用）

相似詞 whisk

★ **spirit** 烈酒

Whiskey is one kind of spirit.

威士忌是一種烈酒。

mind 頭腦 0475

When I'm away, **mind** your grandparents.

?	當我不在時，**頭腦**你的阿公阿嬤。		當我不在時，聽從你的阿公阿嬤的話。

解 析 mind 另有「聽從（某人）」的意思。

衍生詞 bear in mind 牢記

★ **mind** 聰明人

Hester is one of the minds in our big family.

Hester 是我們這大家族中聰明的人之一。

0476

spine 脊椎

Cactus **spines** not only reduce water evaporation but protect the plant itself.

?	✓
仙人掌的**脊椎**不但可減少水分蒸發，亦可保護植物本身。	 仙人掌的刺不但可減少水分蒸發，亦可保護植物本身。

解 析　spine 另有「（**動植物的）刺**」的意思。

相似詞　spike

★ **spine**　書背

The author's name and title are printed on the spine of a book.

作者的名字和書名都會印在書背上。

0477

sober 清醒的

Karen's expression **sobered** soon after the election results were out.

?	✓
Karen 的表情在選舉結果出來後，變得**清醒**。	 Karen 的表情在選舉結果出來後，變得嚴肅。

解 析　sober 另有「**變得嚴肅**」的意思。

相似詞　quieten；calm down

★ **sober**　（衣物）樸素的；色彩暗淡的

The speaker wore a sober dress today.

這演講者穿著一件樸素的洋裝。

0478

finger 手指頭

Wendy was unwilling to **finger** the suspect at the police station.

?	✓
Wendy 不願在警局**手指頭**嫌犯。	 Wendy 不願在警局指證嫌犯。

解 析　finger 另有「**指證；告發（罪犯）**」的意思。

相似詞　identify；tell on；grass on

★ **finger**　指幅

Father poured himself three fingers of whisky.

老爸給自己倒了三指幅的威士忌。

0479

nose 鼻子

Everyone is **nosing** their vehicles forward in the heavy traffic.

?	每個人都在擁擠車陣中**鼻子**車輛往前。		每個人都在擁擠車陣中小心翼翼地駕駛車輛往前。

解 析 nose 另有「小心翼翼地行駛」的意思。

相似詞 edge

★ nose 機頭

A national flag was painted on the nose of the fighter plane.

一面國旗被彩繪在這架戰機的機頭。

shoulder 肩膀

Joseph is not the kind of man who can **shoulder** responsibility.

?	Joseph 不是那種可以**肩膀**責任的人。		Joseph 不是那種可以承擔責任的人。

解 析 shoulder 另有「承擔……責任」的意思。

相似詞 assume；bear；undertake

★ shoulder 路肩

A car which broke down was parked on the shoulder of the freeway.

一輛拋錨的車子停在高速公路的路肩。

skinny 極瘦的

The girl who wears **skinny** jeans looks super hot.

?	這穿著**極瘦**牛仔褲的女生看起來很辣。		這穿著貼身的牛仔褲的女生看起來很辣。

解 析 skinny 另有「貼身的」的意思。

衍生詞 skinny-dip 裸泳

★ skinny （尤指咖啡）低脂的

Buy one bag of skinny coffee and get one free today.

今天低脂咖啡買一包送一包。

09

stomach　肚子 0482

Rae found it hard to **stomach** the noise from upstairs.

?	Rae 覺得很難**肚子**樓上傳來的噪音。		Rae 覺得很難容忍樓上傳來的噪音。

解　析　stomach 另有「容忍」的意思。

相似詞　bear；stand；put up with

★ stomach　能吃……（而不會生病）
I can never stomach peanuts, which can result in a serious allergy.
我從來就無法吃花生，因為會引發過敏。

cheek　臉頰 0483

Kerr apologized for **cheeking** his history teacher.

?	Kerr 為**臉頰**歷史老師而道歉。		Kerr 為對歷史老師無禮而道歉。

解　析　cheek 另有「**對……無禮**」的意思。

相似詞　be rude to；be impolite to；impertinent

★ cheek　（一邊的）屁股
Mother spanked my cheek because I didn't behave well.
我因為表現不佳而被媽媽打屁股。

mature　成熟的 0484

My insurance policy will **mature** next year.

?	我的保單將在明年**成熟**。		我的保單將在明年到期。

解　析　mature 另有「**期滿；到期**」的意思。

相似詞　due

★ mature　味道醇厚的
Heather prefers mature cheese to mild cheese.
比起輕乳酪 Heather 偏愛重乳酪。

gut 腸道 0485

Unfortunately, a fire last night **gutted** the furniture factory.

?	很不幸的，昨夜的一場大火**腸道**這家具工廠。		很不幸的，昨夜的一場大火徹底損毀這家具工廠內部。

解 析　gut 另有「（火災）徹底損毀（房屋）的內部」的意思。

相似詞　destroy；ruin；consume

★ gut　取出……的內臟

The fish vendor skillfully gutted all the fish on the table.

這魚販技巧熟練地將桌上的魚去除內臟。

body 身體 0486

The shampoo is advertised to give people's hair more **body**.

?	這洗髮精廣告宣稱可以給人們的頭髮更多**身體**。		這洗髮精廣告宣稱可以讓人們的頭髮濃密健康。

解 析　body 另有「（頭髮）濃密健康」的意思。

衍生詞　body clock　生理時鐘

★ body　大量

Chad put a huge body of literature in Chapter Two of his thesis.

Chad 在他論文的第二章放了大量的文獻。

10 疾病醫療

abort　墮胎 0487

We had no choice but to **abort** the mission.

?	我們別無選擇只能**墮胎**任務。		我們別無選擇只能中止任務。

解析　abort 另有「**中止；取消**」的意思。

相似詞　halt；terminate

bout　（疾病的）發作；一陣 0488

The wrestler was too sick to win the **bout**.

?	這摔角選手病太嚴重而無法贏得**發病**。		這摔角選手病太嚴重而無法贏得這場摔跤比賽。

解析　bout 另有「**摔跤／拳擊比賽**」的意思。

相似詞　match；fight；game

chronic　（尤指疾病或不好的事物）慢性的；長期的 0489

OMG! This TV show is **chronic**.

?	我的老天啊！這電視節目真是**慢性的**。		我的老天啊！這電視節目真是糟糕。

解析　chronic 另有「**很糟的**」的意思。

相似詞　awful；terrible；horrible

bruise　瘀傷 0490

Peaches and bananas can **bruise** easily.

?	水蜜桃和香蕉容易**瘀傷**。		水蜜桃和香蕉容易碰傷。

解析　bruise 另有「**（水果）碰傷**」的意思。

衍生詞　bruise sb's ego　傷了某人的自尊

capsule 膠囊 0491

Can you imagine how inconvenient it is to live in a **capsule**?

?	✓
你有辦法想像住在**膠囊**裡是多麼不方便嗎？	 你有辦法想像住在太空艙裡是多麼不方便嗎？

解析 capsule 另有「**太空艙**」的意思。

衍生詞 time capsule 時間膠囊

cramp 抽筋

Recent government policies **cramp** the nation's economic growth.

?	✓
最近政府政策**抽筋**國家的經濟發展。	 最近政府政策阻礙國家的經濟發展。

解析 cramp 另有「**阻礙；限制**」的意思。

相似詞 limit；hinder；restrict

infectious （疾病）有傳染性的

We were impressed by Luiz's **infectious** laughs.

?	✓
我們對 Luiz **有傳染性的**笑聲印象深刻。	 我們對 Luiz 有感染力的笑聲印象深刻。

解析 infectious 另有「**有感染力的**」的意思。

相似詞 irresistible；contagious

inject 注射

Regina tried to **inject** some fun into the boring class, but failed terribly.

?	✓
Regina 試著要**注射**一些樂趣進入無聊的課堂，但失敗透了。	 Regina 試著要為無聊的課堂增添一些樂趣，但失敗透了。

解析 inject 另有「**增添；帶來**」的意思。

相似詞 add；introduce；bring in

0495

recovery 恢復健康

The pirates offered a reward for the **recovery** of the precious crown.

?	這些海盜提供**恢復**珍貴皇冠**健康**的獎賞。		這些海盜提供找回這珍貴皇冠的獎賞。

解 析 recovery 另有「**找回**」的意思。

相似詞 retrieval；reclamation；repossession

cancer 癌症

Guns and drug abuse are the **cancer** of the society of America.

?	槍枝和毒品濫用是美國社會的**癌症**。		槍枝和毒品濫用是美國社會的弊病。

解 析 cancer 另有「**弊病；毒瘤**」的意思。

相似詞 evil；corruption

0497

cripple 使受傷致殘

Any country can be **crippled** by inflation.

?	任何國家都會因通貨膨脹而**殘廢**。		任何國家都會因通貨膨脹而嚴重削弱。

解 析 cripple 另有「**嚴重削弱（無法運作）**」的意思。

相似詞 damage；wreck；impair

remedy 治療

What can you possibly think up to **remedy** the situation?

?	你可以想出什麼來**治療**這情況？		你可以想出什麼來改進這情況？

解 析 remedy 另有「**糾正；改進**」的意思。

相似詞 put right；correct；rectify

swell 腫脹 0499

As the music is **swelling**, everyone is getting more and more excited.

?	隨著音樂**腫脹**，每個人也越來越興奮。		隨著音樂變大聲，每個人也越來越興奮。

解 析 swell 另有「（音樂聲等）變大」的意思。

相似詞 intensify

paralyze 使麻痺 0500

A nine-car pileup **paralyzed** the whole traffic on the freeway.

?	九輛車的追撞事故**麻痺**了高速公路的交通。		九輛車的追撞事故癱瘓了高速公路的交通。

解 析 paralyze 另有「使陷入癱瘓（而不能正常運作）」的意思。

相似詞 disable

10

germ 病菌 

The **germ** of the theory formed when Dr. Chang was taking a shower.

?	這理論的**病菌**在張博士淋浴時形成。		這理論的開端在張博士淋浴時形成。

解 析 germ 另有「（理論、點子、感情等）的開端；發源」的意思。

相似詞 onset；early stage

pill 藥丸 

My new sweater **pills** easily.

?	我的新毛衣容易**藥丸**。		我的新毛衣容易起毛球。

解 析 pill 另有「起毛球」的意思。

相似詞 bobble

0503

ease 減輕

The old man **eased** himself into the sofa.

?	這老人家**減輕**自己進入沙發。		這老人家緩緩坐進沙發。

解析 ease 另有「**小心緩緩移動**」的意思。

衍生詞 at ease （士兵）稍息

painless 不痛的

It is no way that we can have a **painless** breakup.

?	要我們**不痛**分手是不可能的。		要我們輕而易舉的分手是不可能的。

解析 painless 另有「**輕而易舉的**」的意思。

相似詞 effortless；simple；plain sailing

ill 生病的

Ill news travels fast.

?	**生病的**新聞傳很快。		壞事傳千里。

解析 ill 另有「**壞的**」的意思。

相似詞 bad；awful；nasty

medical 醫學的

My parents have a **medical** every year.

?	我爸媽每年都會**醫學**。		我爸媽每年都會做健康檢查。

解析 medical 另有「**健康檢查**」的意思。

相似詞 physical；physical examination

dumb 啞的 0507

Are you playing **dumb** or what?

?	✓
你現在是在裝**啞**嗎？	 你現在是在裝傻嗎？

解析 dumb 另有「**傻的；笨的**」的意思。

相似詞 stupid；slow；simple-minded

clinical 門診的 0508

Blair's voice sounds **clinical** as usual.

?	✓
Blair 的聲音一如往常般聽起來很**門診的**。	 Blair 的聲音一如往常般聽起來很冷冰冰的。

解析 clinical 另有「**冷漠的；無感情的**」的意思。

相似詞 cold；detached；disinterested

dose 一劑  0509

Harvey had a bad **dose** of flu.

?	✓
Harvey 有很糟的**一劑**流感。	 Harvey 流感嚴重。

解析 dose 另有「**一些（糟糕或不愉快的事）**」的意思。

相似詞 bout；fit

headache 頭痛  0510

Going to work during rush hour is really a **headache** for me.

?	✓
尖峰時刻去上班對我真是**頭痛**。	 尖峰時刻去上班對我真是件頭痛之事。

解析 headache 另有「**令人頭痛的事**」的意思。

相似詞 nuisance；inconvenience；pain in the neck

10

terminal （疾病）晚期的；末期的 0511

It is reported that a new **terminal** is going to be built around here.

?	✓
據報導此處將蓋新的**末期**。	 據報導此處將蓋新的航廈。

解析 terminal 另有「**航廈；碼頭**」的意思。

衍生詞 terminal cancer　癌症末期

choke （使）窒息 0512

The tennis player **choked** at the tiebreak.

?	✓
這網球選手在搶 7 決勝盤**窒息**。	 這網球選手在搶 7 決勝盤怯場。

解析 choke 另有「**（指在運動中關鍵時刻）失敗；怯場**」的意思。

衍生詞 choke to death　窒息而死

plague 瘟疫

My daughter has been **plaguing** me with questions about how she was born.

?	✓
我女兒一直用她是如何出生的問題來**瘟疫**我。	 我女兒一直用她是如何出生的問題來打攪我。

解析 plague 另有「**（尤指因不停提問而）打攪**」的意思。

相似詞 pester；hassle；badger

sore 痛的

Stop being so **sore** at me; it's just an innocent mistake.

?	✓
不要對我這麼**痛**；這只是個無心之過。	 不要對我這麼生氣；這只是個無心之過。

解析 sore 另有「**生氣的**」的意思。

相似詞 angry；annoyed；pissed

cure 治療 0515

Grandma uses salt to **cure** meat.

?	奶奶用鹽巴**治療**肉。		奶奶用鹽巴來醃肉。

解析 cure 另有「（**用煙燻或鹽醃等方法）保存食物**」的意思。

衍生詞 cure-all　萬靈藥

prescribe （醫生）開（藥） 0516

The law **prescribes** that men in Taiwan have to do military service.

?	法律**開藥**台灣的男性同胞必須服兵役。		法律規定台灣的男性同胞必須服兵役。

解析 prescribe 另有「**規定**」的意思。

衍生詞 prescription　建議

cough 咳嗽 0517

My old car **coughed** and couldn't start.

?	我的老車**咳嗽**，並無法發動。		我的老車發出咳嗽般的聲音，並無法發動。

解析 cough 另有「**發出咳嗽般的聲音**」的意思。

衍生詞 cough sth up　勉強給予……

braces 牙套 0518

Everyone should **brace** themselves for the coming typhoon.

?	每個人都應為即將來襲的颱風**牙套**。		每個人都應為即將來襲的颱風做準備。

解析 brace 另有「**做準備**」的意思。

相似詞 prepare for；get ready for

cut 切；割；剪 0519

My daughter **cut** a tooth yesterday.

?	我女兒昨天**切**了一個牙齒。		我女兒昨天長出了一個牙齒。

解析　cut 另有「**長（牙）**」的意思。

衍生詞　cut classes　曠課

surgery 外科手術 0520

On the board, it says "**Surgery** is from 8 am to 5 pm."

?	板子上寫著，**手術**從八點到下午五點。		板子上寫著，診所看診時間為八點到下午五點。

解析　surgery 另有「**診所／醫院看診時間**」的意思。

相似詞　office hours

stroke 中風

My brother knows three **strokes**, such as backstroke.

?	我哥會三種**中風**，例如：仰式。		我哥會三種泳姿，例如：仰式。

解析　stroke 另有「**游泳姿勢**」的意思。

衍生詞　breaststroke　蛙式

relieve 緩解（疼痛或擔憂）

Who is the next person to **relieve** me?

?	下一個來**緩解**我是誰？		下一個來接我的班是誰？

解析　relieve 另有「**（工作上）接……的班**」的意思。

衍生詞　relieve oneself　上廁所

rash 疹子 0523

It is **rash** of you to jump to conclusions without thinking twice.

?		
? 你沒有三思就快快下結論未免**疹子**。		你沒有三思就快快下結論未免太輕率。

解 析 rash 另有「**輕率的；魯莽的**」的意思。

衍生詞 a rash of　大量令人不快的事

drug 藥／毒品 0524

Water skiing is a **drug** for Pat.

?		
? 對 Pat 來說滑水運動就像**毒品**。		Pat 對滑水運動成癮。

解 析 drug 另有「**成癮之事**」的意思。

相似詞 addiction；devotion；infatuation

10

plaster 石膏 0525

Almost every electric pole in this area is **plastered** with leaflets.

?		
? 這地區的電線桿幾乎都**石膏**廣告單。		這地區的電線桿幾乎都貼滿廣告單。

解 析 plaster 另有「**貼滿**」的意思。

相似詞 stick；paste；glue

★ plaster　OK 繃

How much does this box of cartoon character plasters cost?

這一盒卡通造型 OK 繃要多少錢？

immune 免疫的 0526

The minister seems **immune** to criticism on the Internet.

?	✓ 
這部長似乎對網路批評**免疫**。	這部長似乎對網路批評不受影響。

解析 immune 另有「**不受影響的**」的意思。

相似詞 unaffected

★immune 豁免的

How can the foreign envoy be immune from prosecution?

為何這外國使節豁免起訴？

sick 生病的 0527

Whenever I smell durians, I feel **sick**.

?	✓ 
每次聞到榴槤的味道，我就**生病了**。	每次聞到榴槤的味道，我就噁心想吐的。

解析 sick 另有「**噁心想吐的**」的意思。

相似詞 nauseated；nauseous

★sick 憤怒的

It makes me sick to see the news of drunk driving.

每次看到酒駕新聞就讓我一肚子火。

graze 擦傷  0528

Why have you been **grazing** all day, instead of eating a proper meal?

?	✓ 
為何妳都在**擦傷**，而非好好吃一餐？	為何妳都在吃零食而不吃正餐呢？

解析 graze 另有「**吃零食而不吃正餐**」的意思。

相似詞 eat between meals

★graze 放牛／羊吃草

A herd of cows are grazing on the pastures.

一群牛在牧場上吃草。

抽象動作

nurture 養育 0529

I have **nurtured** a dream of becoming a famous singer.

?	✓
我一直**養育**著成為有名歌手的夢想。	 我一直懷有成為有名歌手的夢想。

解析 nurture 另有「**懷有；抱有**」的意思。

相似詞 harbor；entertain；hold

oblige 強迫 0530

Don't worry. I'm glad to **oblige**.

?	✓
別擔心。我很樂意**強迫**。	 別擔心。我很樂意為您效勞。

解析 oblige 另有「**幫助；為……效勞**」的意思。

相似詞 help；assist；lend a helping hand

11

relish 享受

I will never eat a hot dog without any **relish**.

?	✓
我絕不吃沒有**享受**的熱狗。	 我絕不吃沒有調味料的熱狗。

解析 relish 另有「**調味料**」的意思。

相似詞 sauce；condiment；seasoning

render 使成為

It is our duty to **render** help to those who lost their homes.

?	✓
使成為幫助給那些無家可歸的人是我們的責任。	 提供幫助給那些無家可歸的人是我們的責任。

解析 render 另有「**提供**」的意思。

相似詞 offer；provide；supply

conquest 征服 0533

Kevin said Elsa was one of his **conquests**.

?	Kevin 曾說 Elsa 是他**征服**其中一人。		Kevin 曾說 Elsa 是他性玩伴其中一人。

解 析　conquest 另有「**性玩伴**」的意思。

相似詞　friend with benefit

coordinate 協調  0534

Bowen gave his son some **coordinates** to locate on the map.

?	Bowen 給了兒子幾個**協調**要他在地圖上找出來。		Bowen 給了兒子幾個座標要他在地圖上找出來。

解 析　coordinate 另有「**座標**」的意思。

衍生詞　coordinate plane　座標平面

liberate 解放  0535

When the child was **liberating** some candy from the store, he was caught red-handed.

?	當這小孩在商店**解放**一些糖果時，他當場被逮。		當這小孩在商店偷一些糖果時，他當場被逮。

解 析　liberate 另有「**偷竊**」的意思。

相似詞　steal；pilfer；pinch

lure 誘惑  0536

No fish took the **lure** for the whole afternoon.

?	整個下午沒有魚吃**誘惑**。		整個下午都沒有魚吃魚餌。

解 析　lure 另有「**魚餌**」的意思。

相似詞　decoy

illuminate 照亮 0537

A recent study **illuminated** the problem of drones.

?	一項最近的研究**照亮**空拍機的問題。		一項最近的研究闡明空拍機的問題。

解析 illuminate 另有「闡明」的意思。

相似詞 clarify；explain；illustrate

option 選擇 0538

EPB（electronic parking brake）is one of the **options** of this new car.

?	電子手煞車是這輛新車的**選擇**之一。		電子手煞車是這輛新車的選配之一。

解析 option 另有「（汽車）選配設備」的意思。

衍生詞 have no option but to do　別無選擇只能做⋯⋯

implement 實施 0539

Grandpa bought several garden **implements** for his new garden.

?	爺爺為他的新花園買了一些花園**實施**。		爺爺為他的新花園買了一些花園工具。

解析 implement 另有「（特指與勞動相關的）工具」的意思。

相似詞 tool

enact 實行；實施 0540

Hardy's students are **enacting** Shakespeare's play Twelfth Night.

?	Hardy 的學生正在**實施**莎翁的《第十二夜》。		Hardy 的學生正在表演莎翁的《第十二夜》。

解析 enact 另有「表演（故事或戲劇）」的意思。

相似詞 act out；perform

highlight 強調 0541

I asked my hairstylist to **highlight** my hair.

?	我要求髮型師**強調**我的頭髮。		我要求髮型師挑染我的頭髮。

解 析 highlight 另有「**挑染**」的意思。

衍生詞 highlighter　螢光筆

exploit 開發  0542

This book details all of Robin's **exploits** in the deserted island.

?	這本書詳細記載了 Robin 在這無人島上的**開發**。		這本書詳細記載了 Robin 在這無人島上的奇遇。

解 析 exploit 另有「**奇遇**」的意思。

相似詞 adventure

hint 暗示  0543

Joy rejected my invitation with a **hint** of anger.

?	Joy 帶著**暗示**憤怒拒絕我的邀請。		Joy 帶著一點點不高興地拒絕我的邀請。

解 析 hint 另有「**很少量**」的意思。

相似詞 a bit；a little

recognize 認出  0544

Ryan was **recognized** for disarming the bomb in the department store.

?	Ryan 因為拆了百貨公司的炸彈而被**認出**。		Ryan 因為拆了百貨公司的炸彈而被表揚。

解 析 recognize 另有「**表揚**」的意思。

相似詞 acclaim；applaud；commend

definition 定義

0545

The picture you sent me had high **definition**.

?	
你傳給我的這張照片有很高的**定義**。	你傳給我的這張照片有很高的解析度。

解析 definition 另有「（圖像或聲音的）清晰度；解析度」的意思。

相似詞 distinctness；sharpness；clarity

frustrate 使灰心

0546

Our efforts to rescue the fishermen were **frustrated** by the storm.

?	
我們要營救這些漁夫的努力因風暴而**灰心**。	我們要營救這些漁夫的努力受風暴阻撓。

解析 frustrate 另有「阻撓；阻止」的意思。

相似詞 foil；thwart；hamper

hatch 孵蛋

0547

Coleman is **hatching** a plan to sabotage the company he works for.

?	
Coleman 正在**孵蛋**計劃打算破壞他所屬的公司。	Coleman 正在祕密策劃打算破壞他所屬的公司。

解析 hatch 另有「祕密策劃」的意思。

相似詞 conceive

certify 證明；證實

0548

At age 12, Landy was **certified** and sent to Dr. Wu for treatment.

?	
12 歲時，Landy **被證實**，並送去吳醫師那裡接受治療。	12 歲時，Landy 正式證明患有精神病，並送去吳醫師那裡接受治療。

解析 certify 另有「正式證明……患有精神病」的意思。

衍生詞 certificate 證書

administer 管理 0549

An antibiotic was **administered** to the patient with an ear infection.

? 抗生素被**管理**這耳朵感染的病人。

 抗生素被開給這耳朵感染的病人。

解析 administer 另有「**給予**」的意思。

相似詞 offer；provide；proffer

betray 背叛 0550

Cindy's voice **betrayed** her nervousness on stage.

? Cindy 的聲音**背叛**了她在台上的緊張。

 Cindy 的聲音暴露了她在台上的緊張。

解析 betray 另有「**暴露（想法）；流露（情感）**」的意思。

相似詞 give away

complicate 使複雜化 0551

Brook's lung problem was **complicated** by the flu.

? Brook 的肺臟問題因為流感而更**複雜化**。

 Brook 的肺臟問題因為流感而更惡化。

解析 complicate 另有「**（疾病）惡化**」的意思。

相似詞 worsen；aggravate；exacerbate

contribute 貢獻 0552

Mr. Huang **contributes** to the editorial of a newspaper.

? 黃先生都會**貢獻**到報紙的社論。

 黃先生都會幫報紙的社論撰稿。

解析 contribute 另有「**（幫報紙、雜誌或書）撰稿**」的意思。

衍生詞 make a contribution to　出了貢獻

adjust 調整／節 0553

The speaker **adjusted** his shirt before going on stage.

?		✓	
?	這演講人上台前**調節**了襯衫。		這演講人上台前整理了一下襯衫。

解析 adjust 另有「**整理（衣服）**」的意思。

衍生詞 adjust to　適應……

calculation 計算 0554

The vice president was criticized for his political **calculation**.

?		✓	
?	這副總統因為政治**計算**備受批評。		這副總統因為政治算計備受批評。

解析 calculation 另有「**算計**」的意思。

衍生詞 calculated　算計好的

devote 貢獻給

Our meeting today mainly **devoted** to finding a solution to poverty.

?		✓	
?	我們今天的會議主要是**貢獻給**找出貧窮的解決方法。		我們今天的會議主要用於找出貧窮的解決方法。

解析 devote 另有「**將……用於**」的意思。

相似詞 be used for

11

endure 忍耐

Without trust and care, a friendship can't **endure**.

?		✓	
?	沒有信任和關心，友誼是無法**忍耐**的。		沒有信任和關心，友誼是無法持久的。

解析 endure 另有「**持久**」的意思。

相似詞 last；exist

tackle 處理 0557

Good fishing **tackle** can cost a lot.

?	✓
好的釣魚**處理**要很多錢。	好的釣魚用具要很多錢。

解析 tackle 另有「用具、裝備（特別指釣魚用具）」的意思。

相似詞 equipment；gear

conserve 保護；節約 0558

Grandma is making plum **conserve** in the kitchen.

?	
奶奶正在廚房製作梅子**保護**。	奶奶正在廚房製作梅子蜜餞。

解析 conserve 另有「蜜餞」的意思。

相似詞 preserve；jam

sacrifice 犧牲  0559

In old times, animals were offered as a **sacrifice** to please gods.

?	
以前那個年代，動物都是用來當作**犧牲**來取悅神明。	以前那個年代，動物都是用來當作祭品來取悅神明。

解析 sacrifice 另有「祭品」的意思。

相似詞 immolation；offering

precaution 預防  0560

The couple didn't take **precautions** because they wanted a baby.

?	
這對夫妻沒有**預防**，因為他們想要有小孩。	這對夫妻沒有避孕，因為他們想要有小孩。

解析 precaution 另有「避孕」的意思。

相似詞 contraception；birth control

request 請求 0561

Today, we have many **requests** from our listeners.

?	
今天，我們有許多聽眾的**請求**。	今天，我們有許多聽眾的點歌。

解析　request 另有「點歌」的意思。

衍生詞　at somebody's request　在某人要求之下

define 給……下定義 0562

Nancy **defined** her lips with a red lipstick.

?	
Nancy 用紅色口紅來**定義**她的嘴唇。	Nancy 用紅色口紅使她的嘴唇輪廓分明。

解析　define 另有「**使……的輪廓分明**」的意思。

衍生詞　definition　定義

existence 存在 0563

Eric has led an unhappy **existence** since he lost his job.

?	
Eric 自從丟了工作後，就過著不快樂的**存在**。	Eric 自從丟了工作後，就過著不快樂的生活。

解析　existence 另有「**生活；生活方式**」的意思。

相似詞　lifestyle

favor 偏愛

To my surprise, the party **favor** is a succulent plant.

?	
讓我驚訝的是這次的宴會**偏愛**是一株多肉植物。	讓我驚訝的是這次的宴會小禮物是一株多肉植物。

解析　favor 另有「**（婚禮、宴會等上發給客人的）小禮物**」的意思。

衍生詞　out of favor with sb　人緣不好

0565

survive 存活

Harry was **survived** by his wife and son.

? Harry 被老婆和兒子**存活**。

 Harry 遺留老婆和兒子過世。

解析 survive 另有「**比……活得長**」的意思。

衍生詞 survival kit　急救箱

0566

possess 擁有

A sense of fear **possessed** Erica as she walked past the barking dog.

? 當 Erica 走過那正在吠叫的狗時，恐懼感**擁有**她。

 當 Erica 走過那正在吠叫的狗時，恐懼感便湧上來。

解析 possess 另有「**（欲望、想法）影響；支配**」的意思。

相似詞 take control over

0567

distinction 區別

An interpreter of **distinction** like Logan is hard to find.

? 像 Logan 一樣有**區別**的口譯人員是很難尋的。

 像 Logan 一樣優秀的口譯人員是很難尋的。

解析 distinction 另有「**優秀**」的意思。

相似詞 excellence；supremacy

0568

associate 與……有關連

Hawking now is an **associate** professor in the Chemistry Department.

? Hawking 現任化學系的**關聯**教授。

 Hawking 現任化學系副教授。

解析 associate 另有「**副的**」的意思。

衍生詞 associate...with...　使……與……有關連

appreciation 欣賞 0569

There is no **appreciation** in the value of this land.

?			
?	這塊土地沒有人**欣賞**。	✓	這塊土地沒有增值。

解析 appreciation 另有「（**價格或價值**）**上漲**」的意思。

相似詞 increase in value/price

harvest 收穫 0570

Gail agreed that her organs will be **harvested** when she dies.

?			
?	Gail 同意她的器官在死的時候可以被**收穫**。	✓	Gail 同意她的器官在死的時候可以被採集。

解析 harvest 另有「（**細胞或器官**）**採集**」的意思。

衍生詞 bumper/poor harvest 收成很好／不好

maintenance 維護 0571

Dick has to pay **maintenance** for his children after divorce.

?			
?	Dick 離婚後須支付小孩**維護**費。	✓	Dick 離婚後須支付小孩贍養費。

解析 maintenance 另有「**贍養費**」的意思。

相似詞 alimony

flourish 茁壯成長 0572

Mavis came into the living room, **flourishing** her grade report.

?			
?	Mavis 進來客廳，**茁壯成長**手上的成績單。	✓	Mavis 進來客廳，揮舞手上的成績單。

解析 flourish 另有「**揮舞**」的意思。

相似詞 brandish；wave；wield

overcome 克服

Overcome by smoke from the fire, the man is desperate for rescue.

?	因大火濃煙**克服**，這男子急需救援。		因被大火濃煙嗆倒，這男子急需救援。

解 析 overcome 另有「使受不了（無法思考或行動）」的意思。

衍生詞 overcome difficulties 克服困難

become 變成

Pink **becomes** you no matter what clothes you wear.

?	不管妳穿什麼，粉紅色**變成**妳。		不管妳穿什麼，粉紅色很適合妳。

解 析 become 另有「適合」的意思。

相似詞 suit

allow 允許

I **allow** that I could have found my lost wallet.

?	我**允許**我原本可以找回皮夾。		我承認我原本可以找回皮夾。

解 析 allow 另有「承認；接受」的意思。

相似詞 admit；acknowledge；agree

0576

appeal 呼籲

I'm asking my lawyer to **appeal** to the court.

?	我要求律師**呼籲**法院。		我要求律師向法院提出上訴。

解 析 appeal 另有「上訴」的意思。

衍生詞 appeal to 吸引

resume 重新開始

0577

My uncle taught me how to write a good **resume**.

?	✓
叔叔教我如何寫出一份好的**重新開始**。	 叔叔教我如何寫出一份好的履歷。

解 析 resume 另有「履歷」的意思。

相似詞 CV

initiate 開始

After paying membership, you will become one of the **initiates** of our club.

?	✓
付完會費後，你將成為社團的**開始**之一。	 付完會費後，你將成為社團的新成員之一。

解 析 initiate 另有「新成員」的意思。

相似詞 new member

reception 感受

You can ask the person at the **reception** desk for any info about the hotel.

?	✓
你可訊問在**感受**台的那人有關任何飯店的資訊。	 你可訊問在服務台的那人有關任何飯店的資訊。

解 析 reception 另有「服務台」的意思。

衍生詞 warm/cold reception 熱情／冷淡接待

reverse 徹底改變

It is not easy for Esther to **reverse** her car into the parking space.

?	✓
要 Esther **徹底改變**車子進入停車格有點難。	 要 Esther 倒車進入停車格有點難。

解 析 reverse 另有「倒車」的意思。

相似詞 put（car）in reverse gear

suspend 停止 0581

A beautiful chandelier was **suspended** from the ceiling.

?	✓ 
一盞漂亮的吊燈從天花板**停止**。	一盞漂亮的吊燈從天花板懸掛下來。

解 析　suspend 另有「**懸掛**」的意思。

相似詞　hang；dangle

sustain 保持

Gloria's house **sustained** serious damage due to the tornado.

?	✓ 
Gloria 的房子因為龍捲風，**保持**嚴重損害。	Gloria 的房子因為龍捲風，遭受嚴重損害。

解 析　sustain 另有「**遭受**」的意思。

相似詞　suffer；experience；endure

compromise 妥協

My computer was **compromised** by a virus.

?	✓ 
我的電腦被病毒**妥協**。	我的電腦遭病毒損害。

解 析　compromise 另有「**損害**」的意思。

相似詞　damage

commission 委託……做；委員會 0584

The director was arrested for taking **commissions** illegally.

?	✓ 
這主任因為非法收取**委託**而被抓。	這主任因為非法收取回扣而被抓。

解 析　commission 另有「**傭金；回扣**」的意思。

衍生詞　set up a commission　設立了委員會

expose 暴露 0585

Weeks later, the minister's extramarital affair was **exposed**.

?	幾個禮拜後，這部長的婚外情**暴露**。		幾個禮拜後，這部長的婚外情曝了光。

解　析　expose 另有「**曝光**」的意思。

相似詞　disclose；reveal；uncover

depress 使憂鬱 0586

Too many watermelons on the market **depressed** their prices.

?	市場上過多的西瓜讓其價格**憂鬱**。		市場上過多的西瓜讓其價格下降。

解　析　depress 另有「**使降價**」的意思。

衍生詞　depression　低氣壓

combine 結合 0587

A French **combine** bought a hardware factory in Taiwan.

?	一家法國**結合**收購了台灣的一家五金工廠。		一家法國集團收購了台灣的一家五金工廠。

解　析　combine 另有「**集團**」的意思。

衍生詞　combine...with...　結合⋯⋯與⋯⋯

affect 影響 0588

Why did Patricia **affect** a British accent?

?	為何 Patricia **影響**英國腔？		為何 Patricia 故意裝英國腔？

解　析　affect 另有「**故作**」的意思。

衍生詞　affected　做作的

challenge 挑戰 0589

He was **challenged** by the guards at the gate of the military camp.

?	他被軍營大門的守衛**挑戰**。		他被軍營大門的守衛盤查。

解析 challenge 另有「（哨兵或警衛）盤查」的意思。

衍生詞 challenger　挑戰者

cause 導致 0590

My father supports the **cause** of independence.

?	我爸爸支持獨立的**導致**。		我爸爸支持獨立的目標。

解析 cause 另有「目標」的意思。

相似詞 aim；goal；belief

contain 包含 0591

The government failed to **contain** the infectious disease.

?	政府未能**包含**這具傳染性疾病。		政府未能控制這具傳染性疾病。

解析 contain 另有「控制；抑制」的意思。

相似詞 control；curb；check

keep 保持 0592

Mr. Chris **keeps** several pigs and chickens for sale.

?	Chris 先生**保持**了幾隻豬和雞準備來販賣。		Chris 先生飼養了幾隻豬和雞準備來販賣。

解析 keep 另有「飼養」的意思。

相似詞 raise；rear；breed

engage 雇用 0593

The trailer of this action movie **engaged** my interest.

?		
? 這部動作片的預告片**雇用**我的興趣。		這部動作片的預告片吸引我的興趣。

解析 engage 另有「吸引住」的意思。

相似詞 attract；appeal to；interest

try 試圖 0594

Yvonne is being **tried** for embezzlement.

?		
? Yvonne 正因為私吞款項被**試圖**。		Yvonne 正因為私吞款項被審判。

解析 try 另有「審判」的意思。

衍生詞 trial　審判（名詞）

finish 結束

This chair was beautifully **finished** by the carpenter.

?		
? 這椅子被木匠漂亮**結束**。		這椅子被木匠漂亮拋光。

解析 finish 另有「拋光」的意思。

相似詞 glaze；polish；lacquer

relate 與……相關

Did you **relate** when hearing Dr. Mason's speech?

?		
? 當聽到 Mason 博士的演講，你有**關連**嗎？		當聽到 Mason 博士的演講，你有產生共鳴嗎？

解析 relate 另有「產生共鳴」的意思。

相似詞 understand；strike a chord

concentrate 專心 0597

Do you think fruit-juice **concentrate** healthy?

?		
? 你覺得**專心**果汁健康嗎？		你覺得濃縮果汁健康嗎？

解析　concentrate 另有「濃縮液」的意思。

衍生詞　concentrate on　專心於……

fail 失敗 0598

The truck smashed into a convenience store because its brake **failed**.

?		
? 這輛卡車因為煞車**失敗**所以衝入超商。		這輛卡車因為煞車失靈所以衝入超商。

解析　fail 另有「失靈」的意思。

相似詞　malfunction；break down

live 生活 0599

Don't touch the **live** wire with your wet hand.

?		
? 不要用濕的手觸摸這**生活**的電線。		不要用濕的手觸摸這帶電的電線。

解析　live 另有「帶電的」的意思。

衍生詞　live from hand to mouth　勉強度日

bear 忍受 0600

I have a basketball which **bears** Kobe Bryant's signature.

?		
? 我有一顆**忍受** Kobe 簽名的籃球。		我有一顆 Kobe 簽名的籃球。

解析　bear 另有「具有」的意思。

相似詞　contain；include；have

0601

develop 培養

Those who smoke frequently will **develop** lung cancer easily.

?	那些頻繁抽菸的人容易**培養**肺癌。		那些頻繁抽菸的人容易罹患肺癌。

解析 develop 另有「罹患（疾病或問題）」的意思。

相似詞 come down with；be infected with；be stricken with

succeed 成功

Ron will **succeed** his father as the owner of this company.

?	Ron 將**成功**爸爸為公司老闆。		Ron 將繼任爸爸為公司老闆。

解析 succeed 另有「繼任；繼承」的意思。

衍生詞 successive　接連的；successful　成功的

discipline 紀律

An area of knowledge which is studied in college is called a **discipline**.

11

?	在大學攻讀的某一範疇的知識叫做**紀律**。		在大學攻讀的某一範疇的知識叫做學科。

解析 discipline 另有「（尤指大學或學院設立的）學科」的意思。

衍生詞 self-discipline　自律

prompt 激起

Thank you for **prompting** me on stage.

?	謝謝剛剛在台上**激起**我。		謝謝剛剛在台上幫我提詞。

解析 prompt 另有「給（演員）提詞」的意思。

衍生詞 prompt sb to V　促使某人……

★ **prompt**　準時

Please be there at 7 pm prompt.

請準時七點到。

yield 產生 0605

Drivers are advised to **yield** to pedestrians who are crossing the road.

?	駕駛最好**產生**正在過馬路的行人。		駕駛最好禮讓正在過馬路的行人。

解析 yield 另有「（道路上）**禮讓**」的意思。

相似詞 give way；give right of way

> **★ yield** 彎曲
> The door yielded due to the earthquake.
> 因為地震的關係，這扇門彎曲了。

maintain 維持；保持 

He was unable to **maintain** a family with his meager wages.

?	光靠他那微薄薪水，無法**保持**一個家。		光靠他那微薄薪水，無法撫養一個家。

解析 maintain 另有「**撫養**」的意思。

相似詞 support；provide for；raise

> **★ maintain** 堅稱
> Alice maintained that the policeman harassed her.
> Alice 堅稱該位警察性騷擾她。

reserve 保留 0607

It is hard for Reed to overcome his natural **reserve**.

?	Reed 很難克服天生的**保留**。		Reed 很難克服天生的內向。

解析 reserve 另有「**矜持；內向**」的意思。

相似詞 shyness；diffidence；timidity

> **★ reserve** 替補隊員
> Don't worry! We have three more reserves on our team.
> 不用擔心！我們隊上還有三個替補隊員。

12 身體動作

shift 改變

It took Molly one hour to **shift** the stain on her skirt.

?	Molly 花了一個小時才把裙子上的汙漬**改變**。		Molly 花了一個小時才把裙子上的汙漬去除。

解析 shift 另有「去除」的意思。

相似詞 remove；get rid of；rid

tread 踩

Fred used a coin to measure the depth of tire **treads**.

?	Fred 利用硬幣來量測輪胎**踩**的深度。		Fred 利用硬幣來量測胎紋的深度。

解析 tread 另有「胎紋」的意思。

衍生詞 tread a tightrope 處境危險

12

0610

sprawl （懶散地）攤開四肢坐

This city **sprawls** in all directions.

?	這座城市向各個方向**攤開四肢坐**。		這座城市向各個方向雜亂無序地擴展。

解析 sprawl 另有「雜亂無序地擴展」的意思。

衍生詞 send sb sprawling 四腳朝天

whirl 旋轉

Today at our school was passed in a **whirl** of sports events.

?	我的學校今天在**旋轉**運動賽事中渡過。		我的學校今天在接連不斷的運動賽事中渡過。

解析 whirl 另有「接連不斷的某種活動」的意思。

相似詞 bustle

browse 流覽 0612

A couple of cows are **browsing** on grass.

?	
幾隻的牛正在**流覽**草。	幾隻的牛正在悠閒地吃草。

解 析 browse 另有「**（動物悠閒地）吃草**」的意思。

相似詞 graze；feed on grass

nibble 小口咬 0613

The new furniture is in our store, but so far there hasn't been a **nibble** yet.

?	
新的家具已在我們店裡，但目前為止沒有**小口咬**。	新的家具已在我們店裡，但目前為止乏人問津。

解 析 nibble 另有「**有興趣的表示**」的意思。

相似詞 interest

squat 蹲 

There are some homeless people **squatting** in the empty apartment.

?	
有數個遊民**蹲**在這無人居住的公寓。	有數個遊民偷住在這無人居住的公寓。

解 析 squat 另有「**偷住**」的意思。

衍生詞 squat down 蹲下來

devour 狼吞虎嚥 0615

Joseph **devoured** three novels in one night.

?	
Joseph 一個晚上**吞**了三本小說。	Joseph 一個晚上如饑似渴地看了三本小說。

解 析 devour 另有「**如饑似渴地閱讀**」的意思。

相似詞 read compulsively

refresh 使涼爽 0616

Refresh the screen to see if there is any new information.

?	**使**螢幕**涼爽**一下，看看是否有新訊息。		刷新螢幕的網頁，看看是否有新訊息。

解 析　refresh 另有「**刷新（網頁）**」的意思。

衍生詞　refresh sb's memory　使（某人）想起

nap 小睡 0617

You should follow the direction of the **nap** when brushing this fabric.

?	當你在刷這布料時，應該順著**小睡**方向。		當你在刷這布料時，應該順著絨毛方向。

解 析　nap 另有「**絨毛**」的意思。

衍生詞　power nap　恢復精力的小睡

whistle 吹哨子 0618

It is kind of scary to listen to the wind **whistling** through the trees at night.

?	晚上聽風在樹林間**吹口哨**有點恐怖。		晚上聽風在樹林間呼嘯有點恐怖。

解 析　whistle 另有「**呼嘯**」的意思。

衍生詞　whistle-blower　告密者

wink 眨眼示意 0619

The lights are **winking**；obviously, they are broken.

?	這些燈**眨眼示意**，很明顯地，壞了。		這些燈正閃爍，很明顯地，壞了。

解 析　wink 另有「**閃爍**」的意思。

相似詞　flash on and off

crawl 緩慢移動 0620

Sean is not a person who **crawls** to others.

?	
Sean 不是那種會**緩慢移動**別人的人。	Sean 不是那種會阿諛奉承別人的人。

解析 crawl 另有「**阿諛奉承**」的意思。

相似詞 kowtow to；pander to；brown-nose

creep 緩慢行進 0621

Stop staring at me, you **creep**!

?	
不要再盯著我了，你這**緩慢**行進！	不要再盯著我了，你這討厭鬼！

解析 creep 另有「**討厭鬼；噁心的人**」的意思。

相似詞 swine；toad；rat

search 尋找 

The policeman is **searching** the suspect and found drugs in his coat pocket.

?	
警察正在**尋找**這嫌疑犯，並在大衣外套發現毒品。	警察正在對這嫌疑犯搜身，並在大衣外套發現毒品。

解析 search 另有「**搜身**」的意思。

衍生詞 Search me!　我不知道！

deed 行為 

This is Robert's property **deed**.

?	
這是 Robert 的房地產**行為**。	這是 Robert 的房地產所有權證書。

解析 deed 另有「**所有權證書**」的意思。

相似詞 indenture；contract；document

resistance 反抗 0624

Compared with copper, iron has a higher **resistance**.

?	✓
比起銅，鐵有比較高的**反抗**。	 比起銅，鐵有比較高的電阻。

解析 resistance 另有「電阻」的意思。

衍生詞 passive resistance　非暴力抵抗

mischief 惡作劇 0625

Hardy was charged with criminal **mischief**.

?	✓
Hardy 被控刑事**惡作劇**。	 Hardy 被控刑事危害。

解析 mischief 另有「損害；危害」的意思。

相似詞 damage；harm；detriment

equip 裝備 0626

You need to **equip** yourself with all necessary skills for work.

?	✓
你應該**裝備**自己所需工作技能。	 你應該獲得所需工作技能。

解析 equip 另有「使有準備」的意思。

衍生詞 equipment　裝備

weep 哭泣 0627

My wound in the leg is still **weeping**.

?	✓
我的傷口仍在**哭泣**。	 我的傷口仍在滲出膿。

解析 weep 另有「（傷口）流出液體」的意思。

相似詞 ooze

12

glimpse 瞥見 0628

Jane Goodal's speech gave me a **glimpse** of how she interacted with chimps.

?	珍古德的演說讓我**瞥見**她是如何和黑猩猩互動。		珍古德的演說讓我短暫的領會她是如何和黑猩猩互動。

解析　glimpse 另有「**短暫的領會或感受**」的意思。

相似詞　perceive；detect

yawn 打哈欠 0629

This history class is such a **yawn**.

?	這歷史課真是**打哈欠**。		這歷史課真是無聊透了。

解析　yawn 另有「**乏味的人事物**」的意思。

相似詞　boredom；tedium；tediousness

breathe 呼吸 0630

This T-shirt really **breathes**.

?	這件 T 恤會**呼吸**。		這件 T 恤很透氣。

解析　breathe 另有「**（衣服）透氣**」的意思。

衍生詞　breathe new life into sth　注入活力

cue 暗示 0631

The two men fought with **cues** and chairs.

?	這兩人用**暗示**和椅子打架。		這兩人用球杆和椅子打架。

解析　cue 另有「**（撞球的）球杆**」的意思。

衍生詞　take sb's cue from sth/sb　深受……的影響

hear 聽見

0632

The court will **hear** your case next week.

?	法院下禮拜會**聽**你的案件。		法院下禮拜會開審你的案件。

解析　hear 另有「**開審**」的意思。

衍生詞　You could hear a pin drop.　（某處）很安靜。

observe 觀察

0633

Most people here don't **observe** traffic laws.

?	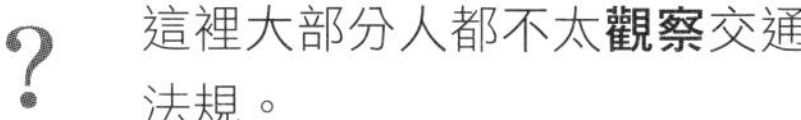 這裡大部分人都不太**觀察**交通法規。		這裡大部分人都不太遵守交通法規。

解析　observe 另有「**遵守（法律或習俗）**」的意思。

相似詞　follow；abide by；adhere to

gain 獲得

0634

My watch **gains** by five minutes.

?	我的手錶**獲得**五分鐘。		我的手錶快了五分鐘

解析　gain 另有「**（鐘或錶）快了……**」的意思。

衍生詞　One man's loss is another man's gain.　此消彼長。

hide 把……藏起來

0635

The hunter hunts alligators for their **hide**.

?	這獵人獵殺鱷魚為了鱷魚的**躲藏**。		這獵人獵殺鱷魚為了鱷魚的獸皮。

解析　hide 另有「**獸皮**」的意思。

衍生詞　hide-and-seek　捉迷藏

kiss 親吻

Sandy sat on the beach with the breeze **kissing** her face.

?	Sandy 坐在海灘上，讓微風**親吻**臉頰。		Sandy 坐在海灘上，讓微風輕拂臉頰。

解 析　kiss 另有「**輕拂**」的意思。

相似詞　gently touch

embrace 擁抱

My high school life **embraced** many extracurricular activities.

?	我的高中生活**擁抱**許多課外活動。		我的高中生活包含許多課外活動。

解 析　embrace 另有「**包含**」的意思。

相似詞　include；comprise；consist of

meet 遇見

Where is your school **meet**?

?	你們學校**遇見**何時？		你們學校運動會何時？

解 析　meet 另有「**體育比賽；運動會**」的意思。

相似詞　sports event

watch 觀看

Mike is on **watch** tonight and tomorrow night.

?	輪到 Mike 今晚和明晚**觀看**。		輪到 Mike 今晚和明晚守衛。

解 析　watch 另有「**守衛；看守**」的意思。

相似詞　vigilance；alertness；watchfulness

0640

wake 醒來

Kent attended his friend's **wake**.

?		✓	
?	Kent 參加了朋友的**醒來**。		Kent 參加了朋友的守靈。

解　析　wake 另有「守靈」的意思。

衍生詞　In the wake of　（時間上）在……之後

0641

practice 練習

It is immoral **practice** to kill dogs for their meat.

?		✓	
?	像這樣殺狗吃狗肉是很沒道德的**練習**。		像這樣殺狗吃狗肉是很沒道德的習俗。

解　析　practice 另有「慣例；習俗」的意思。

衍生詞　medical practice　醫療執業

squash 把……壓扁

Let's play **squash** this afternoon.

?		✓	
?	我們今天下午來**壓扁**吧。		我們今天下午來打壁球吧。

解　析　squash 另有「壁球」的意思。

衍生詞　squash rumors　粉碎謠言

lick 舔

With years of training hard, we finally **licked** Tom's team.

?		✓	
?	幾年努力練習後，我們終於**舔** Tom 的隊伍。		幾年努力練習後，我們終於輕取 Tom 的隊伍。

解　析　lick 另有「輕取」的意思。

相似詞　defeat easily；rout；trounce

12

spit 吐口水

I don't need this raincoat because it's only **spitting**.

?	我不需要這雨衣，因為現在只是**吐口水**。		我不需要這雨衣，因為現在只是下毛毛雨。

解析 spit 另有「**下毛毛雨**」的意思。

相似詞 drizzle；sprinkle

sescape 逃走

You can press the **escape** key to return to your window.

?	你可以按下**逃跑**鍵來回到原本的視窗。		你可以按下退出鍵來回到原本的視窗。

解析 escape 另有「**退出鍵**」的意思。

衍生詞 an escape from reality　逃避現實的方式

peep 偷看

Stop hiding! I can see you head **peeping** out from the door.

?	別躲了！我可以看到你的頭從門後**偷看**。		別躲了！我可以看到你的頭從門後緩緩出現。

解析 peep 另有「**緩緩出現**」的意思。

相似詞 surface；emerge；appear slowly

bounce 彈跳

My check **bounced**.

?	我的支票**彈跳**。		我的支票跳票。

解析 bounce 另有「**（支票）跳票**」的意思。

衍生詞 a bounced email　被退回的電子郵件

crunch 嘎吱地咬嚼 0648

The prisoner does **crunches** every morning.

?	這囚犯每天早晨都會**嘎吱地咬嚼**。		這囚犯每天早晨都會做仰臥起坐。

解析 crunch 另有「**仰臥起坐**」的意思。

相似詞 do sit-ups

movement 活動 0649

How many **movements** are there in this symphony?

?	這交響樂裡有幾個**活動**？		這交響樂裡有幾個樂章？

解析 movement 另有「**樂章**」的意思。

衍生詞 have a bowel movement　排便

skip 跳 0650

Can you **skip** stones?

?	你會**跳**石頭嗎？		你會打水漂嗎？

解析 skip 另有「**扔（石塊）打水漂**」的意思。

相似詞 skip rocks；skim

lean 傾斜 0651

After Mr. Li took over the company, it became a **lean** company.

?	在李先生接管公司後，它變成了一個**傾斜**公司。		在李先生接管公司後，它變成了一個精簡的公司。

解析 lean 另有「**（機構或公司）精簡的**」的意思。

衍生詞 lean on sb　依靠某人

12

scramble 攀登 0652

The letters were totally **scrambled**.

?	
這些字母完全被**攀登**。	這些字母完全被打亂。

解析　scramble 另有「**打亂（單字或字母或句子）**」的意思。

衍生詞　scrambled egg　炒蛋

rest 休息 0653

I **rested** my legs on the stool.

?	
我在凳子上**休息**我的腳。	我把腳靠在凳子上。

解析　rest 另有「**靠；倚**」的意思。

相似詞　lean

swing 搖擺  0654

If you want the latest iPhone, I can **swing** it for you.

?	
如果你想要最新的蘋果手機，我可以幫你**搖**。	如果你想要最新的蘋果手機，我可以設法幫你拿到手。

解析　swing 另有「**設法辦成**」的意思。

相似詞　pull strings

see 看  0655

A **see** is an area which a bishop is responsible for.

?	
一個**看**是主教負責的區。	主教教區是由主教負責管理。

解析　see 另有「**主教教區**」的意思。

衍生詞　see-through　（衣服）薄得近乎透明的

★ **see**　**是……的發生時間（或地點）**

This year saw a lot of powerful tornadoes.

今年發生許多強烈龍捲風。

kick 踢 0656

The celebrity shoplifted just for **kicks**.

?	這名人在商店偷竊只為了**踢**東西。		這名人在商店偷竊只為了快感。

解析 kick 另有「快感」的意思。

相似詞 pleasure；excitement；thrill

★ kick （槍、炮）後座力

This old rifle really kicks.

這支老勞福槍後座力很強。

motion 打手勢 0657

Sam's **motions** are not regular and he has constipation.

?	Sam 的**手勢**不規律並有便祕現象。		Sam 的排便不規律並有便祕現象。

解析 motion 另有「（委婉語）排便」的意思。

衍生詞 slow motion 慢動作

12

★ motion （會議中的）提議

Andy's motion was rejected in the meeting.

Andy 的提議在會議中被否決。

shower 淋浴

I bought a stroller for Jeanie's baby **shower**.

?	我為了 Jeanie 的嬰兒**淋浴**買了台嬰兒推車。		我為了 Jeanie 的嬰兒送禮會買了台嬰兒推車。

解析 shower 另有「（為即將結婚或分娩的婦女舉行的）送禮會」的意思。

衍生詞 shower curtain 浴簾

★ shower 大量給予……

My uncle showed me with toys.

我叔叔給我超多玩具。

clearance 清除 0659

Drive carefully. There is only a **clearance** of a few inches.

? 小心開。這只有幾公寸的**清除**。

小心開。這只有幾公寸的間距。

解析 clearance 另有「**間距**」的意思。

相似詞 gap

★ clearance　批准；許可

The soldiers can launch the attack if getting clearance.

士兵們如果得到批准便會發動攻擊。

bite 咬 0660

It is reported that the new income tax started to **bite**.

? 據報導新的所得稅法開始**咬**。

據報導新的所得稅法開始產生不良影響。

解析 bite 另有「**產生不良影響**」的意思。

相似詞 have a bad influence/effect on

★ bite　有興趣買……

Despite the discount on the hairdryer, most customers didn't bite.

儘管吹風機有折扣，但多數消費者仍不買單。

cover 覆蓋 0661

The song "Just the way you are" has been **covered** by many singers.

? 〈Just the way you are〉這首歌已被許多歌手**覆蓋**。

〈Just the way you are〉這首歌已被許多歌手翻唱。

解析 cover 另有「**翻唱（歌曲）**」的意思。

衍生詞 cover for sb　幫……代班

★ cover　給……保險

Did you cover yourself against accidents or illness?

你意外或疾病有投保嗎？

stretch 伸展 0662

People are picking seashells along this **stretch** of coast.

?	
人們正在這**伸展**海灘撿拾貝殼。	人們正在這一段海灘撿拾貝殼。

解　析 stretch 另有「（土地或水域的）一段」的意思。

相似詞 section；area

★ stretch　彈性

The pair of jeans has good stretch and comfort.

這條牛仔褲彈性很好並兼具舒適性。

act 行為表現 0663

The prince was turned into a frog in the third **act**.

?	
王子在第三**行為表現**時變成了青蛙。	王子在第三幕時變成了青蛙。

解　析 act 另有「（戲劇或歌劇的）幕」的意思。

衍生詞 act up　（機器）故障

12

★ act　法案；法令

An act was passed to prevent people from smuggling produce from the country.

一項法案通過來防止人們從該國家走私農產品。

13 手部動作

slap 拍；摑 0664

Excuse me. I need to put some **slap** on.

?	✓
不好意思，我需要**拍**一下。	不好意思，我需要上點化妝品。

解　析　slap 另有「**化妝品**」的意思。

相似詞　make-up；cosmetics

taking 拿走 0665

Michelle is a very **taking** woman.

?	✓
Michelle 是個很**拿走**的女性。	Michelle 是個很迷人的女性。

解　析　taking 另有「**迷人的**」的意思。（舊式用法）

相似詞　appealing；attractive；charming

smack 掌摑 0666

Fisher, who had been on **smack**, was arrested yesterday.

?	✓ 
一直以來都在**掌摑**的 Fisher，昨天被逮了。	一直以來都在吸食海洛因的 Fisher，昨天被逮了。

解　析　smack 另有「**海洛因**」的意思。

相似詞　heroin

undertake 從事 0667

The mayor **undertook** that the old bridge would be taken down soon.

?	✓
市長**從事**這舊橋很快將被拆除。	市長承諾這舊橋很快將被拆除。

解　析　undertake 另有「**承諾**」的意思。

相似詞　promise；guarantee；pledge

manipulate 操縱 0668

I had my back **manipulated** by the doctor.

?	✓
我讓醫生幫忙**操縱**我的背。	 我讓醫生幫忙用推拿治療我的背。

解析 manipulate 另有「用推拿治療」的意思。

相似詞 massage

unpack 打開行李箱 0669

I have **unpacked** the difficult rules to you all.

?	✓
我已經跟你們**打開行李箱**所有難懂的規則。	 我已經跟你們解釋所有難懂的規則。

解析 unpack 另有「解釋；說明」的意思。

相似詞 explain；clarify；make clear

grope 摸索 0670

As I was riding the escalator, I was **groped** by a stranger.

?	✓
當我在搭乘手扶梯時，我被陌生人**摸索**。	 當我在搭乘手扶梯時，我被陌生人伸出鹹豬手偷摸。

解析 grope 另有「伸出鹹豬手偷摸」的意思。

相似詞 a sexual touch

signature 簽名 0671

The fade-away jump shot is Kobe Bryant's **signature** move.

?	✓
那後仰跳投是 Kobe 的**簽名**姿勢。	 那後仰跳投是 Kobe 的招牌姿勢。

解析 signature 另有「（人或物的）招牌／獨特特徵」的意思。

衍生詞 digital signature 數位簽章

13

trim 修剪；修整 0672

We need to **trim** the cost if we want to make profits.

?			
?	如果我們要有營利，就需要**修剪**成本。		如果我們要有營利，就需要減少成本。

解　析 trim 另有「減少」的意思。

相似詞 reduce；curtail；slash

straighten （使）變直 0673

Hey Peggy, you really need to **straighten** your closet.

?			
?	嘿 Peggy，你真的需要讓衣櫃**變直**。		嘿 Peggy，你真的需要整理一下衣櫃。

解　析 straighten 另有「**整理；收拾整齊**」的意思。

相似詞 tidy up；neaten；put... in order

thrust 推擠 0674

The main **thrust** of what Evan said was that he wanted to study abroad.

?			
?	Evan 所說的主要**推擠**是他想出國念書。		Evan 所說的要點是他想出國念書。

解　析 thrust 另有「**要點**」的意思。

相似詞 aim；subject；purpose

salute （尤指軍人）敬禮 0675

Tony Stark was **saluted** as an intelligent, humorous entrepreneur.

?			
?	Tony Stark 被**敬禮**為一位聰明且幽默的企業家。		Tony Stark 被公開讚揚為一位聰明且幽默的企業家。

解　析 salute 另有「**公開讚揚**」的意思。

相似詞 praise；acclaim；extol

flick 輕彈 0676

Wanna see a **flick** with me this weekend?

?	
這週末要跟我去看**輕彈**嗎？	這週末要跟我去看場電影嗎？

解析 flick 另有「電影」的意思。

相似詞 movie；film；cinema

rip 撕裂 0677

Samuel sells illegal **rips** of pop music.

?	
Samuel 販賣非法**撕裂**流行音樂。	Samuel 販賣非法從 CD 擷取的流行音樂。

解析 rip 另有「（從光碟將聲音）擷取」的意思。

衍生詞 a rip-off　敲竹槓的東西

massage 按摩 0678

The company was accused of **massaging** its revenue figures.

?	
這公司被控**按摩**其收入數字。	這公司被控虛報其收入數字。

解析 massage 另有「虛報；竄改」的意思。

相似詞 doctor；cook the books

13

mingle （使）混合 0679

Carols is good at **mingling** with her guests at parties she throws.

?	
Carol 在自己辦的舞會上擅長**混合**客人。	Carol 在自己辦的舞會上擅長和客人往來交談。

解析 mingle 另有「（在社交場合）往來交談」的意思。

相似詞 socialize with；associate with；circulate

submit 提交 0680

If you can't **submit** to the new regulation, you may be fined.

?		✓	
?	如果你無法**提交**新的規則，你可能受罰。		如果你無法遵守新的規則，你可能受罰。

解析 submit 另有「屈服；順從」的意思。

相似詞 accept；give in；adhere to

prop 支撐 0681

We are lacking of proper **props** for this scene.

?		✓	
?	我們還缺少這場景的**支撐**。		我們還缺少這場景的道具。

解析 prop 另有「道具」的意思。

衍生詞 prop... up　撐住

poke 戳

A stranger **poked** me on Facebook, trying to chat with me.

?		✓	
?	有個陌生人在臉書上用東西**戳**我，想跟我聊天。		有個陌生人在臉書上戳我，想跟我聊天。

解析 poke 另有「（在社群網路上）戳對方想與其聊天」的意思。

衍生詞 poke fun at　取笑

unfold 打開；展開 0683

Peter is trying to **unfold** his big plan to us.

?		✓	
?	Peter 正試著和我們**打開**他的大計劃。		Peter 正試著和我們詳細講述他的大計劃。

解析 unfold 另有「詳細講述（故事或計劃）」的意思。

相似詞 elaborate on；explain thoroughly

kindle 燃點 

Mr. Stark's science class **kindled** his students' curiosity about the universe.

?	
Stark 老師的自然課**燃點**學生對宇宙的好奇心。	Stark 老師的自然課激起學生對宇宙的好奇心。

解　析 kindle 另有「激起……」的意思。

相似詞 arouse；inspire；stir

flip 快速翻轉 

I made some money by **flipping** this old house.

?	
我藉由**快速翻轉**這老房子而賺了些錢。	我藉由稍作裝修後迅速轉售這老房子而賺了些錢。

解　析 flip 另有「（稍作裝修後）迅速轉售房子」的意思。

衍生詞 flipped classroom　翻轉教室

applaud 鼓掌 

The school **applauded** the proposal of buying new air conditioners.

?	
學校**鼓掌**要買新冷氣的提案。	學校贊成要買新冷氣的提案。

解　析 applaud 另有「贊成」的意思。

相似詞 approve of；favor；endorse

execute （尤指有計劃地）實施 

One of the prisoners will be **executed** tomorrow.

?	
囚犯之一明天將被**實施**。	囚犯之一明天將被處死。

解　析 execute 另有「（依法）處死」的意思。

相似詞 be put to death；electrocute

withdraw 抽回

After Loki's parents died, he **withdrew** from everyone.

?		✓	
?	Loki 的父母過世後，他便**抽回**每個人。		Loki 的父母過世後，他便不與每個人交流。

解 析　withdraw 另有「**不與人交流**」的意思。

衍生詞　withdrawal symptoms　脫癮／戒斷症狀

dispense 分發

You need to have a license to **dispense** medicine.

?		✓	
?	你必須要有證照才可以**分發**藥物。		你必須要有證照才可以配藥。

解 析　dispense 另有「**配（藥）**」的意思。

衍生詞　dispense with　免除

discard 拋棄

It's my turn to **discard** a card.

?		✓	
?	輪到我**拋棄**一張牌了。		輪到我出牌了。

解 析　discard 另有「**出（牌）**」的意思。

相似詞　get rid of a card

0691

split 裂開

Can you do the **splits**?

?		✓	
?	你會**裂開**嗎？		你會劈腿嗎？

解 析　split 另有「**劈腿**」的意思。

衍生詞　split end　（髮梢的）分叉

0692

alter 修改

These stray dogs were **altered** to prevent them from breeding.

?	這些流浪狗被**修改**，來預防繁殖。		這些流浪狗被閹割，來預防繁殖。

解析 alter 另有「閹割」的意思。

相似詞 spay；castrate；neuter

operation 運作

Mr. Young set up his **operation** from scratch.

?	Young 先生白手起家創立**運作**。		Young 先生白手起家創立自己的企業。

解析 operation 另有「企業」的意思。

相似詞 company；business；organization

recycle 回收垃圾

Matt **recycled** his old smartphone as a car navigator.

?	Matt **回收垃圾**舊手機當作汽車導航。		Matt 再次利用舊手機當作汽車導航。

解析 recycle 另有「再次利用（以達其他用途）」的意思。

衍生詞 recycle bin　資源回收桶

manual 手工的

You need to read the user **manual** before using this machine.

?	使用機器前，你應先閱讀使用者**手工**。		使用機器前，你應先閱讀使用說明書。

解析 manual 另有「說明書」的意思。

相似詞 instructions；directions

0696

fetch 拿來

To my surprise, my old car **fetched** 100,000 dollars.

?	出乎我意料之外，我的老爺車竟**拿來**十萬塊。		出乎我意料之外，我的老爺車竟賣得十萬塊。

解　析 fetch 另有「**賣得**」的意思。

衍生詞 play fetch　（跟狗）玩丟接遊戲

eliminate 清除

The blue team was **eliminated** in the first round of the game.

?	藍隊在第一輪比賽中就被**清除**。		藍隊在第一輪比賽中就被淘汰。

解　析 eliminate 另有「**（比賽中）淘汰**」的意思。

相似詞 knock out

carve 雕刻

Mother **carved** the cooked meat into pieces.

?	媽媽將熟肉**雕刻**成小片。		媽媽將熟肉切成小片。

解　析 carve 另有「**把（熟肉）切成小片**」的意思。

衍生詞 be carved in stone　無法改變的

0699

wipe 擦

I used **wipes** to clean the table after dinner.

?	我用**擦**來清潔晚餐後的桌面。		我用濕紙巾來清潔晚餐後的桌面。

解　析 wipe 另有「**濕紙巾**」的意思。

衍生詞 wipe...out　除去

twist 轉動 0700

Clearly, Liam **twisted** what I said on purpose.

?	很明顯，Liam 故意**轉動**我的話。		很明顯，Liam 故意曲解我的話。

解析 twist 另有「曲解」的意思。

相似詞 distort；warp；garble

grasp 抓緊 0701

It is a little hard for me to **grasp** the theory of relativity.

?	要我**抓緊**相對論有點難。		要我理解相對論有點難。

解析 grasp 另有「理解」的意思。

相似詞 understand；comprehend；fathom

seize 抓住  0702

Cathy was suddenly **seized** by a feeling of remorse.

?	Cathy 突然被一陣的懊悔**抓住**。		Cathy 突然感到一陣的懊悔。

解析 seize 另有「（強烈情感或劇痛）突然侵襲」的意思。

衍生詞 seizure （疾病的）突發

pour 倒；灌  0703

Most of the fans **poured** out of the Taipei Arena after the concert was over.

?	演唱會結束，大部分的歌迷都**倒出**台北小巨蛋。		演唱會結束，大部分的歌迷都湧出台北小巨蛋。

解析 pour 另有「人群／東西大量湧出／入」的意思。

相似詞 throng；stream

13

peel 剝（水果）皮 0704

Our skin **peeled** after we got sunburned.

?	曬傷後，我們的皮膚**剝皮**。		曬傷後，我們的皮膚脫皮。

解 析　peel 另有「**（皮膚因日曬而）脫皮**」的意思。

衍生詞　keep sb's eyes peeled　特別留意當心

scrub 刷洗 

Bibby had to **scrub** his plan to travel overseas because he is broke.

?	Bibby 必須**刷洗**海外旅遊計劃，因為他現在沒錢了。		Bibby 必須取消海外旅遊計劃，因為他現在沒錢了。

解 析　scrub 另有「**取消（原計劃）**」的意思。

相似詞　cancel；drop；call off

chop 劈 

Anyone who is late five times in a month will get the **chop**.

?	任何一個月內遲到五次的人將得到**劈**。		任何一個月內遲到五次的人將被解雇。

解 析　chop 另有「**解雇**」的意思。

相似詞　get fired；the axe

bury 埋葬 0707

Have you **buried** the pain of your previous breakup?

?	你已經**埋葬**上一次分手的痛了嗎？		你已經忘卻上一次分手的痛了嗎？

解 析　bury 另有「**忘卻（不快的經歷）**」的意思。

相似詞　forget；think no more of

arrange 整理；安排 0708

This symphony was **arranged** for the guitar.

?	這交響樂被**安排**成吉他曲。		這交響樂被改編為吉他曲。

解析 arrange 另有「**改編（樂曲）**」的意思。

衍生詞 arranged marriage （父母親安排好之）婚姻

arrest 逮捕 0709

The new drug is said to **arrest** the spread of cervical cancer.

?	這新藥據說可以**逮捕**子宮頸癌的擴散。		這新藥據說可以抑制子宮頸癌的擴散。

解析 arrest 另有「**抑制**」的意思。

衍生詞 arrest sb's attention 引起（某人的注意）

dial 打電話 0710

The **dial** of Alicia's watch has a picture of Mickey Mouse.

?	Alicia 手錶**打電話**有米老鼠的圖案。		Alicia 手錶錶盤有米老鼠的圖案。

解析 dial 另有「**錶盤**」的意思。

衍生詞 dialling tone （電話）撥號音

invent 發明 0711

The story Johnson **invented** was quite convincing.

?	Johnson 所**發明**的故事還蠻有信服力的。		Johnson 所捏造的故事還蠻有信服力的。

解析 invent 另有「**捏造**」的意思。

相似詞 fabricate；concoct；cook up

13

0712

row 划

The two men are having a **row** in the bar.

?		
? 這兩名男子在酒吧內**划**船。		這兩名男子在酒吧內爭吵。

解　析　row 另有「爭吵」的意思。

相似詞　fight；argument

turn 轉動

The last **turn** tonight will be Jay's doing an impersonation of politicians.

?		
? 今晚最後一個**轉動**將是 Jay 模仿政治人物。		今晚最後一個節目將是 Jay 模仿政治人物。

解　析　turn 另有「節目」的意思。

相似詞　show；play；performance

hug 擁抱

Terry **hugged** the idea that he could run for mayor next year.

?		
? Terry **擁抱**著他明年會競選市長的念頭。		Terry 心中懷有著他明年會競選市長的念頭。

解　析　hug 另有「心中懷有」的意思。

相似詞　harbor；nurse；nurture

0715

weave 編織

The scooter rider is **weaving** in and out of the traffic.

?		
? 這機車騎士正在**編織**車陣。		這機車騎士正在車陣中迂迴穿梭。

解　析　weave 另有「（尤指為避開障礙）迂迴行進」的意思。

相似詞　snake；zigzag

scratch 抓 0716

Scots was forced to **scratch** the game due to his injury.

?	Scots 因為受傷被迫**抓**比賽。		Scots 因為受傷被迫退出比賽。

解析 scratch 另有「**退出比賽**」的意思。

相似詞 scrub；give up

hang 把……掛起來 0717

A mist **hung** over the village this morning.

?	薄霧今天早晨**掛在**村莊上。		薄霧今天早晨彌漫村莊上。

解析 hang 另有「**（聲音、煙等）懸浮**」的意思。

衍生詞 get the hang of　學到……訣竅

smash 打碎 0718

Black's new movie is a box-office **smash**.

?	Black 的新電影是票房**打碎**。		Black 的新電影橫掃票房。

解析 smash 另有「**大受歡迎的歌曲、電影或戲劇**」的意思。

相似詞 hit；success；triumph

wrap 包裹 0719

The Mexico **wrap** is my favorite snack.

?	墨西哥**包裹**是我最愛的點心。		墨西哥捲餅是我最愛的點心。

解析 wrap 另有「**捲餅**」的意思。

衍生詞 wrap up　穿暖一點

knock 敲 0720

The mean employer enjoys **knocking** her employees.

?	
這苛薄的雇主喜歡**敲**她的員工。	這苛薄的雇主喜歡指責她的員工。

解析 knock 另有「**指責**」的意思。

相似詞 criticize；pan；censure

squeeze 擠壓

Flora just **squeezed** through the mid-term English exam.

?	
Flora **擠**過英文的期中考試。	Flora 勉強通過英文的期中考試。

解析 squeeze 另有「**勉強通過⋯⋯**」的意思。

衍生詞 squeeze sb dry　榨乾（某人的錢財）

punch 一拳

Mr. Wu's speech always packs **punch**.

?	
吳先生的演講總是打包**一拳**。	吳先生的演講總是充滿感染力。

解析 punch 另有「**感染力**」的意思。

衍生詞 punch the clock　打卡上下班

apply 應用

Sherry **applied** some sunscreen to her face and body.

?	
Sherry **應用**防曬乳液到臉和身體。	Sherry 在臉和身體上塗防曬乳液。

解析 apply 另有「**塗；敷**」的意思。

相似詞 spread；smear；put on

gather 收集 0724

I **gather** that Lin may quit his job soon.

?	我**收集** Lin 很快會辭職。		我推斷 Lin 很快會辭職。

解 析　gather 另有「推斷」的意思。

相似詞　infer；assume；deduce

installation 安裝 0725

This video shows how **installation** has become popular these years.

?	這影片展示了**安裝**在這幾年如何變得熱門。		這影片展示了裝置藝術這幾年如何變得熱門。

解 析　installation 另有「裝置藝術」的意思。

衍生詞　install oneself in　安頓在……

sow 播種 0726

My friend Dan **sowed** doubt in my mind.

?	我朋友 Dan 在我心裡**播種**懷疑。		我朋友 Dan 讓我心存疑慮。

解 析　sow 另有「引起」的意思。

相似詞　cause；bring about

drain 排出 0727

Working overtime for a week **drained** everyone.

?	一個禮拜都在加班**排出**每個人。		一個禮拜都在加班累壞每個人。

解 析　drain 另有「使疲憊」的意思。

相似詞　sap；debilitate；wear out

13

fiddle 無目的地撥弄；小提琴 0728

Mr. Klay hired an accountant to **fiddle** the books.

?	Klay 先生雇用一位會計師來**撥弄**帳簿。		Klay 先生雇用一位會計師來篡改帳簿。

解 析 fiddle 另有「**偽造；篡改**」的意思。

衍生詞 fiddle while Rome burns　漠不關心

wave 揮手示意 0729

The baseball fans did the **wave** and cheered for their team.

?	棒球球迷**揮手示意**並為自己球隊歡呼。		棒球球迷做出人浪並為自己球隊歡呼。

解 析 wave 另有「**人浪（指觀眾依次舉起手臂站起後坐下）**」的意思。

相似詞 Mexican wave

click 按一下（滑鼠） 

Tony and Stark **clicked** the first time they met.

?	Tony 和 Stark 第一次見面就**按滑鼠**。		Tony 和 Stark 第一次見面就一見如故。

解 析 click 另有「**一見如故；成為朋友**」的意思。

相似詞 hit it off；on same wavelength

clap 拍（手） 0731

I **clapped** my hand over my mouth, trying not to laugh.

?	我在嘴巴上**拍手**，試圖不笑出來。		我用手捂住嘴巴，試圖不笑出來。

解 析 clap 另有「**迅速將手放在……**」的意思。

衍生詞 a clap of thunder　一聲雷鳴

carry 運送 0732

When my wife was **carrying** Jeanie, she gained 6 kg.

? 當我太太在**運送** Jeanie 時，她胖了 6 公斤。	 當我太太在懷 Jeanie 時，她胖了 6 公斤。

解析 carry 另有「懷孕」的意思。

相似詞 be pregnant with

lay 放；下蛋 0733

George's **lay** viewpoint of black holes is way too funny.

? George 對黑洞的**放置**觀點真是有趣極了。	 George 對黑洞的外行觀點真是有趣極了。

解析 lay 另有「外行的」的意思。

衍生詞 get laid 發生性關係

clean 清潔  0734

We searched the suspect but he was **clean**.

? 我們搜嫌犯的身，但他**清潔**。	 我們搜嫌犯的身，但他是清白的。

解析 clean 另有「清白的；沒有贓物毒品等」的意思。

相似詞 innocent；guiltless

decorate 裝飾  0735

The soldiers were **decorated** for their brave behavior in the war.

? 這些士兵因為在戰爭中的英勇表現被**裝飾**。	 這些士兵因為在戰爭中的英勇表現被表彰。

解析 decorate 另有「（尤指授予獎章以）表彰」的意思。

相似詞 honor；award

grind 碾碎 0736

Canter is nothing but a **grind** who studies all the time.

?	
Canter 真是個**碾碎**，整天讀書。	Canter 真是個書呆子，整天讀書。

解 析 grind 另有「**書呆子**」的意思。

相似詞 nerd；egghead

snap 突然折斷 0737

Every tourist **snapped** pictures of scenic spots around here.

?	
每位觀光客**突然折斷**這附近的景點照片。	每位觀光客不停地拍這附近的景點。

解 析 snap 另有「**不停地拍照**」的意思。

衍生詞 It's a snap! 簡單之事！

hand 遞交  0738

Why did the hour **hand** not move at all?

?	
為何小時**遞交**不會動？	為何時針不會動？

解 析 hand 另有「**（鐘錶的）指針**」的意思。

衍生詞 a hand of poker 一局撲克牌

clutch 緊抓 0739

Kobe Bryant was always trusted to make **clutch** shots.

?	
Kobe Bryant 過去都被信任可以投進**緊抓**的球。	Kobe Bryant 過去都被信任可以投關鍵的球。

解 析 clutch 另有「**關鍵的**」的意思。

相似詞 key；vital；crucial

collect 收集 0740

It's a **collect** call from Ally.

?	這是一通來自 Ally 的**收集**電話。		這是一通來自 Ally 要你付通話費的電話。

解 析 collect 另有「**對方付通話費的**」的意思。

衍生詞 collect yourself　鎮定下來

hit 打 0741

Rita's video has more than 2 million **hits**.

?	Rita 的影片超過兩百萬**打**。		Rita 的影片超過兩百萬點擊數。

解 析 hit 另有「**點擊數**」的意思。

衍生詞 hit it off　臭味相投

make 製造  0742

What **make** is your smartphone?

?	你的手機是什麼**製造**？		你的手機是什麼品牌？

解 析 make 另有「**品牌**」的意思。

相似詞 brand；brand name

haul （用力）拉、拖 0743

Most of the fishers are satisfied with the **hauls** this quarter.

?	大部分漁夫都對這一季的**拉拖**感到滿意。		大部分漁夫都對這一季的漁獲量感到滿意。

解 析 haul 另有「**（魚的）捕獲量**」的意思。

衍生詞 a haul of　大量的

13

raise 舉起 0744

Billy has been trying to **raise** me all day long.

?	Billy 整天都試著在**舉**我。		Billy 整天都試著聯絡我。

解析 raise 另有「**（尤指透過電話或無線電）與……通話**」的意思。

相似詞 contact；call；reach

catch 抓 0745

This contract is way too good; I think there is a **catch** in it.

?	這合約太甜了；我認為應該有**抓**。		這合約太甜了；我認為應該事有蹊蹺。

解析 catch 另有「**蹊蹺**」的意思。

相似詞 snag；hitch；pitfall

dry 把……弄乾 0746

Calvin was disappointed about my **dry** wedding.

?	Calvin 對於我**乾**的婚禮很失望。		Calvin 對於我不喝酒的婚禮很失望。

解析 dry 另有「**無酒精飲料的**」的意思。

衍生詞 dry wine　無甜味的葡萄酒

shake 搖；握 0747

Hearing the sad news, Hunter was **shaken**.

?	聽到這難過的消息，Hunter **搖起來**。		聽到這難過的消息，Hunter 嚇到了。

解析 shake 另有「**使震驚**」的意思。

相似詞 horrify；worry；frighten

receive 收到 0748

I was asked to **receive** the two guests from America.

?	我被交代要**收到**美國來的兩位客人。		我被交代要接待美國來的兩位客人。

解 析 receive 另有「**接待**」的意思。

相似詞 entertain

throw 投；抛 0749

It **threw** me that Dana talked to me like a stranger.

?	Dana 就像陌生人一般跟我講話**投**我。		Dana 就像陌生人一般跟我講話困惑了我。

解 析 throw 另有「**使困惑**」的意思。

相似詞 confuse；bewilder；baffle

tie 捆綁 0750

Kristin and I **tied** for second place in this contest.

?	Kristin 和我這場比賽中**捆綁**第二名。		Kristin 和我這場比賽中並列第二名。

解 析 tie 另有「**打成平手**」的意思。

相似詞 draw

close 關閉 0751

Most of the time, people are **close** about their secrets.

?	大多數時候，人們對於自己的祕密都很**關閉**。		大多數時候，人們對於自己的祕密都很守口如瓶。

解 析 close 另有「**守口如瓶的**」的意思。

相似詞 secretive；tight-lipped；quiet

press 按；壓 0752

The new soap opera didn't have a good **press**.

?	✓
這連續劇並沒有好好**壓**。	 這連續劇的媒體評論並不好。

解析 press 另有「**媒體評論**」的意思。

相似詞 review；criticism

wash 洗 0753

I gave the baby stroller a **wash** of pink for my baby daughter.

?	✓
我將這台嬰兒車上了**洗**粉紅色給我剛出生的女兒。	 我將這台嬰兒車上了一層粉紅色給我剛出生的女兒。

解析 wash 另有「**（水的）一層**」的意思。

相似詞 layer

feed 餵養 0754

My work is to **feed** the fire while Father is pitching the tent.

?	✓
當爸爸在搭帳棚時，我的工作是**餵養**火。	 當爸爸在搭帳棚時，我的工作是為火添材。

解析 feed 另有「**添（燃料）**」的意思。

衍生詞 animal feed　動物的飼料

drag 拉 0755

The movie **dragged** for most of the time.

?	✓
整部電影大部分時間都在**拉**。	 整部電影大部分時間都在拖戲。

解析 drag 另有「**（電影或事件等）拖拖拉拉；無聊**」的意思。

衍生詞 What a drag!　真是麻煩事！

pack 裝（箱） 0756

Jeff was arrested for **packing** a gun.

?	Jeff 因為**裝**箱槍枝被逮。		Jeff 因為攜帶箱槍枝被逮。

解析　pack 另有「**攜帶（尤指槍）**」的意思。

相似詞　possess

fold 折疊 0757

The new internet café **folded** after three months.

?	這新的網咖三個月後就**折疊**了。		這新的網咖三個月後就倒閉。

解析　fold 另有「**倒閉**」的意思。

相似詞　shut down；go belly up；go into Chapter 11

pick 挑選  0758

I bought a **pick** for my new garden.

?	我為了新花園買了一個**挑選**。		我為了新花園買了鶴嘴鋤。

解析　pick 另有「**鶴嘴鋤**」的意思。

相似詞　pickaxe

stir 攪動  0759

We all blamed Parker for **stirring** around.

?	我們批評 Parker 到處**攪動**。		我們批評 Parker 到處挑撥離間。

解析　stir 另有「**挑撥離間**」的意思。

相似詞　make waves

13

deliver 投遞 0760

The mayor-elect was expected to **deliver** all of his promises.

?	
這市長當選人被寄予厚望能**投遞**她的承諾。	這市長當選人被寄予厚望能兌現她的承諾。

解 析 deliver 另有「**兌現（諾言）；實現**」的意思。

相似詞 achieve；accomplish

★ deliver 拯救

This function of Gmail can deliver us from the nightmare of spam.

Gmail 這功能可以讓我們免於垃圾信件的噩夢。

tap 輕拍 0761

I doubt that my phone was **tapped** because there is always noise.

?	
我懷疑我電話被**輕拍**了，因為總是有雜音。	我懷疑我電話被竊聽了，因為總是有雜音。

解 析 tap 另有「**竊聽**」的意思。

相似詞 wiretap；eavesdrop on；spy on

★ tap 開發

The government spent a lot tapping the sources of the ocean.

政府花很多錢在開發海洋資源。

dig 挖（土）  0762

Charles **dug** in his briefcase for the key.

?	
Charles **挖**他的公事包找鑰匙。	Charles 在他的公事包裡尋找鑰匙。

解 析 dig 另有「**（伸手）尋找**」的意思。

相似詞 look for；search for；seek

★ dig 批評；奚落

Grandpa couldn't help digging the policy of diplomacy.

爺爺忍不住批評外交政策。

handle 處理 0763

Mr. Ho was put in jail because he **handled** protected wild animals.

? 何先生因為**處理**野生保育類動物而鋃鐺入獄。

何先生因為買賣野生保育類動物而鋃鐺入獄。

解 析 handle 另有「買賣」的意思。

相似詞 buy and sell

★ handle　拿起……

When you handle this bonsai, be careful.

當你拿起這盆栽植物時，務必小心。

hack 砍 0764

The following are five **hacks** which make cooking enjoyable.

? 底下有五個**砍**，可以讓做菜更有趣。

底下有五個可以讓做菜更有趣的建議。

解 析 hack 另有「好的建議／解決方法」的意思。

相似詞 solution；advice；suggestion

★ hack　處理

I can't possibly hack the pressure from my work.

我不太可能有辦法處理工作上的壓力。

dump 丟下 0765

Erica said America **dumped** old fighter planes on Taiwan.

? Erica 說美國將舊戰機**倒**給台灣。

Erica 說美國將舊戰機傾銷給台灣。

解 析 dump 另有「傾銷」的意思。

衍生詞 dump sb　（感情上）甩掉某人

★ dump　垃圾場

Take this old sofa to the dump.

把這舊沙發拿去垃圾場丟吧。

lift 舉起 0766

The student was caught **lifting** 90% of his article from an essay.

? 這學生被抓到文章中百分之九十是由一篇小論文**舉起**來的。

這學生被抓到文章中百分之九十是剽竊一篇小論文而來的。

解 析 lift 另有「**剽竊；偷竊**」的意思。

相似詞 plagiarize

★ lift （悲傷或不好的感覺）消失

My sadness lifted after I saw my missing dog back.

看到我走失的狗回來，我的難過馬上消失。

beat 擊敗 0767

We hit the road earlier to **beat** the congested traffic.

? 我們提早出發來避開**擊敗**車潮。

我們提早出發來避開擁擠車潮。

解 析 beat 另有「**避開**」的意思。

相似詞 avoid；shun；prevent

★ beat （警察的）管區

The policeman is on this beat.

這警察負責這一區。

move 使移動 0768

Our smartphone this quarter **moved** faster than we expected.

? 我們這季的手機**移動**得比預期快。

我們這季的手機賣得比預期快。

解 析 move 另有「**賣掉**」的意思。

相似詞 sell

★ move 驅使

What moved you to learn another foreign language?

是什麼驅使你想學另一個外語？

pile 堆積 0769

This 15-century **pile** cost 5 million dollars.

?	這棟 15 世紀的**堆積**價值五百萬元。		這棟 15 世紀巨大的房子價值五百萬元。

解　析　pile 另有「**宏偉巨大的建築物**」的意思。

相似詞　mansion；manor；edifice

★ **pile**　痔瘡
The old man has a piles problem.
這老人有痔瘡的問題。

mark 做記號 0770

Today's ceremony is meant to **mark** the February 28 incident.

?	今天的典禮是要為 228 事件做**記號**。		今天的典禮是要為 228 事件做記念。

解　析　mark 另有「**紀念**」的意思。

相似詞　commemorate；celebrate；observe

★ **mark**　批改
Miss Goodall spent two hours marking exam papers.
Goodall 老師花了兩個小時改考卷。

13

touch 接觸 0771

There is a **touch** of irony in the anchorman's voice.

?	這男主播的聲音帶著**接觸**的諷刺。		這男主播的聲音帶著少許的諷刺。

解　析　touch 另有「**少許**」的意思。

相似詞　a little；a bit；a little bit

★ **touch**　比得上
Abbey's singing talent can't touch Mark's.
Abbey 的歌唱天份比不上 Mark 的。

sweep 清掃 0772

Our team **swept** the defending champion in this series.

?	我們這隊在這系列**清掃**衛冕冠軍。		我們這隊在這系列橫掃衛冕冠軍。

解 析 sweep 另有「**輕易獲勝**」的意思。

相似詞 defeat；beat；crush

★ sweep 風靡

This fashion is sweeping Taiwan.

這風潮正風靡台灣。

fix 修理 0773

Everyone knew that this election was **fixed**.

?	每個人都知道這場選舉被**修理**。		每個人都知道這場舞弊的選舉。

解 析 fix 另有「**在（比賽或選舉）中舞弊**」的意思。

相似詞 rig

★ fix 整理（頭髮、容妝、衣服等）

Excuse me. I need to fix my dress first.

不好意思。我需要整理一下衣服。

★ fix 準備（食物或飲料）

Honey, I am going to fix you breakfast tomorrow.

親愛的。我明天幫你準備早餐喔。

★ fix 收拾（尤指待人不公者）

I will fix Tom if he dares to mess with my sister.

如果 Tom 招惹我妹妹，我會收拾他。

14 其他動作

subscribe 訂閱 0774

Most of the shareholders hope to **subscribe** for more shares.

?		✓	
?	大多數股東都希望可以**訂閱**更多股票。		大多數股東都希望可以認購更多股票。

解　析　subscribe 另有「認購（股票）」的意思。

相似詞　purchase；buy

flop 重重地落下 0775

Candice's TV debut was a total **flop**.

?		✓	
?	Candice 的電視處女秀根本**重重地落下**。		Candice 的電視處女秀根本失敗。

解　析　flop 另有「失敗」的意思。

相似詞　failure；disaster；fiasco

foster 收養 0776

Craig tried to **foster** an interest in gardening after he retired.

?		✓	
?	Craig 退休後，試著**收養**園藝的興趣。		Craig 退休後，試著培養園藝的興趣。

解　析　foster 另有「培養」的意思。

相似詞　develop；form；build

inherit 繼承 0777

I **inherited** an old refrigerator from my brother.

?		✓	
?	我從哥哥那邊**繼承**了一台舊冰箱。		我從哥哥那邊接手了一台舊冰箱。

解　析　inherit 另有「接手（別人不要的東西／問題）」的意思。

衍生詞　inheritance tax　遺產稅

dispatch 發送 0778

In the **dispatch**, a war is imminent between these two countries.

?		
? 在這**發送**中，這兩個國家戰爭即將爆發。		在這外電報導中，這兩個國家戰爭即將爆發。

解 析 dispatch 另有「**外電**」的意思。

相似詞 news；report；coverage

crumble （使）粉碎 0779

Crumble is my favorite dessert.

?		
? **粉碎**是我最愛的甜點。		酥皮水果甜點心是我最愛的甜點。

解 析 crumble 另有「**酥皮水果甜點心**」的意思。

相似詞 crisp

sway 搖擺 

Miss Will doesn't seem to have much **sway** over his students.

?		
? Will 老師似乎對學生沒什麼**搖擺**。		Will 老師似乎對學生沒什麼影響力。

解 析 sway 另有「**影響力**」的意思。

相似詞 influence；control；clout

overflow （液體）溢出 0781

This newly-opened bakery is **overflowing** with customers.

?		
? 這新開的麵包店**溢出**顧客。		這新開的麵包店擠滿顧客。

解 析 overflow 另有「**擠滿**」的意思。

相似詞 be full of；be crowded with；teem with

0782

ruin 毀壞

This is one of the famous **ruins** of the 1820s.

?	這是 1820 年代有名的**毀壞**之一。		這是 1820 年代有名的遺址之一。

解 析 ruin 另有「遺址；廢墟」的意思。

相似詞 wreckage；remnant；relic

obtain 得到

The condition of illiteracy doesn't **obtain** in this country.

?	文盲的情況在這國家不**得到**。		文盲的情況在這國家不存在。

解 析 obtain 另有「（情況；系統；規則）存在」的意思。

相似詞 exist；in existence；be present

imitation 模仿

Devin is wearing an **imitation** of Nike sports pants.

?	Devin 正穿著 Nike 的運動褲**模仿**。		Devin 正穿著 Nike 運動褲的仿製品。

解 析 imitation 另有「仿製品」的意思。

相似詞 copy

14

manufacture 生產製造

All Hazel just said was **manufactured**.

?	Hazel 所講都是**生產製造**。		Hazel 所講都是捏造的。

解 析 manufacture 另有「捏造」的意思。

相似詞 invent；make up

enclose 圍住
0786

Henry **enclosed** a coupon with his letter.

?	Henry 隨信**圍住**一張優待券。		Henry 隨信附上一張優待券。

解析 enclose 另有「**隨信（或包裹）附上**」的意思。

衍生詞 enclosure 附件

lighten 變淺
0787

Elvis failed to **lighten** the atmosphere; what he did made everyone more nervous.

?	Elvis 未能讓氣氛**變淺**，他所做只是讓大家更緊張。		Elvis 未能緩解氣氛，他所做只是讓大家更緊張。

解析 lighten 另有「**心情高興起來**」的意思。

相似詞 lighten...up

splash （使液體）灑

0788

The picture of a black hole was **splashed** on every newspaper.

?	黑洞的照片**灑**在各大報。		黑洞的照片刊登在各大報。

解析 splash 另有「**在顯著位置刊登**」的意思。

衍生詞 make a splash 一舉成名

exhaust 使筋疲力竭

0789

Someday, human beings will **exhaust** all natural resources.

?	將來有一天，人類將使天然資源**筋疲力竭**。		將來有一天，人類將耗盡天然資源。

解析 exhaust 另有「**耗盡**」的意思。

衍生詞 car exhaust 汽車的廢氣

circulate 循環 0790

Mr. Chen **circulated** at the party, trying to make as many friends as possible.

? 陳先生在宴會上**循環**，試著交到越多朋友越好。

陳先生在宴會上周旋，試著交到越多朋友越好。

解析 circulate 另有「（在聚會上）周旋」的意思。

衍生詞 blood circulation 血液循環

chirp （尤指鳥）唧唧叫 0791

"Morning, everyone!" Mandy **chirped**.

? Mandy **唧唧叫**說：「大家早安。」

Mandy 愉快地說：「大家早安。」

解析 chirp 另有「愉快地說」的意思。

衍生詞 chirpy 活潑的

blossom 開花 0792

After months, Linda **blossomed** in her company.

? 幾個月過後，Linda 在她公司便**開花**了。

幾個月過後，Linda 在她公司變得更有自信與魅力。

解析 blossom 另有「變得更有魅力（或更自信、成功）」的意思。

相似詞 mature；succeed；make headway

drip 滴下 0793

Honestly speaking, Bernard is a **drip**.

? 老實說，Bernard 是個**滴下**。

老實說，Bernard 是個乏味無聊的人。

解析 drip 另有「乏味的人」的意思。

衍生詞 drip coffee 滴濾式咖啡

survey 調查 0794

Donald's old house was **surveyed** to see if it had any problems.

?	Donald 的老房子被**調查**，以便看看是否有任何問題。		Donald 的老房子被鑒定，以便看看是否有任何問題。

解 析 survey 另有「**房屋鑒定**」的意思。

相似詞 examine；inspect

establish 建立 0795

We have **established** that acid rain can lead to baldness.

?	我們已經**建立**酸雨會導致禿頭。		我們已經證實酸雨會導致禿頭。

解 析 establish 另有「**證實；證明**」的意思。

相似詞 prove；confirm；verify

promote 促進 0796

Only two students at my school failed to be **promoted**.

?	學校只有兩個學生無法**促進**。		學校只有兩個學生無法升級。

解 析 promote 另有「**（學生）升級**」的意思。

衍生詞 promotional　促銷的

breed 飼養 0797

Too much pressure from work and life can **breed** depression.

?	工作或生活的太多壓力會**飼養**憂鬱症。		工作或生活的太多壓力會招致憂鬱症。

解 析 breed 另有「**招致**」的意思。

相似詞 cause；lead to；bring about

preparation 準備 0798

The new **preparation** was used for skin whitening.

?	這新的**準備**用來美白皮膚。		這新的製劑用來美白皮膚。

解 析 preparation 另有「製劑」的意思。

相似詞 medicine；medication；cure

provide 提供 0799

The law **provides** that we have to pay our income tax before the end of May.

?	這條法律**提供**我們必須在五月底前繳納所得稅。		這條法律規定我們必須在五月底前繳納所得稅。

解 析 provide 另有「（法律或裁決）規定」的意思。

相似詞 stipulate；demand；require

parade 遊行 0800

Everyone disliked the way Connie **paraded** her new necklace.

?	每個人都不喜歡 Connie **遊行**她新項鍊的方式。		每個人都不喜歡 Connie 炫耀她新項鍊的方式。

解 析 parade 另有「炫耀」的意思。

相似詞 show off；brag；brandish

protection 保護 0801

They didn't use any **protection** because they wanted a baby.

?	他們沒有使用**保護**，因為他們想要有小孩。		他們沒有使用保險套，因為他們想要有小孩。

解 析 protection 另有「保險套」的意思。

相似詞 condom；rubber；contraceptive

14

elect 選舉 0802

The mayor-**elect** was praised for her high EQ.

?	這市長**選舉**因為高 EQ 備受稱讚。		這已當選但未就職的市長因為高 EQ 備受稱讚。

解析 elect 另有「**已當選但未就職的總統／首相／市長等**」的意思。

衍生詞 election 選舉

indicate 指出 0803

According to the doctor, a physical examination was **indicated**.

?	根據醫生的說法，身體健康檢查被**指出**。		根據醫生的說法，身體健康檢查是有必要的。

解析 indicate 另有「**有必要**」的意思。

相似詞 entail

join 參加 0804

I can hardly see the **join** because these two pieces of paper were perfectly glued.

?	因為這兩張紙黏接得很好，所以我幾乎看不到**參加**。		因為這兩張紙黏接得很好，所以我幾乎看不到接合處。

解析 join 另有「**接合處**」的意思。

衍生詞 join hands 攜手

flare 燃燒 0805

Edwin wore a pair of fancy **flares**.

?	Edwin 穿著一件很炫的**燃燒**。		Edwin 穿著一件很炫的喇叭褲。

解析 flare 另有「**喇叭褲**」的意思。

衍生詞 flare 信號彈

drift 漂移 0806

We were given five minutes to get the **drift** of this article.

?	我們只有五分鐘可以**漂移**這篇文章。		我們只有五分鐘可以理解這篇文章的大意。

解 析 drift 另有「大意」的意思。

相似詞 gist；main idea

breakdown 故障

Could you give me a **breakdown** of the jaywalking figures at the intersections?

?	你可以給我在這十字路口任意穿越馬路的**故障**嗎？		你可以給我在這十字路口任意穿越馬路的細目數字嗎？

解 析 breakdown 另有「細目」的意思。

衍生詞 mental breakdown 精神崩潰

replace 代替

Hamilton doesn't have the habit of **replacing** things.

?	Hamilton 並沒有**代替**東西的習慣。		Hamilton 並沒有把東西放回原處的習慣。

解 析 replace 另有「把……放回原處」的意思。

相似詞 put...back

14

defend 保護；防守

Harvey determined to **defend** his boxing title tonight.

?	Harvey 今晚決心要**保護**他拳擊冠軍的頭銜。		Harvey 今晚決心要試圖再次衛冕拳擊冠軍。

解 析 defend 另有「試圖再次衛冕」的意思。

衍生詞 defending champion 衛冕冠軍

0810

shrink 縮小

Barbara is going to see a **shrink** in Taiwan.

? Barbara 將來台灣看**縮小**。

Barbara 將來台灣看精神科醫生。

解析 shrink 另有「**精神科醫生**」的意思。

相似詞 psychiatrist

manifest 顯示

The most wanted man is on the **manifest** for the flight to Canada.

? 這通緝要犯在飛往加拿大的**顯示**上。

這通緝要犯在飛往加拿大的旅客名單上。

解析 manifest 另有「**旅客名單**」的意思。

衍生詞 It is manifest that... 顯而易見的是……

spin 旋轉

The manager always puts a positive **spin** on the profit figure.

? 這經理總是對營利數字做正面的**旋轉**。

這經理總是對營利數字做正面的陳述。

解析 spin 另有「**（尤指政治、商業上的）導向陳述**」的意思。

衍生詞 spin-off 副產品

roast 烤

Our Minister of Education was **roasted** for a new education policy.

? 我們的教育部長因為一項新的教育政策而被**烤**。

我們的教育部長因為一項新的教育政策而遭嚴厲批評。

解析 roast 另有「**嚴厲批評**」的意思。

相似詞 condemn；reprimand；criticize

lend 將……借出 0814

A decorated Christmas tree can **lend** joy to this house.

?	一棵裝飾過的聖誕樹可以將歡樂**借給**這房子。		一棵裝飾過的聖誕樹可以為這房子增添歡樂氣氛。

解　析 lend 另有「增添」的意思。

衍生詞 lend itself to　適合於

contact 與……接觸 0815

Josh has built up his **contacts** in the show business.

?	Josh 已經在演藝圈建立起**接觸**。		Josh 已經在演藝圈建立起人脈。

解　析 contact 另有「人脈」的意思。

相似詞 connections

pump 用唧筒抽水

I knew Liz tried to **pump** me for Dan's secret.

?	我知道 Liz 試著要對於 Dan 的祕密**用唧筒抽水**。		我知道 Liz 試著要就 Dan 的祕密套我的話。

解　析 pump 另有「套話」的意思。

衍生詞 pump sb's hands　（上下搖動地）握手

14

absorb 吸收；全神貫注於

It is said an international company is going to **absorb** my company.

?	據說有一間國際公司將要**吸收**我的公司。		據說有一間國際公司將要接管我的公司。

解　析 absorb 另有「接管；併入」的意思。

相似詞 take control of；take over

instruct 指示 0818

I don't have enough money to **instruct** a lawyer.

?	
我沒有足夠的錢可以**指示**律師。	我沒有足夠的錢可以委托律師替我上法院。

解 析 instruct 另有「**委托（律師）**」的意思。

衍生詞 instructions　操作指南

foundation 創建 0819

Kelly only put on some **foundation** and then went to work.

?	
Kelly 上了些**創建**後，便去上班。	Kelly 上了些粉底液後，便去上班。

解 析 foundation 另有「**粉底液**」的意思。

衍生詞 foundations　地基

obey 服從 

After doing 70 push-ups, my arms didn't **obey** me anymore.

?	
在做了七十下伏地挺身後，我的手臂再也不**服從**我。	在做了七十下伏地挺身後，我的手臂再也不聽從使喚。

解 析 obey 另有「**（身體或身體某部位）聽從使喚**」的意思。

衍生詞 obedient　服從的

drop 掉落 

Sorry. I can't **drop** what I'm doing and go with you.

?	
抱歉。我無法**掉落**正在做之事而和你一起去。	抱歉。我無法停下正在做之事而和你一起去。

解 析 drop 另有「**放棄；停下**」的意思。

衍生詞 a drop in the bucket/ocean　滄海一粟

action 行動 0822

Mr. Chou decided to drop his **action** against the nanny.

?	 ✓
周先生決定對保姆撤銷**行動**。	周先生決定對保姆撤銷訴訟。

解析 action 另有「訴訟」的意思。

相似詞 lawsuit；litigation；legal action

print 印刷 0823

Be sure to **print** your answers on the test sheet.

?	 ✓
務必在考試紙上**印刷**你的答案。	務必在考試紙上用印刷體寫你的答案。

解析 print 另有「用印刷體寫」的意思。

衍生詞 out of print　絕版

slide 山崩；滑 0824

Fanny used a **slide** to hold her long hair in place.

?	 ✓
Fanny 使用**山崩**來固定住長髮。	Fanny 使用小髮夾來固定住長髮。

解析 slide 另有「小髮夾」的意思。

相似詞 hair slide；barrette

rise 上升 0825

I was told that the court would **rise** at 7 pm.

?	 ✓
我被告知法庭將於晚上 7 點**上升**。	我被告知法庭將於晚上 7 點休庭。

解析 rise 另有「休庭；休會」的意思。

衍生詞 rise and shine　快起床

14

serve 供應

Kevin broke my **serve** three times in the match.

?	
Kevin 在這場比賽中破了我的**供應**三次。	Kevin 在這場比賽中破了我三次發球。

解析　serve 另有「**（在網球等運動中）發球**」的意思。

衍生詞　serve time　坐牢服刑

collapse 倒場

We need to **collapse** this table to save space in the living room.

?	
我們需要**倒場**這桌子以節省客廳的空間。	我們需要摺疊這桌子以節省客廳的空間。

解析　collapse 另有「**摺疊（尤指家具）**」的意思。

相似詞　fold

attend 參加

I don't like the pressure that **attends** doing too many part-time jobs.

?	
我不喜歡**參加**打太多工的太大壓力。	我不喜歡因為打太多工伴隨而至的壓力。

解析　attend 另有「**伴隨……而至**」的意思。

相似詞　stem from；issue from；result from

benefit 利益

The man has been living on umemployment **benefits** for six months.

?	
這男子已經依靠失業**利益**過活長達六個月。	這男子已經依靠失業救濟金過活長達六個月。

解析　benefit 另有「**救濟金**」的意思。

相似詞　relief

0831

extension 伸展

The **extension** to the villa is actually illegal.

?	
這別墅的**伸展**的部分是非法的。	這別墅擴建的部分是非法的。

解析　extension 另有「**擴建部分**」的意思。

相似詞　addition

treat 對待

The surface of the table was **treated** with a special chemical.

?	
這桌子的表面被特殊的化學物質**對待**。	這桌子的表面被塗上特殊的化學物質。

解析　treat 另有「**（用特殊物質）塗抹**」的意思。

相似詞　apply to

check 檢查

The government made efforts to **check** the spread of African swine fever.

?	
政府努力**檢查**非洲豬瘟的擴散。	政府努力抑制非洲豬瘟的擴散。

解析　check 另有「**抑制；阻礙**」的意思。

相似詞　stop；control；curb

waste 浪費

A gangster **wasted** another gangster because of money.

?	
一名混混因為錢**浪費**另一名混混。	一名混混因為錢殺害另一名混混。

解析　waste 另有「**殺害；擊敗**」的意思。

相似詞　kill；murder；slay

spread 散布 

This policy was meant to narrow the **spread** among grape and wine prices.

?		✓
這政策是為了要縮小葡萄和葡萄酒之間的價格**散布**。		這政策是為了要縮小葡萄和葡萄酒之間的價格差距。

解析 spread 另有「（價格或利率等之間的）差距」的意思。

相似詞 gap；disparity；difference

spoil 破壞；寵愛 

Elton **spoiled** his ballot paper because he didn't like all the candidates.

?		✓
Elton **寵愛**選票，因為全部的候選人他都不喜歡。		Elton 作廢選票，因為全部的候選人他都不喜歡。

解析 spoil 另有「使（選票）作廢」的意思。

衍生詞 a spoil heap　廢土堆

skim 掠過 

Leonard was informed that his credit card was **skimmed**.

?		✓
Leonard 被告知他的信用卡號被**掠過**。		Leonard 被告知他的信用卡號被盜取。

解析 skim 另有「盜取」的意思。

衍生詞 skim stones　打水漂

extend 擴大 

I'd like to **extend** my thanks to the editor-in-chief.

?		✓
我想**擴大**我對總編輯的感謝。		我想對總編輯表達我的感謝。

解析 extend 另有「提供；給予」的意思。

相似詞 offer

consume 消費 0838

A big fire last night **consumed** the old house.

?	昨晚的一場大火**消費**了這棟老房子。		昨晚的一場大火吞噬了這棟老房子。

解析 consume 另有「吞噬；燒毀」的意思。

相似詞 destroy；devastate；lay waste to

★ consume （大量地）吃或喝
The thirsty runner consumed a lof of water at the finish line.
這口渴的跑者在終點線喝了大量的水。

float 漂浮 0839

He **floated** the idea that we could reuse these plastic bottles.

?	他**漂浮**我們可以重新使用這些塑膠瓶的點子。		他提出我們可以重新使用這些塑膠瓶的點子。

解析 float 另有「提出（計劃或想法）」的意思。

相似詞 bring up；suggest；propose

★ float 花車
There will be a float parade this weekend.
這週末有花車遊行。

14

crush 壓扁 0840

There is always a **crush** at the subway station in the morning.

?	早上地鐵站總是**壓扁**。		早上地鐵站總是有擁擠的人群。

解析 crush 另有「擁擠的人群」的意思。

相似詞 a crowd of people

★ crush 迷戀
Shrek has a crush on Fiona.
Shrek 迷戀 Fiona。

crash 撞毀 0841

Jeremy **crashed** on my floor because he was too drunk last night.

? Jeremy 昨晚因為太醉了，所以**撞毀**在我家地板。

 Jeremy 昨晚因為太醉了，所以在我家過夜。

解 析 crash 另有「（在別人家裡）過夜」的意思。

相似詞 sleep over

★ **crash** 擅自闖入（派對等）
The woman tried to crash my party but failed.
這女人想闖入我的舞會，但失敗了。

lead 引導 0842

An informer provided an important **lead** to the police.

? 有位線民提供警方重要的**引導**。

 有位線民提供警方重要的線索。

解 析 lead 另有「線索」的意思。

相似詞 clue；tip-off

★ **lead** 鉛
Lead was found in the milk powder.
奶粉裡有發現鉛的金屬。

range 範圍；閒逛 0843

The chef was cooking soup on the **range**.

? 主廚正在**閒晃**上煮湯。

 主廚正在廚灶上煮湯。

解 析 range 另有「廚灶」的意思。

相似詞 stove

★ **range** 山脈
We can clearly see a range of mountain from here.
我們從此處可以很清楚看到山脈。

register 註冊；顯示 0844

I didn't **register** that somebody used my computer when I was out.

? 我沒有**註冊**到我不在時有人用我的電腦。

我沒有注意到我不在時有人用我的電腦。

解析 register 另有「注意到」的意思。
相似詞 notice；realize

★ **register** 語體風格
A business letter should be written in a formal register.
商業信應該用正式的文體來書寫。

crack 破裂 0845

The county magistrate's voice **cracked** when he talked with the protesters.

? 當這位縣長在和抗議者講話的時候，他的聲音**破裂**。

當這位縣長在和抗議者講話的時候，他的聲音變沙啞。

解析 crack 另有「（嗓音）變沙啞」的意思。
衍生詞 crack a joke 開玩笑

14

★ **crack** 嘗試
Although I have water phobia, I'll take a crack at swimming this summer.
雖然我怕水，但今年暑假我會嘗試游泳看看。

★ **crack** 古柯鹼
Pitt is addicted to crack.
Pitt 對古柯鹼成癮。

心智活動

realize 意識到 0846

To pay for his debt, Tommy has to **realize** all of his assets.

?	✓
? 為了要清還債務，Tommy 必須**意識到**所有資產。	 為了要清還債務，Tommy 必須變賣所有資產。

解 析 realize 另有「**變賣資產**」的意思。

衍生詞 Sb's worst fears are realized. （擔憂的事）成真。

speculate 猜測 0847

Speculating in real estate, she lost lots of money.

?	✓
? **猜測**房地產，她輸了不少錢。	 投機買賣房地產，她輸了不少錢。

解 析 speculate 另有「**投機買賣**」的意思。

衍生詞 speculative 投機性的

outlook 觀點；前景 0848

It's a very beautiful **outlook** from my hotel room.

?	✓
? 從我的飯店房間看下去是很美的**觀點**。	 從我的飯店房間看下去是很美的景色。

解 析 outlook 另有「**景色**」的意思。

相似詞 scenery；view

incline 傾向於 0849

I found it hard to run up the steep **incline**.

?	✓
? 我發覺要跑上這陡**傾向**有困難。	 我發覺要跑上這陡坡有困難。

解 析 incline 另有「**斜坡**」的意思。

相似詞 slope

intellect 智力 0850

The **intellect** is explaining how a referendum runs to some elderly people.

? 這**智力**正在解釋公投是如何運作給一些老人聽。

 這知識分子正在解釋公投是如何運作給一些老人聽。

解 析 intellect 另有「知識分子」的意思。

相似詞 intellectual；brain

confidence 自信 0851

My best friend and I often share **confidence**.

? 我最好的朋友和我常交換**自信**。

 我最好的朋友和我常交換祕密。

解 析 confidence 另有「祕密」的意思。

相似詞 secret

distraction 分心的事；心煩意亂 0852

What's your **distraction** of the weekend?

? 你週末的**分心的事**為何？

 你週末的娛樂消遣為何？

解 析 distraction 另有「娛樂消遣」的意思。

相似詞 amusement；entertainment；recreation

stump 被難倒 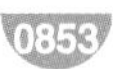

The movie star will **stump** for the DPP candidate.

? 這電影明星將為民進黨的候選人**難倒**。

 這電影明星將為民進黨的候選人拉抬造勢。

解 析 stump 另有「進行政治遊說」的意思。

相似詞 canvass

hunch 直覺 0854

Derek is **hunching** his back, ready to hold his kid up.

?	✓
Derek **直覺**他的背，準備把他的小孩抱起來。	 Derek 彎著腰，準備把他的小孩抱起來。

解 析 hunch 另有「**弓著背；彎腰**」的意思。

衍生詞 follow a hunch　依直覺行事

stun 使震驚 0855

I was **stunned** by the impact of a baseball.

?	✓
我被棒球的重擊後，**震驚**了。	 我被棒球的重擊後，失去知覺。

解 析 stun 另有「**把……打昏；失去知覺**」的意思。

相似詞 knock out；knock unconscious

reckon 認為 

Have you **reckoned** the number of the eggs your chickens lay each month?

?	✓
你有**認為**你養的雞每個月下多少雞蛋嗎？	 你有計算過你養的雞每個月下多少雞蛋嗎？

解 析 reckon 另有「**計算**」的意思。

相似詞 count；calculate；work out

notion 觀念；看法 

Laura put all the **notions** into the empty box.

?	✓
Laura 將全部的**觀念**放進這空的盒子。	 Laura 將全部的縫紉用品放進這空的盒子。

解 析 notions 另有「**縫紉用品**」的意思。

相似詞 haberdashery

conceive 想像 0858

Mariah's baby was **conceived** last month.

?	Mariah 的孩子是在上個月**想像**的。		Mariah 的孩子是在上個月懷上的。

解　析 conceive 另有「懷孕」的意思。

相似詞 become pregnant；become inseminated

muse 沉思 0859

Travel always gives the writer her **muse**.

?	旅行總是可以給這作家**沉思**。		旅行總是可以給這作家靈感。

解　析 muse 另有「靈感」的意思。

相似詞 inspiration；motivation；creativity

recall 回憶起 0860

The faulty cars were **recalled** and repaired for free.

?	這些有問題的車輛被**回憶起**，並免費維修。		這些有問題的車輛被召回，並免費維修。

解　析 recall 另有「召回」的意思。

相似詞 call back

15

intelligence 智力 0861

Police received **intelligence** that 100 kg crystal meth would be trafficked here.

?	警方接到**智力**說有 100 公斤的安非他命在這裡走私。		警方接到情報說有 100 公斤的安非他命在這裡走私。

解　析 intelligence 另有「情報；情報人員」的意思。

相似詞 secret information；tip-off

interpret 理解 0862

It takes a great language ability to **interpret**.

?	**理解**需要非常好的語言能力。		口譯需要非常好的語言能力。

解析 interpret 另有「口譯」的意思。

衍生詞 interpreter　口譯員

fantasy 幻想 0863

Dr. Strange loves reading **fantasy**.

	奇異博士喜歡閱讀**幻想**。		奇異博士喜歡閱讀奇幻文學。

解析 fantasy 另有「**奇幻文學**」的意思。

衍生詞 fantastic　極棒的

curiosity 好奇心 0864

The old man's **curiosities** were all stored in the basement.

?	這老人的**好奇心**都放置在地下室。		這老人的珍奇異品都放置在地下室。

解析 curiosity 另有「**珍奇異品**」的意思。

相似詞 curio；rarity

sensible 理智的 0865

When going camping, you'd better take some **sensible** clothes.

?	當你去露營，你最好攜帶**理智的**衣服。		當你去露營，你最好攜帶合適的衣服。

解析 sensible 另有「**（衣服或鞋）合適的**」的意思。

相似詞 suitable；fitting；proper

resolution 決心 0866

Your uploaded picture should be high **resolution**.

?	✓
你所上傳的照片必須是高**決心**。	 你所上傳的照片必須是高解析度。

解析 resolution 另有「**解析度**」的意思。

衍生詞 New Year resolutions 新年新希望

bias 偏見 0867

Steven has a strong scientific **bias** at an early age.

?	✓
Steven 在很小的年紀就有強烈的科學**偏見**。	 Steven 在很小的年紀就強烈偏好科學。

解析 bias 另有「**傾向；偏好**」的意思。

相似詞 preference；liking；fondness

impression 印象 0868

Whenever Joy does an **impression** of our math teacher, we laugh so hard.

?	✓
每次 Joy **印象**數學老師，我們都笑開懷。	 每次 Joy 模仿數學老師，我們都笑開懷。

解析 impression 另有「**模仿**」的意思。

相似詞 imitation；copying

respectable 值得尊敬的 0869

The result of the basketball game was quite **respectable**.

?	✓
籃球比賽結果頗令人**值得尊敬**。	 籃球比賽結果相當好。

解析 respectable 另有「**相當好的**」的意思。

相似詞 satisfying；satisfactory；gratifying

pride 自尊 0870

A poor gazelle ran into a **pride** of lions.

?	✓
一隻可憐的瞪羚闖入**自尊**的獅子。	 一隻可憐的瞪羚闖入獅群。

解析 pride 另有「獅群」的意思。

衍生詞 swallow your pride　嚥下這口氣

manner 方式；禮貌 0871

What **manner** of boyfriend would treat his girlfriend like that?

?	✓
是什麼**方式**的男朋友會那樣對待女朋友？	 是什麼類型的男朋友會那樣對待女朋友？

解析 manner 另有「種類；類型」的意思。

相似詞 kind；type；sort

choice 選擇 

This basket of **choice** pears cost a lot.

?	✓
這籃**選擇**梨子要價不斐。	 這籃上等的梨子要價不斐。

解析 choice 另有「上等的」的意思。

相似詞 best；high-quality；select

concern 使擔憂 0873

The software company is a family **concern**.

?	✓
這家軟體公司是個家族**擔憂**。	 這家軟體公司是個家族企業。

解析 concern 另有「公司；企業」的意思。

相似詞 business；company；firm

0874

worry 擔心

I found a dog **worrying** the chicken I keep.

?	我發現有隻狗在**擔心**我所飼養的雞。		我發現有隻狗在追趕我所飼養的雞。

解 析 worry 另有「（狗）追趕（其他動物）」的意思。

相似詞 chase；hound；run after

0875

decision 決定

I should learn to act with **decision**, instead of being indecisive.

?	我應該學著**決定**行為，而不是優柔寡斷。		我應該學著行為果斷，而不是優柔寡斷。

解 析 decision 另有「果斷」的意思。

相似詞 decisiveness；determination；resoluteness

imagine 想像

Duncan is really tall. I had **imagined** he would be shorter than me.

?	Duncan 真的很高。我原本**想像**他會比我矮。		Duncan 真的很高。我誤以為他會比我矮。

解 析 imagine 另有「誤以為」的意思。

衍生詞 You can't imagine. 你無法想像。

15

like 喜歡

Nick **likes** every post of the famous English YouTuber.

?	Nick **喜歡**這有名英文網紅的每一篇貼文。		Nick 按讚這有名英文網紅的每一篇貼文。

解 析 like 另有「（在網路社群上）按讚」的意思。

衍生詞 and such like 等等

plan 計劃 0878

On the wall hangs a floor **plan**.

?			
?	牆上掛著一幅樓層**計劃**。	✓	牆上掛著一幅樓層平面圖。

解 析　plan 另有「**平面圖**」的意思。

衍生詞　street plan　街道平面圖

prefer 更喜愛 0879

The police will **prefer** charges against the perpetrator.

?	警方將對這犯罪者**偏愛**控告。		警方將對這犯罪者提出控告。

解 析　prefer 另有「**提出（控告）**」的意思。

相似詞　submit；file；lodge

want 想要 

0880

For **want** of food and water, the mountain climber died in the mountain.

?	因**想要**食物和水，這登山客喪命於深山之中。		因缺乏食物和水，這登山客喪命於深山之中。

解 析　want 另有「**缺乏**」的意思。

相似詞　lack；deficiency；shortage

love 愛 

0881

What's the score now? It stands at 30-**love**.

?	現在比數多少？ 30 比**愛**。		現在比數多少？ 30 比零。

解 析　love 另有「**（網球賽中的）零分**」的意思。

相似詞　zero；zilch；nil

0882

remember 記得

My grandfather always **remembers** me on my birthday.

?	✓ 
我的爺爺總是在生日時**記得**我。	我的爺爺總是在生日時送我禮物。

解 析　remember 另有「送……禮物」的意思。

衍生詞　remember sb to sb　代替某人向某人問候

wonder 想知道

My new colleague Peggy is a **wonder**. She solved many problems for our boss.

?	✓ 
我的新同事 Peggy 是**想知道**。她幫老闆解決很多問題。	我的新同事 Peggy 是個能幹之人。她幫老闆解決很多問題。

解 析　wonder 另有「能幹之人」的意思。

衍生詞　Wonders never cease.　真是令人驚訝。

attitude 態度

The champion boxer has **attitude** on the ring.

?	✓ 
這冠軍拳擊手在拳擊場上很有**態度**。	這冠軍拳擊手在拳擊場上很有自信。

解 析　attitude 另有「自信」的意思。

相似詞　confidence；self-assurance；aplomb

15

familiar 熟悉的

I don't like my students to be too **familiar** with me.

?	✓ 
我不喜歡學生跟我太**熟悉**。	我不喜歡學生跟我太隨便的。

解 析　familiar 另有「隨便的；親近的」的意思。

相似詞　disrespectful；impudent；cheeky

sort 把……分類 0886

Could you get someone to **sort** the air-conditioner? It's too hot.

?	✓
你可以找人**把**冷氣**分類**嗎？熱死人了。	 你可以找人修理冷氣嗎？熱死人了。

解析 sort 另有「修理」的意思。

相似詞 fix；repair；mend

concession 讓步

People can enjoy travel **concessions** if they are over 65.

?	✓
人們只要超過 65 歲便可享有乘車**讓步**。	 人們只要超過 65 歲便可享有乘車優惠。

解析 concession 另有「（**對學生、老人等人士的）價格優惠**」的意思。

相似詞 reduction

trust 信任

Most of the dead rich man's money was kept in **trust**.

?	✓
這已故富人大部分的錢都交給**信任**。	 這已故富人大部分的錢都交給信託。

解析 trust 另有「（**金錢或財產的）信託**」的意思。

衍生詞 trust fund　信託基金

★ trust 希望
I trust that today's meeting will be going well.
我希望今天的會議能順利進行。

16 言談

advise 給忠告 0889

We were **advised** of the tax we have to pay.

?	我們被**忠告**所要付的稅金。		我們被正式通知所要付的稅金。

解 析 advise 另有「正式通知」的意思。

相似詞 inform；apprise；notify

rhetoric 雄辯言辭 0890

What he said is nothing but empty **rhetoric**.

?	他所說只不過是空洞的**雄辯言辭**。		他所說只不過是空洞的浮誇之詞。

解 析 rhetoric 另有「浮誇之詞」的意思。

相似詞 hot air

scoff 嘲笑 0891

Billy **scoffed** the whole pizza by himself.

?	Billy 一個人**嘲笑**整張披薩。		Billy 一個人狼吞虎嚥地吃掉整張披薩。

解 析 scoff 另有「狼吞虎嚥地吃」的意思。

相似詞 scarf；gobble；gorge

sentence 句子 0892

The villain was **sentenced** to five years in prison.

?	這壞蛋**句子**五年的牢獄。		這壞蛋遭判刑五年的牢獄。

解 析 sentence 另有「判刑」的意思。

衍生詞 a life sentence 無期徒刑；a death sentence 死刑

slang 俚語 0893

The game got physical; some of the players started to **slang** each other.

?	比賽有了肢體碰撞；有些球員開始對彼此**俚語**。		比賽有了肢體碰撞；有些球員開始對彼此謾罵。

解 析 slang 另有「謾罵」的意思。

相似詞 rail against；abuse；revile

slur 口齒不清地說  0894

The lawmaker **slurred** the Minister of Defense today.

?	這立委今天**口齒不清地**說國防部長。		這立委今天誹謗國防部長。

解 析 slur 另有「誹謗」的意思。

相似詞 blacken；defame；slander

powwow （北美印第安人為議事、祈神或慶祝舉行的）祈禱會 0895

Let's have a **powwow** to decide which snacks to sell at the school fair.

?	我們來舉行**祈禱會**決定園遊會賣什麼點心。		我們來舉行討論會決定園遊會賣什麼點心。

解 析 powwow 另有「會議；討論會」的意思。

相似詞 discussion；meeting

dictate 口述  0896

Manpower will **dictate** whether we can manufacture enough bikes in time.

?	人力會**口述**我們是否能及時製造出足夠的腳踏車。		人力會決定我們是否能及時製造出足夠的腳踏車。

解 析 dictate 另有「決定；影響」的意思。

相似詞 control；influence；affect

denounce （公開）譴責 0897

The informer **denounced** Victor to the police.

?	這告密者向警方**公開譴責** Victor。		這告密者向警方告發 Victor。

解　析　denounce 另有「告發」的意思。

相似詞　expose；report

confer 商議

An honorary degree was **conferred** on the famous chef by NTU.

?	台大**商議**榮譽學位給這有名的主廚。		台大授予榮譽學位給這有名的主廚。

解　析　confer 另有「授予（稱號、榮譽）」的意思。

相似詞　bestow

communicative 溝通的

Kerr is a **communicative** person who can easily make friends.

?	Kerr 是個**溝通的**人，很容易交到朋友。		Kerr 是個健談的人，很容易交到朋友。

解　析　communicative 另有「健談的」的意思。

相似詞　talkative；chatty；loquacious

advocate 主張

I don't have enough money to hire an **advocate**.

?	我沒有足夠的錢來雇用**主張**。		我沒有足夠的錢來請辯護律師。

解　析　advocate 另有「辯護律師」的意思。

衍生詞　devil's advocate　故意唱反調的人

16

summon 召喚 0901

Eke **summoned** his courage to ask Diana out.

?	✓
Eke **召喚**勇氣約 Diana 出去約會。	 Eke 鼓起勇氣約 Diana 出去約會。

解 析 summon 另有「鼓起（勇氣）」的意思。

相似詞 muster

snarl （人）咆哮 0902

The traffic on the freeway was **snarled** due to an accident.

?	✓
高速公路的交通因為交通意外而**咆哮**。	 高速公路的交通因為交通意外而打結。

解 析 snarl 另有「使交通動彈不得」的意思。

相似詞 congest

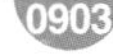

plea 懇求 0903

Mr. Chang entered a **plea** of being not guilty.

?	✓
張先生進入無罪的**懇求**。	 張先生提出無罪的申訴。

解 析 plea 另有「申訴」的意思。

相似詞 suit

stutter 口吃 0904

The generator **stuttered** and then stopped completely.

?	✓
這發電機**口吃**，之後便不再運作。	 這發電機斷斷續續地運轉，之後便不再運作。

解 析 stutter 另有「斷斷續續地運轉」的意思。

衍生詞 stammer　口吃

moan 呻吟 0905

Ellen is a person who likes to **moan** about her job with her family.

?		
? Ellen 是那種喜歡和家人**呻吟**工作的人。		Ellen 是那種喜歡和家人抱怨工作的人。

解　析　moan 另有「抱怨」的意思。

相似詞　complain；whine；grizzle

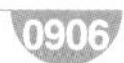

mock 嘲笑；假的；仿製的 0906

Students at my school have six **mocks** during the third year of high school.

?		
? 本校學生在高三那年會有六次**嘲笑**。		本校學生在高三那年會有六次模擬考。

解　析　mock 另有「模擬考」的意思。

衍生詞　mock leather　人造皮革

persuasion 說服 0907

In our society, we can have different religious **persuasions**.

?		
? 在我們的社會上，我們可以有不同的宗教**說服**。		在我們的社會上，我們可以有不同的宗教信仰。

解　析　persuasion 另有「（尤指宗教或政治上的）信仰」的意思。

相似詞　belief；faith

oral 口頭的 0908

I'll have my Japanese **oral** next Monday.

?		
? 下禮拜一我將進行日文**口頭的**。		下禮拜一我將進行日文口試。

解　析　oral 另有「口試」的意思。

相似詞　oral examination

16

greet 問候

I was **greeted** by the smell of bread as soon as I walked into the bakery.

?	我一走入麵包店，便被麵包香味**問候**。		我一走入麵包店，麵包香味便撲鼻而來。

解　析　greet 另有「**朝……撲鼻而來；傳入……的耳中；映入眼簾**」的意思。

衍生詞　greet sb with open arms　熱情地歡迎（某人）

allow 允許

I **allowed** that I was too hard on my son.

?	我**允許**我對我兒子太嚴格了。		我承認我對我兒子太嚴格了。

解　析　allow 另有「**承認**」的意思。

相似詞　admit；agree；acknowledge

lie 躺；臥

This town **lies** in the middle of the valley.

?	這座小鎮**躺**在山谷中間。		這座小鎮坐落在山谷中間。

解　析　lie 另有「**位於；坐落在**」的意思。

相似詞　be located...；be situated...

loud 大聲的

We were asked not to wear **loud** clothes to work.

?	我們被要求不要穿**大聲的**衣服去上班。		我們被要求不要穿花俏的衣服去上班。

解　析　loud 另有「**花俏的**」的意思。

相似詞　tasteless；bright；flashy

promise 答應

0913

Kobe showed great **promise** as a basketball player when he was young.

?			
	Kobe 從小就展現成為籃球員的強大**答應**。		Kobe 從小就展現成為籃球員的強大徵兆。

解 析 promise 另有「（成功的）徵兆；（人有）前途」的意思。

衍生詞 promise sb the moon　向（某人）作無法兑現的承諾

pronounce 發……的音

The city government **pronounced** that the curfew will be lifted tonight.

?			
	市政府**發音**宵禁將於今晚取消。		市政府宣布宵禁將於今晚取消。

解 析 pronounce 另有「宣布；宣稱」的意思。

相似詞 declare；proclaim；announce

flatter 討好

The scarf didn't **flatter** you at all.

?			
	這圍巾並沒有**討好**你。		你圍這圍巾並不好看。

解 析 flatter 另有「使某人更吸引人」的意思。

衍生詞 feel flattered　備感榮幸

propose 提議；求婚

How will you **propose** to solve the crisis in your marriage?

?			
	你要如何**提議**解決婚姻的危機？		你打算如何解決婚姻的危機？

解 析 propose 另有「打算」的意思。

相似詞 intend；aim；plan

disturb 打斷 0917

Did you just **disturb** my action figures on my desk?

?	你剛剛是不是**打斷**我桌上的公仔？		你剛剛是不是挪動我桌上的公仔？

解析 disturb 另有「移動；挪動」的意思。

相似詞 move；dislocate；displace

curse 咒罵 0918

Pressure is the **curse** of modern life.

?	壓力是現代生活的**咒罵**。		壓力造成現代生活的困擾的因素。

解析 curse 另有「禍根」的意思。

相似詞 bane；nemesis；scourge

tease 戲弄  0919

The TV host always **teased** his hair on the show.

?	這電視主持人總是**戲弄**自己的頭髮。		這電視主持人總是反梳自己的頭髮。

解析 tease 另有「反梳（頭髮）使頭髮蓬起」的意思。

相似詞 backcomb

swear 發誓  0920

If Mom knows you **swear** a lot, she will be super mad.

?	如果媽媽知道你常**發誓**，她必會無敵生氣的。		如果媽媽知道你常罵髒話，她必會無敵生氣的。

解析 swear 另有「罵髒話」的意思。

相似詞 curse；cuss；be foul-mouthed

declare 宣布 0921

Jim has a container of goods to **declare**.

?	Jim 有一貨櫃的貨物要**宣布**。		Jim 有一貨櫃的貨物要申報。

解析 declare 另有「申報」的意思。

衍生詞 declare war on　宣戰

summary 結論  0922

A **summary** arrest is not legal in this country.

	**結論**逮捕在這國家是違法的。		未經法律程序立即逮捕在這國家是違法的。

解析 summary 另有「（未經討論或未經法律程序）立即的」的意思。

相似詞 immediate；instant；instantaneous

boast 吹牛  0923

This newly-built hotel **boasts** a fantastic sea view.

?	這剛落成的飯店**吹牛**無敵海景。		這剛落成的飯店以擁有無敵海景自豪。

解析 boast 另有「擁有（值得自豪的東西）」的意思。

相似詞 own；pride itself on；possess

accent 口音；腔調 0924

You need to **accent** your strong points in every interview.

?	在每場面試中你都必須**口音**你的優點。		在每場面試中你都必須突顯你的優點。

解析 accent 另有「強調；突顯」的意思。

相似詞 underline；underscore；accentuate

16

0925

console 安慰

A Nintendo **console** is my gift from my grandpa.

?	任天堂**安慰**是爺爺給我的禮物。		任天堂主機是爺爺給我的禮物。

解 析 console 另有「控制台」的意思。

相似詞 control panel；instrument panel

0926

grumble 發牢騷

My stomach **grumbled** when I smelled the fried chicken.

?	當聞到炸雞時，我的肚子便**發牢騷**。		當聞到炸雞時，我的肚子便咕嚕咕嚕叫。

解 析 grumble 另有「（肚子）咕嚕咕嚕叫」的意思。

相似詞 tell；rumble

0927

intonation 語調

The pianist has an excellent **intonation**.

?	這鋼琴手有絕佳的**語調**。		這鋼琴手有絕佳的音準。

解 析 intonation 另有「音準」的意思。

相似詞 pitch

0928

reference 參考書目；參考

My professor would like to write me a **reference**.

?	我的教授可以幫我寫**參考書目**。		我的教授可以幫我寫一封推薦信。

解 析 reference 另有「推薦信」的意思。

相似詞 recommendation letter；testimonial

whisper 竊竊私語
0929

People heard a **whisper** that Alan was going to resign.

?		
? 人們聽到**竊竊私語** Alan 將要辭職。		人們聽到 Alan 將要辭職的傳聞。

解析 whisper 另有「傳聞」的意思。

相似詞 gossip；rumor

argue 爭論

The evidence **argues** that the sea level has been rising slowly.

?		
? 證據**爭論**海平面正一直緩慢上升。		證據顯示海平面正一直緩慢上升。

解析 argue 另有「顯示」的意思。

相似詞 show；manifest；suggest

negotiate 談判

Drivers should take extreme care to **negotiate** the slippery road.

?		
? 駕駛在與這濕滑道路**談判**時要格外小心。		駕駛在通過這濕滑道路時要格外小心。

解析 negotiate 另有「通過（難走的路段）」的意思。

相似詞 get over；get past；get round

riddle 謎語

The machine gun **riddled** the police car with hundreds of bullets.

?		
? 機關槍用數以百計的子彈**謎語**這台警車。		機關槍用數以百計的子彈打得這台警車千瘡百孔。

解析 riddle 另有「使布滿洞孔」的意思。

衍生詞 speak in riddles　說話像打啞謎般

invite 邀請

Gin's opinion about same-sex marriage **invited** criticism online.

?		
?	Gin 對於同性婚姻的意見**邀請**網路上的批評。	 Gin 對於同性婚姻的意見招來網路上的批評。

解析 invite 另有「招來」的意思。

相似詞 elicit；cause；induce

quote 引用

The man just gave me a **quote** for the bike he designed.

?		
?	這男子給我他設計的腳踏車**引用**。	 這男子給我他設計的腳踏車的報價。

解析 quote 另有「報價」的意思。

相似詞 quotation

debate 辯論

I'm still **debating** whether to take a charter plane or not.

?		
?	我還在**辯論**是否搭包機。	 我還在斟酌考慮是否搭包機。

解析 debate 另有「斟酌考慮」的意思。

相似詞 consider；ponder；ruminate

0936

Mandarin 中文

The **mandarin** used his power to pull strings for his son.

?		
?	這**中文**用他的勢力幫自己兒子開後門。	 這高官用他的勢力幫自己兒子開後門。

解析 mandarin 另有「高官」的意思。

相似詞 official；government servant；office-bearer

laugh 笑 0937

Our Halloween party was a real **laugh**.

?	我們萬聖節舞會真是**笑**。		我們萬聖節舞會真是有趣。

解 析 laugh 另有「有趣的人／活動」的意思。

相似詞 joker；caper

mean 表示……的意思

Byrant is a **mean** volleyball player.

?	Bryant 是個**表意思**的排球員。		Bryant 是個出色的排球員。

解 析 mean 另有「出色的」的意思。

相似詞 excellent；great；awesome

name 給……取名字

Name your price. I surely can afford it.

?	**給**你的價格**取個名字**。我一定付得起。		開出你的價格吧。我一定付得起。

解 析 name 另有「指定」的意思。

相似詞 choose；pick

refuse 拒絕

Who threw this bag of kitchen **refuse** here? It's a lack of civic virtue.

?	是誰把這袋廚房**拒絕**丟這裡？很沒有公德心。		是誰把這袋廚房垃圾丟這裡？很沒有公德心。

解 析 refuse 另有「垃圾」的意思。

相似詞 garbage；trash；junk

0941

silence 沉默

The Chinese government always **silences** people who voice protests against it.

?	大陸政府總是**沉默**那些表達抗議的人。		大陸政府總是阻止那些表達抗議的人表達意見。

解析 silence 另有「阻止（某人）表達意見」的意思。

相似詞 quieten；shush

0942

repeat 重複

This show is a **repeat**, so let's change the channel.

?	這場秀是**重複**，所以我們轉台吧。		這場秀是重播的節目，所以我們轉台吧。

解析 repeat 另有「（電視或電台的）節目重播」的意思。

衍生詞 （食物）repeat on sb　口中留下食物餘味

stress 強調

The word "ignore" is **stressed** on the second syllable.

?	ignore 這個字**強調**第二音節。		ignore 這個字重音在第二音節。

解析 stress 另有「用重音讀」的意思。

衍生詞 stress management　壓力管理

reject 拒絕

This coffee machine is cheap because it is a **reject**.

?	這咖啡機很便宜，因為它是**拒絕**。		這咖啡機很便宜，因為它是瑕疵品。

解析 reject 另有「瑕疵品」的意思。

相似詞 faulty product

complaint 抱怨 0945

Mr. Murray is being treated for his stomach **complaint**.

?	Murray 先生正在為他的胃**抱怨**接受治療。		Murray 先生正在為他的胃部疾病接受治療。

解 析 complaint 另有「疾病」的意思。

相似詞 illness；disease；sickness

suggest 建議 0946

Are you **suggesting** that I look older in that shirt?

?	你是**建議**我穿那件襯衫看起來比較老嗎？		你是暗示我穿那件襯衫看起來比較老嗎？

解 析 suggest 另有「暗示」的意思。

衍生詞 suggestion 微量

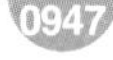

let 允許 0947

I planned to **let** my old house to college students.

?	我打算將老房子**允許**給大學生。		我打算將老房子出租給大學生。

解 析 let 另有「出租」的意思。

相似詞 rent；lease；hire

say 說 0948

Say, what a cool car you drive!

?	**說**，你開的車真帥！		哎呀！你開的車真帥！

解 析 say 另有「（用以表示驚訝或喚起聽話人的注意）哎呀」的意思。

衍生詞 have sb's say 發言權

call 打電話 0949

Every Wednesday afternoon, Dr. Andrew is out on a **call** on a bike.

?	每個星期三下午，Andrew 醫生都會騎腳踏車出去**打電話**。		每個星期三下午，Andrew 醫生都會騎腳踏車出診。

解析　call 另有「**出診**」的意思。

衍生詞　It's your call.　讓你決定

shout 呼喊 0950

It's my **shout** this time; you can drink whatever you love.

?	這次換我**呼喊**；你可以喝你想喝的。		這次換我請客喝酒；你可以喝你想喝的。

解析　shout 另有「**請客喝酒**」的意思。

衍生詞　within shouting distance　很近

describe 描述 0951

The kid **described** a circle on a piece of a newspaper.

?	這小孩在一張報紙上**描述**一個圓。		這小孩在一張報紙上畫出一個圓。

解析　describe 另有「**畫出……圖形**」的意思。

相似詞　draw；sketch

communicate 溝通 0952

The living room **communicates** with the kitchen in this apartment.

?	這公寓中客廳和廚房互相**溝通**。		這公寓中客廳和廚房互通。

解析　communicate 另有「**（房間）互通／相連**」的意思。

相似詞　link up with；be connected to；join up with,

★ communicate　傳播（疾病）

The flu is easily communicated from one person to another.

流感很容易人傳人。

appreciate 欣賞 0953

The value of this land **appreciated** by 3% last year.

?	這塊地去年**欣賞**了 3%。		這塊地去年增值了 3%。

解析 appreciate 另有「增值」的意思。

衍生詞 depreciate 跌價

★ appreciate 理解；意識到

I can appreciate that you are afraid of height.

我能理解你懼高。

detail 細節  0954

A warship was **detailed** to protect the fishing boats from the pirates.

?	一艘戰艦被**細節**來保護漁船免於海盜的威脅。		一艘戰艦被派遣來保護漁船免於海盜的威脅。

解析 detail 另有「派遣」的意思。

相似詞 assign；delegate；commission

★ detail 將車洗得乾乾淨淨

Tommy can spend hours detailing his car on weekends.

Tommy 可以在週末花上數小時將車子洗得乾乾淨淨。

tell 告訴  0955

Jack has been working overtime for seven days, and it starts to **tell**.

?	Jack 已經加班七天，這開始**告訴**。		Jack 已經加班七天，這開始產生影響。

解析 tell 另有「產生影響」的意思。

相似詞 affect；take its toll on；have an adverse effect on

★ tell 辨別

I have problems telling these twins apart.

要我分辨雙胞胎，有點困難。

scream 尖叫 0956

This comedy is really a **scream**.

?	
這喜劇真是個**尖叫**。	這喜劇真是令人捧腹大笑。

解析 scream 另有「令人捧腹大笑的人事物」的意思。

相似詞 buffoon；entertainer；joker

★ scream （車）呼嘯著飛馳

A sports car screamed along the street.

一輛跑車呼嘯而過。

express 表達 0957

The boss took the **express** elevator directly to his office.

?	
這老闆搭**表達**電梯直接到他的辦公室。	這老闆搭快速電梯直接到他的辦公室。

解析 express 另有「快速的」的意思。

相似詞 rapid；swift；high-speed

★ express 明確的

Mr. Wang gave an express order to his students to behave themselves.

王老師向學生下了明確的命令要他們守規矩。

command 命令

This job requires someone who has a brilliant **command** of French.

?	
這工作需要對法語有好的**命令**的人。	這工作需要對法語精通的人。

解析 command 另有「（對知識／語言的）運用能力」的意思。

相似詞 grasp；knowledge；mastery

★ command 有……景色

The roof floor of this hotel commands a good view of the city.

這飯店的頂樓飽覽整個城市。

report 報導 0959

We **reported** the gangster to the police for intimidating us.

?	我們向警方**報導**這流氓恐嚇我們。		我們向警方舉報這流氓恐嚇我們。

解　析　report 另有「舉報」的意思。

衍生詞　report card/school report　成績單

★ report　槍（或炮）聲

Everyone heard a very loud report in the middle of the night.

每個人在半夜都聽到一聲很大的槍響。

subject 主題 

The troop soon **subjected** the aborigines of this island.

?	這軍隊很快即**主題**島上的原住民。		這軍隊很快即征服島上的原住民。

解　析　subject 另有「征服」的意思。

相似詞　conquer；beat；triumph over

★ subject　遭受……

Recently, the president has been subject to criticism over the diplomatic policies.

近日，總統因外交政策飽受批評。

16

17 情緒態度

angry 生氣的 0961

On my arm is an **angry** wound.

?	✓
我的手臂上有一個**生氣的**傷口。	我的手臂上有一個紅腫的傷口。

解 析 angry 另有「紅腫發炎的」的意思。

相似詞 inflamed；swollen；painful

irritate 激怒 0962

This acne medicine may **irritate** your skin.

?	✓
這款痘痘藥可能**激怒**你的皮膚。	 這款痘痘藥可能使你的皮膚疼痛。

解 析 irritate 另有「使疼痛」的意思。

相似詞 inflame

hospitable 友好的 0963

Deserts are never a **hospitable** place for most animals and plants.

?	✓
沙漠從來就不是大部分動植物**友好的**地方。	 沙漠從來就不是大部分動植物適宜生活的地方。

解 析 hospitable 另有「適宜生活的」的意思。

衍生詞 hospitality （待客用的）招待

ecstasy 狂喜 0964

Ecstasy is commonly seen in this night club.

?	✓
狂喜在這間夜總會很常見。	 搖頭丸在這間夜總會很常見。

解 析 ecstasy 另有「搖頭丸」的意思。

衍生詞 go into ecstasies over 陶醉於……

lament 對……感到悲痛 0965

This is a **lament** for the dead soldiers in WWII.

?		
?	這是給二戰中戰死的士兵**感到悲痛**。	
	這是給二戰中戰死士兵的輓歌。	

解析 lament 另有「輓歌」的意思。

相似詞 dirge；elegy

crude 粗俗的 0966

A lot of **crude** was spilled into the sea.

?	許多的**粗俗**溢到海上。
	許多的原油溢到海上。

解析 crude 另有「原油」的意思。

相似詞 crude oil

indifferent 冷淡的 0967

After years of training, Cindy's singing is still **indifferent**.

?	經過多年訓練，Cindy 的歌唱功夫仍然**冷淡的**。
	經過多年訓練，Cindy 的歌唱功夫仍然不上不下的。

解析 indifferent 另有「中等的」的意思。

相似詞 mediocre；average；ordinary

17

satisfaction 滿意 0968

My faulty car was recalled but I haven't got **satisfaction** yet.

?	我那台有瑕疵的車被召回，但我尚未得到**滿意**。
	我那台有瑕疵的車被召回，但我尚未得到賠償。

解析 satisfaction 另有「賠償；補償」的意思。

相似詞 compensation；reparation；damages

0969

terror 恐懼

The kid next door is really a **terror**.

?	隔壁鄰居的小孩真是**恐懼**。	✓	隔壁鄰居的小孩真是討厭鬼。

解析 terror 另有「討厭鬼」的意思。

相似詞 holy terror；troublemaker；monkey

0970

sympathy 同情

We all expressed our **sympathy** for the bill.

?	我們都為這法案表達**同情**。		我們都為這法案表達支持。

解析 sympathy 另有「支持」的意思。

相似詞 support；backing

0971

personality 個性

The YouTuber became a **personality** just because of a video he shot.

?	這 YouTuber 就因為一支影片而成為**個性**。		這 YouTuber 就因為一支影片而成為名人。

解析 personality 另有「名人」的意思。

相似詞 celebrity；household name；big name

0972

hopeful 希望的

There are ten **hopefuls** to audition for this role of my new movie.

?	今天總共有十個**希望的**來試鏡我新電影的角色。		今天總共有十個希望成功的人來試鏡我新電影的角色。

解析 hopeful 另有「希望成功的人」的意思。

衍生詞 be hopeful about/of...　對……抱有希望的

0973

spite 惡意

Drake thought his boss always **spited** him at work.

?			
?	Drake 認為老闆總是在工作上故意**惡意**他。		Drake 認為老闆總是在工作上故意刁難他。

解 析 spite 另有「刁難；故意傷害」的意思。

相似詞 deliberately upset/hurt

shame 羞恥

Ken's magic show debut **shamed** many veteran magicians.

?			
?	Ken 的魔術秀初登場**羞恥**許多老手魔術師。		Ken 的魔術秀初登場使許多老手魔術師相形見絀。

解 析 shame 另有「使相形見絀」的意思。

相似詞 dwarf；overshadow；outshine

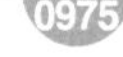

stubborn 固執的

Mom had problems removing the **stubborn** stain on my white shirt.

?			
?	媽媽在清除我白色襯衫上**固執的**汙漬有了麻煩。		媽媽在清除我白色襯衫上頑強的汙漬有了麻煩。

解 析 stubborn 另有「難對付的」的意思。

相似詞 resistant；indelible

moral 道德的

The **moral** of the story is that a white lie sometimes is good.

?			
?	這故事的**道德**是善意的謊言有時是好的。		這故事的寓意是善意的謊言有時是好的。

解 析 moral 另有「寓意」的意思。

衍生詞 moral support 精神上支持

17

curious 好奇的 0977

It is **curious** that the alcoholic stopped drinking.

?	**好奇的**是這酒鬼不再酗酒了。		奇怪的是這酒鬼不再酗酒了。

解析 curious 另有「**奇怪的；不尋常的**」的意思。

衍生詞 curiosity 珍品

determine 決心做 0978

Has the date of our excursion been **determined**?

?	我們遠足的日期**決心做**了嗎？		我們遠足的日期確定了嗎？

解析 determine 另有「**找出；確定**」的意思。

相似詞 decide；establish；ascertain

relief 寬心；救濟 

There is a nawk on the surface of the rock in **relief**.

?	這塊岩石上有一隻**寬心**的老鷹。		這塊岩石上有一隻浮雕的老鷹。

解析 relief 另有「**浮雕**」的意思。

衍生詞 be on relief 靠政府救濟

excite 使興奮 

The robot housekeeper **excited** many people's interest.

?	這機器人管家**興奮**很多人的興趣。		這機器人管家激起很多人的興趣。

解析 excite 另有「**激發；引起**」的意思。

相似詞 cause；arouse；ignite

expect 期望 0981

I yielded my seat on the bus to a lady who was **expecting**.

?	我把座位讓給**期望**的女士。		我把座位讓給懷孕中的女士。

解析 expect 另有「懷孕」的意思。

相似詞 pregnant；expectant；carrying a child

favorite 最愛 

Victor's team is the **favorite** to win the tournament.

?	Victor 的隊伍是贏得錦標賽的**最愛**。		Victor 的隊伍是最有希望贏得錦標賽的隊伍。

解析 favorite 另有「最有希望獲勝的人或動物」的意思。

相似詞 front-runner

generous 慷慨的 

Mom just gave me a **generous** helping of pizza.

?	媽媽剛給我**慷慨的**一份披薩。		媽媽剛給我一大份的披薩。

解析 generous 另有「大份的」的意思。

相似詞 copious；lavish；plentiful

gentle 溫和的；斯文的 0984

I didn't sweat much after going up the **gentle** slope.

?	爬上這**斯文的**斜坡，我並沒流什麼汗。		爬上這緩坡，我並沒流什麼汗。

解析 gentle 另有「平緩的」的意思。

相似詞 gradual

0985

purpose 目的

Dave's encouraging words gave each teammate a sense of **purpose** to win.

?		✓	
?	Dave 鼓勵的話給予每位隊員取勝**目的**感。		Dave 鼓勵的話給予每位隊員勝利的意志。

解 析　purpose 另有「**意志；決心**」的意思。

相似詞　determination；resoluteness；resolution

humor 幽默

Tina went to graduate school just to **humor** her parents.

?		✓	
?	Tina 去讀研究所只是要**幽默**爸媽。		Tina 去讀研究所只是要迎合爸媽。

解 析　humor 另有「**迎合；遷就**」的意思。

相似詞　pander to；cater to；give in to

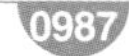

jealous 妒忌的

After the divorce, Alice is **jealous** of her independence.

?		✓	
?	離婚後，Alice 很**忌妒**自己的自由。		離婚後，Alice 小心守護自己的自由。

解 析　jealous 另有「**小心守護的**」的意思。

相似詞　protective；defensive；watchful

lazy 懶惰的

I spent a **lazy** day in the beach hotel.

?		✓	
?	我在海邊的飯店度過**懶惰的**一天。		我在海邊的飯店度過悠閒的一天。

解 析　lazy 另有「**悠閒的**」的意思。

相似詞　relaxing

negative 否定的 0989

The results of Horry's hepatitis B were **negative**.

?	✓
Horry 的 B 型肝炎檢查結果為**否定的**。	 Horry 的 B 型肝炎檢查結果為陰性的。

解析 negative 另有「（醫學檢驗）為陰性的」的意思。

衍生詞 positive　陽性的

polite 有禮貌的 0990

There are still some things which can't be talked about in **polite** society.

?	✓
在**有禮貌的**社會，有些事還是不能談。	 在上流社會，有些事還是不能談。

解析 polite 另有「上流社會的」的意思。

相似詞 civilized；cultured；refined

proud 驕傲的 0991

There is paint sitting **proud** of the surface of the door.

?	✓
門的表面上有**驕傲的**漆。	 門的表面上有隆起的漆。

解析 proud 另有「隆起的」的意思。

相似詞 sticking out；projecting；raised

ready 準備好；樂意的 0992

Mrs. Tsai always has a **ready** answer to grammar questions from her students.

?	✓
蔡老師對於學生的文法問題總是有**準備好**的答案。	 蔡老師對於學生的文法問題總是能對答如流。

解析 ready 另有「快的；靈敏的」的意思。

衍生詞 ready to roll　即將發生

17

satisfy 使滿意 0993

It is hard to **satisfy** Reed of me not being involved in the arson.

?	要讓 Reed **滿足**我沒有涉入縱火案是件很難之事。		要說服 Reed 我沒有涉入縱火案是件很難之事。

解析　satisfy 另有「使相信」的意思。

相似詞　convince；persuade

shy 怕羞的 0994

Sorry, you're 10 dollars **shy** of the total sum.

?	不好意思，你的總金額**害羞**十塊錢。		不好意思，你的總金額還差十塊錢。

解析　shy 另有「不足的」的意思。

相似詞　less than

sad 難過的 0995

Staying at home and doing nothing at weekends is **sad**.

?	週末只待在家沒做什麼事是很**難過的**。		週末只待在家沒做什麼事是很無趣的。

解析　sad 另有「無趣的」的意思。

相似詞　boring；dull；tedious

regard 把……看作／認為…… 0996

Why is the man **regarding** me with a smile?

?	為何那男子用淺淺微笑**看作**我？		為何那男子用淺淺微笑注視著我？

解析　regard 另有「注視」的意思。

相似詞　look at；gaze at；stare at

0997

respect 尊重

In most **respects**, women are more likely to get harassed at work than men.

?	在多數**尊重**而言，女人比男人更容易在工作時被騷擾。		在大多方面而言，女人比男人更容易在工作時被騷擾。

解 析　respect 另有「方面」的意思。

衍生詞　respects　問候

neutral 中立的

Father is used to slipping the gear into **neutral** when waiting at red lights.

?	爸爸等紅燈時，習慣將檔位排入**中立的**。		爸爸等紅燈時，習慣將檔位排入空檔。

解 析　neutral 另有「空檔」的意思。

衍生詞　neutral colors　中性色（如灰色）

vanity 虛榮

There is a bed, a **vanity**, a refrigerator, and a chair in this room.

?	這房間裡有一張床、**虛榮**、冰箱和一張椅子。		這房間裡有一張床、梳妝台、冰箱和一張椅子。

解 析　vanity 另有「梳妝台」的意思。

相似詞　dressing table

1000

deliberate 故意的

Most of the workers are **deliberating** whether to go on strike or not.

?	大部分員工**故意**是否罷工。		大部分員工慎重考慮是否罷工。

解 析　deliberate 另有「慎重考慮」的意思。

相似詞　ponder；ruminate；chew over

temper 脾氣 1001

Not many people would like to learn the technique of **tempering** a sword.

?	不是很多人願意學習**脾氣**一把刀的技術。		不是很多人願意學習鍛造一把刀的技術。

解 析 temper 另有「鍛造」的意思。

衍生詞 a hair-trigger temper　火爆脾氣

aggressive 好鬥的；積極進取的 1002

This is an **aggressive** disease and can cause death in months.

?	這是個**好鬥的**疾病，並能在幾個月內致人於死地。		這是個惡性的疾病，並能在幾個月內致人於死地。

解 析 aggressive 另有「**（疾病）惡性的**」的意思。

衍生詞 aggression　攻擊；挑釁

caution 謹慎 1003

The policewoman just gave me a **caution**, not a ticket for parking illegally.

?	這女警察只給我**謹慎**，而非違規停車的罰單。		這女警察只給我口頭警告，而非違規停車的罰單。

解 析 caution 另有「**（警察對違法者的）口頭警告**」的意思。

相似詞 spoken warning

pluck 膽識 1004

The chicken was **plucked** and then cleaned for cooking.

?	這隻母雞被**膽識**並清潔以作為料理用。		這隻母雞被拔毛並清潔以作為料理用。

解　析　pluck 另有「拔去……的毛」的意思。

衍生詞　pluck up your courage　鼓起勇氣

★ pluck　解救……脫離險境

Thank you for plucking me from the near-death situation.

謝謝解救我脫離瀕臨死亡的險境。

bored　感到無聊的 1005

Hank is trying to **bore** a hole in the wall.

?	Hank 試著在牆上**無聊**出一個洞。		Hank 試著在牆上鑽出一個洞。

解　析　bore 另有「鑽／鑿（洞）」的意思。

相似詞　drill；puncture

★ bore　口徑

This is an 8-bore gun.

這是一把 8 毫米的槍。

humble　謙遜的 1006

Never belittle a **humble** worker.

?	不要小看**謙遜的**工人。		不要小看不起眼的工人。

解　析　humble 另有「不起眼的」的意思。

相似詞　low-ranking；undistinguished

★ humble　打敗……比你強大的對手

The champion boxer was humbled by an unknown boxer.

這冠軍拳擊手被一個沒沒無聞的拳擊手擊敗。

17

18 外觀

decent 體面的 1007

I'm not **decent** yet. You can't come in.

?	✓
我還不夠**體面**。不能進來。	我還沒穿好衣服。不能進來。

解析　decent 另有「**穿好衣服的**」的意思。

衍生詞　decent people　正派人物

stony 布滿石頭的 1057

Sam maintained a **stony** silence while we were excited about it.

?	
Sam 保持**布滿石頭的**沉默，而我們正對此事興奮不已。	Sam 保持冷漠的沉默，而我們正對此事興奮不已。

解析　stony 另有「**冷漠的**」的意思。

相似詞　unfriendly；cold

sheer 陡峭的 1058

The boat **sheered** away and avoided hitting the iceberg.

?	
這船**陡峭**離開，避免撞上冰山。	這船突然轉向，避免撞上冰山。

解析　sheer 另有「**突然轉向**」的意思。

相似詞　swerve

sphere 圓球 1059

Cathy is very active in the political **sphere**.

?	
Cathy 在政治**圓球**相當活躍。	Cathy 在政治領域相當活躍。

解析　sphere 另有「**領域；圈**」的意思。

相似詞　field；area

nice 好的 1060

There is a **nice** distinction between these two words.

?	這兩個字有**好的**差別。		這兩個字有細微的差別。

解析 nice 另有「細微的」的意思。

相似詞 little；slight；subtle

brown 褐色的 1061

Brown the meat and put it into the pot.

?	**褐色的**肉，再把肉放進鍋子裡。		把肉炒成褐色，再把肉放進鍋子裡。

解析 brown 另有「（把食物）炒成褐色」的意思。

衍生詞 brown-bag　自帶午餐

yellow 黃色的 

You don't have to do that dangerous thing to prove you're not **yellow**.

?	你不必做那危險之事來證明你不是**黃色**。		你不必做那危險之事來證明你不膽小。

解析 yellow 另有「膽小的」的意思。

相似詞 cowardly；spineless；timid

blue 藍色 1063

Clark was caught watching a **blue** film by his wife.

?	Clark 被老婆抓到在看**藍色**電影。		Clark 被老婆抓到在看色情片。

解析 blue 另有「淫穢的」的意思。

衍生詞 have the blues　憂鬱

18

pink 粉紅色 1064

Quite a few companies tried to cash in on the **pink** economy.

?	不少公司試著從**粉紅色**經濟中獲利。		不少公司試著從同性戀相關經濟中獲利。

解析 pink 另有「同性戀者的」的意思。

衍生詞 the pink money/pound　同性戀者的消費能力

deep 深的 1065

We are on an expedition to the **deep**.

?	我們正在**深的**探險中。		我們正往海洋的探險旅程中。

解析 deep 另有「海洋」的意思。

相似詞 the sea；the ocean

dirt 泥土  1066

Paparazzi make a living by digging the **dirt**.

?	八卦記者是靠挖**泥土**維生。		八卦記者是靠挖八卦醜聞維生。

解析 dirt 另有「（私生活的）醜聞」的意思。

相似詞 scandal；gossip

dot 點 1067

Temples **dot** the countryside in Taiwan.

?	寺廟**點**在台灣鄉下。		寺廟分布在台灣鄉下。

解析 dot 另有「分布；分散」的意思。

相似詞 scatter；strew；pepper

purple 紫色的 1068

I was impressed by this **purple** passage.

?	我對於這**紫色的**段落印象深刻。		我對於這詞藻華麗的段落印象深刻。

解 析 purple 另有「（作品）詞藻華麗的」的意思。

相似詞 grandiloquent；pompous；bombastic

round 圓的 

Greg has a newspaper **round** before going to work in the factory.

?	Greg 在去工廠上班前，有報紙的**圓**。		Greg 在去工廠上班前，挨家挨戶送報紙。

解 析 round 另有「（尤指作為送貨工作的）例行拜訪」的意思。

衍生詞 a round figure　整數

size 尺寸 

Size is a sticky liquid which is used for giving stiffness to clothes.

?	**尺寸**是用來增加衣服堅挺度的黏性液體。		漿料是用來增加衣服堅挺度的黏性液體。

解 析 size 另有「（使衣服、紙張等堅挺的）漿料」的意思。

衍生詞 size...up　打量

thick 厚的；粗的 1071

Ron is a little **thick** and makes mistakes quite often.

?	Ron 有點**厚**，還蠻常犯錯的。		Ron 有點笨，還蠻常犯錯的。

解 析 thick 另有「笨的」的意思。

相似詞 slow；stupid；dumb

orderly 整齊的 1072

She works as an **orderly** and doesn't make much money.

?	She 的工作是**整齊的**，並沒賺很多錢。		She 的工作是醫院的勤務員，並沒賺很多錢。

解 析 orderly 另有「醫院的勤務員」的意思。

衍生詞 in an orderly fashion　井然有序地

upright 直立的 1073

This old **upright** was sold for NT$5000.

?	這架**直立**售得 5000 元。		這架立式鋼琴售得 5000 元。

解 析 upright 另有「立式鋼琴」的意思。

衍生詞 grand piano　三角大鋼琴

layer 層 1074

I would like my long hair **layered**.

?	我想要我的長髮**層**。		我想要我的長髮剪得有層次。

解 析 layer 另有「把（頭髮）剪成不同層次」的意思。

衍生詞 layer cake　多層夾心蛋糕

flake 小薄片 1075

The old woman is a **flake** and sometimes does some weird things.

?	那老婦人是個**小薄片**，有時會做一些奇怪的事。		那老婦人是個古怪的人，有時會做一些奇怪的事。

解 析 flake 另有「古怪的人」的意思。

衍生詞 flake out　倒頭就睡

breadth 寬度 1076

Everyone was surprised at the genius' **breadth** of knowledge.

?	每個人對於這天才的知識**寬度**大感吃驚。		每個人對於這天才的知識廣度大感吃驚。

解 析 breadth 另有「廣度」的意思。

相似詞 scope；range

circular 圓形的

When I went shopping in Ximenting, I received many **circulars**.

?	當我在西門町逛街時，我收到許多**圓形的**。		當我在西門町逛街時，我收到許多廣告傳單。

解 析 circular 另有「傳單」的意思。

相似詞 handbill；leaflet；pamphlet

charm 魅力

I considered this jade bracelet as my **charm**.

?	我視這玉環為我的**魅力**。		我視這玉環為我的護身符。

解 析 charm 另有「護身符」的意思。

相似詞 amulet

bare 赤裸的

The teacher just gave us the **bare** details of our trip.

?	老師只給我們這趟旅程**赤裸的**細節。		老師只給我們這趟旅程最重要的細節。

解 析 bare 另有「最基本的；最重要的」的意思。

相似詞 basic；vital；essential

18

1080

angle 角度

This English learning book is **angled** at beginners in English.

?		
這本英文學習書**角度**於英文初學者。		這本英文學習書鎖定英文初學者為目標讀者。

解 析　angle 另有「向（特定人群）提供資訊」的意思。

相似詞　orient

form 形狀；表格

The basketball player has been in good **form** this season.

?		
這籃球員整季都在良好**形狀**。		這籃球員整季都在良好狀態。

解 析　form 另有「（參賽者的）良好狀態」的意思。

衍生詞　take form　成形

handsome 英俊的

Tina had to pay a **handsome** sum of money for her borken car.

?		
Tina 必須為自己壞掉的車子付**英俊的**錢。		Tina 必須為自己壞掉的車子付一大筆錢。

解 析　handsome 另有「大量的」的意思。

相似詞　substantial；considerable

circle 圓

A hawk is **circling** around to find its prey.

?		
一隻老鷹正在**圓**尋找他的獵物。		一隻老鷹正在盤旋尋找他的獵物。

解 析　circle 另有「盤旋」的意思。

相似詞　hover

tidy 整潔的 1084

Our publisher is hoping this recipe book can bring in a **tidy** sum.

?	我們這間出版社希望這本食譜書可以帶來**整齊的**一筆錢。		我們這間出版社希望這本食譜書可以大賺一筆。

解　析 tidy 另有「（款額）巨大的」的意思。

相似詞 sizeable；considerable；large

small 小的 1085

Never start a sentence with a **small** letter but with a capital letter.

?	不要用**小的**字母開始一個句子，而是用大寫字母。		不要用小寫的字母開始一個句子，而是用大寫字母。

解　析 small 另有「小寫的」的意思。

相似詞 lowercase

color 顏色 1086

Your judgement mustn't be **colored** by your stereotype of that man.

?	你的判斷絕不可受到你對這男子的刻板印象所**顏色**。		你的判斷絕不可受到你對這男子的刻板印象所影響。

解　析 color 另有「影響（觀點）」的意思。

相似詞 bias；prejudice；influence

litter 小塊垃圾 1087

You'd better change the cat **litter**; it started to smell.

?	你最好更換貓咪的**垃圾**；沙開始發臭了。		你最好更換貓沙；沙開始發臭了。

解　析 litter 另有「貓沙」的意思。

衍生詞 a litter of　一窩……

spike 尖頭 1088

Father likes to **spike** his drink with Vodka.

?	爸爸喜歡用伏特加**尖頭**飲料。		爸爸喜歡將伏特加加入飲料中。

解析 spike 另有「**將烈酒摻入（飲料）**」的意思。

衍生詞 spike sb's guns　打亂（某人）的計劃

copy 複製 1089

Terry's new book sold more than 6000 **copies**.

?	Terry 的新書賣超過 6000 **複製**。		Terry 的新書賣超過 6000 本。

解析 copy 另有「**（書報等印刷品或錄製品的）一份／本／冊**」的意思。

衍生詞 copycat　愛模仿的人

clear 清澈的  1090

The plan for building another dam was **cleared**.

?	興建另一水壩的計劃**清澈的**。		興建另一水壩的計劃被批准了。

解析 clear 另有「**批准；許可**」的意思。

相似詞 approve

narrow 狹窄的 1091

Thank God. We had a **narrow** victory over our rival.

?	感謝老天。我們**狹窄的**獲勝對手。		感謝老天。我們險勝對手。

解析 narrow 另有「**差距微小的**」的意思。

衍生詞 narrow...down　壓縮

front 前面 1092

It is reported that a cold **front** is moving toward Taiwan.

?	據報導冷**前面**正朝向台灣而來。		據報導一道冷鋒正朝向台灣而來。

解析　front 另有「（氣象）鋒」的意思。

衍生詞　the front of a book　書的封面

broad 寬的 1093

Mr. James speaks with a **broad** New Zealand accent.

?	James 先生說話帶著**寬的**紐西蘭腔調。		James 先生說話帶著很重的紐西蘭腔調。

解析　broad 另有「口音重的」的意思。

衍生詞　in broad daylight　光天化日之下

fashion 流行 1094

Brian always does things in his own **fashion**.

?	Brian 總是用自己的**流行**做事。		Brian 總是用自己的方式做事。

解析　fashion 另有「方式」的意思。

相似詞　way；manner

★ fashion　手工製作……

My father fashioned a paper boat for me.

我爸做了一艘紙船給我。

18

mess 骯髒 1095

The soldiers are dining quietly in the **mess**.

?	
這些士兵在**骯髒**中安靜吃著飯。	這些士兵在食堂中安靜吃著飯。

解 析 mess 另有「（軍隊的）食堂；交誼廳」的意思。

相似詞 mess hall

★ mess （動物的）糞便

My God! My dog left a mess on the carpet again.

我的天那！我的狗又在地毯上留下大便。

rubbish 垃圾 1096

Tank is **rubbish** at sports.

?	
Tank 對於運動很**垃圾**。	Tank 對於運動很蹩腳。

解 析 rubbish 另有「蹩腳的；不在行」的意思。

相似詞 bad at；poor at

★ rubbish 批評

Helen's proposal was rubbished by her boss.

Helen 的提案被老闆批得一文不值。

trash 垃圾；丟棄 1097

The drinks store was **trashed** by some guys in black.

?	
這家飲料店被一些黑衣人**垃圾**。	這家飲料店被一些黑衣人砸得稀巴爛。

解 析 trash 另有「嚴重破壞」的意思。

相似詞 damage；defile；impair

★ trash 猛烈批評

The education policy was trashed by many scholars.

這教育政策被許多學者批得一文不值。

hole 山洞 1098

I don't have much money, so I can only live in this **hole**.

?	我錢不多，所以只能住在**山洞**。		我錢不多，所以只能住在這狹小的住所。

解析 hole 另有「狹小的住所」的意思。

相似詞 shack；hovel

★ **hole** 漏洞

There are several holes in this new theory.

這新理論有一些漏洞。

compact 密實的 1099

Many people prefer a SUV to a **compact**.

?	比起**密實的**，很多人喜歡休旅車。		比起小型汽車，很多人喜歡休旅車。

解析 compact 另有「小型汽車」的意思。

相似詞 sedan

★ **compact** 帶鏡的粉盒

Dale always has a compact in her bag.

Dale 包包裡總是會有帶鏡的粉盒。

patch 斑 1100

I downloaded a **patch** to fix the bug of my old computer.

?	我下載了一個**斑**來修正舊電腦的問題。		我下載了一個修補程式來修正舊電腦的問題。

解析 patch 另有「修補程式」的意思。

衍生詞 eyepatch 眼罩

★ **patch** 膏藥貼布

I wore a patch on my knees after intensive basketball games.

激烈的籃球賽後，我膝蓋都會貼膏藥貼布。

1101

green 綠色

Today, our meeting will focus on **green** issues.

?	✓
今天，我們的會議重點會在**綠色**議題。	 今天，我們的會議重點會在環保的議題。

解析 green 另有「環保的」的意思。

相似詞 ecologically sound；environmentally friendly

> ★ **green** 缺乏經驗的
> Everyone is green when they first start to work.
> 每個人在開始工作時，都是缺乏經驗的。

streak 條紋

The policeman is chasing a man who is **streaking** on the street.

?	✓
這警察正在追在街上一名**條紋**男子。	 這警察正在追在街上一名裸奔的男子。

解析 streak 另有「裸奔」的意思。

相似詞 run naked

> ★ **streak** （常指不好的）個性特徵
> A dictator usually has a ruthless streak.
> 獨裁者通常有著冷酷無情的特徵。

1103

joint 連接的；關節

Let's have lunch at the **joint** on the roadside.

?	✓
我們在路邊的**連接**吃個中餐吧。	 我們在路邊的餐館吃個中餐吧。

解析 joint 另有「（賣廉價飲食的）餐館；不良場所」的意思。

相似詞 restaurant

> ★ **joint** 帶骨的大塊肉
> This chicken joint is perfect for our barbecue.
> 這帶骨的大塊雞肉很適合烤肉。

straight 筆直的；異性戀的 1104

If you pay for the train fare for me this time, then we'll be **straight**.

?	如果你這次幫我付車資，那我們就**筆直**。		如果你這次幫我付車資，那我們就互不欠錢。

解析 straight 另有「不欠錢的」的意思。

衍生詞 （five）straight wins （五場）連續獲勝

★ straight 不吸毒／酗酒的

Guy has been straight for two years.

Guy 已經兩年不碰酒了。

tip 頂端 1105

It is illegal to **tip** garbage into the river or sea.

?	將垃圾**頂端**河流或大海是非法的。		將垃圾傾倒至河流或大海是非法的。

解析 tip 另有「傾倒」的意思。

相似詞 dump

★ tip 傾斜

The kitchen stool tipped and it fell right on my foot.

廚房的凳子傾倒，並剛好砸中我的腳。

top 頂部

It takes some time to learn how to play a **top**.

?	學會玩**頂部**需要一些時間。		學會玩陀螺需要一些時間。

解析 top 另有「陀螺」的意思。

相似詞 spinning top

★ top 上衣

This tie doesn't go with your red top.

這領帶和你的紅色襯衫並不相配。

18

特徵

destined 命中註定的 1058

The ten containers are **destined** for America.

?	✓
這十個貨櫃**命中註定的**到美國。	 這十個貨櫃運往美國。

解析 destined 另有「寄往／前往（某地）的」的意思。

相似詞 be sent to；be shipped to

notable 顯要的 

A lot of **notables** are gathering at this ceremony.

?	✓
許多的**顯要的**聚集在這典禮上。	 許多的重要人物聚集在這典禮上。

解析 notable 另有「重要人物」的意思。

相似詞 celebrity；luminary

fabulous 極好的 1060

The dragon is a **fabulous** animal in Chinese.

?	✓
龍在中國是**極好的**動物。	 龍在中國是虛構的動物。

解析 fabulous 另有「虛構的」的意思。

相似詞 mythical；legendary

vice 副的 

Pride has long been seen as a **vice**.

?	✓
驕傲一直以來都被視為**副的**。	 驕傲一直以來都被視為罪惡。

解析 vice 另有「罪惡」的意思。

衍生詞 vice　老虎鉗

inclusive 包括的 1062

We live in an **inclusive** society.

?	我們住在一個**包括的**社會。		我們住在一個包容的社會。

解 析 inclusive 另有「包容各種人的」的意思。

衍生詞 all-inclusive　全部包括的

exclusive 專有的  1063

Only with permission can people enter this **exclusive** community.

?	只有允許的狀況下，人們才可以進入這**專有的**社區。		只有允許的狀況下，人們才可以進入這高檔的社區。

解 析 exclusive 另有「高檔的；昂貴的」的意思。

相似詞 expensive

worthy 值得……的 1064

I'm honored to have a **worthy** like you to come to my graduation.

?	有像您一樣的**值得**參加我的畢業典禮是我的榮幸。		有像您一樣的大人物參加我的畢業典禮是我的榮幸。

解 析 worthy 另有「大人物」的意思。

相似詞 big-shot

toxic 有毒的 1065

I ended a **toxic** relationship with my ex-boyfriend.

?	我結束一段與前男友**有毒的**關係。		我結束一段與前男友有陰影的的關係。

解 析 toxic 另有「造成陰影的」的意思。

相似詞 unpleasant；harmful

priceless 貴重的 1066

Peter's jokes are always **priceless**; I split my sides all the time.

?	Peter 的笑話總是**貴重的**；我每次都笑破肚皮。		Peter 的笑話總是極其好笑；我每次都笑破肚皮。

解析 priceless 另有「**極其好笑的**」的意思。

相似詞 very funny；hilarious；extremely amusing

elaborate 詳盡的 1067

Would you **elaborate** on the reason that you support space exploration?

?	你可以**詳盡的**你支持太空探險的原因嗎？		你可以闡述你支持太空探險的原因嗎？

解析 elaborate 另有「**闡述**」的意思。

相似詞 flesh out；expand on；enlarge on

gross 令人噁心的 1068

Our company **grossed** NT$ 2 billion this year.

?	我們公司今年**令人噁心的** 20 億新台幣。		我們公司今年總收入為 20 億新台幣。

解析 gross 另有「**總收入為……**」的意思。

相似詞 bring in；earn；make

moderate 中等的 1069

Every marked test sheet has to be **moderated** to ensure consistency of marking.

?	每一份批改好的考卷需要**中等的**，以確保批改的一致性。		每一份批改好的考卷需經審核評分，以確保批改的一致性。

解析 moderate 另有「**審核評分（確保閱卷人的評分標準是一致的）**」的意思。

衍生詞 moderator （論壇）版主

idle 閒置的；空閒的 1070

We had better not leave the engines of our cars **idle** too long.

?	我們最好不要讓車子的引擎**閒置**太久。		我們最好不要讓車子的引擎怠速太久。

解析 idle 另有「（引擎）怠速」的意思。

衍生詞 idle... away　消磨（時間）

lousy 差勁的  1071

The game app I played was **lousy** with ads.

?	我在玩的這遊戲**差勁的**廣告。		我在玩的這遊戲充斥著廣告。

解析 lousy 另有「充斥著……」的意思。

相似詞 be full of；be filled with；be rift with

magnetic 磁的  1072

Cartoons have a **magetic** appeal to children.

?	卡通對小孩有**磁性**。		卡通對小孩有吸引力。

解析 magnetic 另有「有吸引力的」的意思。

相似詞 fascinating；attractive；appealing

fantastic 極好的  1073

Father spent a **fantastic** amount of money buying this house.

?	爸爸花了**極好的**錢買了這棟房子。		爸爸花了極多的錢買了這棟房子。

解析 fantastic 另有「（數量）極大的」的意思。

相似詞 large

19

dominant 佔優勢的 1074

Curly hair is **dominant**, while straight hair is recessive.

?	捲髮是**佔優勢的**，而直髮則是隱性。		捲髮是顯性，而直髮則是隱性。

解 析 dominant 另有「顯性的」的意思。

衍生詞 a dominant personality 控制欲強的個性

contrary 相反的 1075

Stop being so **contrary**—I know you did it on purpose.

?	不要在這麼**相反**——我知道你是故意的。		不要唱反調——我知道你是故意的。

解 析 contrary 另有「唱反調」的意思。

相似詞 uncooperative；refractory

odd 奇怪的 1076

9 is an **odd** number.

?	9 是個**奇怪的**數字。		9 是個奇數。

解 析 odd 另有「奇數的」的意思。

衍生詞 odd jobs 零工

converse 相反的 1077

Please tell me how to **converse** with a girl on my first date with her.

?	快跟我說要如何和第一次約會的女孩子**相反的**。		快跟我說要如何和第一次約會的女孩子交談。

解 析 converse 另有「（和……）交談」的意思。

相似詞 have a conversation with

1078

dense 濃密的

Was I **dense** then? How could I believe what Potter said?

?	✓
我那時是**濃密**嗎？怎麼會相信 Potter 所説？	 我那時是蠢蛋嗎？怎麼會相信 Potter 所説？

解　析　dense 另有「蠢的」的意思。

相似詞　stupid；brainless；foolish

tame 馴化的

I just spent one hour watching a **tame** TV show. What a waste of time!

?	✓
我剛剛花了一小時看了一齣**馴化的**電視節目。浪費時間！	 我剛剛花了一小時看了一齣乏味的電視節目。浪費時間！

解　析　tame 另有「乏味的」的意思。

衍生詞　tame one's temper　控制某人脾氣

steep 陡的

Mother is used to **steep** peeled apples in salt water.

?	✓
媽媽習慣將削好的蘋果**陡的**鹽水中。	 媽媽習慣將削好的蘋果浸泡在鹽水中。

解　析　steep 另有「浸泡」的意思。

相似詞　immerse；soak；saturate

typical 典型的

It is **typical** of Shane to spend up all her salary in just weeks.

?	✓
典型的 Shane 幾個禮拜內會把全部薪水花光光。	 Shane 一向都會在幾個禮拜內把全部薪水花光光。

解　析　typical 另有「一向如此的」的意思。

相似詞　characteristic；predictable

slippery 濕滑的 1082

Don't trust Kim. He is a **slippery** guy.

?		✓
不要相信 Kim。他是個**濕滑的**傢伙。		不要相信 Kim。他是個狡猾的傢伙。

解 析 slippery 另有「狡猾的」的意思。

相似詞 unreliable；sly

merry 愉快的 1083

Ellie is slightly **merry**, not totally drunk.

?		✓
Ellie 只有稍微**愉快的**，而非醉倒。		Ellie 只有微醉，而非醉倒。

解 析 merry 另有「微醉的」的意思。

相似詞 tipsy；slightly drunk

rusty 生銹的 1084

I guess I need to practice my **rusty** piano skills.

?		✓
我想我是該練練我那**生鏽的**鋼琴技術。		我想我是該練練我那生疏的鋼琴技術。

解 析 rusty 另有「（技術）生疏的」的意思。

相似詞 out of practice

proper 適合的 1085

The cold front will affect Taiwan **proper** and offshore islands.

?		✓
這道冷鋒會影響台灣**適合的**與離島。		這道冷鋒會影響台灣本島與離島。

解 析 proper 另有「本身的」的意思。

衍生詞 a proper meal　一頓像樣的飯

balance 平衡 1086

Whenever I see my bank **balance**, I feel sad.

?	每次看到銀行的**平衡**，我都悲從中來。		每次看到銀行帳戶的餘額，我都悲從中來。

解　析　balance 另有「結餘」的意思。

衍生詞　in balance　收支平衡

original 起初的 1087

This piece of **original** art work won widespread praise.

?	這**起初的**藝術作品贏得廣泛的讚賞。		這具原創的的藝術作品贏得廣泛的讚賞。

解　析　original 另有「有創意的；原創的」的意思。

相似詞　inventive；creative；novel

difficult 困難的  1088

We found it hard to get along with the **difficult** manager.

?	我們覺得要和這**困難的**經理相處有點難。		我們覺得要和這不好相處的經理相處有點難。

解　析　difficult 另有「不好相處；難對付的」的意思。

相似詞　mean；impossible

fake 假貨  1089

Glenn **faked** a headache to turn down my invitation.

?	Glenn **假貨**頭痛來拒絕我的邀請。		Glenn 假裝頭痛來拒絕我的邀請。

解　析　fake 另有「裝出⋯⋯」的意思。

相似詞　pretend；make believe

fancy 別緻的 1090

Crystal **fancied** herself as the queen in her home.

?	Crystal **別緻的**自己是家裡的女王。		Crystal 認為自己是家裡的女王。

解 析　fancy 另有「**認為；想像**」的意思。

相似詞　imagine；regard；consider

free 自由的 1091

I **freed** the whole morning for the grand opening of my son's store.

?	我為了我兒子的店盛大開幕，**自由**整個早上。		我空出整個早上就為了我兒子的店盛大開幕。

解 析　free 另有「**騰出；空出**」的意思。

相似詞　make...available

heavy 重的 1092

The tycoon is always protected by two **heavies** whenever he goes out.

?	這商業大亨每次出門都會有兩個**重的**保護。		這商業大亨每次出門都會有兩個彪形大漢保護。

解 析　heavy 另有「**彪形大漢**」的意思。

相似詞　guardian；defender；guard

particular 特殊的 1093

Don't leave your all your **particulars** on FB or IG.

?	不要在 Facebook 或 IG 留下你所有的**特殊**。		不要在 Facebook 或 IG 留下你所有的個人資料。

解 析　particular 另有「**個人資料**」的意思。

衍生詞　in particular　特別

quick 快的 

I found Jason's nails were bitten to the **quick**.

?	我發現 Jason 的指甲咬到**快的**。		我發現 Jason 的指甲都咬到肉了。

解 析 quick 另有「指甲下的肉」的意思。

衍生詞 quick learner　學東西很快的人

rapid 快的 1095

Would you like to shoot the **rapids** this weekend?

?	這週末要不要一起去**快的**？		這週末要不要一起去泛舟？

解 析 rapid 另有「湍流」的意思。（常用複數）

相似詞 white water

sharp 鋒利的 

The Golden Melody Awards ceremony will begin at 6 pm **sharp**.

?	金曲獎頒獎典禮將於 6 點**鋒利的**。		金曲獎頒獎典禮將於 6 點準時地開始。

解 析 sharp 另有「準時地」的意思。

相似詞 on the dot

complex 複雜的 1097

Megan has an inferiority **complex** about her looks.

?	Megan 對於自己的長相有自卑**複雜的**。		Megan 對於自己的長相有自卑感。

解 析 complex 另有「情結」的意思。

衍生詞 leisure complex　休閒中心

solid 堅固的 1098

Each of us has been working for 12 **solid** hours.

?	我們每個人都工作 12 **堅固的**小時。		我們每個人都工作連續 12 小時不間斷。

解　析 solid 另有「**不間斷的**」的意思。

相似詞 straight；in a row

state 狀態 1099

Chloe **stated** that she didn't see the one-way sign.

?	Chloe **狀態**她並沒有看到單行道的號誌。		Chloe 陳述說她並沒有看到單行道的號誌。

解　析 state 另有「**陳述；聲明**」的意思。

相似詞 express；proclaim；utter

usual 通常的 1100

Hey Simon, just give me my **usual**!

?	嘿 Simon，給我**通常的**！		嘿 Simon，給我常喝的飲料！

解　析 usual 另有「**常喝的飲料或酒**」的意思。

衍生詞 as usual　一如往常地

ripe 成熟的 1101

How come there is a **ripe** smell giving off from your hair?

?	為何你頭髮會飄出陣陣**成熟的**味道？		為何你頭髮會飄出陣陣難聞的味道？

解　析 ripe 另有「**難聞的**」的意思。

相似詞 smelly；stinky；foul

smooth 光滑的 1102

Gloria **smoothed** some sunscreen on her legs and arms.

?	Gloria 在腿部和手臂**光滑的**一些防曬乳液。		Gloria 在腿部和手臂抹一些防曬乳液。

解析　smooth 另有「抹；擦」的意思。

相似詞　rub；apply

rare 稀有的 1103

I would like my steak **rare**, please.

?	我的牛肉要**稀有的**。		我的牛肉要三分熟。

解析　rare 另有「（肉）煮得半熟的」的意思。

衍生詞　rare species　稀有物種

grand 雄偉的 1104

This microwave cost me 3 **grand**.

?	這微波爐花了我 3 **雄偉**。		這微波爐花了我 3 千元。

解析　grand 另有「一千」的意思。（單複數同形）

衍生詞　grand piano　大鋼琴

regular 有規律的 1105

Leonard is one of the **regulars** of my breakfast shop.

?	Leonard 是我早餐店的**有規律**之一。		Leonard 是我早餐店的常客之一。

解析　regular 另有「常客」的意思。

衍生詞　（woman）be regular　月經正常的

19

appropriate 適當的 1106

Ruth was accused of **appropriating** NT$ five million.

?	Ruth 被控**適當的**五百萬。		Ruth 被控盜用五百萬。

解析 appropriate 另有「盜用；侵佔」的意思。

相似詞 seize；commandeer

sticky 黏的 1107

Try to make your new website as **sticky** as possible.

?	試著讓你的新網站越**黏**越好。		試著讓你的新網站讓客人停留越久越好。

解析 sticky 另有「（網站或商店）有黏性的（讓客人停留很長時間）」的意思。

衍生詞 have sticky fingers　喜歡順手牽羊

stable 穩定的  1108

Kimmy is from the same **stable** as the famous singer, Bruno Mars.

?	Kimmy 和有名歌手 Bruno Mars 來自相同的**穩定**。		Kimmy 和有名歌手 Bruno Mars 是同一家公司的藝人。

解析 stable 另有「（受訓／受雇於同一公司的）一批人」的意思。

衍生詞 in a stable condition　情況穩定

★ stable　馬廄
Jennifer keeps several horses in the stable.
Jennifer 在馬廄內養了幾隻馬。

feature 特色  1109

Mavis is watching a two-hour **feature** on the trade war between America and China.

?	Mavis 正在觀看美國和中國貿易戰的兩個小時**特色**。		Mavis 正在觀看美國和中國貿易戰的兩個小時專題節目。

解析 feature 另有「報紙或雜誌的特寫；電視專題節目」的意思。

衍生詞 feature　以……為特色

★ feature　（電影）正片

To our amazement, the feature of this Marvel movie lasts three hours.

讓我們吃驚的是：這部漫威電影正片竟長達三小時。

effect 效果 1110

Sometimes, we feel powerless about **effecting** a change in the judicial system.

?	有時，我們對於**效果**改變司法系統感到無力。		有時，我們對於改變司法系統感到無力。

解　析　effect 另有「使發生；實現」的意思。

相似詞　bring about

★ effect　財產

Inside the suitcase are all my personal effects.

在這行李箱內是我全部的個人財產。

stiff 硬的 1111

Fifty **stiffs** were found near the air crash scene.

?	在飛機失事現場發現五十**硬的**。		在飛機失事現場發現五十具死屍。

解　析　stiff 另有「死屍」的意思。

相似詞　dead body

★ stiff　未留下小費

Wendy said she never stiffed a server at a restaurant.

Wendy 說她都會給餐廳服務生小費。

spot 斑點 1112

The young artist was given a three-minute **spot** on the TV show.

?	這年輕藝人在這電視節目中有三分鐘的**斑點**。		這年輕藝人在這電視節目中有三分鐘的固定節目演出。

解　析　spot 另有「固定節目」的意思。

衍生詞　on the spot　當場

★ **spot** 青春痘
Lewis is troubled by his spot problem.
Lewis 正為青春痘問題所擾。

secure 安全的；牢靠的 1113

Larry used his car to **secure** a bank loan.

?	Larry 用他的車**安全的**銀行貸款。		Larry 抵押他的車來借銀行貸款。

解析 secure 另有「抵押……借款」的意思。
衍生詞 security 警衛

★ **secure** 設法得到
With our persistence, we finally secured the victory.
憑藉著堅持不懈，我們最後獲得勝利。

prime 首要的 1114

Thank you for **priming** me with what to do with my divorce.

?	謝謝你**首要**我如何處理離婚這件事。		謝謝你告訴我如何處理離婚這件事。

解析 prime 另有「使對某情況有所準備」的意思。
相似詞 advise；notify；instruct

★ **prime** 全盛時期
It is a pity that the baseball player broke his leg in his prime.
令人惋惜的是這棒球員在巔峰時期斷了腿。

★ **prime** 上塗底漆
These wood chairs are to be primed.
這些木椅等著被上底漆。

特徵（人）

sophisticated 世故的 1115

Our country has been developing **sophisticated** weapon systems.

?	我國一直在研發**世故的**武器系統。		我國一直在研發精密的武器系統。

解析 sophisticated 另有「精密的」的意思。

相似詞 advanced；highly developed

prone 有……傾向的 1116

The baby is lying **prone** on his bed.

?	這嬰兒正躺在床上**有傾向**。		這嬰兒正趴在床上。

解析 prone 另有「趴著的」的意思。

相似詞 face down；prostrate

defect 缺點；生理缺陷 1117

Some North Korean soldiers **defected** to South Korea for freedom.

?	有一些北韓軍人為了自由**缺點**到南韓。		有一些北韓軍人為了自由叛逃到南韓。

解析 defect 另有「叛逃」的意思。

相似詞 turn traitor；abscond

eligible 合格的 1118

Lisa is going to a blind date and the man is said to be **eligible**.

?	Lisa 將要去相親，那相親男子據說**合格**。		Lisa 將要去相親，那相親男子據說條件很好。

解析 eligible 另有「（作為結婚對象）理想的」的意思。

相似詞 desirable

anonymous 匿名的 1119

The business of this **anonymous** coffee shop was doing well.

?	這家**匿名的**咖啡廳生意並不好。		這家沒特色的咖啡廳生意並不好。

解 析　anonymous 另有「**無特色的**」的意思。

相似詞　characterless；nondescript；faceless

fidelity 忠貞 1120

This expensive printer boasts of outstanding color **fidelity**.

?	這台昂貴的印表機號稱有卓越的顏色**忠貞**。		這台昂貴的印表機號稱有卓越的顏色逼真度。

解 析　fidelity 另有「**準確度**」的意思。

相似詞　accuracy；exactness；preciseness

hearty 熱情的 1121

Thank you for the **hearty** dinner!

?	謝謝這**熱情的**晚餐！		謝謝這豐盛的晚餐！

解 析　hearty 另有「**豐盛的**」的意思。

相似詞　substantial

status 地位 1122

Antony checks his best friend's **status** on Facebook quite often.

?	Antony 頻繁的察看他在臉書最好朋友的**地位**。		Antony 頻繁的察看他在臉書最好朋友的狀態。

解 析　status 另有「**（社群媒體上的）狀態**」的意思。

衍生詞　maintain the status quo　維持現狀

hostile 不友好的 1123

Despite the **hostile** environment, this plant can still thrive.

?	
儘管**不友好的**環境，這植物還是能茁壯。	儘管惡劣的環境，這植物還是能茁壯。

解 析 hostile 另有「惡劣的」的意思。

衍生詞 a hostile merger　敵意併購

outgoing 外向的  1124

The **outgoing** prime minister helped boost the flagging economy a lot.

?	
這**外向的**首相在提振低迷經濟上幫了大忙。	這即將離職的首相在提振低迷經濟上幫了大忙。

解 析 outgoing 另有「即將離職的；離開的」的意思。

相似詞 departing；leaving

outstanding 卓越的  1125

Chester is worried a lot about his **outstanding** debts.

?	
Chester 非常擔心他**卓越的**債務。	Chester 非常擔心他未支付的債務。

解 析 outstanding 另有「未支付的；未解決的」意思。

相似詞 unpaid；unsettled

prominent 著名的 1126

Hank has **prominent** eyes and a big nose.

?	
Hank 有**著名的**眼睛和大鼻子。	Hank 有凸的眼睛和大鼻子。

解 析 prominent 另有「凸的」的意思。

相似詞 sticking out；protruding

virtue 美德 

There are many **virtues** in being a vegetarian.

?			
?	吃素有許多**美德**。		吃素有許多優點。

解析 virtue 另有「優點」的意思。

相似詞 advantage；merit；benefit

senior 年齡大一些的 1128

Cathy likes to pander to her **seniors** in the company.

?			
?	Cathy 喜歡迎合公司內**年齡大一些的**。		Cathy 喜歡迎合公司內的上級。

解析 senior 另有「上級」的意思。

衍生詞 senior citizen　老年人

capacity 辦事能力 

Mr. Wang attended the conference in his **capacity** as a keynote speaker.

?			
?	王先生以主題演講者的**辦事能力**參加這場會議。		王先生以主題演講者的身分參加這場會議。

解析 capacity 另有「**角色；身分；職位**」的意思。

相似詞 position；post

brutal 野蠻的；獸性的 1130

Burton's answer is quite **brutal** and harsh.

?			
?	Burton 的答案相當**獸性**及嚴厲。		Burton 的答案相當不留情面及嚴厲。

解析 brutal 另有「**不顧及他人感受的**」的意思。

相似詞 unsparing；straightforward；outspoken

creative 有創造力的 1131

This brilliant proposal was submitted by a group of **creatives**.

?	✓
這個很棒的提案是由一群**有創造力的**提出。	 這個很棒的提案是由一群創意人員所提出。

解析 creative 另有「創意人員」的意思。

衍生詞 creativity　創造力

honor 榮譽 1132

The mayor didn't **honor** his promise of improving people's working environment.

?	✓
這市長並沒有**榮譽**他要改善人們工作環境的承諾。	 這市長並沒有兌現他要改善人們工作環境的承諾。

解析 honor 另有「兌現（承諾或協議）」的意思。

相似詞 fulfill；effect；live up to

bold 勇敢的 1133

The **bold** colors really set this building apart from others.

?	✓
這些**勇敢的**顏色的確讓這棟建築物與眾不同。	 這些色彩絢麗的顏色的確讓這棟建築物與眾不同。

解析 bold 另有「醒目的；色彩絢麗的」的意思。

相似詞 bright；vivid；striking

friendly 友善的 1134

We're going to have a **friendly** with Michael's team.

?	✓
我們將與 Michael 的隊伍**友善的**。	 我們將與 Michael 的隊伍進行一場友誼賽。

解析 friendly 另有「友誼賽」的意思。

衍生詞 child-friendly　親子型的；ozone-friendly　不損害臭氧層的

sexy 性感的 1135

For me, history was not a **sexy** subject when I was at senior high.

?	對於我而言，高中時歷史就不是**性感的**科目。		對於我而言，高中時歷史就不是吸引人的科目。

解析 sexy 另有「吸引人的」的意思。

相似詞 attractive；appealing；exciting

active 活潑的 1136

This is an **active** volcano, not a dormant one.

?	這是座**活潑的**火山，而非休眠火山。		這是座活火山，而非休眠火山。

解析 active 另有「（火山）活的」的意思。

衍生詞 active voice　主動語態

brave 勇敢的 1137

Elliot **braved** the heavy rain and went fishing at the pond.

?	Elliot **勇敢的**大雨，在池塘邊釣魚。		Elliot 冒著大雨，在池塘邊釣魚。

解析 brave 另有「**勇敢面對……**」的意思。

相似詞 withstand；endure；bear

liberal 開放的；慷慨的 1138

It seemed like a **liberal** interpretation of the term "sandstorm."

?	這似乎是個**慷慨的**「沙塵暴」解釋。		這似乎是個籠統的「沙塵暴」解釋。

解析 liberal 另有「籠統的」的意思。

相似詞 loose；broad；non-specific

evil 邪惡 1139

The whole place has an **evil** smell; no one can stay any longer.

?	✓
這地方有種**邪惡**的味道；沒人可以久待。	 這地方有種令人作嘔的味道；沒人可以久待。

解析 evil 另有「令人作嘔的」的意思。

相似詞 unpleasant；nasty；filthy

frank 坦白的 1140

Quinn has to make sure each envelope is **franked**.

?	✓
Quinn 必須確認每個信封都很**坦白**。	 Quinn 必須確認每個信封都蓋上戳表示郵資已付。

解析 frank 另有「蓋上戳表示郵資已付」的意思。

衍生詞 frankly speaking　坦白來説

plain 簡樸的  1141

Molly used to be a **plain** girl, but now she is gorgeous.

?	✓
Molly 以前是個**簡樸的**女孩，但現在漂亮極了。	 Molly 以前是個相貌平平的女孩，但現在漂亮極了。

解析 plain 另有「（尤指女性）相貌平平的」的意思。

相似詞 unattractive；ordinary-looking

silly 愚蠢的  1142

How could Page buy so many **silly** paper clips?

?	✓
為何 Page 買了這麼多**愚蠢的**迴紋針？	 為何 Page 買了這麼多不實用的迴紋針？

解析 silly 另有「不實際的」的意思。

相似詞 not practical

talent 天分 1143

Chester saw many **talents** at the night club last night.

?		✓	
?	Chester 昨晚在夜總會看到許多**天分**。		Chester 昨晚在夜總會看到許多性感尤物。

解　析 talent 另有「性感尤物」的意思。

衍生詞 talent scout　星探；球探

best 最好的 1144

Zoe **bested** me in the tennis match in just 30 minutes.

?		✓	
?	Zoe 在 30 分鐘內**最好的**我在網球比賽中。		網球比賽中，Zoe 在 30 分鐘內戰勝我。

解　析 best 另有「戰勝」的意思。

相似詞 better；defeat；rout

better 更好的 

The new president aimed to **better** the stagnant economy.

?		✓	
?	新總統打算**更好的**停滯不前的經濟。		新總統打算改善停滯不前的經濟。

解　析 better 另有「改善」的意思。

相似詞 improve；ameliorate；enhance

merit 優點 

The problem of stray dogs in the park **merits** everyone's attention.

?		✓	
?	公園內流浪狗的問題**優點**每個人的注意。		公園內流浪狗的問題值得每個人的注意。

解　析 merit 另有「值得」的意思。

相似詞 deserve；be worthy of；be worth

stern 嚴厲的；棘手的 1147

Clark is standing at the **stern** of his ship, thinking about his family.

?	Clark 站在船的**嚴厲的**，想著家人。		Clark 站在船尾，想著家人。

解 析 stern 另有「船尾」的意思。

相似詞 rear end

faithful 忠誠的 1148

Charles' new movie is **faithful** to the original novel.

?	Charles 的新電影**忠誠的**原著小說。		Charles 的新電影忠於原著小說。

解 析 faithful 另有「如實的（不作更動的）」的意思。

相似詞 be true to

fault 缺點；毛病  1149

Nantou County sits on some **fault** lines.

?	南投縣位於一些**毛病**線上。		南投縣位於一些斷層線上。

解 析 fault 另有「斷層」的意思。

衍生詞 fault 發球失誤

romantic 愛情的 1150

Brady has a **romantic** notion of becoming a well-known director.

?	Brady 有著成為有名導演**愛情的**想法。		Brady 有著成為有名導演不切實際的想法。

解 析 romantic 另有「不切實際的」的意思。

相似詞 unrealistic；idealistic

20

busy 忙碌 1151

While waiting for Kent, I **busied** myself with playing games.

?		✓	
?	在等待 Kent 的同時，我藉由**忙碌的**自己來打電動。		在等待 Kent 的同時，我藉由打電動來打發時間。

解 析　busy 另有「打發時間」的意思。

相似詞　kill time；pass time

naughty 頑皮的 1152

I bought **naughty** underwear for Ashley, who just got married.

?		✓	
?	我買了**頑皮的**內衣給剛結婚的 Ashley。		我買了性感的內衣給剛結婚的 Ashley。

解 析　naughty 另有「色情的；性挑逗的」的意思。

相似詞　sexy；stimulating；sexually aroused

funny 有趣的  1153

I am feeling a little **funny** after eating the tomato.

?		✓	
?	吃完這番茄，我覺得有一點**有趣的**。		吃完這番茄，我覺得有一點不舒服。

解 析　funny 另有「稍有不適的」的意思。

相似詞　slightly ill

private 私下的  1154

The **private** was punished for lying to his officer.

?		✓	
?	這**私下的**因為向長官説謊而被處罰。		這二等兵因為向長官説謊而被處罰。

解 析　private 另有「二等兵」的意思。

衍生詞　in private　私下地

special 特別的 1155

Today's **special** is steamed cod fish.

?		✓	
?	今天的**特別**是清蒸鱈魚。		今天的特餐是清蒸鱈魚。

解　析　special 另有「特餐；特價商品；特別節目」的意思。

衍生詞　special effects　特效

fine 美好的 1156

Some **fine** hairs are stuck in the pillow.

?		✓	
?	有一些**美好的**頭髮卡在枕頭上。		有一些細髮卡在枕頭上。

解　析　fine 另有「纖細的；顆粒細小的」的意思。

相似詞　thin；delicate；wispy

★ fine　罰款

I was fined NT$ 3000 for violating the traffic rule.

我因違反交通規則被罰 3000 塊台幣。

intimate 親密的 1157

Brandon **intimated** that he would jump ship next year.

?		✓	
?	Brandon **親密的**他明年會換工作。		Brandon 暗示說他明年會換工作。

解　析　intimate 另有「暗示」的意思。

相似詞　imply；hint；insinuate

★ intimate　至交密友

Ron and Potter are both my intimtes.

Ron 和 Potter 是我的至交密友。

20

grace 優美 1158

Our professor gave us a week's **grace** to turn in our essays.

? 教授給我們一個月的**優美**來繳交小論文。

 教授給我們一個月的寬限期來繳交小論文。

解析 grace 另有「寬限期」的意思。

相似詞 grace period

★ **grace** 為……增色；使增輝

The maestro graced us with his presence.

這音樂大師的蒞臨讓我們蓬蓽生輝。

smart 伶俐的 1159

The cut on my knee is still **smarting**.

? 我膝蓋上的傷口還很**伶俐的**。

 我膝蓋上的傷口還感到刺痛。

解析 smart 另有「感到刺痛」的意思。

相似詞 sting；prickle；tingle

★ **smart** （開玩笑時）缺乏尊重的

Don't get smart with me, kid.

你這小孩，少跟我沒大沒小的。

tender 溫柔的 1160

Carter **tendered** his resignation after screwing up an important deal.

? Carter 在搞砸一項重要交易後，**溫柔的**辭呈。

 Carter 在搞砸一項重要交易後，提出了辭呈。

解析 tender 另有「提出」的意思。

相似詞 proffer；offer；present

★ **tender** 一觸即痛的

The arm after the surgery is still tender.

手術後的手臂仍然一觸即痛的。

音樂

bass 低音部；男低音 1161

He only caught a small **bass** for the whole afternoon.

?			
?	他整個下午只釣到一小隻的**男低音**。	✓	他整個下午只釣到一小隻的鱸魚。

解析 bass 另有「鱸魚」的意思。（單複數同形）

相似詞 sea bass

drumstick 鼓棒 1162

Tucker likes to eat grilled **drumsticks**.

?			
?	Tucker 喜歡吃烤**鼓棒**。	✓	Tucker 喜歡吃烤雞小腿。

解析 drumstick 另有「（雞等禽類動物的）小腿」的意思。

相似詞 chicken leg

vocal 嗓音的 1163

Mr. Freddy is a **vocal** critic of all government policies.

?			
?	Freddy 先生是政府政策的**嗓音**批評者。	✓	Freddy 先生對於政府政策直言不諱。

解析 vocal 另有「直言不諱的」的意思。

相似詞 outspoken；candid；direct

tempo （音樂的）節奏  1164

The construction workers upped the **tempo** to finish the tower on time.

?			
?	這些建築工人增快**節奏**以能如期完成這座塔。	✓	這些建築工人增快工作速度以能如期完成這座塔。

解析 tempo 另有「（事情發展的）步調」的意思。

相似詞 speed；pace

mouthpiece （樂器的）吹口；（電話的）話筒 1165

It is well known that the newspaper is the **mouthpiece** of the ruling party.

?	眾所皆知的是：這家報紙是執政黨的**吹口**。		眾所皆知的是：這家報紙是執政黨的傳聲筒。

解析 mouthpiece 另有「傳聲筒」的意思。

相似詞 spokesperson

rumble 發出隆隆聲；肚子發出轆轆聲 1166

We all **rumbled** you, so don't play games this time.

?	我們都為你**發出隆隆聲**，所以別耍花招。		我們都看穿你的詭計，所以別耍花招。

解析 rumble 另有「看穿（詭計）」的意思。

相似詞 see through

rustle （紙或樹葉等）沙沙作響 1167

Some of our sheep were **rustled**.

?	我們有些綿羊**沙沙作響**。		我們有些綿羊被偷。

解析 rustle 另有「偷（牧場的牲畜）」的意思。

相似詞 steal；pilfer；pinch

song 歌 1168

I am woken up by bird **song** every morning.

?	每天早晨我都是被鳥**歌**叫醒。		每天早晨我都是被鳥鳴叫醒。

解析 song 另有「（鳥的）鳴聲／鳴唱」的意思。

相似詞 chirp；chirrup

chorus 副歌 1169

"We need no homework," **chorused** the students.

?	學生**副歌**：「我們不要回家功課。」		學生異口同聲說：「我們不要回家功課。」

解析 chorus 另有「異口同聲」的意思。

相似詞 say in unison；speak together

recorder 豎笛  1170

Everyone stood up as the **recorder** entered the courtroom.

?	當**豎笛**進入法庭，每個人都起立。		當法官進入法庭，每個人都起立。

解析 recorder 另有「法官」的意思。

相似詞 judge；your honor

drum 鼓  1171

Stop **drumming** your finger on the table.

?	不要再用手指在桌上打**鼓**。		不要再用手指敲打桌子。

解析 drum 另有「敲打／擊」的意思。

相似詞 hit；strike；knock

boom 隆隆聲  1172

The smartphone industry has been **booming** over the past ten years.

?	智慧型手機在過去十年發出**隆隆聲**。		智慧型手機在過去十年蓬勃發展。

解析 boom 另有「蓬勃發展」的意思。

相似詞 flourish；burgeon；thrive

1173

broadcast 廣播

My best friend is getting married, but don't **broadcast** it for now.

?			
?	我的最好的朋友要結婚了，但現在先不要**廣播**。	✓	我的最好的朋友要結婚了，但現在先不要告訴大家。

解析 broadcast 另有「廣為散播」的意思。

相似詞 disseminate；spread

1174

echo 回音

We all **echoed** Wanka's point of view.

?			
?	我們都**回音** Wanka 的論點。	✓	我們都附和 Wanka 的論點。

解析 echo 另有「附和」的意思。

衍生詞 echo down/through the ages 流傳了千百年

1175

tune 曲子

The mechanic is **tuning** up the engine of my new car.

?			
?	技師正**曲子**我的新車引擎。	✓	技師正將我的新車引擎調試到最佳運轉狀態。

解析 tune 另有「把（引擎）調試到最佳運轉狀態」的意思。

衍生詞 to the tune of 總額達……

1176

musical 音樂的

This **musical** won an Oscar.

?			
?	這**音樂**贏得一座奧斯卡獎。	✓	這音樂劇贏得一座奧斯卡獎。

解析 musical 另有「音樂劇」的意思。

衍生詞 musical instruments 樂器

sing 唱歌 1177

Smith will **sing** if the police ask him about the theft.

?	如果警方問起 Smith 那竊案，他會**唱歌**。		如果警方問起 Smith 那竊案，他會一五一十告發的。

解析 sing 另有「告發」的意思。

相似詞 squeal；snitch；grass on

★ sing 發嗡嗡聲；嗚嗚作響
A bullet just sang past my head. How terrifying!
一顆子彈從我腦門邊咻的一聲飛過。多可怕啊！

trumpet 小喇叭 1178

Father is **trumpeting** the house he built for our dog.

?	爸爸正在**小喇叭**他為小狗所蓋的房子。		爸爸正在吹噓他為小狗所蓋的房子。

解析 trumpet 另有「吹噓」的意思。

相似詞 boast；announce

★ trumpet （象等大型動物的）吼聲
Seeing a lion nearby, the elephant trumpeted.
看見附近有一隻獅子，這頭大象發出吼聲。

compose 作曲 1179

Taking deep breaths helps you **compose** yourself.

?	深呼吸幾次有助於你**作曲**自己。		深呼吸幾次有助於讓你鎮定下來。

解析 compose 另有「使……鎮定」的意思。

相似詞 calm；settle down；pacify

★ compose 排版
All the pages of this book were composed nicely.
這本書每一頁都排版得很好。

volume 音量 1180

Grandpa is reading a **volume** of poetry.

?	爺爺正在閱讀**音量**詩。		爺爺正在閱讀一本詩集。

解析 volume 另有「書」的意思。

相似詞 book

★ volume 冊

You can find related research in volume 5 of this book.

你可以在這本書的第五冊找到相關研究。

celebrate 慶祝 1181

Most of Mr. Fang's songs **celebrate** the sweetness of first love.

?	方先生大部分的歌都在**慶祝**初戀的甜蜜。		方先生大部分的歌都在讚揚初戀的甜蜜。

解析 celebrate 另有「**讚揚；歌頌**」的意思。

相似詞 praise；laud；extol

★ celebrate 主持（宗教儀式）

The bishop celebrated Mass with hundreds of Christians present.

主教主持彌撒並有數百基督徒在場。

band 樂團 1182

To our surprise, the retired band still has a large **band** of fans.

?	令我們驚訝的是，這已退休的樂團仍有大**樂團**的歌迷。		令我們驚訝的是，這已退休的樂團仍有大批的歌迷。

解析 band 另有「一群人」的意思。

相似詞 group；bunch；crowd

★ band （數值、數目等的）特定範圍

Our cars mainly attract customers in the 30-40 age band.

我們的車主要是吸引 30 到 40 歲區間的顧客。

22 事件

decisive 決定性的 1183

We need a **decisive** principal, rather than an indecisive one.

?	我們需要一位**決定性的**校長，而非優柔寡斷的校長。		我們需要一位果斷的校長，而非優柔寡斷的校長。

解 析 decisive 另有「果斷的」的意思。

相似詞 resolute；strong-minded；determined

constituent 成分  1184

The lawmaker helped solve many problems for his **constituents**.

?	這立委幫忙**成分**選民的許多問題。		這立委幫忙解決選民許多的問題。

解 析 constituent 另有「（某選區的）選民」的意思。

相似詞 voter

blunder （犯）大錯  1185

I heard Father **blunder** in the kitchen last night.

?	我昨晚聽到爸爸在廚房裡**大錯**。		我昨晚聽到爸爸在廚房裡跌跌撞撞地走。

解 析 blunder 另有「跌跌撞撞地走」的意思。

相似詞 stumble；stagger；falter

trifle 瑣事  1186

A **trifle** is my favorite dessert after dinner.

?	**瑣事**是我晚餐後最愛的甜點。		乳脂鬆糕是我晚餐後最愛的甜點。

解 析 trifle 另有「乳脂鬆糕」的意思。

衍生詞 trifle with　怠慢

procedure 程序 1187

Sammy is going to undergo a surgical **procedure**.

?	✓
Sammy 將進行外科**程序**。	 Sammy 將進行外科手術。

解析　procedure 另有「手術」的意思。

相似詞　operation；surgery

complication 複雜化 1188

Angus recovered sooner than expected because there was no **complication**.

?	✓
Angus 復原速度比預期還快，因為沒有**複雜化**。	 Angus 復原速度比預期還快，因為沒有併發症。

解析　complication 另有「**併發症**」的意思。

衍生詞　complicated　複雜的

legend 傳說 1189

The **legend** to Figure 2 is easy to understand.

?	✓
圖表二的**傳說**十分好理解。	 圖表二的說明十分好理解。

解析　legend 另有「**（對圖畫、地圖等的）說明**」的意思。

相似詞　key；explanation

issue 議題 1190

In the last **issue** of this magazine, solar cars were first introduced.

?	✓
在這本雜誌上一**議題**中，太陽能車初次被介紹。	 在這本雜誌上一期中初次介紹太陽能車。

解析　issue 另有「**（報刊的）期／號**」的意思。

衍生詞　make an issue of　對……小題大作

justice 公正 1191

The **justice** was accused of taking bribery.

?	這**公正**被控收賄。		這法官被控收賄。

解 析　justice 另有「法官」的意思。

相似詞　judge

abstract 抽象的 1192

What I need to do now is translate my Chinese **asbtract** into English.

?	我現在該做的是將中文**抽象的**翻譯成英文。		我現在該做的是將中文摘要翻譯成英文。

解 析　abstract 另有「摘要」的意思。

相似詞　synopsis；precis；summation

sake 為了……的利益 1193

Sake, made from rice, is a kind of Japanese alcoholic drinks.

?	**為了的利益**是用米做成，是一種日本酒精飲料。		日本清酒是用米做成，是一種日本酒精飲料。

解 析　sake 另有「日本清酒」的意思。

衍生詞　for goodness' sake　看在老天爺的份上

accidental 偶然的 1194

This kind of birds is an **accidental**, rarely seen here.

?	這種鳥**偶然的**，很少見。		這種鳥非棲息本地，很少見。

解 析　accidental 另有「出現在非通常棲息地的鳥」的意思。

相似詞　vagrant

schedule 日程表 1195

Here is a **schedule** of every employee's salary.

?	這裡是每個人薪水的**日程表**。		這裡是每個人薪水的清單。

解 析 schedule 另有「清單」的意思。

相似詞 list

crisis 危機 1196

Unfortunately, Ms. Chen didn't pass the **crisis** and died days later.

?	不幸地，陳小姐沒有度過**危機**，並在幾天後過世了。		不幸地，陳小姐沒有度過危險期，並在幾天後過世了。

解 析 crisis 另有「（疾病的）危險期」的意思。

衍生詞 midlife crisis　中年危機

element 元素 1197

The fishmen fought against the **elements**, just to earn a living.

?	這些漁夫與**元素**對抗，就為了生計。		這些漁夫與惡劣天氣對抗，就為了生計。

解 析 element 另有「惡劣天氣」的意思。常用複數。

衍生詞 an element of　些許

factor 因素 1198

Mother bought a **factor** 50 sunscreen before going to the beach.

?	媽媽去海邊前買了**因素** 50 的防曬乳液。		媽媽去海邊前買了係數 50 的防曬乳液。

解 析 factor 另有「係數」的意思。

衍生詞 factor...in　把……因素包括考慮進去

main 主要的；基本上 1199

The water **main** burst last light and was in urgent need of repair.

?	昨晚這水**主要的**爆裂，並急需修理。		昨晚這總水管爆裂，並急需修理。

解 析 main 另有「（輸送水、電力、煤氣的）總管」的意思。

衍生詞 main road　主幹道

matter 事情；要緊 1200

Do you know what created **matter** and antimatter in our universe?

?	你知道是什麼創造出宇宙的**事情**和反事情？		你知道是什麼創造出宇宙的物質和反物質？

解 析 matter 另有「物質」的意思。

衍生詞 a matter of　大約

separate 個別的；分隔 1201

After **separating** for six months, the couple decided to get a divorce.

?	**個別**六個月後，這對夫妻決定離婚。		分居六個月後，這對夫妻決定離婚。

解 析 separate 另有「（夫妻）分居」的意思。

相似詞 break up；split up；part

solution 解答 1202

Saline **solution** can be used to clean wounds and can easily made at home.

?	生理食鹽水**解答**可以用來清潔傷口並在家就可簡單製作。		生理食鹽水溶液可以用來清潔傷口並在家就可簡單製作。

解 析 solution 另有「溶液」的意思。

衍生詞 band-aid solution　權宜之計

thing 事情 1203

You poor **thing**. Who on earth left you here?

?		
? 你這可憐的**事情**。到底是誰把你遺留在這？		你這可憐的東西。到底是誰把你遺留在這？

解 析 thing 另有「傢伙；東西（疼愛或憐憫的感情色彩）」的意思。

衍生詞 for one thing　一方面而言

primary 首要的

Several candidates will participate in the **primary** to decide who'll run for mayor.

?		
? 數個候選人將參加**首要的**，來決定誰競選市長。		數個候選人將參加初選，來決定誰競選市長。

解 析 primary 另有「初選」的意思。

衍生詞 a primary school　小學

chance 機會

If you **chance** to see Rachel, tell her I miss her.

?		
? 如果你**機會**看到 Rachel，請告訴她我想念她。		如果你碰巧看到 Rachel，請告訴她我想念她。

解 析 chance 另有「碰巧」的意思。

相似詞 happen to

routine 慣例

Poppy can't stand a **routine** job or life.

?		
? Poppy 無法忍受**慣例**工作或生活。		Poppy 無法忍受乏味的工作或生活。

解 析 routine 另有「乏味的」的意思。

相似詞 boring；dull；monotonous

prospect 可能性 1207

The company invested a lot in **prospecting** for oil and gold.

?		✓
這公司投資很多在**可能性**石油和黃金。		這公司投資很多在探勘石油和黃金。

解析 prospect 另有「探勘」的意思。

相似詞 explore；search for；seek

aspect 方面；方位 1208

My new TV has an **aspect** ratio of 21：9.

?		✓
我新電視**方面**率為 21 比 9。		我新電視長寬比為 21 比 9。

解析 aspect 另有「（電視或其他螢幕的）長寬比」的意思。

衍生詞 a northern aspect　向南的

constant 連續發生的 1209

Eva is one of my **constant** friends and loves sharing everything with me.

?		✓
Eva 是我**連續發生的**朋友，喜愛與我分享任何事。		Eva 是我忠實的朋友，喜愛與我分享任何事。

解析 constant 另有「（伴侶或朋友）忠實／忠貞的」的意思。

相似詞 loyal

something 某物 1210

The police said the suspect was a thirty-**something** man.

?		✓
警方說嫌犯三十**某物**的男子。		警方說嫌犯是三十多歲的男子。

解析 something 另有「……多歲的人」的意思。

衍生詞 a little something　小禮物

exact 確切的 1211

Two men in black **exacted** NT$ 10,000 from the street vendor.

?	這兩個黑衣男向這攤販**確切的** 5 千元。		這兩個黑衣男向這攤販勒索 5 千元。

解析 exact 另有「勒索」的意思。

相似詞 extort；milk

project 方案 1212

The edges of the roof are designed to **project** outwards.

?	屋簷設計為往外**方案**。		屋簷設計為往外突出。

解析 project 另有「突出」的意思。

相似詞 protrude；stick out

> ★ **project** 投射（自己的感覺給他人）
> Mrs. Huang projected her anxieties onto me.
> 黃太太將擔憂投射到我身上。

process 過程

For our health, we'd better avoid **processed** food.

?	為了我們的健康，我們最好避免**過程**食物。		為了我們的健康，我們最好避免加工食物。

解析 process 另有「加工（食品或原料）」的意思。

衍生詞 in the process 過程中

> ★ **process** 洗照片
> I had some family pictures processed.
> 我洗了幾張家庭照。

end 末端；結束 1214

It took Ray three years to achieve his **ends**.

?	Ray 花了三年才達成**末端**。	✓	Ray 花了三年才達成目標。

解析 end 另有「目標」的意思。

衍生詞 meet sb's end 死亡

★ **end** 剩餘物

Howard flipped the cigarette end out of the car window.

Howard 將菸屁股彈出車窗外。

surface 表面 1215

Rumors about a tax increase have **surfaced** lately.

?	加稅的謠傳最近已經**表面**。		加稅的謠傳最近已經浮出檯面。

解析 surface 另有「浮現；顯露」的意思。

相似詞 appear；arise；emerge

★ **surface** 起床

On workdays, I usually surface by 6：30 am.

上班日，我通常早上 6：30 就起床了。

condition 狀況 1216

Eric suffers from a heart **condition** and can't do intense exercise.

?	Eric 患有心臟**狀況**，不能從事激烈運動。		Eric 患有心臟疾病，不能從事激烈運動。

解析 condition 另有「疾病」的意思。

相似詞 disease；illness；disorder

★ **condition** 條件；條款；前提

I couldn't accept the condition May made. 我無法接受 May 所提的條件。

★ **condition** 保養（頭髮、皮膚等）

Most men don't condition their hair. 大部分男人不太護髮。

家具（電）

desk 書桌 1217

Xavier landed a job on the news **desk** after graduating from college.

?	✓
Xavier 大學畢業後找到一份新聞**桌子**。	 Xavier 大學畢業後找到一份新聞部的工作。

解 析　desk 另有「（新聞）部；組」的意思。

衍生詞　reception desk　接待處

wardrobe 衣櫃 1218

Lisa shopped for a new winter **wardrobe** at the mall nearby.

?	✓
Lisa 去附近的購物中心買冬天的新**衣櫃**。	 Lisa 去附近的購物中心買冬天的新衣服。

解 析　wardrobe 另有「（某人的）全部衣服」的意思。

衍生詞　wardrobe department　（劇院等的）戲服部

switch 開關 1219

It will be a terrible thing if the **switches** go wrong.

?	✓
如果**開關**有問題將是很恐怖的事。	 如果轉轍器有問題將是很恐怖的事。

解 析　switches 另有「（鐵路的）轉轍器」的意思。常用複數。

衍生詞　switch... on/off　打開／關閉（電器）

socket 插座 1220

Joe fractured a bone in his right eye **socket**.

?	✓
Joe 斷了右眼**插座**的骨頭。	 Joe 斷了右眼窩的骨頭。

解 析　socket 另有「（人體的）槽」的意思。

衍生詞　tooth socket　牙槽

armchair 扶手椅 1221

Some people think the talk show guest is nothing but an **armchair** critic.

?	✓
有些人覺得這脫口秀來賓只是個**扶手椅**評論者。	 有些人覺得這脫口秀來賓只是個空談的評論者。

解 析 armchair 另有「無實際經驗的；空談的」的意思。

衍生詞 armchair traveler　足不出戶的旅行者

basket 籃子

I've got five smartphone accessories in my **basket**.

?	✓
籃子裡有五個手機配件。	 線上購物籃裡有五個手機配件。

解 析 basket 另有「線上購物籃」的意思。

衍生詞 basket case　極度緊張（或焦慮）的人

bedroom 臥室

The man has a creepy smile and **bedroom** eyes.

?	✓
這男子笑容詭異，且有**臥室**眼睛。	 這男子笑容詭異，且有色瞇瞇的眼睛。

解 析 bedroom 另有「有關性愛的」的意思。

相似詞 lewd；vulgar；pornographic

cabinet 櫥櫃

It is rumored that a **cabinet** reshuffle is inevitable after the election.

?	✓
謠傳選舉完**櫥櫃**改組是不可避免。	 謠傳選舉完內閣改組是不可避免。

解 析 cabinet 另有「內閣」的意思。

衍生詞 medicine cabinet　醫藥櫃

network 網路  1225

It is worthwhile to build up a good **network** at work.

?	
建立工作時的良好**網路**很值得。	建立工作時的良好人脈很值得。

解 析 network 另有「人脈」的意思。

衍生詞 rail netwok　鐵路網

drawer 抽屜  1226

Joanne brought her own **drawers** with her, rather than disposable underpants.

?	
Joanne 攜帶自己的**抽屜**，而不是免洗內褲。	Joanne 攜帶自己的內褲，而不是免洗內褲。

解 析 drawer 另有「內褲」的意思。（常用複數；舊式用法）

相似詞 underwear；underpants

electric 電的  1227

The atmosphere at the concert was very **electric**.

?	
這場演唱會的氣氛是相當**電的**。	這場演唱會的氣氛是相當令人興奮的。

解 析 electric 另有「令人激動的／興奮的」的意思。

相似詞 exciting；thrilling；electrifying

couch 沙發  1228

This scientific theory is **couched** in a simple language for common people.

?	
這科學理論為了讓一般人能了解用簡單語言**沙發**。	這科學理論為了讓一般人能了解用簡單語言表達。

解 析 couch 另有「表達」的意思。

相似詞 express；phrase；convey

fan 風扇 1229

Some politicians are good at **fanning** hatred and opposition.

?	✓
有些政客擅長**風扇**仇恨和對立。	 有些政客煽動仇恨和對立。

解 析 fan 另有「煽動；激起」的意思。

相似詞 inflame；fuel

closet 壁櫥 1230

Nina is **closeting** herself in her room and studying.

?	✓
Nina 將自己**壁櫥**在房間讀書。	 Nina 把自己關在房間讀書。

解 析 closet 另有「關；藏」的意思。

相似詞 shut away

bench 長椅 1231

Smith was **benched** by his coach because he fought with another player.

?	✓
Smith 因為和另一個球員打架，被教練**長椅**。	 Smith 因為和另一個球員打架，教練便不讓他上場。

解 析 bench 另有「不讓（隊員）上場」的意思。

衍生詞 take the bench 當法官

automatic 自動的 1232

Some people don't like an **automatic** because they can't get the real fun of driving.

?	✓
有些人不喜歡**自動**，因為他們無法得到開車真正的樂趣。	 有些人不喜歡自排車，因為他們無法得到開車真正的樂趣。

解 析 automatic 另有「自排車」的意思。

衍生詞 automatic teller machine 自動提款機

boot 靴子 1233

Could you pop the **boot**? I'll put this box into it.

?		✓	
?	你可以打開**靴子**嗎？我要放箱子進去。		你可以打開後車廂嗎？我要放箱子進去。

解析 boot 另有「後車廂」的意思。

衍生詞 get the boot　遭解雇

function 功能

Mr. Collins was asked about his marriage at many social **functions**.

?		✓	
?	Collins 先生在許多社交**功能**都被問及婚姻這件事。		Collins 先生在許多社交聚會都被問及婚姻這件事。

解析 function 另有「聚會」的意思。

衍生詞 a function of　是……的結果

plug 插頭

The actor **plugged** his new movie on the TV show.

?		✓	
?	這演員在電視節目上**插頭**自己的電影。		這演員在電視節目上宣傳自己的電影。

解析 plug 另有「宣傳；推廣」的意思。

相似詞 advertise；publicize

chair 椅子

The CEO will **chair** the meeting himself.

?		✓	
?	總裁將親自**椅子**會議。		總裁將親自主持會議。

解析 chair 另有「主持（會議等）」的意思。

相似詞 preside over；moderate

table 桌子 1237

I suggest that this motion should be **tabled**.

?	我建議這提案應該**桌子**。		我建議這提案應該擱置。

解　析　table 另有「擱置」的意思。

衍生詞　table of contents　目錄

★ **table**　表格
Our sales have been going up, as shown in table 2.
我們的銷售量一直往上攀，正如同表二所示。

ring 鈴 1238

The two suspects in the apartment were **ringed** by the police.

?	這兩名在公寓的嫌犯被警方**按鈴**。		這兩名在公寓的嫌犯被警方團團包圍。

解　析　ring 另有「包圍」的意思。

相似詞　surround；circle；encircle

★ **ring**　幫派；集團
Chandler was accused of running a drug ring.
Chandler 被控經營販毒集團。

seat 座位 1239

It is reported that the new stadium can **seat** 50000 people.

?	據報導這新的體育場可**座位**五萬人。		據報導這新的體育場可容納五萬人。

解　析　seat 另有「可容納」的意思。

衍生詞　backseat driver　愛指揮司機的乘客

★ **seat**　席位
The ruling party lost most of the seats in the Legislative Yuan.
執政黨丟掉了大部分的立委席次。

職業

artist 藝術家 1240

Venus is really an **artist** with the computer.

?	
Venus 真是個電腦**藝術家**。	Venus 真是個電腦大師。

解析 artist 另有「大師」的意思。

相似詞 masater；expert

diva 著名女歌手 1241

Few people would like to be with the **diva**.

?	
很少人願意和這**著名女歌手**為伍。	很少人願意和這自以為是的女人為伍。

解析 diva 另有「自以為是的女人」的意思。

相似詞 self-important woman

attendant 服務員 1242

We can imagaine the seriousness of inflation and its **attendant** problems.

?	
我們可以想像通貨膨脹的嚴重性和**服務員**的問題。	我們可以想像通貨膨脹的嚴重性和隨之而產生的問題。

解析 attendant 另有「隨之而產生的」的意思。

相似詞 accompanying

premier （尤用於新聞報道）總理 1243

Armstrong is one of the **premier** astronauts.

?	
Armstrong 是**總理**太空人之一。	Armstrong 是首要的太空人之一。

解析 premier 另有「首要的」的意思。

相似詞 chief；leading；head

veteran 老兵 1244

Mr. Tsai is a **veteran** reporter.

?		✓	
?	蔡先生是個**老兵**記者。		蔡先生是個經驗豐富的記者。

解析 veteran 另有「老手（的）；經驗豐富的（人）」的意思。

相似詞 experienced；seasoned

vet 獸醫 1245

Every job application will be **vetted** by the manager himself.

?		✓	
?	每一份工作申請書都將被經理本人**獸醫**。		每一份工作申請書都將被經理本人審查。

解析 vet 另有「審查；檢查」的意思。

相似詞 check；examine；screen

cashier （商店、銀行、餐館等的）收銀員 1246

The general was **cashiered** and put in jail.

?		✓	
?	這將軍被**收銀員**，並入獄。		這將軍被撤銷軍職，並入獄。

解析 cashier 另有「撤銷……的軍職」的意思。

相似詞 dismiss；expel；discharge

pitcher 投手  1247

Waiter! Could you give me another **pitcher** of water?

?		✓	
?	服務生！可以再給我一**投手**的水嗎？		服務生！可以再給我一壺的水嗎？

解析 pitcher 另有「罐；壺」的意思。

相似詞 jug

butcher 肉販 

The **butcher** escaped the prison, which panicked everyone.

?		
? 這**肉販**逃獄，驚恐每個人。		這殺人王逃獄，驚恐每個人。

解析　butcher 另有「殺人王」的意思。

相似詞　mass murderer；slaughterer

caretaker 看護 

I was stopped by the **caretaker** of the building from entering.

?		
? 我被這棟建築物的**看護**攔下。		我被這棟建築物的管理員攔下。

解析　caretaker 另有「（大樓的）管理員」的意思。

相似詞　watchman；janitor；warden

chemist 化學家 

A **chemist** can dispense medicinal drugs to patients.

?		
? **化學家**專門調配藥劑給病人。		藥劑師專門調配藥劑給病人。

解析　chemist 另有「藥劑師」的意思。

相似詞　pharmacist

marshal 警察局長 

A troop was **marshalled** to the front line of the battle zone.

?		
? 一支軍隊被**警察局長**至戰場前線。		一支軍隊被調派至戰場前線。

解析　marshal 另有「統率；調派」的意思。

相似詞　deploy

peddler 小販 1252

Mr. Lin is a **peddler** of freedom in China.

?	林先生是大陸自由思想的**小販**。		林先生是大陸自由思想的散布者。

解析 peddler 另有「（思想的）散布者」的意思。

衍生詞 drug peddler　毒品販子

boxer 拳擊手  1253

Barry walks his **boxer** in the neighborhood after work.

?	Barry 下班後都會在住家附近蹓他的**拳擊手**。		Barry 下班後都會在住家附近蹓他的拳師犬。

解析 boxer 另有「拳師犬」的意思。

衍生詞 boxing ring　拳擊台

porter 搬運工  1254

Thanks, a glass of **porter** is just what the doctor ordered.

?	多謝，一杯**搬運工**正是我所需要的。		多謝，一杯波特啤酒正是我所需要的。

解析 porter 另有「波特啤酒」的意思。

衍生詞 night porter　夜間顧旅館大門的人

pirate 海盜  1255

She was caught selling **pirated** movies at the night market.

?	她在夜市販賣**海盜**電影被抓。		她在夜市販賣盜版電影被抓。

解析 pirate 另有「非法複製」的意思。

相似詞 illegally copy

wizard 男巫師 1256

Maggie is a **wizard** at accounting.

?	Maggie 是個會計的**男巫師**。		Maggie 是個會計高手。

解 析 wizard 另有「（某方面的）高手」的意思。

相似詞 expert；master；ace

retire 退休 1257

Marcus **retired** from the game after he twisted his ankle.

?	Marcus 因扭傷腳踝後便**退休**比賽。		Marcus 因扭傷腳踝後便退出比賽。

解 析 retire 另有「（因傷病）退出（比賽）」的意思。

衍生詞 retire into sb's shell 越來越沉默寡言

occupation 職業  1258

One of my **occupations** at weekends is window shopping.

?	我週末的**職業**之一便是逛街但不購買。		我週末的消遣之一便是逛街但不購買。

解 析 occupation 另有「消遣」的意思。

相似詞 pastime

instructor 教練 1259

Nancy works as a physics **instructor** in college.

?	Nancy 是大學物理**教練**。		Nancy 是大學物理講師。

解 析 instructor 另有「大學講師」的意思。

相似詞 lecturer

24

dealer 商人 1260

You need some training to be a good **dealer**.

?	妳需要一些訓練來成為一名好的**商人**。		妳需要一些訓練來成為一名好的發牌者。

解析 dealer 另有「發牌者」的意思。

衍生詞 dealership　經銷公司

cast 全體演員 1261

After a snake **casts** its skin, it will grow bigger.

?	蛇**全體演員**皮後，它會長得更大隻。		蛇脫皮後，它會長得更大隻。

解析 cast 另有「（蛇）脫皮」的意思。

衍生詞 cast a spell　施魔法；in a cast　打著石膏

tailor 裁縫師

To meet your needs, we can **tailor** any of our products.

?	為了符合您的需求，我們可以**裁縫師**任一產品。		為了符合您的需求，我們可以量身訂做任一產品。

解析 tailor 另有「專門製作」的意思。

衍生詞 tailor-made　特製的

conductor （合唱團、樂隊等的）指揮；列車長

Copper is a good **conductor** of electricity.

?	銅是電的好**指揮**。		銅是電的好導體。

解析 conductor 另有「導體」的意思。

衍生詞 lightning conductor　避雷針

merchant 商人 1264

Alonso is a speed **merchant** and got many speeding tickets.

?		✓	
?	Alonso 是個速度**商人**，並被開了許多超速罰單。		Alonso 是個愛開快車的人，並被開了許多超速罰單。

解 析　merchant 另有「對……入迷的人」的意思。

衍生詞　a gossip merchant　喜歡散布八卦的人

assistant 助理  1265

The **assistant** didn't give me any discounts even though I bought a lot of clothes.

?		✓	
?	這**助理**並沒有給我折扣，即便是我買了許多衣服。		這店員並沒有給我折扣，即便是我買了許多衣服。

解 析　assistant 另有「店員」的意思。

相似詞　shop assistant；clerk

shepherd 牧羊人  1266

The tour guide **shepherded** the tourists into the restaurant.

?		✓	
?	這導遊**牧羊人**遊客進入餐廳。		這導遊引導遊客進入餐廳。

解 析　shepherd 另有「帶領；引導」的意思。

相似詞　guide；direct；lead

navy 海軍  1267

Sophia wore a **navy** shirt and black pants.

?		✓	
?	Sophia 穿著一件**海軍**襯衫與黑褲。		Sophia 穿著一件深藍色的襯衫與黑褲。

解 析　navy 另有「深藍色（的）」的意思。

相似詞　dark blue

coach 教練 1268

We'll take the **coach** to travel from state to state.

?	我們將搭乘**教練**一州一州的玩。		我們將搭乘長途客車一州一州的玩。

解析　coach 另有「長途客車」的意思。

衍生詞　head coach　總教練

diplomat 外交官 1269

My mother is truly a **diplomat**; she gets well along with everyone.

?	我媽媽真是個**外交官**；她和每個人都相處融洽。		我媽媽真是個善於社交的人；她和每個人都相處融洽。

解析　diplomat 另有「善於社交的人」的意思。

衍生詞　diplomatic　委婉的

driver 司機 1270

The **driver** has to be installed before you use this printer.

?	**司機**要先灌，你才能使用印表機。		驅動程式要先灌，你才能使用印表機。

解析　driver 另有「（電腦的）驅動程式」的意思。

衍生詞　Sunday driver　車開得太慢的司機

manager 經理 1271

My **manager** helped get many performance opportunities for me.

?	我的**經理**幫我找到許多表演機會。		我的經紀人幫我找到許多表演機會。

解析　manager 另有「（歌手、演員等的）經紀人」的意思。

衍生詞　general manager　總經理

mechanic 技工 1272

Armand is curious about the **mechanics** of white cells protecting our body.

?	✓
Armand 對於白血球保護人體的**技工**很好奇。	 Armand 對於白血球保護人體的運作方式很好奇。

解 析　mechanic 另有「運作方式」的意思。（常用複數）

衍生詞　mechanical　機械的

principal 校長

The more **principal** you put in the bank, the more interest you can get.

?	✓
你放在銀行的**校長**金越多，得到的利息就越多。	 你放在銀行的本金越多，得到的利息就越多。

解 析　principal 另有「本金」的意思。

相似詞　capital

secretary 祕書

Theresa May served as Home **Secretary** from May 2010 until July 2016.

?	✓
Theresa May 從 2010 年五月至 2016 年七月擔任內政**祕書**。	 Theresa May 從 2010 年五月至 2016 年七月擔任內政大臣。

解 析　secretary 另有「部長；大臣」的意思。

衍生詞　secretary general　祕書長

speaker 講者

Mr. Wang served many years of the **Speaker** of the Legislative Yuan.

?	✓
王先生擔任立法院**講者**許多年。	 王先生擔任立法院院長許多年。

解 析　speaker 另有「議長；院長」的意思。

衍生詞　native speaker　母語使用者

engineer 工程師 1276

The party chairman **engineered** a meeting between the two mayor candidates.

?	黨主席**工程師**一場兩位市長候選人的密會。		黨主席密謀策劃一場兩位市長候選人的密會。

解 析 engineer 另有「精心安排；密謀策劃」的意思。

衍生詞 software engineer　軟體工程師

police 警察 1277

To my knowledge, the use of chemical weapons in this country is not carefully **policed**.

?	就我所知，這國家化學武器的使用並沒有嚴格**警察**。		就我所知，這國家化學武器的使用並沒有嚴格控制。

解 析 police 另有「控制；監督」的意思。

衍生詞 riot police　鎮暴警察

duty 責任 1278

It is said the **duty** on cigarettes will be raised.

?	據說香菸的**責任**將提高。		據說香菸的稅將提高。

解 析 duty　另有「稅」的意思。

相似詞 tax

career 職業 1279

A truck **careered** toward a convenience store and hurt two people.

?	一輛卡車**職業**便利商店，並造成兩人受傷。		一輛卡車失控地衝向便利商店，並造成兩人受傷。

解 析 career 另有「（車輛）失控地猛衝」的意思。

相似詞 careen

toil 做苦工 1280

These slaves are **toiling** up the hill, carrying bricks.

?	這些奴隸正**做苦工**上坡，揹著磚頭。		這些奴隸正艱難緩慢地行走上坡，揹著磚頭。

解　析　toil 另有「艱難緩慢地行走」的意思。

相似詞　struggle；trudge；move with difficulty

staff 全體員工 1281

Would you teach me how to read the piano **staff**?

?	你可以教我如何讀懂鋼琴**全體員工**嗎？		你可以教我如何讀懂鋼琴的五線譜嗎？

解　析　staff 另有「五線譜」的意思。

相似詞　stave

author 作者 1282

Ronnie has **authored** more than ten books.

?	Ronnie **作者**超過 10 本書。		Ronnie 寫了超過 10 本書。

解　析　author 另有「寫作；編寫」的意思。

衍生詞　co-author　合著

boss 老闆  1283

Nearly no one likes to be **bossed** around.

?	幾乎是沒有人喜歡被四處**老闆**。		幾乎是沒有人喜歡被差來遣去。

解　析　boss 另有「把……差來遣去」的意思。

相似詞　lord it over

agent 代理商 1284

The double **agent** was accidentally exposed.

?	✓
這雙面**代理商**不小心曝了光。	 這雙面特務不小心曝了光。

解析 agent 另有「特務」的意思。

衍生詞 a cleaning agent　清潔劑

batter （棒球等的）打擊者 1285

Mom is stirring the pancake **batter**.

?	✓
媽媽正在攪拌鬆餅**打擊者**。	 媽媽正在攪拌鬆餅麵糊。

解析 batter 另有「麵糊」的意思。

衍生詞 batter's box　打擊區

labor 工人  1286

Irene went into **labor** last night at 3 am.

?	✓
Irene 昨晚凌晨三點進入**工人**。	 Irene 昨晚凌晨三點進入分娩。

解析 labor 另有「分娩」的意思。

衍生詞 labor of love　心甘情願做的事

> ★ **labor**　艱難地做某事
> Sam has been laboring over his thesis.　Sam 一直努力的寫論文。

rank 職位  1287

The backyard of this haunted house is **rank** with weeds.

?	✓
這鬧鬼的屋子後院**職位**了雜草。	 這鬧鬼的屋子後院長滿了雜草。

解析 rank 另有「……長滿（雜草）的」的意思。

衍生詞 rank and file　基層員工

> ★ **rank**　難聞的
> Where does this rank smell come from?　這難聞的味道從何而來？

pilot 飛行員 1288

The researcher is doing a **pilot** study for her thesis.

?	這研究員正在為她的論文做**飛行員**研究。		這研究員正在為她的論文做前導研究。

解　析　pilot 另有「試驗性的」的意思。

衍生詞　co-pilot　副駕駛員

★ pilot　使（新的法律或制度）順利通過

The speaker piloted an animal-protecting bill through Parliament.

議長使一項動保法順利通過議會。

carrier 搬運者 1289

There are around fifty thousand hepatitis B **carriers** in this country.

?	在這國家大約有五萬個 B 肝**搬運者**。		在這國家大約有五萬個 B 肝帶原者。

解　析　carrier 另有「帶原者」的意思。

衍生詞　aircraft carrier　航空母艦

★ carrier　購物袋

I usually carry my own bag, instead of using the carrier given by a shop.

我通常自行攜帶袋子，而非使用商店所給之購物袋。

nurse 護士 1290

Nancy **nursed** an ambition of becoming a billionaire.

?	Nancy **護士**著成為億萬富翁的理想。		Nancy 心存著成為億萬富翁的理想。

解　析　nurse 另有「心懷；心存」的意思。

相似詞　harbor；bear；hold on to

★ **nurse** 拿著（飲料）慢慢喝

The two men are nursing a bottle of beer, catching up on old times.

這兩個男子拿著啤酒罐慢慢喝，聊聊往事。

drive 開（車） 1291

Residents in the neighborhood parked their cars in the **drive**.

?		
? 鄰近地區的居民都把車停在**開車**。		鄰近地區的居民都把車停在自家的私人車道。

解析 drive 另有「私人車道」的意思。

相似詞 driveway

★ **drive** 幹勁；魄力

I admired Danny for his drive to fulfill his dreams.

我很欽佩 Danny 實現夢想的幹勁。

doctor 醫生

This birth certificate was obviously **doctored**.

?		
? 這出生證明很明顯被**醫生**了。		這出生證明很明顯被篡改了。

解析 doctor 另有「篡改」的意思。

相似詞 falsify；tamper with；change

★ **doctor** 下毒；下藥

Don't drink this cola; I saw it doctored by a stranger.

別喝這可樂；我看到陌生人在裡面下藥。

★ **doctor** 閹割（動物）

It cost some money to have these stray dogs doctored.

閹割這些流浪狗要花費一些錢。

商業

1293

cash 現金

Davis went to the bank to have his check **cashed**.

?	Davis 跑去銀行**現金**他的支票。		Davis 跑去銀行兌現他的支票。

解析 cash 另有「兌現」的意思。

衍生詞 cash in on 從……中撈到好處

1294

cheap 便宜的

Emily's husband is **cheap**; he never buys her any gifts.

?	Emily 的老公很**便宜**；他從不買禮物給她。		Emily 的老公很吝嗇；他從不買禮物給她。

解析 cheap 另有「吝嗇的」的意思。

相似詞 mean；miserly；penny-pinching

1295

coin 硬幣

Do you kow who **coined** the term "selfie"?

?	你知道是誰**硬幣**「自拍」這詞嗎？		你知道是誰創造「自拍」這詞嗎？

解析 coin 另有「創造（新詞）」的意思。

衍生詞 the other side of the coin 事情的另一面

employ 雇用

Bella **employed** a smart method to remove the sticker.

?	Bella **雇用**一個聰明的方法來移除貼紙。		Bella 利用一個聰明的方法來移除貼紙。

解析 employ 另有「使用；利用」的意思。

相似詞 utilize；make use of；use

market 市場 1297

We need a good plan to **market** our brand new mountain bike.

?	
我們需要一個好計劃來**市場**全新的登山車。	我們需要一個好計劃來行銷全新的登山車。

解析 market 另有「推銷；行銷」的意思。

相似詞 promote；advertise

purchase 購買 1298

Mary failed to get a **purchase** on the rock and fell.

?	
Mary 無法在岩石上**購買**，並摔下。	Mary 無法抓牢岩石，並摔下。

解析 purchase 另有「抓住」的意思。

相似詞 grip

sell 賣  1299

It took me great efforts to **sell** my parents the idea of studying abroad.

?	
我花了一番功夫才**賣出**出國念書的主意給父母。	我花了一番功夫才說服父母我要出國念書的主意。

解析 sell 另有「使接受；說服」的意思。

相似詞 convince；persuade；talk into

shop 商店 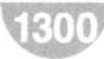 1300

Could anyone **shop** the gangster to the police? He is such a pain in the neck.

?	
有人可以向警方**商店**這混混嗎？他是大家的眼中釘。	有人可以向警方告發這混混嗎？ 他是大家的眼中釘。

解析 shop 另有「（向警察）告發」的意思。

相似詞 sell out；inform against

spent 花（錢／時間） 1301

When the climber reached the summit, he was already **spent**.

?	當這登山客抵達山頂，他已經**花錢花時間**。		當這登山客抵達山頂，他已經疲憊不堪了。

解析 spent 另有「疲憊的」的意思。

相似詞 tired；exhausted；petered out

peddle 兜售 1302

The politician is **peddling** an effective way to create more job opportunities.

?	這政治人物正在**兜售**創造工作機會的有效方法。		這政治人物正在宣揚創造工作機會的有效方法。

解析 peddle 另有「宣揚」的意思。

相似詞 advocate

corporate 公司的  1303

It is our **corporate** responsibility to make the world a better place.

?	讓這世界變成更好的世界是我們**公司的**責任。		讓這世界變成更好的世界是我們全體的責任。

解析 corporate 另有「全體的；集體的」的意思。

相似詞 collective

devalue 貶值  1304

No one should **devalue** the contributions of the blue-collar workers to society.

?	沒人應該**貶值**藍領階級對社會的貢獻。		沒人應該小看藍領階級對社會的貢獻。

解析 devalue 另有「輕視」的意思。

相似詞 belittle；disparage；make light of

25

closure 停業；倒閉 1305

After my son was discharged from the hospital, I felt a sense of **closure**.

?	我兒子出院後，我感到**停業**感。		我兒子出院後，我終於有解脫感。

解 析 closure 另有「解脫」的意思。

衍生詞 factory closure 工廠倒閉

token 代幣 1306

Beck received my gift as a **token** of gratitude.

?	Beck 收到我作為感謝**代幣**的禮物。		Beck 收到我作為象徵感謝的禮物。

解 析 token 另有「有象徵意義的」的意思。

相似詞 symbol

trademark 商標  1307

Colin is wearing a black shirt and pants which are his **trademark**.

?	Colin 正穿著黑襯衫和長褲，這是他的**商標**。		Colin 正穿著黑襯衫和長褲，這是他的正字標記。

解 析 trademark 另有「（某人的）標記／特徵」的意思。

衍生詞 registered trademark 註冊商標

bazaar 市集  1308

Our English Department is going to hold a Christmas **bazaar** this year.

?	今年我們英文系將舉辦聖誕節**市集**。		今年我們英文系將舉辦聖誕節義賣會。

解 析 bazaar 另有「義賣會」的意思。

相似詞 fete；fair

finance 金融；資金 1309

Tonight's charity concert was **financed** by a technology company.

? 今晚的慈善演唱會由一家科技公司所**金融**。	 今晚的慈善演唱會由一家科技公司所贊助資金。

解 析 finance 另有「向……提供資金」的意思。

相似詞 fund

enterprise 公司；企業 1310

Our new general manager is a man with **enterprise**.

? 我們新總經理是一個有**企業**的男人。	 我們新總經理是一個有事業心的男人。

解 析 enterprise 另有「事業心；進取心」的意思。

衍生詞 entrepreneur 企業家

allowance 補貼；津貼 1311

Do your parents give you an **allowance** every week?

? 你爸媽每個禮拜都會給你**津貼**嗎？	 你爸媽每個禮拜都會給你零用錢嗎？

解 析 allowance 另有「零用錢」的意思。

相似詞 pocket money

bonus 紅利 1312

I love playing baskeball; there is another added **bonus** of making new friends.

? 我喜歡打籃球；還有個額外**紅利**就是交到新朋友。	 我喜歡打籃球；還有個額外好處就是交到新朋友。

解 析 bonus 另有「額外的好處／優點」的意思。

相似詞 advantage；strong point；merit

discount 打折 1313

Taiwan shouldn't **discount** the possibility of any attack from China.

?	台灣不應對任何來自大陸攻擊的可能性**打折**。		台灣不應忽視任何來自大陸攻擊的可能性。

解析 discount 另有「忽視；忽略」的意思。

相似詞 ignore；overlook；neglect

credit 賒帳 1314

Bradly is short of **credits** for graduation from college.

?	Bradly 未能大學畢業因為少**賒帳**。		Bradly 未能大學畢業因為少學分。

解析 credit 另有「學分」的意思。

衍生詞 do sb credit　為……增光

wage 工資 1315

The police decided to **wage** a war on rampant gang violence.

?	警方決定要對猖獗的幫派暴力展開**工資**戰。		警方決定要對猖獗的幫派暴力開戰。

解析 wage 另有「發動（戰爭）」的意思。

相似詞 carry on；conduct；engage in

economic 經濟的 1316

It is not **economic** to build an apartment store in the country.

?	在鄉下地方蓋百貨公司是不**經濟的**。		在鄉下地方蓋百貨公司是無利可圖的。

解析 economic 另有「有利可圖的」的意思。

相似詞 profitable；lucrative；profit-making

rent 租金 1317

There is a big **rent** in the comforter.

?	✓
棉被上有一個大**租金**。	 棉被上有一個大破洞。

解 析 rent 另有「（布等上面的）破洞」的意思。

相似詞 tear

wealth 財富 1318

Taiwan doesn't have a **wealth** of natural resources.

?	✓
台灣並沒有**財富**天然資源。	 台灣並沒有大量的天然資源。

解 析 wealth 另有「大量」的意思。

相似詞 a large amount；a lot of；plenty of

import 進口  1319

Time is money, so let's not discuss something of little **import**.

?	✓
時間就是金錢，所以我們不要討論很少**進口**的事情。	 時間就是金錢，所以我們不要討論沒有重要性的事情。

解 析 import 另有「重要性；意義」的意思。

相似詞 importance；significance；consequence

budget 預算  1320

Have you ever considered **budget** airlines when going abroad?

?	✓
出國時，你有考慮過**預算**航空嗎？	 出國時，你有考慮過廉價航空嗎？

解 析 budget 另有「低廉的」的意思。

衍生詞 with sb's budget　預算內

exhibit 展出；展覽 1321

Exhibit B is the weapon that the defendant used.

?	錯誤	✓	正確
?	**展覽** B 是被告所使用的武器。		物證 B 是被告所使用的武器。

解 析 exhibit 另有「（法庭上出示的）物證」的意思。

衍生詞 exhibitionist 好出風頭者

afford 買得起 1322

This top floor restaurant **affords** a fantastic view to customers.

?	錯誤	✓	正確
?	這頂樓餐廳**買得起**絕佳景觀給顧客。		這頂樓餐廳提供顧客絕佳景觀。

解 析 afford 另有「提供；給予」的意思。

相似詞 offer；provide；supply

bid （尤指在拍賣中）出價 1323

Any contractor who makes the lowest **bid** can get the job.

?	錯誤	✓	正確
?	任何**出價**最低的承包商可以得到這份工作。		任何投標最低的承包商可以得到這份工作。

解 析 bid 另有「投標；競價」的意思。

衍生詞 bidder 出價的人

precious 貴重的 1324

Mike is so **precious** about his work that he often works overtime.

?	錯誤	✓	正確
?	Mike 對於工作是如此**貴重**以至於他常加班。		Mike 對於工作是如此過分講究細節以至於他常加班。

解 析 precious 另有「過分講究（細節）的；做作的」的意思。

相似詞 particular

bank 銀行；河堤 1325

The plane **banked** and then went up rapidly.

?	這飛機先是**銀行**，接著快速爬升。		這飛機先是傾斜著飛行，接著快速爬升。

解析　bank 另有「（飛機）傾斜著飛行」的意思。

衍生詞　bank on sb　依靠某人

stall 攤位 1326

Stop **stalling** for time; pay back my money!

?	不要再**攤位**時間了；快還我錢來！		不要再拖時間了；快還我錢來！

解析　stall 另有「拖住（某人）」的意思。

相似詞　delay；postpone；put off

outlet 專賣店；排放孔 1327

Jogging after work is an **outlet** for my stress from work.

?	下班後去慢跑是我工作壓力的**專賣店**。		下班後去慢跑是我宣洩工作壓力的方式。

解析　outlet 另有「（情緒或精力的）宣洩方式」的意思。

相似詞　vent；means of release；means of expression

list 名冊 1328

The ship first **listed** and the capsized.

?	這船先是**名冊**，之後便翻覆。		這船先是傾斜，之後便翻覆。

解析　list 另有「（船隻）傾斜」的意思。

衍生詞　A-list　知名的；B-list　二線的；Z-list　末流的（三線的）

★ list　（公司）上市

Miller's company was listed last month.

Miller 上個月公司上市了。

contract 契約 1329

Some of my students **contracted** the flu last week.

?	我有些學生上禮拜**契約**流感。		我有些學生上禮拜感染了流感。

解析 contract 另有「感染（疾病）」的意思。

相似詞 catch；come down with；fall ill with

★ **contract** 收縮

Generally speaking, metal contracts when it becomes cool.

一般而言，金屬遇冷會收縮。

charge 費用；記在……的帳上 1330

The bull **charged** at the lion to protect its baby.

?	這公牛**費用**這隻獅子來保護小牛。		這公牛衝撞這隻獅子來保護小牛。

解析 charge 另有「猛衝」的意思。

相似詞 lunge；storm；stampede

★ **charge** 控告

Mrs. Li was charged with poisoning her mother-in-law.

李太太被控下毒毒害婆婆。

bill 帳單 1331

Different birds have different-size **bills**.

?	不同種類的鳥有不同尺寸的**帳單**。		不同種類的鳥有不同尺寸的鳥嘴。

解析 bill 另有「鳥嘴」的意思。

相似詞 beak

★ **bill** 法案

A new drunk-driving bill was passed.

一項新的酒駕法案通過了。

service 服務 1332

Father had his car **serviced** on a regular basis.

?	爸爸定期都會**服務**車子。		爸爸定期都會讓車子檢修一番。

解析 service 另有「檢修」的意思。

相似詞 repair；maintenance check；overhaul

★ **service** 還債

Most of my salary is used to service the debt.

我大部分薪水都拿去還債用。

stock 股票；公債 1333

The beef **stock** Mom prepared was quite nutritious.

?	媽媽熬煮的牛肉**股票**相當營養。		媽媽熬煮的牛肉高湯相當營養。

解析 stock 另有「高湯」的意思。

相似詞 broth

★ **stock** 聲望

The stock of the new president of America has been pretty low.

新的美國總統的聲望持續低迷。

★ **stock** 老套的；一成不變的

"Who cares?" is Johnson's stock reponse.

「誰在乎？」是 Johnson 一成不變的回答方式。

運動

play 打（球） 1334

In the middle of the square is a fountain which is **playing**.

?	廣場的中央是座正在**打球**的噴泉。		廣場的中央是座正在噴水的噴泉。

解析 play 另有「發射；噴射」的意思。

相似詞 emit

dive 跳水 1335

The profits in this month **dived** by 30%.

?	這個月的營收**跳水**百分之三十。		這個月的營收暴跌百分之三十。

解析 dive 另有「暴跌」的意思。

相似詞 plunge

hurdle （跨欄比賽中的）欄架

Finding someone to finance our acitivity is the **hurdle** we need to overcome.

?	找到人來資助活動是我們要克服的**欄架**。		找到人來資助活動是我們要克服的難題。

解析 hurdle 另有「難題」的意思。

相似詞 difficulty；problem；trouble

dance 跳舞

The flowers in the garden are **dancing** in the breeze.

?	花園裡的花正在微風中**跳舞**。		花園裡的花正在微風中搖曳。

解析 dance 另有「搖曳；跳動」的意思。

相似詞 flicker

cricket 板球 1338

When I was little, I liked to watch **crickets** fight each other.

?	我小的時候喜歡看**板球**打架。		我小的時候喜歡看鬥蟋蟀。

解析 cricket 另有「蟋蟀」的意思。

衍生詞 play cricket　打板球

marathon 馬拉松賽跑 1339

The board meeting, a 5-hour **marathon**, finally ended now.

?	委員會五小時**馬拉松賽跑**現在終於結束了。		如馬拉松式的委員會現在終於結束了。

解析 marathon 另有「馬拉松式的活動」的意思。

衍生詞 marathon runner　馬拉松跑者

ball 球  1340

Lucy went to the **ball** and had great fun with her friends.

?	Lucy 去了**球**，並和朋友玩得盡興。		Lucy 去了舞會，並和朋友玩得盡興。

解析 ball 另有「舞會」的意思。

相似詞 party；social gathering

skate 溜冰 1341

Carl is fishing for **skates**.

?	Carl 正在釣**溜冰**。		Carl 正在釣鰩魚。

解析 skate 另有「鰩魚」的意思。

衍生詞 be skating on thin ice　冒險

contest 比賽 1342

We can't **contest** the claim that our products are flawless.

?	我們無法**比賽**自家產品是無瑕疵的說法。		我們無法辯駁自家產品是無瑕疵的說法。

解　析　contest 另有「辯駁；質疑」的意思。

相似詞　challenge；oppose；object to

field 運動場 1343

The coach of the Lakers **fielded** embarrassing questions from the reporters.

?	湖人隊的教練**運動場**記者一些尷尬的問題。		湖人隊的教練巧妙地回答記者一些尷尬的問題。

解　析　field 另有「巧妙地回答（問題）」的意思。

相似詞　respond to；deal with；cope with

hike 健行 1344

We are expecting an oil price **hike** next week.

?	下禮拜油價**健行**。		下禮拜油價上漲。

解　析　hike 另有「提高；增加」的意思。

相似詞　rise；growth；increase

surf 衝浪 1345

The roar of the **surf** during the typhoon was terrifying.

?	颱風天的**衝浪**怒吼很恐怖。		颱風天拍岸的浪花聲很恐怖。

解　析　surf 另有「拍岸的浪花」的意思。

衍生詞　bodysurf　指不用衝浪板依靠身體衝浪

winner 獲勝者 1346

Mr. Adam's cheese cake is a **winner**; it is often sold out.

?	Adam 先生的起司蛋糕是**獲勝者**；常常銷售一空。		Adam 先生的起司蛋糕是極其受歡迎；常常銷售一空。

解　析　winner 另有「極其受歡迎的事物」的意思。

相似詞　success；sensation

shoot 投（籃）；飛速通過 1347

A little green **shoot** appeared after I planted the green bean in the soil.

?	在我將綠豆種到土裡後，一點點綠色**投籃**出現。		在我將綠豆種到土裡後，一點點綠色芽出現。

解　析　shoot 另有「芽；新枝」的意思。

衍生詞　Shoot!　說吧！

foul 犯規 1348

The chemical tanker ship capsized, which **fouled** the ocean and killed fishes.

?	這化學船翻覆，**犯規**海洋並造成魚類死亡。		這化學船翻覆，汙染海洋並造成魚類死亡。

解　析　foul 另有「弄髒；汙染」的意思。

相似詞　pollute；contaminate

sport 運動 1349

The director sat in the chair, **sporting** a Spiderman T-shirt.

?	這導演坐在椅子上，**運動**著一件蜘蛛人 T 恤。		這導演坐在椅子上，穿著一件蜘蛛人 T 恤。

解　析　sport 另有「穿；戴」的意思。

相似詞　wear；put on；show off

go 去 1350

To **go** peacefully in the sleep is everyone's wish.

?	能夠在睡夢中安詳地**走**是每個人的願望。		能夠在睡夢中安詳地辭世是每個人的願望。

解　析 go 另有「死亡」的意思。

相似詞 die；pass away；buy the farm

26

swim 游泳 1351

My head began to **swim** after I took the cold medicine.

?	吃完感冒藥，我的頭開始**游泳**。		吃完感冒藥，我的頭開始暈眩。

解　析 swim 另有「暈眩」的意思。

衍生詞 be swimming in　浸泡在……中

jog 慢跑 1352

Allen **jogged** my hand, and wanted me to keep quiet.

?	Allen **慢跑**我的手，並要我安靜。		Allen 輕碰我的手，並要我安靜。

解　析 jog 另有「輕碰；輕撞」的意思。

相似詞 nudge；poke；elbow

exercise 運動 1353

Firefighters always **exercise** caution when trying to catch a snake.

?	消防員在抓蛇時，會**運動**警慎。		消防員在抓蛇時，都會小心謹慎。

解　析 exercise 另有「行使；運用」的意思。

衍生詞 exercise a dog　遛狗

champion 冠軍；擁護者 1354

Most people **champion** judicial reform in the near future.

?	多數人**冠軍**在不久將來能司法改革。		多數人支持在不久將來能司法改革。

解 析　champion 另有「支持；捍衛」的意思。

相似詞　support；side with；aid

racket 球拍 1355

Stop making a **racket**; I need to concentrate on my homework.

?	不要再製造**球拍**了；我需要專心寫作業。		不要再製造吵鬧聲；我需要專心寫作業。

解 析　racket 另有「吵鬧聲」的意思。

相似詞　noise；hubbub；din

> ★ **racket**　勒索；敲詐
>
> Jeff was detained for running a gambling racket.
>
> Jeff 因為經營賭博勒索的勾當而被拘留。

prize 獎品

My daughter tried to **prize** my fingers to get the candy.

?	我女兒試著**獎品**我的手指頭來拿到糖果。		我女兒試著掰開我的手指頭來拿到糖果。

解 析　prize 另有「撬開；掰開」的意思。

相似詞　lever；wrest；prise

> ★ **prize**　重視
>
> I prize my friendship with Eve.
>
> 我重視和 Eve 的友誼。

1357

court 球場

Riding a scooter without a helmet is **courting** disaster.

?	騎車沒戴安全帽根本**球場**禍端。		騎車沒戴安全帽根本招致禍端。

解 析 court 另有「招致」的意思。

衍生詞 food court 美食廣場

★ court 奉承；討好

The big shot is being courted by some people.

這大人物正被一些人奉承著。

1358

game 比賽

Wade said he was **game** for any challenges at work.

?	Wade 說他**比賽**任何工作上的挑戰。		Wade 說他願意嘗試任何工作上的挑戰。

解 析 game 另有「有冒險精神的」的意思。

衍生詞 ball game 球賽

★ game 獵物

Hector had great fun hunting for wild game.

Hector 以捕抓野生獵物為樂。

1359

score 得分

The teacher was followed by a **score** of students.

?	這老師被**得分**學生跟著。		這老師被二十位學生跟著。

解 析 score 另有「二十；大約二十」的意思。

衍生詞 scores of 許多

★ score 刻痕於；畫線於

It will be easier to fold the paper if you score a line on it first.

先在紙張上畫線，會比較好對折。

run 跑 1360

My black pants **ran**, so it made my white shirt gray.

?	我黑色的長褲**跑**起來，所以我的白襯衫變灰了。		我黑色的長褲褪色，所以我的白襯衫變灰了。

解 析　run 另有「褪色」的意思。

衍生詞　a run of　一連串的；the runs　拉肚子

★ run　（連褲襪或長筒襪上的）脫線

Oh my god. My stockings ran.

我的天啊。我的長襪脫線了。

★ run　參加競選

The mayor made up her mind to run for re-election.

這市長下定決心要參加連任競選。

27 場所地點

address 住址

Scientists have been trying to **address** the problem of global warming.

?	✓
科學家們一直試著**住址**全球暖化的問題。	科學家們一直試著處理全球暖化的問題。

解析 address 另有「處理」的意思。

相似詞 handle；cope with；deal with

resort 渡假勝地

It is wrong to solve problems by **resorting** to violence.

?	✓
渡假勝地暴力來解決問題是不對的。	訴諸暴力來解決問題是不對的。

解析 resort 另有「訴諸」的意思。

衍生詞 be sb's last resort　是最後的辦法

workshop 廠房

Aldrich attended an English teaching **workshop** and learned a lot.

?	✓
Aldrich 參加了一個英語教學的**廠房**，並收穫滿滿。	Aldrich 參加了一個英語教學的研討會，並收穫滿滿。

解析 workshop 另有「研討會」的意思。

相似詞 seminar

slot 投幣口

Conan's show was moved from the 9 pm slot to 11 pm **slot**.

?	✓
Conan 的節目從九點投幣口移至十一點**投幣口**。	Conan 的節目從晚上九點時段移至十一點時段。

解析 slot 另有「時段」的意思。

衍生詞 slot machine　吃角子老虎機

overhead 在頭頂上 1365

We need to cut down on our **overheads** to hire more people.

?	我們需要減少**在頭頂上**，以能雇用更多人。		我們需要減少經常性開銷，以能雇用更多人。

解 析 overhead 另有「企業經常性開銷」的意思。

相似詞 expenses；running costs

site （某事發生的）地點 1366

A cathedral is **sited** in the center of the town.

?	一座大教堂**地點**於鎮中心。		一座大教堂坐落於鎮中心。

解 析 site 另有「坐落於」的意思。

相似詞 be located；be situated；lie

oasis （沙漠中的）綠洲 1367

The library is the **oasis** of calm in this busy city.

?	這圖書館是這繁忙都市的**綠洲**。		這圖書館是這繁忙都市的寧靜之地。

解 析 oasis 另有「（繁忙、令人不適環境之中的）寧靜宜人之處」的意思。

相似詞 haven；retreat；refuge

nowhere 無處 1368

Nate thinks his waiter job is a **nowhere** job.

?	Nate 認為他服務生的工作是**無處**工作。		Nate 認為他服務生的工作是不會成功的工作。

解 析 nowhere 另有「不會成功的」的意思。

相似詞 unsuccessful

rear 後面的 1369

I was born and **reared** in Changhua.

?	
我在彰化出生與**後面**。	我在彰化土生土長。

解析 rear 另有「養育」的意思。

相似詞 raise；bring up；nurture

shelter 掩蔽處 1370

Kelly told me a good way to **shelter** most of my business tax.

?	
Kelly 告訴我一個**掩蔽處**大部分營業稅的好方法。	Kelly 告訴我一個合法規避大部分營業稅的好方法。

解析 shelter 另有「合法避稅」的意思。

衍生詞 bus shelter　公車候車亭

ceremony 典禮  1371

John complained to the manager about his servers' attitude without **ceremony**.

?	
John 沒有**典禮**地跟經理抱怨服務生的態度。	John 沒有禮貌地跟經理抱怨服務生的態度。

解析 ceremony 另有「禮節」的意思。

相似詞 manners；politeness；courtesy

landscape 鄉間 1372

This table needs to be printed in **landscape** mode.

?	
這表格需用**鄉間**模式列印。	這表格需用橫向模式列印。

解析 landscape 另有「橫向（列印）的」的意思。

衍生詞 portrait　直向（列印）的

landmark 地標 1373

The birth of smartphones is the **landmark** in the history of phones.

?		
? 智慧型手機的誕生算是電話史上的**地標**。		智慧型手機的誕生算是電話史上的里程碑。

解 析 landmark 另有「里程碑」的意思。

相似詞 milestone；turning point；watershed

global 全球的 1374

Prof. Huang gave his students a **global** picture of the history of English literature.

?		
? 黃教授給學生英國文學史**全球的**說明。		黃教授給學生英國文學史整體的概述。

解 析 global 另有「整體的；全面的」的意思。

相似詞 general；comprehensive；overall

cape 岬；海角 1375

Bibby wore a red **cape** to pretent that he had been Superman.

?		
? Bibby 穿著一件紅色**海角**，假裝自己是超人。		Bibby 穿著一件紅色披風，假裝自己是超人。

解 析 cape 另有「披風；斗篷」的意思。

相似詞 cloak

continent 大洲 1376

The old man isn't **continent** due to a disease.

?		
? 這老人因為疾病關係無法**大洲**。		這老人因為疾病關係無法正常控制排便。

解 析 continent 另有「有正常排便節制力的；節制性欲的」的意思。

衍生詞 continental breakfast 歐式早餐

studio 播音室 1377

When I was in college, I rent a **studio** off campus.

?	我在讀大學時，在校外租了一間**播音室**。		我在讀大學時，在校外租了一間套房。

解析 studio 另有「套房」的意思。

衍生詞 dance studio　舞蹈練習室

27

direction 方向 1378

It is better to read the **directions** before you use this electronic product.

?	在你使用這電子產品前，最好先閱讀**方向**。		在你使用這電子產品前，最好先閱讀使用說明。

解析 direction 另有「使用說明」的意思。（常用複數）

衍生詞 sene of direction　方向感

corner 街角 1379

The thief was **cornered** in the basement by the police.

?	這小偷被警察**街角**在地下室。		這小偷在地下室被警察逼到走投無路。

解析 corner 另有「使走投無路」的意思。

衍生詞 corner the market　壟斷市場

interior 內部  1380

The **interior** of this country is mainly plains.

?	這國家的**內部**大部分是平原。		這國家的內地大部分是平原。

解析 interior 另有「內地；腹地」的意思。

衍生詞 interior design　室內設計

central 中心的 1381

Faimly education plays a **central** role in children's development.

?	✓
家庭教育在小孩成長上扮演**中心的**角色。	 家庭教育在小孩成長上扮演重要的角色。

解 析 central 另有「重要的」的意思。

相似詞 vital；important；foremost

tower 塔 1382

Andy is only 13, but he **towers** over Jack, who is 18.

?	✓
Andy 今年 13 歲，但他**塔** 18 歲的 Jack。	 Andy 今年 13 歲，但他比 18 歲的 Jack 來得高。

解 析 tower 另有「比……高；高聳」的意思。

衍生詞 towering 高聳的

zoo 動物園 1383

When there is a big sale in the shoes store, it is literally a **zoo**.

?	✓
當這間鞋店有特賣會時，根本**動物園**。	 當這間鞋店有特賣會時，根本一片混亂。

解 析 zoo 另有「一片混亂之處」的意思。

衍生詞 zookeeper 動物園管理員

level 水平線；使平整 1384

The village was **leveled** by the air strike.

?	✓
在這空襲中，這村落被**水平線**。	 在這空襲中，這村落被夷為平地。

解 析 level 另有「將……夷為平地」的意思。

相似詞 destroy；ruin；demolish

park 公園 1385

I'm wondering how Fred **parked** himself in front of the TV during the whole weekend.

?	✓
我很納悶 Fred 是如何整個週末都**公園**在電視機前面。	 我很納悶 Fred 是如何整個週末都久坐在電視機前面。

解析 park 另有「長時間坐在／放在（某處）」的意思。

衍生詞 car park　停車場

aside 在旁邊

I tried to hear Tim's whispered **aside**, but I couldn't.

?	✓
我試著聽清楚 Tim 的**在旁邊**，但卻沒成功。	 我試著聽清楚 Tim 的悄悄話，但卻沒成功。

解析 aside 另有「小聲說的話」的意思。

相似詞 whisper；murmur；mutter

bay 海灣

I can hear wolves in the distance **baying** now.

?	✓
我可以聽見遠方的狼群在**海灣**。	 我可以聽見遠方的狼群在發出狼嚎。

解析 bay 另有「（狗或狼）叫／吠」的意思。

衍生詞 hold/keep... at bay　遏制；bay tree　月桂樹

place 地方

I should have seen the girl, but I can't **place** her now.

?	✓
我以前應該有看過這女孩，但現在怎麼無法**地方**她。	 我以前應該有看過這女孩，但現在怎麼認不出她。

解析 place 另有「認出」的意思。

相似詞 recognize

1389

middle 中間的

Owen is displeased with the fat around his **middle**.

?	Owen 對於**中間的**脂肪不滿意。		Owen 對於腰部的脂肪不滿意。

解析 middle 另有「腰部」的意思。

相似詞 waist

1390

remote 遙遠的

Federer is a **remote** man who doesn't talk much.

?	Federer 是個**遙遠的**人，也不太常講話。		Federer 是個冷漠的人，也不太常講話。

解析 remote 另有「冷漠的」的意思。

相似詞 distant

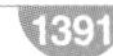
1391

pool 水塘

We **pooled** our money to buy our homeroom teacher a gift.

?	我們**水塘**來為導師買個禮物。		我們集資來為導師買個禮物。

解析 pool 另有「集合（資金／資源）」的意思。

衍生詞 carpool 共乘

1392

bottom 底部

Otto fell on his **bottom** and cried out loud for his mother.

?	Otto 跌坐在**底部**，並大聲哭喊找媽媽。		Otto 一屁股跌坐在地上，並大聲哭喊找媽媽。

解析 bottom 另有「屁股」的意思。

相似詞 buttocks；rear end；ass

capital 首都 1393

To attract foreign **capital**, the government needs to come up with a novel idea.

?	為了要吸引外國**首都**，政府需要想點新點子。		為了要吸引外國資金，政府需要想點新點子。

解　析 capital 另有「資金」的意思。

衍生詞 capital letter　大寫字母

setting 環境 1394

This movie has its **setting** in WWII and was quite touching.

?	這部電影的**環境**在二戰，且相當感人。		這部電影的背景是在二戰，且相當感人。

解　析 setting 另有「情節背景」的意思。

相似詞 background

into 進入  1395

My brother is **into** collecting model cars.

?	我弟弟**進入**收集模型車。		我弟弟極喜歡收集模型車。

解　析 into 另有「極喜歡」的意思。

相似詞 love；prefer

★ **into**　除以

4 into 20 equals 5.

20 除以 4 等於 5。

27

occasion 場合；盛會 1396

Alexander's recklessness **occasioned** his father lots of trouble.

?	
Alexander 的魯莽**場合**爸爸許多麻煩。	Alexander 的魯莽造成爸爸許多麻煩。

解 析 occasion 另有「造成；引起」的意思。

相似詞 cause；give rise to；lead to

★ occasion 機會；原因

Why don't you use this occasion to clear up all the misunderstandings?

為何你不利用這次機會來澄清誤會呢？

section 地區  1397

After the doctor's evaluation, the woman will undergo a **section**.

?	
經醫生評估後，這婦女需要接受**地區**。	經醫生評估後，這婦女需要接受剖腹產。

解 析 section 另有「剖腹產」的意思。

相似詞 caesarean；C-section

★ section 強制（精神病人）入院

The man with a mental illness was sectioned.

這患有精神病的人被強制入院。

edge 邊緣  1398

With her fluent English, Winnie definitely has an **edge** over other interviewees.

?	
因為 Winnie 流利的英文，比起其他面試者她肯定有**邊緣**。	因為 Winnie 流利的英文，比起其他面試者她肯定有優勢。

解析 edge 另有「優勢」的意思。
相似詞 advantage；head start

★ **edge** 慢慢移動
Douglas edged to the door and left the party.
Douglas 慢慢移動至門口並離開舞會。

down 在下面 1399

What I need most now is a **down** jacket.

?	我現在最需要的是一件**在下面**的夾克。		我現在最需要的是一件羽絨夾克。

解析 down 另有「羽絨」的意思。
衍生詞 down sb 擊敗某人

★ **down** 一口氣吃下／喝下
Amazingly, Bob downed a whole pizza.
很驚人地，Bob 一口氣吃下一整塊披薩。

ground 地面 1400

All of the planes were **grounded** due to the typhoon.

?	因為颱風的關係，所有飛機都**地面**。		因為颱風的關係，所有飛機都停飛。

解析 ground 另有「禁止……飛行；使（船）擱淺」的意思。
衍生詞 grounds 咖啡渣

★ **ground** 禁足（孩子）
I was grounded by my parents because I didn't behave well.
因為我不乖，所以被爸媽禁足。

28 國家／城市

country 國家；鄉下 1401

This newly-built park is a good extreme sports **country**.

? 這新建成的公園是極限運動極佳的**國家**。

 這新建成的公園是極限運動極佳的地點。

解析 country 另有「地區；地點」的意思。

相似詞 area；region

province 省 1402

Cleaning up the sewage is not the **province** of our department.

? 清理下水道並非我們部門的**省**。

 清理下水道並非我們部門的職責範圍。

解析 province 另有「（興趣、職責或知識的）範圍」的意思。

衍生詞 provincial　守舊的

national 全國性的 1403

In the clash yesterday, two Canadian **nationals** were badly hurt.

? 在昨天的衝突中，兩位加拿大**全國性的**受傷嚴重。

 在昨天的衝突中，兩位加拿大公民受傷嚴重。

解析 national 另有「國民；公民」的意思。

相似詞 citizen

China 中國 1404

Mom bought many **china** plates and bowls at IKEA.

? 媽媽在 IKEA 買了許多**中國**盤子和碗。

 媽媽在 IKEA 買了許多瓷盤和瓷碗。

解析 china 另有「瓷器」的意思。（請注意要小寫）

衍生詞 like a bull in a china shop　魯莽闖禍的人

regime 政府；政權 1405

The woman with diabetes is on a strict dietary **regime**.

?	那有糖尿病的女人遵循嚴格的飲食**政府**。		那有糖尿病的女人遵循嚴格的飲食養生之道。

解 析　regime 另有「養生之道」的意思。

相似詞　regimen

revolution 革命；革命性劇變 1406

How much time does the earth's **revolution** around the sun take?

?	地球**革命**太陽要多久時間？		地球繞轉太陽一周要多久時間？

解 析　revolution 另有「繞轉」的意思。

衍生詞　the Industrial Revolution　工業革命

authority 當局；官方 1407

Dr. Li is an **authority** on lung cancer research.

?	李博士是肺癌研究的**當局**。		李博士是肺癌研究的專家。

解 析　authority 另有「權威人士；專家」的意思。

相似詞　expert；specialist

territory 領土；地盤 1408

Victor returned to his familiar **territory** to be a reporter.

?	Victor 又回到當記者熟悉的**領土**。		Victor 又回到當記者熟悉的領域。

解 析　territory 另有「（知識等的）領域／範疇」的意思。

相似詞　area of interest

policy 政策 1409

The salesperson told me I really needed a **policy** which could cover theft.

?	
業務跟我講我需要涵蓋竊盜的**政策**。	業務跟我講我需要涵蓋竊盜的保單。

解 析　policy 另有「保險單」的意思。

衍生詞　policyholder　投保人

constitution 憲法 1410

Mr. Guo has a strong **constitution** because he exercises every day.

?	
郭先生有強健的**憲法**，因為他每天運動。	郭先生有強健的體格，因為他每天運動。

解 析　constitution 另有「體格」的意思。

相似詞　physique

power 權力 1411

The student is observing the moldy toast with a high-**power** microscope.

?	
這學生正用一台高**權力**的顯微鏡觀察發霉的吐司。	這學生正用一台高倍率的顯微鏡觀察發霉的吐司。

解 析　power 另有「放大率」的意思。

衍生詞　power nap　恢復精力的小睡

society 社會 1412

I enjoy the **society** of my colleagues, so we hang out a lot.

?	
我很喜歡同事的**社會**，因此我們常出去閒晃。	我很喜歡同事的相伴，因此我們常出去閒晃。

解 析　society 另有「相伴」的意思。

衍生詞　high society　上流社會

abroad 在國外 1413

There are rumors **abroad** that a country is going to sever the ties with Taiwan.

?	**國外**傳言有一個國家將與台灣斷交。		到處都在傳言有一個國家將與台灣斷交。

解析 abroad 另有「廣為流傳的」的意思。（置於動詞後）

相似詞 go around

foreign 外國的 1414

The math formula is quite **foreign** to me.

?	這數學方程式對於我而言是**外國的**。		這數學方程式對於我而言是陌生的。

解析 foreign 另有「對……來說是陌生的」的意思。

相似詞 be alien to

right 權力 1415

It takes a little skill to **right** the canoe.

?	**權力**獨木舟只需一點點技巧。		將獨木舟翻成原本位置只需一點點技巧。

解析 right 另有「使（船）翻轉（到正常位置）」的意思。

衍生詞 the right wing （政治上的）右翼

bureau 局；辦事處 1416

I bought a **bureau** for my daughter's new room.

?	我為女兒新房間買了一個**局**。		我為女兒新房間買了一個五斗櫃。

解析 bureau 另有「五斗櫃」的意思。

衍生詞 FBI（Federal Bureau of Investigation） 聯邦調查局

29 時間

preliminary 初步的 1417

Sadly, our team was eliminated in the **preliminary**.

?	令人傷心的是，我們這隊在**初步的**被淘汰了。		令人傷心的是，我們這隊在預賽中就被淘汰了。

解析　preliminary 另有「**預賽**」的意思。

衍生詞　semifinals　準決賽；finals　決賽

twilight 黃昏時分  1418

Jason met an experienced coach in the **twilight** of his tennis career.

?	Jason 在網球生涯的**黃昏時分**才遇到一位有經驗的教練。		Jason 在網球生涯的晚期才遇到一位有經驗的教練。

解析　twilight 另有「**晚期**」的意思。

衍生詞　twilight years　晚年

contemporary 當代的 1419

Normally, young people prefer getting along with their **contemporaries**.

?	一般而言，年輕人比較喜歡和**當代的**一起相處。		一般而言，年輕人比較喜歡和同輩的一起相處。

解析　contemporary 另有「**同輩**」的意思。

相似詞　peer

interval 間隔  1420

The audience can go to the restroom in the **interval**.

?	觀眾可以在**間隔**去洗手間。		觀眾可以在中場休息去洗手間。

解析　interval 另有「**（演出／比賽）中場休息**」的意思。

相似詞　intermission

tick （鐘錶發出的）滴答聲 1421

Please **tick** the box on the table on the questionnaire.

?	請在問卷上的方格內**滴答聲**。		請在問卷上的方格內打勾。

解　析　tick 另有「打勾號（✓）」的意思。

相似詞　check

expire 到期 1422

The duke **expired** and left a good fortunate for his family.

?	這公爵**到期**，並留下一大筆遺產給家人。		這公爵逝世，並留下一大筆遺產給家人。

解　析　expire 另有「逝世」的意思。

相似詞　die；pass away；breathe one's last

permanent 長久的 

Black is a hippie with a **permanent**.

?	Black 是個有**長久的**嬉皮人士。		Black 是個有燙髮的嬉皮人士。

解　析　permanent 另有「燙髮」的意思。

相似詞　perm

frequent 頻繁的 

My coworkers and I **frequent** the bar after work.

?	同事和我下班後**頻繁的**酒吧。		同事和我下班後常去這間酒吧。

解　析　frequent 另有「常去」的意思。

相似詞　visit regularly

dawn 黎明 1425

It **dawned** that racial discrimination still exists in America.

?	**黎明**種族歧視在美國仍然存在。		最終證明種族歧視在美國仍然存在。

解析 dawn 另有「（事情）變得明朗」的意思。

衍生詞 dawn on sb 使……意識到

daily 每日 1426

Last night's mass protest was reported in all **dailies** in Taiwan.

?	昨晚大規模抗爭在台灣**每日**報導。		昨晚大規模抗爭在台灣各大日報報導著。

解析 daily 另有「日報」的意思。

衍生詞 weekly 週報；monthly 月刊；annual 年刊

summer 夏天 1427

Around 1000 migratory birds **summered** in the mangrove forest.

?	大約有一千隻候鳥在這紅樹林**夏天**。		大約有一千隻候鳥在這紅樹林度過夏天。

解析 summer 另有「度過夏天」的意思。

衍生詞 winter 過冬

future 未來 1428

Amos worked in **futures** and nearly went broke.

?	Amos 在**未來**工作，並差點破產。		Amos 從事期貨交易，並差點破產。

解析 futures 另有「期貨」的意思。

衍生詞 in future 從今以後

age 年紀 1429

Bill **aged** a lot after his wife died.

?	
Bill 在老婆死後，**年紀**許多。	 Bill 在老婆死後，老了許多。

解析 age 另有「老化；（酒）陳釀」的意思。

衍生詞 ages　很長時間

last 最後的 1430

The celebration **lasted** for almost ten hours.

?	
這慶祝活動**最後**幾乎十小時。	 這慶祝活動持續近十小時。

解析 last 另有「持續」的意思。

衍生詞 the last minute　最後一刻

late 遲到的 1431

Many people remembered the **late** singer on April 3rd.

?	
許多人在四月三號這天都緬懷這**遲到的**歌手。	 許多人在四月三號這天都緬懷這已故的的歌手。

解析 late 另有「已故的」的意思。

相似詞 dead；departed；deceased

period 時期；（一堂）課 1432

Jolin missed her **periods** and now seeks the help of a doctor.

?	
Jolin 錯過**幾堂課**，現在求助於醫生的幫忙。	 Jolin 月經好幾次都沒來，現在求助於醫生的幫忙。

解析 period 另有「月經」的意思。

衍生詞 Period!　到此為止

1433

initial 開始的

Ronnie wrote his **initials** at the end of the letter.

?	✓
Ronnie 在信尾寫上自己的**開始的**。	 Ronnie 在信尾寫上自己名字的首字母。

解析 initial 另有「（姓名的）第一個字母」的意思。

衍生詞 initialize　初始化

1434

long 長的；遠的

Elma **longed** to visit Italy someday in the future.

?	✓
Elma **長的**未來有天可以去義大利玩。	 Elma 渴望未來有天可以去義大利玩。

解析 long 另有「渴望做……」的意思。

相似詞 yearn；be eager to；be desperate to

1435

phase 階段；時期

In this class, students will learn about the **phases** of the moon.

?	✓
在這節課，學生會學到月亮的**階段**。	 在這節課，學生會學到月亮的盈虧。

解析 phase 另有「（月亮的）盈虧」的意思。

衍生詞 phase sth out　逐步淘汰

1436

season 季節

Ed is **seasoning** the chicken with soy sauce and garlic.

?	✓
Ed 正在用醬油和大蒜**季節**雞肉。	 Ed 正在用醬油和大蒜給雞肉調味。

解析 season 另有「給……調味」的意思。

衍生詞 seasoning　調味品

forthcoming 即將發生的 1437

Tomic is a **forthcoming** person and loves to share what he knows.

?	Tomic 是個**即將發生的**人，並樂於分享所知。		Tomic 是個樂於提供資訊的人，並樂於分享所知。

解 析 forthcoming 另有「樂於提供資訊的／交談的」的意思。

相似詞 communicative；informative；unreserved

spring 春天 1438

Josh **sprang** out of nowhere and scared me.

?	Josh 不知從哪**春天**，嚇了我一跳。		Josh 不知從哪跳出來，嚇了我一跳。

解 析 spring 另有「突然跳出」的意思。

衍生詞 spring 彈簧

due 預計的 1439

Each member of our club has to pay NT$ 2000 annual **dues**.

?	社團每個成員都須繳交兩千元的年**預計的**。		社團每個成員每年都須繳交兩千元的會費。

解 析 dues 另有「會費」的意思。（常用複數）

衍生詞 give sb sb's due 說句公道話

second 秒 1440

We all **seconded** the manager's proposal of creating a store app.

?	我們都**秒**經理創一個商店 app 的提案。		我們都贊成經理創一個商店 app 的提案。

解 析 second 另有「贊成」的意思。

相似詞 support；back；hold up

clock 時鐘 1441

The sports car **clocked** 3.6 seconds to reach 100 km/h.

?	
這輛跑車時速達每小時一百公里**時鐘** 3.6 秒。	這輛跑車時速達每小時一百公里需 3.6 秒。

解析 clock 另有「所需時間」的意思。

相似詞 register；attain；record

date 日期；約會 1442

The **date** on the tablet of stone is 1888.

?	
石匾上的**日期**為 1888。	石匾上的年份為 1888。

解析 date 另有「年份」的意思。

衍生詞 date back 追溯

★ **date** 棗子

These dates look very delicious and juicy.

這些棗子看起來很可口和多汁。

March 三月 1443

The gangsters **marched** a vendor out of his stall.

?	
這些流氓**三月**攤位上的小販。	這些流氓強迫攤位上的小販一起走。

解析 march 另有「強迫（某人）一起走；押送」的意思。

衍生詞 on the march 行軍中

★ **march** 抗議遊行

Around thirty workers went on a march over the poor working environment.

大約有三十位工人因差勁的工作環境而抗議遊行。

brief 短暫的 1444

The newcomer was **briefed** about her job and duty.

? 這新進人員**短暫的**相關工作和職責。

有人向這新進人員簡介相關的工作和職責。

解析 brief 另有「向……簡介」的意思。

衍生詞 briefs 內褲

★ **brief** （衣服）很短的

All of the models wore brief skirts at the car exhibition.

車展上所有的車模都穿很短的短裙。

29

30 自然環境

slate 石板 1445

The whole **slate** of candidates were disqualified due to bribery.

?	全部**石板**的候選人因為賄選案而失格。		全部名單上的候選人因為賄選案而失格。

解　析　slate 另有「候選人名單」的意思。

衍生詞　be slated to V　預計……

cave 山洞 1446

After I begged for one hour, my father **caved** and let me study abroad.

?	在我苦苦哀求一個小時後，我爸**山洞**並允許我出國念書。		在我苦苦哀求一個小時後，我爸讓步並允許我出國念書。

解　析　cave 另有「讓步；屈服」的意思。

相似詞　cave in

strait 海峽 1447

Our company is in dire **straits** and needs financial assistance.

?	我的公司陷入嚴重**海峽**，並須金融救助。		我的公司陷入嚴重困境，並須金融救助。

解　析　straits 另有「困境」的意思。（常用複數）

相似詞　plight；predicament；crisis

bog 沼澤 1448

Honey, could you give me a bag of **bog** paper?

?	親愛的，你可以給我一包**沼澤**紙嗎？		親愛的，你可以給我一包廁所衛生紙嗎？

解　析　bog 另有「廁所」的意思。

相似詞　toilet；bathroom；restroom

scenery 風景 1449

I am responsible for the **scenery**, while Pitt is in charge of lighting.

?	我負責**風景**，而 Pitt 負責燈光。		我負責舞台布景，而 Pitt 負責燈光。

解析 scenery 另有「舞台布景」的意思。

相似詞 set

gorge 峽谷 1450

Michael is **gorging** himself on the curry rice I prepared.

?	Michael 正在**峽谷**我煮的咖哩飯。		Michael 正在狼吞虎嚥我煮的咖哩飯。

解析 gorge 另有「狼吞虎嚥」的意思。

相似詞 gulp down；guzzle；gobble

30

landslide 坍方  1451

The mayor was re-elected by a **landslide**.

?	市長以**坍方**連任成功。		市長以壓倒性勝利般連任成功。

解析 landslide 另有「壓倒性勝利」的意思。

相似詞 runaway victory；triumph

fossil 化石  1452

Sam is a **fossil** who never accepts new ideas.

?	Sam 是個**化石**，從不接受新思想。		Sam 是個老頑固，從不接受新思想。

解析 fossil 另有「老頑固」的意思。

相似詞 fogey；diehard；dinosaur

grit 沙礫 1453

It takes **grit** to admit one's mistakes.

?			
?	承認自己的錯誤需要**沙礫**。		承認自己的錯誤需要勇氣。

解析 grit 另有「**勇氣**」的意思。

相似詞 guts；courage；bravery

brook 小溪 1454

I can't **brook** the noise from upstairs anymore.

?			
?	我再也無法**小溪**樓上傳來的噪音。		我再也無法容忍樓上傳來的噪音。

解析 brook 另有「**容忍**」的意思。

相似詞 stand；endure；put up with

lime 石灰 1455

I found some **lime** on the bottom of the kettle.

?			
?	我發現水壺底部有些**石灰**。		我發現水壺底部有些水垢。

解析 lime 另有「**水垢**」的意思。

相似詞 limescale；scale

rock 岩石；寶石 

Please tell me to how to **rock** this season's fashionable clothes.

?			
?	請告訴我要如何**岩石**這季時髦的衣服。		請告訴我要如何穿這季時髦的衣服才好看。

解析 rock 另有「**因穿戴而顯得好看或時髦**」的意思。

衍生詞 rocks 礁石

coast 海岸 1457

The boxer **coasted** to victory in just one minute.

?	這拳擊手一分鐘內**海岸**勝利。		這拳擊手一分鐘內輕而易舉取勝利。

解析 coast 另有「輕而易舉取得勝利」的意思。

衍生詞 The coast is clear. 安全無危險。

terrace 梯田 1458

On the Mid-Autumn Festival, we always have a barbecue on the **terrace**.

?	中秋節時，我們總是在**梯田**烤肉。		中秋節時，我們總是在露天陽台上烤肉。

解析 terrace 另有「露天陽台」的意思。

相似詞 patio

gulf 海灣；裂口 1459

There was a widening **gulf** between management and labor in the past.

?	在過去資方與勞方有著日益增大的**海灣**。		在過去資方與勞方有著日益增大的差距與分歧。

解析 gulf 另有「巨大的差距」的意思。

相似詞 gap；chasm；difference

stream 小河 1460

I'm in the top **stream** for English.

?	我在英文最高**小河**。		我在英文最好的編班。

解析 stream 另有「（學生依照學習能力編排的）班／組」的意思。

相似詞 track

land 陸地 1461

It is not easy to **land** a good job nowadays.

?	當今要**陸地**一份好工作實在不簡單。		當今要得到一份好工作實在不簡單。

解 析 land 另有「得到」的意思。

衍生詞 land a fish　釣到魚

swamp 沼澤地 1462

We have been **swamped** with work since November.

?	從十一月起我們就**沼澤地**工作。		從十一月起我們就忙到不可開交。

解 析 swamp 另有「使應接不暇」的意思。

相似詞 overwhelm；snow under；overburden

breeze 微風 1463

I scored 100 points on the exam. It's a real **breeze**!

?	我考試考了 100 分。這實在**微風**！		我考試考了 100 分。這實在太簡單了！

解 析 breeze 另有「輕而易舉的事」的意思。

衍生詞 shoot the breeze　閒談

desert 沙漠 1464

Soldiers who **deserted** will be put in jail.

?	士兵如果**沙漠**會被關進牢裡。		士兵如果擅離部隊會被關進牢裡。

解 析 desert 另有「擅離（部隊）」的意思。

衍生詞 cultural desert　文化沙漠

stone 石頭 1465

This pig weighs 10 **stones**.

?	這隻豬重達十顆**石頭**。		這隻豬重達十英石。

解析 stone 另有「英石（等於 **6.35** 公斤）」的意思。

衍生詞 precious stone　寶石

★ **stone**　向……投擲石塊

The police station was stoned by some mobs.

這警局被暴民投擲石塊。

31 大自然

ebb 退潮 1466

The teacher found her students' enthusiasm for English was **ebbing** away.

?	這老師發現學生對英文的熱情慢慢**退潮**。		這老師發現學生對英文的熱情慢慢退了。

解 析　ebb 另有「衰退」的意思。

相似詞　wane；diminish；dwindle

spark 火花 1467

The release of the man who abused his child **sparked** fury.

?	釋放這虐待小孩的男子**火花**憤怒。		釋放這虐待小孩的男子引起憤怒。

解 析　spark 另有「引起；導致」的意思。

衍生詞　Sparks fly.　激烈爭論。

marine 海（洋）的 1468

A **marine** jumped into the river and saved a drowning woman.

?	一個**海洋**跳入河裡，並救了一個溺水的女人。		一個海軍陸戰隊士兵跳入河裡，並救了一個溺水的女人。

解 析　marine 另有「海軍陸戰隊士兵」的意思。

衍生詞　marine biologists　海洋生物學家

quake 地震 1469

After hearing the joke, we **quaked** with laughter.

?	在聽完這笑話後，我們**地震**大笑。		在聽完這笑話後，我們捧腹大笑。

解 析　quake 另有「顫抖」的意思。

相似詞　shake；shudder；tremble

phenomenon （尤指不尋常的或有趣的）現象 1470

For Derrick, Mayday is a **phenomenon** in Taiwan.

?	對於 Derrick 而言，五月天是台灣的**現象**。		對於 Derrick 而言，五月天是台灣的奇跡。

解析 phenomenon 另有「奇才；奇跡」的意思。

相似詞 marvel；miracle；wonder

disaster 災難 1471

The movie of a serial killer was a **disaster**.

?	這部有關連環殺手的電影根本**災難**。		這部有關連環殺手的電影非常失敗。

解析 disaster 另有「非常失敗」的意思。

相似詞 failure；flop；catastrophe

fragrance 香氣 1472

I decided to give my father a **fragrance** as his birthday gift.

?	我打算送我爸**香氣**當作生日禮物。		我打算送我爸香水當作生日禮物。

解析 fragrance 另有「香水」的意思。

相似詞 perfume；scent

beam 光線 1473

Susan is **beaming** at me but I don't know why.

?	Susan 對著我**光線**，但我不明白為什麼。		Susan 對著我眉開眼笑，但我不明白為什麼。

解析 beam 另有「眉開眼笑」的意思。

衍生詞 full beam （汽車的）遠光燈

natural 自然的 1474

Sally is a **natural** for swimming; she won many prizes.

?	Sally **自然的**游泳；她獲獎無數。		Sally 是個游泳的天生好手；她獲獎無數。

解 析 natural 另有「天生好手」的意思。

衍生詞 natural childbirth　自然分娩

rugged （土地）荒蕪崎嶇的 1475

Evan is perfect for the role owing to his **rugged** looks.

?	Evan 因為他**崎嶇的**外表，十分適合這角色。		Evan 因為他相貌粗獷且英俊的外表，十分適合這角色。

解 析 rugged 另有「**相貌粗獷且英俊的**」的意思。

衍生詞 rugged vehicle　堅固耐用的車

ozone 臭氧

I like to stroll on the beach, enjoying the **ozone**.

?	我喜歡在沙灘上散步，並享受**臭氧**。		我喜歡在沙灘上散步，並享受海邊的新鮮空氣。

解 析 ozone 另有「**（尤指海邊的）新鮮空氣**」的意思。

衍生詞 ozone-friendly　不損害臭氧層的

shady 陰涼的

All of my neighbors suspected that Kim was involved in something **shady**.

?	所有鄰居都懷疑 Kim 從事**陰涼的**事情。		所有鄰居都懷疑 Kim 從事非法的事情。

解 析 shady 另有「**不老實的；非法的**」的意思。

相似詞 dishonest；illegal；unlawful

scent 香味 1478

The hunter **scented** danger and left the woods immediately.

?	這獵人**香味**危險，並立即離開樹林。		這獵人覺察出危險，並立即離開樹林。

解析 scent 另有「覺察出；預感到」的意思。

衍生詞 scent blood　意識到對手有麻煩，並善加利用

substance 物質 1479

Mark was charged with possessing illegal **substance**.

?	Mark 因持有非法**物質**被起訴。		Mark 因持有非法毒品被起訴。

解析 substance 另有「毒品」的意思。

相似詞 drugs；narcotic

31

dust 灰塵 1480

My aunt **dusted** some sesame on the rice.

?	我阿姨在飯上**灰塵**了一些芝麻。		我阿姨在飯上撒上了一些芝麻。

解析 dust 另有「在……上撒（粉末）」的意思。

衍生詞 dust sth off　（尤指長時間不用後拿出來）備好待用

burn 發熱；燃燒 1481

Alva is **burning** to participate in the marathon.

?	Alva **燃燒**去參加馬拉松。		Alva 渴望去參加馬拉松。

解析 burn 另有「渴望」的意思。

相似詞 be eager to；be longing to；be yearning to

shine 發光 1482

When Megan was little, she **shone** at math.

?	當 Megan 還小的時候，她在數學**發光**。		當 Megan 還小的時候，她在數學上就表現出眾。

解析 shine 另有「表現出眾」的意思。

相似詞 stand out；excel；be outstanding

smoke 煙 1483

I ordered the **smoked** fish as my main dish.

?	我點了**煙**魚為主餐。		我點了煙燻魚為主餐。

解析 smoke 另有「煙燻」的意思。

衍生詞 There's no smoke without fire. 無風不起浪。

sound 聲音 1484

Have you been to Long Island **Sound**?

?	你有去過長島**聲音**？		你有去過長島海灣？

解析 sound 另有「海灣」的意思。

衍生詞 sound sb out 探（某人）的口風

water 水；泉水；灌溉 1485

Did you **water** your parrot?

?	你有**泉水**鸚鵡了嗎？		你有餵鸚鵡水了嗎？

解析 water 另有「給（動物）餵水」的意思。

衍生詞 My eyes watered. 流眼淚。

shock 震動 1486

The man is suffering from **shock**. Could you help?

?	這男子正在**震動**。你有辦法幫忙嗎？		這男子正在休克。你有辦法幫忙嗎？

解析 shock 另有「休克」的意思。

衍生詞 shock of hair　大團毛髮

shadow 陰影；黑眼圈 1487

A secret agent was sent to **shadow** the drug lord.

?	一名特務被派去**陰影**毒梟。		一名特務被派去跟蹤毒梟。

解析 shadow 另有「尾隨；跟蹤」的意思。

衍生詞 cast a shadow over/on sth　給……蒙上陰影

strain 壓力  1488

There is a **strain** of patriotism throughout Martin's works.

?	Martin 的作品都有**壓力**愛國心。		Martin 的作品都有愛國情操的特點。

解析 strain 另有「個性；特點」的意思。

相似詞 trait; feature; characteristic

★ strain 過濾（食物）

First of all, you need to strain the noodles.

首先，先把麵條濾一下。

32 氣候／天氣

climate 氣候 1489

In the current economic **climate**, we should save money rather than invest.

?	在當前的經濟**氣候**，我們應存錢而非投資。		在當前的經濟形勢，我們應存錢而非投資。

解析 climate 另有「形勢」的意思。

相似詞 situation

blizzard 暴風雪 1490

The airline received a **blizzard** of complaint letters about its poor service.

?	這航空公司因服務糟糕收到**暴風雪**的抱怨信。		這航空公司因服務糟糕收到大量的抱怨信。

解析 blizzard 另有「大量繁亂的事（物）」的意思。

相似詞 a large amount of

hail （下）冰雹 1491

Let's **hail** a taxi to the airport since we're in a rush.

?	因為很趕，我們**冰雹**計程車去機場吧。		因為很趕，我們招一台計程車去機場吧。

解析 hail 另有「招呼」的意思。

衍生詞 hail from... 來自……

frost 霜；結霜 1492

Ben is **frosting** the cake before putting it into the fridge.

?	Ben 在將蛋糕放入冰箱前，正在**結霜**蛋糕。		Ben 在將蛋糕放入冰箱前，正在撒糖霜於蛋糕上。

解析 frost 另有「給……撒糖霜」的意思。

相似詞 ice

snowflake 雪花 1493

Ms. Chen is a **snowflake**, so don't say anything too mean to her.

?	陳小姐是片**雪花**，所以不要對她說太苛薄的話。		陳小姐是個有玻璃心的人，所以不要對她說太苛薄的話。

解析 snowflake 另有「玻璃心的人」的意思。

衍生詞 namby-pamby 軟弱的

fog 霧 1494

Burton's explanation just **fogged** my brain, not helpful at all.

?	Burton 的解釋只是**霧**我的頭腦，一點都沒幫助。		Burton 的解釋只是使我困惑，一點都沒幫助。

解析 fog 另有「使困惑；不清晰」的意思。

相似詞 confuse；bewilder；puzzle

snow 下雪 1495

Gabriel not only used you but also **snowed** you.

?	Gabriel 不僅利用妳，也**下雪**妳。		Gabriel 不僅利用妳，也矇騙妳。

解析 snow 另有「（以大量資訊／花言巧語）矇騙」的意思。

相似詞 deceive；mislead

storm 暴風雨 1496

The captain decided to **storm** the enemy's port tonight.

?	上校決定今晚要**暴風雨**敵人的港口。		上校決定今晚要突襲敵人的港口。

解析 storm 另有「突襲；攻佔」的意思。

相似詞 charge；attack

thunder 打雷 1497

"Leave me alone," Diva **thundered**.

?		✓	
?	「讓我一個人靜一靜！」Diva **打雷**。		「讓我一個人靜一靜！」Diva 怒吼著。

解 析 thunder 另有「怒吼」的意思。

相似詞 roar；bellow；rail against

wet 濕的 1498

Be a man, not a **wet**!

?		✓	
?	男人一點，不要**濕的**！		男人一點，不要那麼懦弱！

解 析 wet 另有「軟弱／懦弱的人」的意思。

相似詞 wimp；coward；weakling

temperature 溫度 1499

The **temperature** rose as we were attacking each other's work performance.

?		✓	
?	當我們攻擊對方的工作表現，**溫度**便升高。		當我們攻擊對方的工作表現，激烈程度便升高。

解 析 temperature 另有「緊張／激烈程度」的意思。

衍生詞 have a temperature 發燒

beach 海灘 1500

Scientists are looking into what caused the two whales to **beach**.

?		✓	
?	科學家們正在調查是什麼造成鯨魚**海灘**。		科學家們正在調查是什麼造成鯨魚擱淺。

解 析 beach 另有「（鯨魚）擱淺」的意思。

相似詞 become stranded

freeze 冷凍 1501

All of the assets of Tom's company were **frozen**.

?		
? Tom 公司的全部資產被**冷凍**。		Tom 公司的全部資產被凍結。

解析 freeze 另有「凍結（資金或財產）」的意思。

衍生詞 freeze sb out　排擠

flow 流 1502

I like the girl whose long hair **flows** down her shoulder.

?		
? 我喜歡的女生長髮**流**在肩膀。		我喜歡的女生長髮飄垂在肩膀。

解析 flow 另有「（衣服／頭髮等）飄垂；飄拂」的意思。

衍生詞 go with the flow　順其自然

blow 吹 1503

Don't **blow** the opportunity. It's a job offer from Google.

?		
? 不要**吹**了這個機會。這可是在 Google 的工作機會。		不要浪費了這個機會。這可是在 Google 的工作機會。

解析 blow 另有「揮霍；浪費」的意思。

衍生詞 a blow to　對……打擊

heat 熱度 1504

Dickson came out third in the **heat**.

?		
? Dickson 在**熱度**中的三名。		Dickson 在預賽中的三名。

解析 heat 另有「預賽；小組賽」的意思。

衍生詞 on heat　（動物）發情

weather 天氣 1505

Who can help us **weather** the crisis this time?

? 這次誰可以幫助我們**天氣**危機呢？

這次誰可以幫助我們平安渡過危機呢？

解 析 weather 另有「平安渡過（困境）」的意思。

衍生詞 weather forecast　天氣預報

★ weather　因風吹日曬而褪色／侵蝕

The walls of this old castle were weathered badly.

這座城堡的牆面嚴重風化。

wind 風 1506

After your baby drinks milk, you need to **wind** her.

? 在妳的小嬰兒喝完奶，妳應該**風**她。

在妳的小嬰兒喝完奶，妳應該幫她打嗝通氣。

解 析 wind 有「使（嬰兒）打嗝通氣」的意思。

衍生詞 wind a scarf　圍圍巾

★ wind　（道路或河流等）蜿蜒

This river winds through the valley for five kilometers.

這河流蜿蜒山谷了五公里。

33 天文

moon 月亮；衛星 1507

This cartoon character often **moons** in front of people.

?	
? 這卡通人物常在人前**月亮**。	 這卡通人物常在人前亮出光屁股。

解　析　moon 另有「（為開玩笑或抗議）亮出光屁股」的意思。

衍生詞　moon around　虛度時光

eclipse 日蝕；月蝕 1508

To my surprise, the fiction was **eclipsed** by the sci-fi movie based on it.

?	
? 讓我驚訝的是：這小說竟被根據其而拍攝的科幻電影**日蝕**。	 讓我驚訝的是：這小說竟被根據其而拍攝的科幻電影蓋過光芒。

解　析　eclipse 另有「使黯然失色；掩沒……的重要性」的意思。

相似詞　overshadow

gravity 重力；引力 1509

Only Amber is awarc of the **gravity** of the situation.

?	
? 只有 Amber 意識到事情的**重力**。	 只有 Amber 意識到事情的嚴重性。

解　析　gravity 另有「嚴重性」的意思。

相似詞　seriousness；significance

latitude 緯度 1510

People in China don't enjoy much **latitude**.

?	
? 在大陸人們無法享有太多的**緯度**。	 在大陸人們無法享有太多的自由。

解　析　latitude 另有「（言行或思維上的）自由」的意思。

相似詞　freedom；liberty

star 星 1511

Robert Downey Jr. **starred** in many Marvel movies.

?	小勞勃・道尼在許多漫威電影中**星星**。		小勞勃・道尼主演許多漫威電影。

解 析 star 另有「主演」的意思。

衍生詞 all-star　全明星的

sun 太陽 1512

Many foreighn tourists are **sunning** themselves on the beach.

?	許多外國旅客正在海灘上**太陽**。		許多外國旅客正在海灘上做日光浴。

解 析 sun 另有「做日光浴」的意思。

相似詞 get a tan

globe 地球  1513

Father bought me a **globe** to help me learn geography.

?	爸爸買一個**地球**幫助我學地理。		爸爸買一顆地球儀幫助我學地理。

解 析 globe 另有「地球儀」的意思。

衍生詞 light globe　電燈泡

earth 地球  1514

Make sure this machine is soundly **earthed**.

?	要確認這台機器確實的**地球**。		要確認這台機器確實有接地線。

解 析 earth 另有「把（電線）接地」的意思。

衍生詞 down-to-earth　務實的

34 動植物

◆植物◆

flower 花 1515

This countryside school **flowered** into an elite school.

?	這鄉間學校**花**成一間明星學校。		這鄉間學校發展成熟成一間明星學校。

解 析　flowcr 另有「繁榮；成熟」的意思。

相似詞　flourish

sap （植物運送養分的）汁／液  1516

Going through chemotherapy **sapped** Yuki's energy.

?	經歷一場化療**汁液** Yuki 的精力。		經歷一場化療耗盡 Yuki 的精力。

解 析　sap 另有「使傷元氣；耗盡」的意思。

相似詞　drain；debilitate

34

bush 灌木  1517

Connie has a **bush** of black hair and thick eyebrows.

?	Connie 有**灌木**的黑頭髮和粗粗的眉毛。		Connie 有濃密的黑頭髮和粗粗的眉毛。

解 析　bush 另有「濃密的頭髮」的意思。

衍生詞　beat around the bush　轉彎抹角

lumber 木材 1518

The concrete truck **lumbered** past the pedestrians.

? 這混凝土攪拌車**木材**經過路人。

 這混凝土攪拌車緩慢地經過路人。

解　析 lumber 另有「緩慢笨拙地移動」的意思。

相似詞 lurch

evergreen （植物）常青的 1519

The **evergreen** singing contest show always attracts viewers.

? 這**常青的**歌唱比賽節目總是吸引觀眾。

 這歷久不衰的歌唱比賽節目總是吸引觀眾。

解　析 evergreen 另有「歷久不衰的」的意思。

相似詞 timeless；classic；enduring

plum 李子  1520

Mary landed a **plum** job at Apple.

? Mary 在蘋果公司得到一份**李子**工作。

 Mary 在蘋果公司得到一份令人稱羨的工作。

解　析 plum 另有「令人稱羨的工作」的意思。

相似詞 wonderful job

prune 修剪（樹枝） 1521

My teacher **pruned** the redundancy from my writing.

? 老師將我作文中累贅部分**修剪**。

 老師刪除了我作文中累贅的部分。

解　析 prune 另有「刪除」的意思。

相似詞 delete；remove；reduce

pine 松樹 1522

After his wife passed away, Mr. Jones **pined**.

?	在老婆過世後，Jones 先生**松樹**。		在老婆過世後，Jones 先生憔悴消瘦。

解析 pine 另有「憔悴」的意思。

相似詞 languish

twig 細枝 1523

Sue didn't **twig** that we had prepared a surprise birthday party for her.

?	Sue 並沒有**細枝**我們幫她準備一場驚喜慶生會。		Sue 並沒有意識到我們幫她準備一場驚喜慶生會。

解析 twig 另有「（突然）領悟；明白」的意思。

相似詞 realize

mushroom 蘑菇 1524

The **number** of smartphones mushroomed in the last decade.

?	智慧型手機的數量在過去十年**蘑菇**。		智慧型手機的數量在過去十年迅速成長。

解析 mushroom 另有「迅速發展」的意思。

相似詞 burgeon；proliferate；rocket

grass 草；大麻 1525

The **grass** told the police everything about the crime activity.

?	這株**草**一五一十告訴警方這犯罪活動。		這告密者一五一十告訴警方這犯罪活動。

解析 grass 另有「告密者」的意思。

相似詞 supergrass；informer；stoolpigeon

34

rose 玫瑰 1526

The **rose** of the watering can is clogged with something.

?	灑水壺上的**玫瑰**卡住東西了。		灑水壺上的噴嘴卡住東西了。

解　析　rose 另有「（灑水壺上的）蓮蓬式噴嘴」的意思。

衍生詞　not all roses　並非盡善盡美

straw 稻草 1527

Someone invented a new **straw** made from sugar-cane fibers.

?	有人發明用甘蔗纖維製成新式**稻草**。		有人發明用甘蔗纖維製成新式吸管。

解　析　straw 另有「吸管」的意思。

衍生詞　straw man　人頭

weed 雜草；除雜草 1528

He used to be a **weed**, but now he is strong and healthy.

?	他以前是根**雜草**，但現在既強壯又健康。		他以前是個瘦弱的人，但現在既強壯又健康。

解　析　weed 另有「瘦弱的人」的意思。

衍生詞　smoke weeds　吸大麻

jungle 熱帶叢林 1529

Alger's basement is completely a **jungle**.

?	Alger 的地下室真是**熱帶叢林**。		Alger 的地下室真是亂七八糟。

解　析　jungle 另有「亂七八糟」的意思。

相似詞　mess；chaos；shambles

vegetable 蔬菜 1530

The **vegetable** can only moves his eyes.

?	這**蔬菜**只能動眼。		這植物人只能動眼。

解析 vegetable 另有「植物人；懶散的人」的意思。

相似詞 paralyzed person

branch 樹枝 1531

Joy works as a manager in the **branch** of the big company.

?	Joy 在這間大公司的**樹枝**擔任經理職務。		Joy 在這間大公司的分行擔任經理職務。

解析 branch 另有「分行；分店」的意思。

衍生詞 branch off （道路）岔開，分岔

root （植物的）根；（數學方程式的）根 1532

Leo **rooted** through his drawers to find his passport.

?	Leo **根**抽屜找護照。		Leo 翻找抽屜裡的護照。

解析 root 另有「翻找」的意思。

相似詞 rummage；seek；search for

trunk 樹幹；象鼻 1533

The policewoman is checking the suspect's **trunk**.

?	女警正檢查嫌疑犯的**樹幹**。		女警正檢查嫌疑犯的行李廂。

解析 trunk 另有「（汽車後部的）行李廂」的意思。

衍生詞 swim trunks 泳褲

stalk （植物的）莖／稈 1534

I found a man **stalking** all the way from my office.

?	✓
我發現有個男子從我辦公室一路**莖**我。	 我發現有個男子從我辦公室一路跟蹤我。

解　析 stalk 另有「跟蹤」的意思。

衍生詞 stalker　跟蹤者

stem 主幹 1535

President Trump wanted to build a wall to **stem** the flow of illegal immigrates.

?	✓
川普總統想要蓋一座牆來**主幹**非法移民。	 川普總統想要蓋一座牆來阻止非法移民。

解　析 stem 另有「阻擋；阻止」的意思。

相似詞 hinder；stop；check

plant 植物；農作 1536

The man kept saying the suitcase with drugs inside was a **plant**.

?	✓
這男子一直說這裝有毒品的行李箱是**植物**。	 這男子一直說這裝有毒品的行李箱是栽贓。

解　析 plant 另有「**栽贓物品**」的意思。

衍生詞 plant rumors　造謠

◆動物◆

creature 生物 1537

Chris is a strange **creature**; he wears sweaters in summer.

?	Chris 是個奇怪的**生物**；他夏天竟穿毛衣。		Chris 是個怪胎；他夏天竟穿毛衣。

解析 creature 另有「……的人」的意思。

衍生詞 creature comforts　物質享受

ape 猿 1538

Whenever Quinn **aped** our history teacher, we laughed out loud.

?	每當 Quinn **猿**我們的歷史老師，我們都笑開懷。		每當 Quinn 模仿我們的歷史老師，我們都笑開懷。

解析 ape 另有「（拙劣地）模仿」的意思。

相似詞 mimic；imitate；copy

owl 貓頭鷹 1539

Most of my classmates in college were **owls**.

?	我大部分大學同學都是**貓頭鷹**。		我大部分大學同學都是夜貓子。

解析 owl 另有「夜貓子」的意思。

衍生詞 lark　早起的人

mule 騾子 1540

The **mule** was punished with caning and sentenced to life in prison.

?	這**騾子**被處以鞭刑，並終生坐牢。		這毒品走私犯被處以鞭刑，並終生坐牢。

解析 mule 另有「毒品走私犯」的意思。

衍生詞 be as stubborn as a mule　非常固執

hound 獵狗 1541

Two reporters are **hounding** the lawmaker who took bribery.

?	兩位記者正**獵狗**接受賄賂的立委。		兩位記者正追趕並騷擾接受賄賂的立委。

解 析 hound 另有「追趕並騷擾」的意思。

相似詞 harass

biological 生物的；親生的 

It's inhuman to use **biological** weapons in war.

?	在戰爭時使用**生物的**武器是殘忍的。		在戰爭時使用生化武器是殘忍的。

解 析 biological 另有「生化（武器）的」的意思。

衍生詞 biological clock　生理時鐘

toad 蟾蜍 

Many netizens called the congressman a **toad**.

?	許多網友叫這議員**蟾蜍**。		許多網友叫這議員極令人討厭的醜八怪。

解 析 toad 另有「極令人討厭的醜八怪」的意思。

衍生詞 toady　馬屁精

ostrich 鴕鳥 

You can't be an **ostrich** forever.

?	妳總不能一輩子是**鴕鳥**。		妳總不能一輩子逃避現實。

解 析 ostrich 另有「逃避現實者」的意思。

相似詞 evader

peck 啄 1545

My mother **pecked** me on the forehead before going out for work.

?	我媽在上班前在我額頭上**啄**了一下。		我媽在上班前在我額頭上親吻了一下。

解 析 peck 另有「輕而快的吻」的意思。

衍生詞 peck at sth （食欲不佳地）小口吃東西

quack （鴨子）呱呱叫 1546

Helen took the medicine prescribed by the **quack**, which almost killed her.

?	Helen 吃了這**呱呱叫**開的藥，差點要了她的命。		Helen 吃了這庸醫開的藥，差點要了她的命。

解 析 quack 另有「庸醫；江湖郎中」的意思。

相似詞 charlatan；swindler；impostor

harness 給（馬）上輓具 1547

So far, people can't 100% **harness** the solar power.

?	到目前為止，人們尚無法百分之百**給**太陽能**上輓具**。		到目前為止，人們尚無法百分之百利用太陽能。

解 析 harness 另有「控制；利用……的動力」的意思。

相似詞 control

crocodile 鱷魚 1548

A **crocodile** of students went on an excursion to the nearby park.

?	**鱷魚**學生遠足至附近的公園。		學生兩人縱隊遠足至附近的公園。

解 析 crocodile 另有「兩人一排成縱隊行走的人（尤指兒童）」的意思。

衍生詞 crocodile tears 貓哭老鼠假慈悲

34

brood 一窩雛鳥 1549

There is no point **brooding** over a possible loss of the game. Keep practicing!

?	✓
一窩雛鳥妳的輸球是沒意義的。繼續練習吧！	 擔憂妳的輸球是沒意義的。繼續練習吧！

解析 brood 另有「憂思；擔憂」的意思。

相似詞 worried；concerned；anxious

hawk 鷹 1550

Clifford **hawked** handmade artefacts along the street.

?	✓
Clifford **鷹**手作手工藝品。	 Clifford 沿街兜售手作手工藝品。

解析 hawk 另有「沿街兜售」的意思。

衍生詞 hawk-eyed　目光銳利的

paw 爪子  1551

The old man was arrested for **pawing** a woman.

?	✓
這老人因為**爪子**一個女士而被逮捕。	 這老人因為毛手毛腳一個女士而被逮捕。

解析 paw 另有「毛手毛腳」的意思。

相似詞 molest

ferret 雪貂  1552

Oliver is **ferreting** for a pen but can't find one.

?	✓
Oliver 正在**雪貂**一枝筆，但找不到。	 Oliver 正在翻找一枝筆，但找不到。

解析 ferret 另有「（尤指在抽屜、袋子等中）翻找」的意思。

相似詞 rummage；forage；search for

squirrel 松鼠 1553

Douglas **squirrelled** away some money for his trip to France.

?	✓
Douglas **松鼠**了一些錢要去法國旅遊。	 Douglas 存了一些錢要去法國旅遊。

解　析　squirrel 另有「儲存」的意思。

相似詞　save；put aside；hoard

crane 鶴；吊車 1554

Everyone **craned** their necks to see the coming superstar.

?	✓
每個人**鶴**脖子想看巨星的到來。	 每個人伸長脖子想看巨星的到來。

解　析　crane 另有「伸長（脖子）」的意思。

衍生詞　crane fly　長腳蚊

hive 蜂巢 1555

Stress can worsen many skin conditions, such as **hives**.

?	✓
壓力可以讓皮膚問題惡化，比如**蜂巢**。	 壓力可以讓皮膚問題惡化，比如蕁麻疹。

解　析　hives 另有「蕁麻疹」的意思。

衍生詞　a hive of activity　忙碌的地方

bark 狗吠 1556

The black bear left a scratching mark on the **bark** of the tree.

?	✓
這隻黑熊在**狗吠**上留下抓痕。	 這隻黑熊在樹皮上留下抓痕。

解　析　bark 另有「樹皮」的意思。

衍生詞　be barking up the wrong tree　錯怪人

cow 母牛 1557

Most people in Hong Kong refused to be **cowed** into submission by China.

?	大部分香港人拒絕**母牛**向大陸臣服低頭。		大部分香港人拒絕被恐嚇向大陸臣服低頭。

解　析　cow 另有「（以威脅或暴力）使害怕；恐嚇」的意思。

相似詞　frighten；scare；intimidate

carp 鯉魚 1558

No one likes those who **carp** all the time.

?	沒人喜歡那些總是**鯉魚**的人。		沒人喜歡那些總是吹毛求疵的人。

解　析　carp 另有「吹毛求疵」的意思。

相似詞　cavil；quibble；grouse

calf 小牛 1559

The athlete hurt his **calf** muscle and couldn't jump at all.

?	這運動員傷了**小牛**肌肉，跳不起來了。		這運動員傷了小腿肌肉，跳不起來了。

解　析　calf 另有「小腿肚」的意思。

衍生詞　kill the fatted calf　接風洗塵

goat 山羊 1560

Be careful about the man–he is a **goat**.

?	要小心那男子——他是隻**山羊**。		要小心那男子——他是色狼。

解　析　goat 另有「色狼」的意思。

衍生詞　get sb's goat　使（某人）大為生氣

1561 parrot 鸚鵡

Scott just **parroted** what I said about the espionage case.

?	
Scott 只是**鸚鵡**我對間諜案的說法。	Scott 只是機械地重述我對間諜案的說法。

解 析 parrot 另有「機械地重述」的意思。

相似詞 repeat；echo

1562 shrimp 蝦子

How could you expect Samuel, a **shrimp**, to reach that book on the shelf?

?	
妳怎麼可以期待 Samuel 一隻**蝦子**拿得到架上的書？	妳怎麼可以期待矮子 Samuel 拿得到架上的書？

解 析 shrimp 另有「矮子」的意思。（幽默用語）

相似詞 shorty

1563 snake 蛇

The forest train **snaked** it way through the mountains.

?	
這森林火車**蛇**通過山區。	這森林火車蜿蜒通過山區。

解 析 snake 另有「蜿蜒伸展」的意思。

相似詞 wind；zigzag；worm

1564 swan 天鵝

With only one day in London, I decided to **swan** around the city.

?	
在倫敦只剩一天，我決定在這城市**天鵝**。	在倫敦只剩一天，我決定到處漫遊這城市。

解 析 swan 另有「漫遊」的意思。

相似詞 meander

34

turkey 火雞 1565

Vincent's new film was totally a **turkey**.

?	Vincent 的新電影根本**火雞**。		Vincent 的新電影根本失敗之作。

解析 turkey 另有「（特指電影或戲劇）失敗（之作）」的意思。

相似詞 disaster；catastrophe

worm 蟲

The pickpocket easily **wormed** her way through the crowd.

?	這扒手**蟲**過人群。		這扒手輕易地鑽過人群。

解析 worm 另有「擠過；鑽過」的意思。

相似詞 snake

beef 牛

York has been **beefing** about his low-paid job.

?	York 最近一直在**牛**他低薪的工作。		York 最近一直在抱怨他低薪的工作。

解析 beef 另有「抱怨」的意思。

衍生詞 beef up　加強

wolf 狼

Evonne **wolfed** down half a fried chicken.

?	Evonne **狼**下半隻烤雞。		Evonne 狼吞虎嚥半隻烤雞。

解析 wolf 另有「狼吞虎嚥」的意思。

衍生詞 lone wolf　孤僻的人

tail 尾巴；屁股 1569

The private detective is **tailing** a mistress of a famous singer.

?	這私家偵探正在**尾巴**一位有名歌手的情婦。		這私家偵探正在跟蹤一位有名歌手的情婦。

解析 tail 另有「跟蹤（某人）」的意思。

相似詞 shadow；stalk

butterfly 蝴蝶 1570

Bridget is a social **butterfly** who goes to parties quite often.

?	Bridget 是個社交**蝴蝶**，常跑趴。		Bridget 是個交際花，常跑趴。

解析 butterfly 另有「追求享樂的人」的意思。

衍生詞 have butterflies in sb's stomach　感到非常緊張

dog 狗 1571

Some NBA players' careers were **dogged** by injury troubles.

?	一些 NBA 球員的生涯被受傷問題所**狗**。		一些 NBA 球員的生涯被受傷問題所困擾。

解析 dog 另有「困擾；跟蹤」的意思。

相似詞 trouble；follow

fox 狐狸 1572

How this squirrel got into my apartment really **foxed** me.

?	這隻松鼠是如何進到我公寓的實在**狐狸**我。		這隻松鼠是如何進到我公寓的實在難倒我了。

解析 fox 另有「難倒；欺騙」的意思。

相似詞 confuse；bewilder；deceive

bull 公牛 1573

That talk was nothing but **bull**.

?	那談話只是**公牛**。		那談話只是胡說八道。

解 析 bull 另有「**胡說八道**」的意思。

相似詞 rubbish；trash talk

monkey 猴子 1574

You little **monkey**, put down the remote control!

?	妳這隻**猴**子，放下遙控器！		妳這個搗蛋鬼，放下遙控器！

解 析 monkey 另有「**搗蛋鬼**」的意思。

衍生詞 monkey around　搗蛋

rat 老鼠 1575

How could you deceive me like that, you **rat**?

?	你怎麼可以這樣欺騙我，你這**老鼠**？		你怎麼可以這樣欺騙我，你這背信棄義的人？

解 析 rat 另有「**背信棄義的人；騙子**」的意思。

衍生詞 rat on sb　告密出賣

monster 怪物；殘忍的人 1576

My sister **monstered** me for using her perfume.

?	我姊姊因為我使用她的香水而**怪物**我。		我姊姊因為我使用她的香水而把我罵到臭頭。

解 析 monster 另有「**嚴厲批評**」的意思。

相似詞 criticize；condemn；denounce

crow 烏鴉；（公雞）啼叫；（嬰兒）歡叫 1577

Belle **crowed** about defeating me in the chess game.

?		
?	Belle **烏鴉**在下棋比賽打敗我。	 Belle 臭屁在下棋比賽打敗我。

解　析　crow 另有「自誇」的意思。

相似詞　brag；boast；show off

wing 翅膀 1578

The east **wing** of my house will be constructed by July.

?		
?	我房子的東邊**翅膀**將在七月之前完工。	 我房子的東邊側廳將在七月之前完工。

解　析　wing 另有「廂房；側廳」的意思。

衍生詞　wing it　即興發揮

goose 鵝 1579

Antonio sneaked behind Ben and **goosed** him.

?		
?	Antonio 溜到 Ben 後面，並**鵝**他。	 Antonio 溜到 Ben 後面，並戳他的臀部。

解　析　goose 另有「戳（某人）的臀部」的意思。

衍生詞　goose step　（士兵）正步

34

pet 寵物  1580

Mother likes to **pet** our dog while watching TV.

?		
?	媽媽喜歡在看電視時**寵物**狗狗。	 媽媽喜歡在看電視時撫摸狗狗。

解　析　pet 另有「撫摸（動物）」的意思。

衍生詞　pet peeve　最討厭的事物

fish 魚 1581

Barry is **fishing** for who will throw a hat in the ring for Taipei mayor.

?	Barry 正在**魚**誰會參選台北市長。		Barry 正在旁敲側擊地想知道誰會參選台北市長。

解析 fish 另有「間接探聽」的意思。

衍生詞 fish in troubled waters　渾水摸魚

fur （動物的）毛／毛皮

Most of the pipes in my house **furred** after years of use.

?	家裡大部分的水管多年使用後**毛皮**。		家裡大部分的水管多年使用後生水垢。

解析 fur 另有「生水垢／舌苔」的意思。

衍生詞 sb's artery furs　阻塞

bug 蟲；病毒／細菌

The agent found a **bug** in his necktie.

?	特務在領帶處發現一隻**蟲**。		特務在領帶處發現一只竊聽器。

解析 bug 另有「竊聽器」的意思。

衍生詞 bug sb　煩擾某人

sting （昆蟲、植物或動物）叮／刺

The police said the **sting** operation was very successful.

?	警方說這次的**叮**行動非常成功。		警方說這次的臥底行動非常成功。

解析 sting 另有「（警方為抓捕罪犯的）臥底（行動）」的意思。

衍生詞 sting sb for money　敲詐

fly 蒼蠅 1585

All my students found that my **fly** was undone.

?	我所有的學生都發現我的**蒼蠅**沒拉。		我所有的學生都發現我的拉鍊沒拉。

解析 fly 另有「（褲子）拉鍊」的意思。

相似詞 zipper

swallow 燕子；吞嚥 1586

It is difficult for me to **swallow** Jeff's story.

?	要我**燕子** Jeff 的話真的很難。		要我輕信 Jeff 的話真的很難。

解析 swallow 另有「輕信」的意思。

衍生詞 swallow the bait 中圈套

duck 鴨子 1587

Duck your head!

?	**鴨子**你的頭！		低頭！

解析 duck 另有「（尤指為避免被擊中而）猛低頭；躲」的意思。

衍生詞 sitting duck　易受攻擊的東西

★ duck 將……按到水下

It is dangerous to duck people in the water for too long.

把別人的頭壓到水下是件很危險的事。

34

shell 殼；炮彈 1588

John set up a **shell** to do some illegal activities.

?	
John 設立一家**殼**來從事非法活動。	John 設立一家空殼公司來從事非法活動。

解 析 shell 另有「空殼公司」的意思。

衍生詞 come out of your shell　融入外部世界

★ shell　炮轟；炮擊

The US army shelled a small town in Iran.

美軍炮擊伊朗的一個小鎮。

seal 海豹 1589

Father put his peanuts in a **sealed** can.

?	
爸爸將花生放入**海豹**罐子。	爸爸將花生放入密封的罐子。

解 析 seal 另有「密封」的意思。

相似詞 make airtight；secure；make watertight

★ seal　印章

Ian stamped the document with a seal.

Ian 在文件上蓋上一個章。

35 單位

distance 距離 1590

There is a **distance** between Lisa and her family.

?	✓
Lisa 和家人有**距離**。	 Lisa 和家人關係疏遠。

解 析 distance 另有「疏遠」的意思。

相似詞 detachment；aloofness

inch 英吋 1591

The wildfire **inched** closer to our village.

?	✓
這野火**英吋**更接近我們村莊。	 這野火緩慢地移動更接近我們村莊。

解 析 inch 另有「緩慢地移動」的意思。

相似詞 edge；move slowly

loaf 一條（麵包）  1592

Darren was scolded for **loafing** around with his fair-weather friends.

?	✓
Darren 因為和酒肉朋友**一條**而被責罵。	 Darren 因為和酒肉朋友虛度光陰而被責罵。

解 析 loaf 另有「懶散；虛度光陰」的意思。

相似詞 moon around；goof around

35

measure 測量  1593

The city government must take **measures** to prevent flooding.

?	✓
市政府必須**測量**來預防淹水。	 市政府必須採取措施來預防淹水。

解 析 measure 另有「方法；措施」的意思。

相似詞 steps；action；means

meter 公尺

Yesterday, a man came to our house to read the gas **meter**.

?	昨天，有個人來我家抄瓦斯**公尺**。		昨天，有個人來我家抄瓦斯表。

解 析 meter 另有「計；表；儀」的意思。

衍生詞 parking meter　停車收費器

gallon 加侖

Old Sam drank **gallons** of beer and didn't get drunk.

?	老山姆喝了幾**加侖**的啤酒，但沒醉。		老山姆喝了大量的啤酒，但沒醉。

解 析 gallon 另有「大量液體」的意思。

相似詞 tons of；plenty of；a large amount of

length 長度

The dragon boat won by three **lengths**.

?	這艘龍船以三個**長度**獲勝。		這艘龍船以三個船身獲勝。

解 析 length 另有「比賽時（馬的）身位；船身」的意思。

衍生詞 at length　終於

1597

unit 單位

Zero to nine are **units**.

?	零到九是**單位**。		零到九是個位數。

解 析 unit 另有「個位數」的意思。

衍生詞 burns unit　燒傷科

pound 磅 1598

After you pay the fines, you can drive your own car out of the **pound**.

?	在你付完罰金後，才能將愛車開出**磅**。		在你付完罰金後，才能將愛車開出汽車扣押場。

解 析 pound 另有「汽車扣押場」的意思。

衍生詞 pound key （電話）井字號鍵

minute 分鐘 1599

A **minute** amount of the poison can kill a dog.

?	一**分鐘**的毒藥量就可殺死一隻狗。		一點點微小的毒藥量就可殺死一隻狗。

解 析 minute 另有「極小的；微小的」的意思。

衍生詞 the minutes 會議記錄

scale 刻度 1600

The robber **scaled** the wall and escaped successfully.

?	這搶匪**刻度**牆壁並成功逃跑了。		這搶匪爬牆並成功逃跑了。

解 析 scale 另有「攀登」的意思。

衍生詞 scale sb's teeth （牙醫）刮掉牙石或牙斑

★ **scale** （魚、蛇等動物的）鱗片

The scales of a fish can protect it from getting hurt.

魚的鱗片可保護魚免於受傷。

★ **scale** 水垢

I found some scale on the bottom of the kettle.

我發現水壺底部有些水垢。

數量

add 增加 1601

"Thank you again for your help," Dennis **added** as he was about to leave.

?	✓
Dennis 在要離開時，**增加**了：「再次謝謝你的幫忙。」	Dennis 在要離開時，補充說：「再次謝謝你的幫忙。」

解析 add 另有「補充說；繼續說」的意思。

衍生詞 add up to 總共是

overtake 超過 1602

Nicole was **overtaken** by grief and was crying in her room.

?	✓
Nicole 被悲傷**趕上**，並在房間裡哭泣。	Nicole 突然悲從中來，並在房間裡哭泣。

解析 overtake 另有「突然降臨於」的意思。

衍生詞 overtaking lane 超車道

slight 少量的 1603

I felt **slighted** when no one said hello to me.

?	✓
沒人跟我打招呼時，我覺得**少量的**。	沒人跟我打招呼時，我覺得受冷落了。

解析 slight 另有「輕視；冷落」的意思。

相似詞 snub；give someone the cold shoulder

remainder 剩餘部分 1604

Kevin's new book only sold 200 copies and the rest were **remaindered**.

?	✓
Kevin 的新書只賣了兩百本，剩下的都**剩餘部分**。	Kevin 的新書只賣了兩百本，剩下的都削價出售。

解析 remainder 另有「削價出售（滯銷的圖書）」的意思。

衍生詞 remaining 其餘的

plural 複數形式 1605

Taiwan has a **plural** society which China doesn't have.

? 台灣有**複數形式**的社會，是大陸所沒有的。

 台灣有多元的社會，是大陸所沒有的。

解析 plural 另有「多元的」的意思。

衍生詞 singular 單數（的）

digit （零到九中的任一）數字 1606

Due to an accident, the worker's four **digits** were amputated.

? 因為一場意外，這工人的四個**數字**截肢了。

 因為一場意外，這工人的四個手指頭截肢了。

解析 digit 另有「手指；腳趾」的意思。

相似詞 finger；toe

handful 一把（之量）  1607

Shelly's youngest daughter is a **handful**, never listening to what she says.

? Shelly 最小的女兒是個**一把**，從不聽從她講的話。

 Shelly 最小的女兒是個難控制的小孩，從不聽從她講的話。

解析 handful 另有「難控制的人」的意思。

相似詞 nuisance

percentage 百分比  1608

I didn't see any **percentage** in eating junk food so often.

? 我看不到這麼常吃垃圾食物的**百分比**。

 我看不到這麼常吃垃圾食物的好處。

解析 percentage 另有「好處；利益」的意思。

相似詞 advantage；benefit

36

partial 部分的 1609

Granger took a **partial** view of the student protest in front of the Legislative Yuan.

?	Granger 對於學生在立法院前的抗議採取**部分的**看法。		Granger 對於學生在立法院前的抗議採取偏頗的看法。

解　析 partial 另有「偏袒的；偏心的」的意思。

相似詞 biased；prejudiced；one-sided

multiple 多個的 1610

Colin ran a fried chicken **multiple** and made a killing.

?	Colin 經營一家炸雞**多個的**，並賺不少錢。		Colin 經營一家炸雞連鎖店，並賺不少錢。

解　析 multiple 另有「連鎖店」的意思。

相似詞 chain store

reduce 減少 1611

Grandma **reduced** the pumpkin soup by boiling it longer than usual.

?	奶奶將南瓜湯煮得比平常還久，來**減少**它。		奶奶將南瓜湯煮得比平常還久，來使之變濃稠。

解　析 reduce 另有「使（液體）變稠」的意思。

衍生詞 reduced circumstances　落魄

extra 額外的 1612

Musk works as an **extra** in movies; he enjoys it very much.

?	Musk 在電影中擔任一位**額外的**；他很喜歡。		Musk 在電影中擔任一位臨時演員；他很喜歡。

解　析 extra 另有「臨時演員」的意思。

衍生詞 go the extra mile　盡心盡力

major 較多的；主修 1613

Burke used to be a **major** in the military, but now he is a security guard.

?	Burke 以前在軍中是**較多的**，但現在他是保全。		Burke 以前在軍中是少校，但現在他是保全。

解析 major 另有「少校」的意思。

衍生詞 minor　較少的；未成年人

several 幾個的 1614

I found it hard to meet the **several** expectations of my seniors.

?	我發覺要達到上級們**數個的**期望很困難。		我發覺要達到上級們各別的期望很困難。

解析 several 另有「各自的；各別的」的意思。

相似詞 respective

total 總計的 1615

The car fell out of the bridge and was **totalled**.

?	這輛車掉出橋梁，並**總計的**。		這輛車掉出橋梁，並完全毀壞。

解析 total 另有「完全毀壞」的意思。

相似詞 damage；wreck；destroy

share 一份 1616

The **share** price of our company soared today.

?	我們公司的**一份**價格今天飆漲。		我們公司的股價今天飆漲。

解析 share 另有「股票」的意思。

衍生詞 share and share alike　一起分享

proportion 比率；比例 1617

A mature person should keep a sense of **proportion**.

?	一個成熟的人應該有**比率**感。		一個成熟的人應該要會分輕重緩急。

解　析 proportion 另有「重要性」的意思。

相似詞 importance；significance

singular 單數的 1618

Mr. Ma has a **singular** achievement in computer engineering.

?	馬先生在電腦工程上有**單數的**成就。		馬先生在電腦工程上有引人注意的成就。

解　析 singular 另有「特別的；引人注意的」的意思。

相似詞 noticeable；perceptible；detectable

plus 加  1619

My volunteer work experience would be a **plus** in the college interview.

?	我的義工經驗將是我大學面試的**加**。		我的義工經驗將是我大學面試的優勢。

解　析 plus 另有「優勢；好處」的意思。

衍生詞 minus　缺點；不利條件

count 計算  1620

Allen was accused of three **counts** of theft.

?	Allen 被控三**計算**偷竊。		Allen 被控三件偷竊案。

解　析 count 另有「指控的罪狀」的意思。

衍生詞 Health counts.　健康很重要。

half 一半 1621

Would you give me two and a **half** to Taipei, please?

?	✓
可以給我兩和**一半**到台北嗎？	 可以給我兩張全票和一張半票到台北嗎？

解 析 half 另有「半票」的意思。

衍生詞 go halves　分攤費用

some 一些 1622

An adult had better drink **some** 3000 C.C.of water a day.

?	✓
一位成人一天最好喝**一些** 3000 c.c. 的水。	 一位成人一天最好喝大約 3000 c.c. 的水。

解 析 some 另有「大約」的意思。

相似詞 about；around；approximately

minimize 使降到最低限度

The city government attempted to **minimize** the seriousness of dengue fever.

?	✓
市政府試圖使登革熱的嚴重性**降到最低限度**。	 市政府試圖對登革熱疫情的嚴重性輕描淡寫。

解 析 minimize 另有「對……輕描淡寫」的意思。

相似詞 play down；downplay；make light of

sole 唯一的

A **sole** may look strange, but it's really tasty.

?	✓
唯一的看起來可能有點奇怪，但肉質美味。	 比目魚看起來可能有點奇怪，但肉質美味。

解 析 sole 另有「比目魚」的意思。

衍生詞 sole of shoes　鞋跟

36

single 單一的；單身的

JJ's **single** is a smash hit.

?	✓
JJ 的**單一**是熱門暢銷。	 JJ 的單曲是熱門暢銷歌曲。

解析 single 另有「單曲」的意思。

衍生詞 single room　單人房

1626

figure 數字

For more information, please see **figure** 5.

?	✓
更多資訊，請查看**數字**五。	 更多資訊，請查看圖五。

解析 figure 另有「（書或文件中的）圖」的意思。

衍生詞 figure skating　花式滑冰

medium 中間值；中等熟度的

People are said to talk to their dead relatives with the help of a **medium**.

?	✓
據說人們可以和死去的親戚說話，藉著**中間值**的幫忙。	 據說人們可以和死去的親戚說話，藉著靈媒的幫忙。

解析 medium 另有「靈媒」的意思。

相似詞 necromancer

1628

part 一部分

We **parted** because we fought too often.

?	✓
我們因為太常吵架了而**一部分**。	 我們因為太常吵架了而分手。

解析 part 另有「分手」的意思。

衍生詞 a side part　（髮型）旁分

ouble 兩倍 1629

The **double** of Dwayne Johnson got hurt in the scene of jumping out of a train.

?			
?	巨石強森的**兩倍**在一場跳火車的場景中受傷了。	✓	巨石強森的替身演員在一場跳火車的場景中受傷了。

解 析 double 另有「替身演員；極相像的人」的意思。

衍生詞 doubles （網球等運動中的）雙打

division 分開 1630

It's not easy for us to heal the **division** among us.

?			
?	要我們弭平**分開**實在不容易。	✓	要我們弭平分歧實在不容易。

解 析 division 另有「分歧；不和」的意思。

衍生詞 sales division 銷售部

margin 差額  1631

I decided to shut down the store because **margains** were too low.

?			
?	我打算關掉這間店，因為**差額**太低了。	✓	我打算關掉這間店，因為利潤太低了。

解 析 margin 另有「利潤」的意思。

衍生詞 in the margin of paper 紙張的空白處

★ margin 預留的時間或金錢等

Andy always allows a safety margin of half an hour when going to work.

Andy 上班時都會提早個半小時做緩衝。

lot 很多 1632

The last **lot** of the tourists left plenty of trash here.

?	最後**許多**的遊客在此處遺留很多垃圾。		最後一批遊客在此處遺留很多垃圾。

解 析 lot 另有「一批；一組；一群」的意思。

衍生詞 draw lots 抽籤

★ **lot** 拍賣品
Lot number 10 is a vase of the Ming Dynasty.
10 號拍賣品是明朝的花瓶。

number 數字 1633

One of our **number** has a friend from Norway.

?	我們**數字**裡有一個挪威朋友。		我們這群人中有人有挪威朋友。

解 析 number 另有「一群人」的意思。

相似詞 group; party

★ **number** 短曲；短歌
My next number is dedicated to all of my fans.
下一首曲子將送給我所有的粉絲。

quarter 四分之一；季 1634

The troop will be **quartered** in Afghanistan.

?	軍隊將**四分之一**在阿富汗。		軍隊將駐紮在阿富汗。

解 析 quarter 另有「（尤指部隊）駐紮」的意思。

衍生詞 quarterback 四分衛

★ **quarter** （城市內）區
In this commercial quarter of the city, we can see one tall building after another.
在這商業區，我們可以看到一棟又一棟的高樓。

法律／犯罪

crime 罪 1635

It is a **crime** not to finish the delicacies on the table.

?	✓
沒有把桌上的美味吃完是種**罪**。	沒有把桌上的美味吃完是種令人不能接受的行為。

解析 crime 另有「不能接受的行為」的意思。

衍生詞 crime-ridden　罪案多的

damage 損害 1636

The drunk driver had to pay **damages** to the victim.

?	✓
這酒駕者須付**損害**給被害人。	這酒駕者須付賠償金給被害人。

解析 damages 另有「賠償金」的意思。常用複數。

衍生詞 What's the damage?　花了多少錢？

slaughter （尤指戰爭中的）屠殺 1637

The basketball game yesterday was totally a **slaughter**.

?	✓
昨天的籃球賽就是**屠殺**。	昨天的籃球賽是場一面倒的比賽。

解析 slaughter 另有「一面倒的比賽」的意思。

衍生詞 get slaughtered　大醉

intruder 闖入者 1638

Young felt like he was an **intruder** at the party.

?	✓
Young 覺得在這舞會上他是個**闖入者**。	Young 覺得在這舞會上他是個不速之客。

解析 intruder 另有「不速之客」的意思。

衍生詞 gatecrash（vi）　不請自來

rape 強暴 1639

The **rape** farm looks so perfect for us to take pictures.

?	✓
這**強暴**田太適合我們拍照了。	 這油菜花田太適合我們拍照了。

解　析 rape 另有「油菜」的意思。

相似詞 rapeseed；oilseed rape

rebel 反抗（者） 1640

After I stood for 8 straight hours, my legs **rebelled**.

?	✓
在連續站了八小時後，我的雙腿**反抗**了。	 在連續站了八小時後，我的雙腿承受不住。

解　析 rebel 另有「（胃、四肢等）承受不住」的意思。

衍生詞 rebellious　難以控制的

violent 暴力的 1641

The entertainer always wears **violent** yellow pants and an orange shirt.

?	✓
這藝人總是穿**暴力的**黃色長褲和橘色襯衫。	 這藝人總是穿極其鮮豔的黃色長褲和橘色襯衫。

解　析 violent 另有「極其鮮豔的」的意思。

衍生詞 die a violent death　死於非命

law 法律  1642

The gangster is in trouble with the **law** now.

?	✓
這混混正跟**法律**有麻煩。	 這混混正和警方有點麻煩。

解　析 law 另有「警方」的意思。（常加 the）

衍生詞 Murphy's law　莫非定律

trick 詭計 1643

As peope grow old, they can have **trick** knees.

?	隨著人們變老，他們可能會有**詭計**膝蓋。		隨著人們變老，他們可能會有突然發軟的膝蓋。

解析 trick 另有「（尤指關節）突然發軟的」的意思。

衍生詞 hat trick 帽子戲法

smother 悶死 1644

I broke up with my boyfriend, because I felt I was **smothered** by him.

?	我和男朋友分手了，因為我快被他**悶死**。		我和男朋友分手了，因為他的愛快要讓我窒息了。

解析 smother 另有「過分關心愛護」的意思。

相似詞 cocoon；pamper

prosecute 起訴 1645

It seemed that China would **prosecute** the trade war with America.

?	大陸似乎會**起訴**和美國的貿易戰。		大陸似乎會繼續和美國貿易戰。

解析 prosecute 另有「把……進行到底」的意思。

衍生詞 prosecutor 檢察官

casualty 傷亡人員 1646

My uncle ended up in **casualty** after taking too many sleeping pills.

?	叔叔因為吃過多安眠藥，最後在**傷亡人員**。		叔叔因為吃過多安眠藥，最後在急診室急救。

解析 casualty 另有「急診室」的意思。（為不可數名詞）

相似詞 emergency room

corrupt 貪贓舞弊的 1647

I can't open this **corrupt** word file.

?	我打不開這**貪贓舞弊的**文字檔。		我打不開這毀損的文字檔。

解析 corrupt 另有「（電腦上）毀壞的」的意思。

衍生詞 corruption 貪汙

murder 謀殺 1648

My sister will **murder** me if she finds I broke her precious tablet.

?	姐姐如果發現我弄壞她心愛的平板電腦，她會**謀殺**我。		姐姐如果發現我弄壞她心愛的平板電腦，她會大發雷霆。

解析 murder 另有「處罰某人；對某人生氣」的意思。

相似詞 bring sb to book

delinquent 不良青少年 1649

Alfred is **delinquent** in paying his rent.

?	Alfred **不良青少年**付房租。		Alfred 拖欠房租。

解析 delinquent 另有「遲付欠款的」的意思。

衍生詞 juvenile delinquent 少年犯

slay 殺死 

1650

Thomas always **slays** us with his witty remark.

?	Thomas 總是用風趣的話語**殺死**我們。		Thomas 總是用風趣的話語讓我們開心得要死。

解析 slay 另有「使大為高興」的意思。

相似詞 amuse

hijack 劫持 1651

My old house was **hijacked** by Leo for storing his goods.

?	我的老家被 Leo **劫持**用來堆自己的貨物。		我的老家被 Leo 佔用來堆自己的貨物。

解　析　hijack 另有「佔用不屬於自己的東西」的意思。

衍生詞　carjacking　劫車

gang 幫派 1652

I can only contact my old **gang** on Facebook because we live far away from each other.

?	我只能在臉書上聯絡我老**幫派**，因為我們都住很遠。		我只能在臉書上聯絡我一群老朋友，因為我們都住很遠。

解　析　gang 另有「一群朋友／罪犯」的意思。

衍生詞　gang up against sb　（為了反對某人）結夥

mob 暴民 1653

The movie star was **mobbed** by her fans at the airport.

?	這電影明星在機場被粉絲**暴民**。		這電影明星在機場被粉絲團團圍住。

解　析　mob 另有「（人群）圍住」的意思。

相似詞　surround；swarm around

criminal 罪犯 1654

It is **criminal** to sell a bag of peeled fruit for NT$ 500.

?	一包削好皮的水果賣到 500 元是**罪犯**。		一包削好皮的水果賣到 500 元是糟糕的一件事。

解　析　criminal 另有「糟糕的；不道德的」的意思。

相似詞　wrong；immoral

37

detain 拘留 1655

We were **detained** for one hour because of the tornado nearby.

?		
? 因為附近的龍捲風，我們被**拘留**了一小時。		因為附近的龍捲風，我們被耽擱了一小時。

解 析 detain 另有「耽擱」的意思。

相似詞 delay；put off；postpone

massacre 大屠殺 1656

Japan was **massacred** 10-0 by Taiwan in the baseball game.

?		
? 日本在這場棒球比賽中被台灣以 10-0 的比數**大屠殺**。		在這場棒球比賽中台灣以 10-0 的比數大勝日本。

解 析 massacre 另有「**（尤指體育比賽中的）慘敗**」的意思。

相似詞 crush；trounce；defeat utterly

sanction 制裁 1657

Gambling on the outlying island is not **sanctioned**.

?		
? 離島上的博弈還沒**制裁**。		離島上的博弈還沒批准。

解 析 sanction 另有「**准許；批准**」的意思。

相似詞 approve；give green light to

commit 犯（罪／錯） 1658

Benedict was **committed** to prison for arson.

?		
? Benedict 因縱火案**犯**監獄。		Benedict 因縱火案入獄。

解 析 commit 另有「**將……送進（監獄或醫院）**」的意思。

衍生詞 commit... to memory　牢記

rule 規則 1659

Gloria **ruled** a line under the math formula.

?	Gloria 在數學公式下**規則**一條線。		Gloria 在數學公式下畫一條線。

解 析 rule 另有「（借助有直邊的東西）畫（線）」的意思。

衍生詞 ruled in favour of/against... 對……做出有利／不利判決

steal 偷竊 1660

Webb **stole** out of the store and lifted beer without paying.

?	Webb **偷竊**離開商店，並偷了啤酒沒付錢。		Webb 安靜地離開商店，並偷了啤酒沒付錢。

解 析 steal 另有「安靜地移動」的意思。

衍生詞 sth is a steal 便宜到不行

break 打破 1661

Taylor's voice **broke** at 12.

?	Taylor 的聲音在 12 歲時**打破**。		Taylor 的聲音在 12 歲時變聲。

解 析 break 另有「變聲」的意思。

衍生詞 The weather breaks. 驟變。

kill 殺死 1662

I **killed** a can of cola in seconds.

?	我在幾秒內就**殺死**一罐可樂。		我在幾秒內就喝光一罐可樂。

解 析 kill 另有「喝光」的意思。

衍生詞 kill yourself laughing 快笑死了

strike 打擊

The clock just **struck** 11. It's time for bed.

?	✓
時鐘**打擊** 11。該睡覺了。	時鐘敲過 11 點。該睡覺了。

解析 strike 另有「（時鐘）敲；報時」的意思。

衍生詞 It strikes sb that... 給某人……感覺／想法

軍事武器

army 軍隊 1664

The tennis player had an **army** of supporters at the court.

?	這網球選手在場上有一**軍隊**的支持者。		這網球選手在場上有一大群的支持者。

解　析　army 另有「大群」的意思。

衍生詞　join the army　從軍

fleet 船隊 1665

Addison is **fleet** of foot and has won many prizes in the 100 M race.

?	Addison **船隊**腳，並贏得許多 100 公尺短跑的獎項。		Addison 跑得快，並贏得許多 100 公尺短跑的獎項。

解　析　fleet 另有「跑得快的」的意思。

衍生詞　fleeting　短暫的

bombard 連續炮擊 1666

The manager of China Airline was **bombarded** with questions about cigarette smuggling.

?	華航經理遭私菸問題**連續炮擊**。		華航經理遭大量提問私菸問題。

解　析　bombard 另有「向……大量提問」的意思。

相似詞　inundate

dynamite 黃色炸藥 1667

Anthony's decision to retire is a **dynamite** to everyone.

?	Anthony 決定退休對於每個人是**黃色炸藥**。		Anthony 決定退休對於每個人是令人震驚的事件。

解　析　dynamite 另有「令人震驚／激動的事件」的意思。

衍生詞　dynamite　用炸藥摧毀

1668

rifle 來福槍

I **rifled** through the jewelry box and couldn't find my diamond.

?			
?	我**來福槍**珠寶盒，但卻找不到鑽石。	✓	我迅速翻查珠寶盒，但卻找不到鑽石。

解 析 rifle 另有「迅速翻查」的意思。

衍生詞 air rifle 空氣步槍

1669

cannon 加農炮

My brother came out of nowhere and **cannoned** into me.

?			
?	我弟弟不知從哪冒出來，**加農炮**我。	✓	我弟弟不知從哪冒出來，飛快地撞上我。

解 析 cannon 另有「快速撞上」的意思。

相似詞 collide with；run into；crash into

rocket 火箭

House prices in Taipei **rocketed** so much that young people rarely afford to buy one.

?			
?	台北的房子**火箭**如此多以至於年輕人根本買不太起。	✓	台北的房子售價急速上漲以至於年輕人根本買不太起。

解 析 rocket 另有「迅速上升」的意思。

相似詞 soar；spiral upwards；shoot up

1671

attack 進攻；抨擊

Dick suffered an **attack** of asthma this morning.

?			
?	Dick 今早受到氣喘**攻擊**。	✓	Dick 今早氣喘突然發作。

解 析 attack 另有「（疾病等的）突然發作」的意思。

相似詞 fit

launch 發射（火箭） 1672

We will take the **launch** to cross the Tamsui River.

?	我們要搭**發射**渡淡水河。		我們要搭遊艇渡淡水河。

解 析 launch 另有「（尤指河或湖上的）汽艇／遊艇」的意思。

衍生詞 launch a missile　發射飛彈

troop 軍隊 1673

As we **trooped** into the office, we found some Xmas decoration.

?	當我們**軍隊**進入辦公室，我們發現一些聖誕節的裝飾。		當我們成群結隊地走進辦公室，我們發現一些聖誕節的裝飾。

解 析 troop 另有「成群結隊地走」的意思。

相似詞 march；file

bomb 炸彈 1674

This Korean animation was a **bomb**.

?	這韓國動畫片是個**炸彈**。		這韓國動畫片是失敗之作。

解 析 bomb 另有「失敗的東西」的意思。

相似詞 failure；disaster

explode 爆炸；（情感）爆發；激增  1675

I like to watch this TV program where the host **explodes** science myths.

?	我喜歡看這電視節目，主持人會**爆炸**科學迷思。		我喜歡看這電視節目，主持人會破除科學迷思。

解 析 explode 另有「推翻；破除」的意思。

相似詞 disprove；refute；quash

38

trap 陷阱 1676

Carbon dioxide **traps** heat in the atmosphere.

?	二氧化碳會**陷阱**大氣中的熱。		二氧化碳會吸收大氣中的熱。

解 析 trap 另有「保存（熱量、水等）」的意思。

衍生詞 shut sb's trap　閉嘴

proof 證據 1677

It's 70% **proof** whiskey.

?	這是百分之 70 **證據**的威士忌。		這是酒精濃度百分之 70 的威士忌。

解 析 proof 另有「酒精濃度的」的意思。

衍生詞 idiot-proof　極其簡單易用的；bullet-proof　防彈的

trace 跟蹤 1678

Ana is learning calligraphy by **tracing** calligraphy characters.

?	Ana 正透過**跟蹤**書法字來學書法。		Ana 正透過臨摹書法字來學書法。

解 析 trace 另有「（把透明紙覆蓋在底樣上）描摹；臨摹」的意思。

衍生詞 a trace of sth　少許……

retreat （士兵或軍隊的）撤退 1679

Bill wanted to spend the rest of his life at this lake **retreat**.

?	Bill 想在這湖邊**撤退**度過餘年。		Bill 想在這湖邊靜居處度過餘年。

解 析 retreat 另有「退隱處；靜居處」的意思。

衍生詞 The price retreats.　在上漲之後回跌

39 工具

bar 棒；閂上使緊閉 

All the chickens have to be culled, **bar** those that don't get infected.

?	✓
所有雞隻都必須撲殺，**棒**那些沒有受感染的。	所有雞隻都必須撲殺，除了那些沒有受感染的之外。

解析 bar 另有「除……外」的意思。
衍生詞 be admitted to the Bar　成為律師

wrench 扳手 

Leaving my hometown to work in Taichung is really a **wrench**.

?	✓
離開家鄉去台中工作真是**扳手**。	離開家鄉去台中工作真是痛苦。

解析 wrench 另有「（被迫離開某人或某地時的）痛苦」的意思。
衍生詞 adjustable wrench　活動扳手

clip 迴紋針 

The big tree in my backyard needs a **clip**.

?	✓
後院的大樹需要**迴紋針**。	後院的大樹需要修剪一番。

解析 clip 另有「修剪」的意思。
衍生詞 clip sb's wings　限制……的自由

mug 馬克杯 

Avoid going out at night because you may be **mugged** in this area.

?	✓
晚上避免外出，因為你可能在這地區被**馬克杯**。	晚上避免外出，因為你可能在這地區被攔路搶劫。

解析 mug 另有「攔路搶劫」的意思。
衍生詞 mugshot　（員警為嫌疑犯拍的）臉部照片

foil 錫箔紙；陪襯物 1684

A coup was successfully **foiled** by the government.

?	一場政變成功被政府**錫箔紙**。	✓	一場政變成功被政府阻止。

解析 foil 另有「阻止；制止」的意思。

相似詞 hinder；bar；prevent

zoom 可變焦距鏡頭 1685

The vegetable prices **zoomed** to 200% during the typhoon.

?	在颱風期間，蔬菜價格可**變焦距鏡頭** 200%。		在颱風期間，蔬菜價格飆漲 200%。

解析 zoom 另有「（價格或銷售額）猛漲」的意思。

衍生詞 zoom in on　特別關注

staple 訂書針 1686

Noodles are the **staple** diet for people in many places.

?	麵是許多的地方人們的**訂書針**飲食。		麵是許多的地方人們的主食。

解析 staple 另有「主要的」的意思。

衍生詞 stapler　訂書機

shutter （照相機的）快門 1687

Father had some workers install these window **shutters**.

?	爸爸請一些工人安裝這些**快門**。		爸爸請一些工人安裝這些百葉窗。

解析 shutter 另有「百葉窗」的意思。

衍生詞 shutter speed　快門速度

cardboard （尤指製作盒子的）硬紙板 1688

This martial novel is full of **cardboard** characters.

?	這武俠電影充滿了**硬紙板**角色。		這武俠電影充滿了虛構的角色。

解析 cardboard 另有「（通常指電影或劇本中的角色）假的」的意思。

相似詞 fake；phony；unreal

spur 馬刺 1689

Tax reduction can **spur** the economy to improve.

?	降稅可以**馬刺**經濟改善。		降稅可以刺激經濟改善。

解析 spur 另有「刺激；激勵」的意思。

相似詞 stimulate；motivate；inspire

sponge 海綿；海綿蛋糕 1690

Darcy **sponged** off his uncle after his parents died.

?	Darcy 在父母死後，就**海綿**叔叔。		Darcy 在父母死後，就到叔叔家白吃白喝。

解析 sponge 另有「蹭飯；白吃白喝」的意思。

相似詞 scrounge from；live off

bolt 螺栓 1691

Don't **bolt** your hot dogs like that; you may get choked.

?	不要這樣**螺栓**熱狗；你可能會噎到。		不要這樣囫圇吞下熱狗；你可能會噎到。

解析 bolt 另有「囫圇吞下」的意思。

相似詞 bolt down；gulp；guzzle

banner 橫布條；橫幅廣告 1692

People in Hong Kong protested under the **banner** of freedom.

?	香港人遊行抗議在**橫布條**的自由底下。		香港人遊行抗議打著爭取自由的主張。

解 析 banner 另有「主張；原則」的意思。

相似詞 belief；principle；faith

container 容器 1693

The policeman with a sniffer dog is checking the **container** for any drugs.

?	這警察和緝毒犬正在搜索**容器**是否有毒品。		這警察和緝毒犬正在搜索這貨櫃是否有毒品。

解 析 container 另有「貨櫃」的意思。

衍生詞 container lorry 貨櫃卡車

anchor 錨；精神支柱  1694

Ms. Li is a good-looking **anchor** and has many followers on her IG.

?	李小姐是位面容姣好的**錨**，在 IG 上有不少追蹤者。		李小姐是位面容姣好的主播，在 IG 上有不少追蹤者。

解 析 anchor 另有「主播」的意思。

相似詞 anchorman；anchorwoman

basin 水盆  1695

The studetns are amazed by the biodiversity in the Amazon **basin**.

?	這些學生對於亞馬遜**水盆**的生物多樣性感到驚訝。		這些學生對於亞馬遜流域的生物多樣性感到驚訝。

解 析 basin 另有「流域」的意思。

衍生詞 pudding-basin haircut 鍋蓋頭

telescope 望遠鏡 1696

Meg's honeymoon holiday was **telescoped** into days.

?	
Meg 的蜜月旅行**望遠鏡**成數天。	Meg 的蜜月旅行縮短成數天。

解析　telescope 另有「縮短」的意思。

衍生詞　sb telescopes a car　（意外）擠壓／潰縮車子

drill 鑽機 1697

In this class, most of the time will be spent on pronunciation **drills**.

?	
這節課大部分時間將會是發音**鑽機**。	這節課大部分時間將會是發音練習。

解析　drill 另有「反覆練習」的意思。

衍生詞　fire drill　消防演習

ladder 梯子 1698

I **laddered** my pantyhose at work, which was embarrassing.

?	
上班時我**梯子**絲襪，這實在尷尬。	上班時我勾破絲襪，這實在尷尬。

解析　ladder 另有「（緊身衣、襪子）刮破／勾破」的意思。

相似詞　run

stool 凳子 1699

The patent didn't pass **stools** regularly.

?	
這病人並沒有規律排**凳子**。	這病人並沒有規律排便。

解析　stool 另有「糞便」的意思。

相似詞　faeces

39

1700

wax 蠟

My sister picks her ear **wax** right after the bath every night.

?		
? 我妹妹每次洗完澡都會挖耳**蠟**。		我妹妹每次洗完澡都會挖耳屎。

解析 wax 另有「耳屎」的意思。

衍生詞 have sb's legs waxed 熱蠟除腳毛

1701

sack 大布袋

The general ordered his troop to **sack** the city.

?		
? 該將軍下令軍隊**大布袋**這城市。		該將軍下令軍隊洗劫這城市。

解析 sack 另有「（通常指在戰爭中）洗劫」的意思。

衍生詞 get the sack 遭開除

scoop 勺子；戽斗

We were asked to look for any **scoop** about the drugs smuggling.

?		
? 我們被要求要找有關這毒品走私案的**勺子**。		我們被要求要找有關這毒品走私案的獨家新聞。

解析 scoop 另有「獨家新聞」的意思。

衍生詞 scoop the pool 囊括所有獎項

screw 螺絲（釘）

Tim **screwed** the flyer into a ball and threw it into the trash can.

?		
? Tim **螺絲**廣告傳單並丟入垃圾桶。		Tim 將廣告傳單揉成團並丟入垃圾桶。

解析 screw 另有「將……揉成團」的意思。

衍生詞 have a screw loose 神經有點不正常

cane 藤條 1704

When I was little, I was often **caned** by my mother.

?	
當我還小的時候，我常被我媽**藤條**。	當我還小的時候，我常被我媽用藤條打。

解 析　cane 另有「用藤條打」的意思。

衍生詞　caning　鞭刑

receiver （電話）聽筒 1705

Oscar is a **receiver** and makes a lot of dirty money.

?	
Oscar 是個**聽筒**，並因此賺了不少骯髒錢。	Oscar 是個買賣贓物者，並因此賺了不少骯髒錢。

解 析　receiver 另有「買賣贓物者」的意思。

衍生詞　receivership　破產被管理

mothball 樟腦丸  1706

The plan to build another incinerator here was **mothballed**.

?	
在此處再蓋一處焚化爐的計劃遭**樟腦丸**。	在此處再蓋一處焚化爐的計劃遭束之高閣。

解 析　mothball 另有「封存；把……束之高閣」的意思。

衍生詞　moth　蛾

barrel 桶；槍管 1707

Rita **barreled** on the freeway at the speed of 190 kph.

?	
Rita 在高速公路上以時速 190 公里的速度**桶**。	Rita 在高速公路上以時速 190 公里的速度飛馳。

解 析　barrel 另有「飛馳」的意思。

衍生詞　barrel roll　（空中）側翻

ax 斧頭 1708

Every employee is worried because the company planned to **ax** 50 jobs.

?	每位員工都很擔心，因為公司計劃**斧頭** 50 個工作。		每位員工都很擔心，因為公司計劃砍掉 50 個工作。

解　析　ax 另有「撤銷；取消」的意思。

衍生詞　the axe　解雇

wire 電線；鐵絲網 1709

Dan wore a **wire** to attend a board meeting.

?	Dan 穿著**電線**去參加董事會會議。		Dan 藏著竊聽器去參加董事會會議。

解　析　wire 另有「竊聽器」的意思。

衍生詞　wire...(money)　電匯

net 球網 1710

The **net** weight of this snack is 100 g.

?	這點心的**球網**重量為 100 克。		這點心的淨重為 100 克。

解　析　net 另有「淨得的」的意思。

衍生詞　mosquito net　蚊帳

can 罐子 1711

Porter was put in the **can** for stealing cars.

?	Porter 因為偷車而被關進**罐子**裡。		Porter 因為偷車而被關進監獄。

解　析　can 另有「監獄；廁所」的意思。

相似詞　prison；jail；behind bars

comb 梳子 1712

Fanny is **combing** through the fallen leaves for her earring.

?	Fanny 在這些落葉中**梳子**自己的耳環。		Fanny 在這些落葉中仔細搜尋自己的耳環。

解 析 comb 另有「仔細搜尋」的意思。

衍生詞 comb-over　禿頭男子把頭頂四周的頭髮梳至頭頂的髮型

cup 杯子 1713

It is better for you wear a **cup** when playing this sport.

?	在從事這運動時，最好穿**杯子**。		在從事這運動時，最好穿下體護具。

解 析 cup 另有「（男子運動時穿的）下體護具」的意思。

相似詞 box

mop 拖把 1714

Simon is **mopping** sweat from his face because he's too nervous.

?	Simon 實在太緊張了，不停**拖把**臉上的汗。		Simon 實在太緊張了，不停擦去臉上的汗。

解 析 mop 另有「擦去（臉上的）汗水」的意思。

衍生詞 mop up　解決

nail 釘子 1715

We are trying to **nail** the one who set fire to our scooters.

?	我們試著要**釘子**在我們機車上縱火的人。		我們試著要逮住在我們機車上縱火的人。

解 析 nail 另有「逮住；證明……有罪」的意思。

衍生詞 nail sth down　達成（協議）

needle 針 1716

Owen is tired of his mother **needling** him about having no job now.

?	Owen 厭倦了媽媽**針**他現在沒工作。	✓	Owen 厭倦了媽媽不斷地數落他現在沒工作。

解析 needle 另有「不斷地數落；惹惱」的意思。

衍生詞 a needle in a haystack　大海撈針

pipe 管子 1717

When Jean is agitated, she **pipes**.

?	當 Jean 激動時，她**管子**。		當 Jean 激動時，她用尖嗓子說話。

解析 pipe 另有「用尖嗓子說」的意思。

衍生詞 pipe down　安靜下來

plate 盤子 1718

This Japanese learning book has many color **plates**.

?	這本日文學習書有許多彩色**盤子**。		這本日文學習書有許多彩色插圖。

解析 plate 另有「（書籍的）插圖」的意思。

相似詞 illustration

post 郵件 1719

You can see my **post** to know how to root your smartphone.

?	你可參考我的**郵件**來重置手機。		你可參考我的貼文來重置手機。

解析 post 另有「（論壇上）貼文／發（貼文）」的意思。

衍生詞 Keep me posted.　讓我知道最新消息。

card 卡片 1720

The guard of the pub **carded** me.

?	酒吧的警衛**卡片**我。		酒吧的警衛要求我出示身份證件。

解析 card 另有「要求出示身份證件（以確認年齡）」的意思。

衍生詞 have a card up your sleeve　留有一手

tank 櫃；罐；箱 

Due to the strike, the shares of our company **tanked**.

?	因為罷工因素，公司股價**櫃**。		因為罷工因素，公司股價下跌。

解析 tank 另有「（價格、價值）下跌」的意思。

相似詞 plummet；plunge；slump

means 手段；工具 

I don't have the **means** to buy a Ferrari.

?	我沒有**手段**可以買法拉利跑車。		我沒有財富可以買法拉利跑車。

解析 means 另有「財富」的意思。

衍生詞 live within your means　量入為出

bait 餌 

I guess the student is **baiting** me.

?	我猜這學生是**餌**我。		我猜這學生是故意惹惱我的。

解析 bait 另有「故意惹惱」的意思。

衍生詞 swallow the bait　中圈套

39

fork 叉子 1724

I should have taken the left **fork**; now I am lost.

?			
?	我剛剛應該選擇左邊**叉子**；現在我迷路了。	✓	我剛剛應該選擇左邊岔路的；現在我迷路了。

解 析 fork 另有「（公路、河流等的）分流處；岔路」的意思。

衍生詞 fork over sth　交出……（尤指錢）

hammer 鐵槌 1725

The player was **hammered** by his coach owing to his lousy performance.

?			
?	這球員因為糟糕表現被教練**鐵鎚**。	✓	這球員因為糟糕表現被教練嚴厲批評。

解 析 hammer 另有「**嚴厲批評**」的意思。

相似詞 pan；criticize；rail against

ink 墨水 1726

Think twice before you get **inked**.

?			
?	**墨水**前請三思。	✓	紋身前請三思。

解 析 ink 另有「**紋身**」的意思。

相似詞 tattoo

key 鑰匙 1727

When I came back to the parking lot, I found someone **keyed** my car!

?			
?	當我回到停車場，我發現有人**鑰匙**我的愛車！	✓	當我回到停車場，我發現有人故意用鑰匙刮花我的愛車！

解 析 key 另有「**故意用鑰匙刮花一輛車**」的意思。

衍生詞 key ring　鎖匙圈

mirror 鏡子 1728

My daughter's bad temper **mirrors** that of my wife.

?	✓
我女兒的壞脾氣**鏡子**我老婆的。	 我女兒的壞脾氣與我老婆的很相似。

解析 mirror 另有「與……很相似」的意思。

相似詞 be similar to

blade 刀片；（溜冰鞋的）冰刀 1729

This new **blade** was designed to be super light and strong for handicapped people.

?	✓
這新的**刀片**為殘障人士設計得超級輕又堅固。	 這新的小腿義肢為殘障人士設計得超級輕又堅固。

解析 blade 另有「小腿義肢」的意思。

衍生詞 blade of grass　葉片

frame （圖畫、門、窗的）框 1730

Roy was obviously **framed** by his best friend.

?	✓
Roy 很明顯被他最好的朋友**框**。	 Roy 很明顯被他最好的朋友陷害。

解析 frame 另有「陷害」的意思。

衍生詞 frame of mind　心態

bag 袋子 1731

Could you **bag** a seat for me while I'm going to the restroom?

?	✓
我去上廁所時，可以幫我**袋子**一個位置嗎？	 我去上廁所時，可以幫我佔一個位置嗎？

解析 bag 另有「搶佔」的意思。

衍生詞 bags under sb's eyes　眼袋

lock 鎖 1732

I envy Helen's long black **locks**.

?	我很羨慕 Helen 那長長烏黑的**鎖**。		我很羨慕 Helen 那又長又烏黑的頭髮。

解 析 locks 另有「頭髮」的意思。（常用複數）

衍生詞 lock horns 開始爭論

pot 罐；壺；幼兒用便盆 1733

It is legal to smoke **pot** in some states in America.

?	在美國一些州是可以合法吸食**幼兒用便盆**。		在美國一些州是可以合法吸食大麻。

解 析 pot 另有「大麻」的意思。

相似詞 marijuana；cannabis

stick 棍；棒 

We always called Ron Ronnie, and the name **stuck**.

?	我們一直都叫 Ron 為 Ronnie，而這名字就**棍**。		我們一直都叫 Ron 為 Ronnie，而這名字就叫開來了。

解 析 stick 另有「（名字）繼續使用的」的意思。

衍生詞 non-stick （平底鍋等）不沾鍋的

box 箱；盒；包廂 1735

I only watch news and sports on the **box**.

?	我只看**箱子**的新聞和體育。		我只看電視新聞和體育頻道。

解 析 box 另有「電視」的意思。

衍生詞 boxing 拳擊

line 繩；線 1736

I am an extra and don't have any **lines** in this drama.

?	在這場劇中，我只是個臨演，並沒有任何**繩子**。		在這場劇中，我只是個臨演，並沒有任何台詞。

解析 line 另有「台詞」的意思。

衍生詞 lines 罰寫

★ line 行業

We often meet demanding clients in the line of our business.

做我們這一行的常會遇到要求很多的客戶。

40 商品

diamond 鑽石 1737

Mia played seven of **diamonds**.

?	錯誤	✓	正確
?	Mia 打出一張**鑽石**七。	✓	Mia 打出一張方塊七。

解析　diamond 另有「（紙牌的）方塊」的意思。

衍生詞　baseball diamond　棒球場

commodity 商品 1738

To me, health is the most precious **commodity**.

?	錯誤	✓	正確
?	對我而言，健康是最珍貴的**商品**。	✓	對我而言，健康是最珍貴的東西。

解析　commodity 另有「有用或珍貴的東西」的意思。

相似詞　treasure

cosmetic 化妝品 1739

Father made some **cosmetic** changes to our old apartment.

?	錯誤	✓	正確
?	爸爸為我們老公寓做了一些**化妝品**的改變。		爸爸為我們老公寓做了一些裝飾門面的改變。

解析　cosmetic 另有「裝飾門面的」的意思。

衍生詞　cosmetic surgery　整容外科手術

merchandise 商品；貨物 1740

A good ad plays a vital role in **merchandising** a product.

?	錯誤	✓	正確
?	一個好的廣告在**商品**一個商品扮演重要角色。		一個好的廣告在推銷商品扮演重要角色。

解析　merchandise 另有「推銷；促銷」的意思。

相似詞　market

flag 旗子 1741

When I **flag**, I usually sit back and make myself a cup of hot coffee.

?	當我**旗子**，我通常會放鬆一下，並幫自己泡杯熱咖啡。		當我覺得疲倦，我通常會放鬆一下，並幫自己泡杯熱咖啡。

解析 flag 另有「變得疲倦」的意思。

衍生詞 flag down... 攔下……

marble 大理石 1742

When we were little, we played **marbles** after school.

?	當我們還小的時候，放學後都會玩**大理石**。		當我們還小的時候，放學後都會玩彈珠遊戲。

解析 marbles 另有「（兒童遊戲中用的）彈珠」的意思。（常用複數）

衍生詞 lose sb's marbles 發瘋

copper 銅 1743

When I got lost in London, I asked a **copper** for help.

?	當我在倫敦迷路時，我尋求**銅**的幫忙。		當我在倫敦迷路時，我尋求警察的幫忙。

解析 copper 另有「警察」的意思。

相似詞 police officer；cop；policewoman

cement 水泥

We **cement** our friendship by getting together quite often.

?	我們藉著常聚在一起來**水泥**彼此的友誼。		我們藉著常聚在一起來鞏固彼此的友誼。

解析 cement 另有「鞏固（協議或友誼）」的意思。

相似詞 strengthen；beef up

40

1745

industry 產業

The boss appreciates Johnson, who is a man of **industry**.

?	老闆很欣賞 Johnson，因為他是個**產業**人。		老闆很欣賞 Johnson，因為他是個很勤奮的人。

解 析　industry 另有「勤奮；勤勞」的意思。

衍生詞　industrious　勤奮的

quality 品質

Welcome to our website! We offer you nothing but **quality** eggs.

?	歡迎到我們網站！我們只提供您**品質**雞蛋。		歡迎到我們網站！我們只提供您最優質的雞蛋。

解 析　quality 另有「優質的」的意思。

相似詞　of a high standard

rubber 橡膠

Using **rubbers** can prevent most of sexually transmitted diseases.

?	使用**橡膠**可以避免大部分的性病。		使用保險套可以避免大部分的性病。

解 析　rubber 另有「保險套」的意思。

相似詞　condom；contraceptive

sample 樣品；樣本

Feel free to **sample** each of these dishes that I prepared.

?	不用客氣**樣品**我所準備的每一道菜。		不用客氣品嚐我所準備的每一道菜。

解 析　sample 另有「品嚐」的意思。

相似詞　try；taste；try out

produce 生產；出產 1749

On this local market, it's common to see fresh **produce**.

?	在這當地市場，要看到新鮮的**生產**是很普遍的。		在這當地市場，要看到新鮮的農產品是很普遍的。

解析 produce 另有「農產品」的意思。

衍生詞 dairy produce 酪產品

plastic 塑膠

It is more convenient to pay with **plastic** when you travel abroad.

?	在國外旅遊用**塑膠**付款會比較方便。		在國外旅遊用信用卡付款會比較方便。

解析 plastic 另有「信用卡」的意思。

相似詞 credit card

machine 機器

My **machine** was infected and crashed all the time.

?	我**機器**中毒了，一直當機。		我電腦中毒了，一直當機。

解析 machine 另有「電腦」的意思。

衍生詞 machine gun 機關槍

material 原料

Fall armyworms have done **material** damage to the crop in Taiwan.

?	秋行軍蟲已對台灣的農作物造成**原料**損害。		秋行軍蟲已對台灣的農作物造成重大的損害。

解析 material 另有「重要的；重大的」的意思。

相似詞 significant；vital；important

40

stamp 郵票  1753

Watch out! Don't **stamp** on the dog poop.

?	
? 小心！不要**郵票**狗大便。	 小心！不要踩到狗大便。

解析　stamp 另有「重踩；跺（腳）」的意思。

相似詞　step on；stomp；tramp

battery 電池  1754

I feel sad to see **battery** hens locked up just to lay eggs for humans.

?	
? 看到**電池**雞被關起來就為了人類生雞蛋實在可憐。	 看到蛋雞被關起來就為了人類生雞蛋實在可憐。

解析　battery 另有「層架式養雞的」的意思。

衍生詞　assault and battery　毆擊罪

screen 屏；幕；屏風  1755

Knight was **screened** for liver cancer because he didn't have a regular life.

?	
? Knight 因為作息不規律，所以跑去**屏**肝癌。	 Knight 因為作息不規律，所以跑去作肝癌篩檢。

解析　screen 另有「測試；檢查」的意思。

衍生詞　screen sb calls　過濾來電

41 宗教

temple 寺廟 1756

I was hit on the **temple** and almost fainted.

?	✓
我被敲中**寺廟**，差點暈倒。	 我被敲中太陽穴，差點暈倒。

解析 temple 另有「太陽穴」的意思。

衍生詞 tempo 節奏

sermon 布道 1757

I don't want to listen to my mother's lengthy **sermon**.

?	✓
我不想聽我老媽的那冗長的**布道**。	 我不想聽我老媽的那冗長的長篇說教。

解析 sermon 另有「長篇說教」的意思。

相似詞 lecture

preach （尤指牧師在教堂中）講道 1758

Jeff has **preached** about the benefits of eating garlic.

?	✓
Jeff 一直在**講道**有關吃大蒜的好處。	 Jeff 一直在竭力鼓吹有關吃大蒜的好處。

解析 preach 另有「竭力鼓吹」的意思。

相似詞 advocate；urge；exhort

pious 虔誠的 1759

I am sick of Parker's **pious** words; he is a hypocrite.

?	✓
我厭倦了 Parker **虔誠的**話；他是個偽君子。	 我厭倦了 Parker 虛偽的話；他是個偽君子。

解析 pious 另有「虛偽的」的意思。

相似詞 hypocritical

41

Bible 聖經 1760

Professor Sung's book became a **bible** of calculus.

?	宋教授的書成為微積分的**聖經**。		宋教授的書成為微積分的權威著作。

解 析 bible 另有「權威著作」的意思。

相似詞 authoritative book

incense （尤指在宗教儀式上焚燒的）香 1761

Everyone is **incensed** by the air pollution this chemical factory causes.

?	每個人對於這化學工廠所製造的空氣汙染感到**香**。		每個人被這化學工廠所製造的空氣汙染所激怒。

解 析 incense 另有「激怒」的意思。

相似詞 infuriate；anger；enrage

blessing 祈神賜福；祝福 1762

The committee gave its **blessing** to this project.

?	委員會給予這計劃案**祝福**。		委員會同意這計劃案。

解 析 blessing 另有「同意；允許」的意思。

相似詞 approval；agreement；support

divine 神的 1763

I **divine** that Billy is into collecting vinyl records.

?	我**神的** Billy 喜歡收集黑膠唱片。		我猜測 Billy 喜歡收集黑膠唱片。

解析 divine 另有「猜測；估計」的意思。

相似詞 suppose；guess；surmise

ghost 鬼 1764

It is said that Hank's new book was **ghosted** by someone else.

?		
據說 Hank 的新書是由其他人所**鬼**。		據說 Hank 的新書是由其他人所代筆。

解析 ghost 另有「替人代筆」的意思。

相似詞 be a ghostwriter

devil 魔鬼 1765

People in this neighborhood regard Zoe as a **devil**.

?		
這附近的人都認為 Zoe 是個**魔鬼**。		這附近的人都認為 Zoe 是個搗蛋鬼。

解析 devil 另有「搗蛋鬼」的意思。

衍生詞 devil's advocate　故意唱反調的人

haunt （鬼魂）經常出沒  1766

This amusement park is my favorite **haunt** in Taichung.

?		
這遊樂園是我台中最愛**鬼魂經常出沒**。		這遊樂園是我台中最愛且常去的地方。

解析 haunt 另有「常去的地方」的意思。

衍生詞 a haunted house　鬧鬼的房子

41

42（副詞、介係詞、連接詞、疑問詞等……）

accordingly 因此 1767

Here is my order and all of you have to act **accordingly**.

?		✓	
?	這是我的命令，你們所有人必須**因此**行事。		這是我的命令，你們所有人必須照著行事。

解析　accordingly 另有「照著；相應地」的意思。

衍生詞　according to　根據

there 那裡 1768

There, **there**, I will drive you to the theater.

?		✓	
?	**那裡**，**那裡**，我會載妳去戲院。		好啦，好啦，我會載妳去戲院。

解析　there 另有「（安慰他人時）好啦」的意思。

衍生詞　Hi there　你好

out 在外地 1769

Sorry, the book you want to borrow is **out** now.

?		✓	
?	不好意思，你要借的這本書目前**在外地**。		不好意思，你要借的這本書目前是借出的狀態。

解析　out 另有「（圖書館的書）借出的」的意思。

衍生詞　out and about　活躍的

away 離開 1770

We have three **away** games in a row.

?		✓	
?	我們連續有 3 **離開**場。		我們連續有 3 場客場比賽。

解析　away 另有「（比賽）客場的」的意思。

衍生詞　（時間）away　尚有……時間

behind 在背後 1771

Honey, you need to get off your **behind** and fix the door!

?	親愛的，你需要離開**背後**，並修理這扇門！		親愛的，你需要起身並修理這扇門！

解 析 behind 另有「屁股」的意思。

相似詞 bottom；butt

however 然而 1772

However hard he tried, he couldn't make it.

?	**然而**他努力嘗試，始終不成功。		無論他如何努力嘗試，始終不成功。

解 析 however 另有「無論如何」的意思。

相似詞 no matter how

just 正好；剛剛 1773

I don't think it is a **just** out-of-court settlement.

?	我不認為這是個**正好**的庭外和解。		我不認為這是個公平的庭外和解。

解 析 just 另有「公平的；正義的」的意思。

相似詞 fair

back 向後；後退 1774

Would you pay me all the **back** rent ASAP?

?	你可以盡快付清**向後**的房租嗎？		你可以盡快付清拖欠的房租嗎？

解 析 back 另有「拖欠的」的意思。

衍生詞 back and forth 來來回回

42

together 一起 1775

You can trust David. He is a **together** man.

?	你大可信任 David。他是個**一起**的人。		你大可信任 David。他是個自信且沉穩的人。

解析　together 另有「自信且沉穩的」的意思。

相似詞　confident；calm

but 但是 1776

Everyone **but** Kyle has a pet at home.

?	每個人**但是** Kyle 家裡有養寵物。		每個人除了 Kyle 以外家裡都有養寵物。

解析　but 另有「除了」的意思。

相似詞　except；except for

further 更遠 1777

I can use your connections to **further** my career.

?	我可以利用你的人脈來**更遠**我的事業。		我可以利用你的人脈來增進我的事業。

解析　further 另有「改進；增進」的意思。

相似詞　improve；boost；enhance

somewhere 在某處 1778

It took me **somewhere** between one and two years to finish a new book.

?	寫一本書要花我**在某處**一年到兩年的時間。		寫一本書要花我大約一年到兩年的時間。

解析　somewhere 另有「大約」的意思。

相似詞　about；around；approximately

very 非常 1779

This is the **very** corpus website that I need.

?	這是**非常**我需要的語料庫網站。		這是正是我需要的語料庫網站。

解析 very 另有「（用於強調名詞）正是的」的意思。
相似詞 exactly；precisely

by 藉著 1780

Andre has to reply to the job offer **by** Friday.

?	Andre **藉著**禮拜五需回覆這工作機會。		Andre 在禮拜五之前需回覆這工作機會。

解析 by 另有「在……之前」的意思。
相似詞 before

for 為了；給 1781

It must have rained here **for** the road is still wet.

?	剛剛一定有下雨，**為了**地上還濕濕的。		剛剛一定有下雨，因為地上還濕濕的。

解析 for 另有「因為」的意思。
相似詞 since；as；because

on 在……上面  1782

This study **on** how people go bald really interests me.

?	這**在**人們是如何禿頭**上面**的研究真令我感到興趣。		這有關人們是如何禿頭的研究真令我感到興趣。

解析 on 另有「有關」的意思。
相似詞 about；concerning；regarding

42

since 自從 1783

Since you have graduated from college, why don't you start to find a job?

?		✓	
?	**自從**你都從大學畢業，為何不去找個工作呢？		既然你都從大學畢業，為何不去找個工作呢？

解 析 since 另有「既然；因為」的意思。

衍生詞 since when... 從什麼時候起……

while 當……的時候 1784

While most of my friends are for pro-Taiwan independence, some are for pro-unification.

?		✓	
?	**當**我大部分的朋友支持台獨，有些則是統派。		雖然我大部分的朋友支持台獨，有些則是統派

解 析 while 另有「雖然；儘管」的意思。

衍生詞 while sth away 消磨時間

it 它 1785

This is an **it**-dress which every woman is crazy about.

?		✓	
?	這是件每個女人都瘋狂著迷的**它**衣服。		這是件每個女人都瘋狂著迷的流行時尚衣服。

解 析 it- 另有「流行時尚的」的意思。

相似詞 fashionable；in

101 1786

This chemistry **101** is quite useful.

?		✓	
?	這本化學 **101** 相當受用。		這本入門化學相當受用。

解 析 101 另有「基本知識；入門」的意思。

相似詞 basic knowledge

he 他 1787

My dog is a **he**, not a she.

?		
? 我的狗是**他**，不是她。		我的狗是公的，不是母的。

解析 he 另有「雄性」的意思。

衍生詞 she 雌性

might 可能 1788

We lifted the fallen trunk off the road with all our **might**.

?		
? 我們用全部的**可能**將掉落的樹幹移出馬路。		我們用全部的力量將掉落的樹幹移出馬路。

解析 might 另有「力量；能力」的意思。

相似詞 power；strength

will 將  1789

Mr. Guo decided to donate most of his money to charity in his **will**.

?		
? 郭先生在**將**中決定將大部分的錢都捐給慈善機構。		郭先生在遺囑中決定將大部分的錢都捐給慈善機構。

解析 will 另有「遺囑；意志」的意思。

衍生詞 at will 隨心所欲地

should 應該 1790

If someone **should** call me, tell him/her to leave a message.

?		
? 如果有人**應該**打給我，告訴他或她留言吧。		萬一有人打給我的話，告訴他或她留言吧。

解析 should 另有「萬一……的話」的意思。

衍生詞 How should I know? 我怎麼會知道？

till 直到……為止 1791

The robber asked the clerk to take out money from the **till**.

?	這搶匪要求店員將**直到為止**的錢拿出來。		這搶匪要求店員將收銀機裡的錢拿出來。

解析 till 另有「收銀機」的意思。

衍生詞 till the land　犁田

forward 向前；前鋒

My sister **forwarded** the mail from our uncle to me.

?	我妹妹**向前**來自叔叔的信給我。		我妹妹轉寄來自叔叔的信給我。

解析 forward 另有「轉寄（信件或電子郵件）」的意思。

衍生詞 It is forward of sb to...　某人……是魯莽的

hard 努力；硬的

This is **hard** evidence; you can't explain your wrongdoing away.

?	這是**硬的**證據；你這次無法辯解了。		這是確鑿的證據；你這次無法辯解了。

解析 hard 另有「確鑿的」的意思。

衍生詞 hard water　硬水；hard liquor　烈酒

through 穿過

I have been reading this novel for three hours, and I will be **through** in half an hour.

?	我這本小說已經看了三小時，再半小時就會**穿過**。		我這本小說已經看了三小時，再半小時就會看完。

解析 through 另有「完成的；結束的」的意思。

衍生詞 a through train　直達車

inside 在……的裡面 1795

A little polar bear is eating the **insides** of a seal.

?	一隻小隻的北極熊正**在**吃海豹**的裡面**。		一隻小隻的北極熊正在吃海豹的內臟。

解 析 insides 另有「內臟」的意思。（常用複數）

衍生詞 know... inside out 對……瞭如指掌

mine （I 的所有代名詞）我的…… 1796

This place used to be full of **mines**, so be cautious.

?	這地方以前布滿**我的**，所以要小心。		這地方以前布滿地雷，所以要小心。

解 析 mine 另有「地雷」的意思。

衍生詞 mine detector 探雷器

even 甚至；處於同一平面的 1797

Eight is an **even** numner, while nine is an odd number.

?	八是**甚至**數字，而九則是奇數。		八是偶數，而九則是奇數。

解 析 even 另有「偶數的」的意思。

衍生詞 get even with sb 與……扯平

otherwise 否則；不然的話 

This article has some misspellings, but **otherwise** it is pretty good.

?	這文章有拼錯幾個字，**否則**是篇相當好的文章。		這文章有拼錯幾個字，除此之外是篇相當好的文章。

解 析 otherwise 另有「除此之外」的意思。

相似詞 except that；except for that

★ **otherwise** 以另外的方式

Many people consider Ben smart, but I think otherwise.

許多人都認為 Ben 很聰明，但我卻不這樣覺得。

42

國家圖書館出版品預行編目（CIP）資料

英文一字多義速查字典／黃百隆著. -- 初版. -- 臺中市：晨星, 2020.08
面；　公分. --（語言學習；08）
ISBN 978-986-5529-16-1（平裝）

1.英語 2.詞彙

805.12　　109006697

語言學習 08

英文一字多義速查字典

完整收錄7000英單必學多義字

作者	黃百隆
編輯	余順琪
封面設計	耶麗米工作室
美術編輯	林姿秀
創辦人	陳銘民
發行所	晨星出版有限公司 407台中市西屯區工業30路1號1樓 TEL：04-23595820　FAX：04-23550581 行政院新聞局局版台業字第2500號
法律顧問	陳思成律師
初版	西元2020年08月15日
初版二刷	西元2020年12月25日
總經銷	知己圖書股份有限公司 106台北市大安區辛亥路一段30號9樓 TEL：02-23672044／02-23672047　FAX：02-23635741 407台中市西屯區工業30路1號1樓 TEL：04-23595819　FAX：04-23595493 E-mail：service@morningstar.com.tw 網路書店 http://www.morningstar.com. tw
讀者專線	02-23672044／02-23672047
郵政劃撥	15060393（知己圖書股份有限公司）
印刷	上好印刷股份有限公司

線上讀者回函

定價 499 元
（如書籍有缺頁或破損，請寄回更換）
ISBN：978-986-5529-16-1

Published by Morning Star Publishing Inc.
Printed in Taiwan